비교문학론

송현호 · 유려아

국학자료원

머릿말

우리 문학사를 올바로 정리하기 위해서는 어떻게 해야 할 것인가? 이식사관을 묵묵히 수용할 것인가? 전통계승론만을 주장할 것인가? 그렇게 해서 한국문학사는 올바로 정리될 수 있는가? 그렇다면 앞으로도 한국문학사는 계속해서 씌어질 것인가? 올바른 문학사가 씌어진다면 어떻게 될까?

이러한 일련의 물음은 오랫동안 필자의 머리 속에서 떠난 적이 없다. 마치 악령에 사로잡힌 것같은 그러한 기분을 글로써 형용할 수는 없다. 화두에 집착한 사람처럼 지금껏 필자는 헝클어진 실타레를 풀듯이 한올한올 얼키고 설킨 우리의 근대문학의 난제들을 풀어내기 위하여 노력해 왔다. 언젠가는 올바른 문학사 서술이 이루어질 수 있으리라는 다소 희망적인 확신을 하면서.

올바른 문학사 서술은 왕조사나 시대사 혹은 문단사 중심의 기존의 문학사 분류 방법이나 이식사관을 극복하는 일로 귀결된다. 따라서 필자는 이를 위해 문학의 내적 흐름을 파악하는 일과 근대문학과 현대문학의 개념규정을 분명히 하는 일 그리고 근대문학의 기점을 우리 민족의 역량 속에서 파악하는 일에 전념해온 바 있다. 80년 초에 발표한 논문들, 그들을 묶어 85년에 새문사에서 펴낸 『문학사기술방법론』, 89년에 박사학위논문으로 제출한 「한국근대소설론연구」, 85년 첫 저서를 발간하면서 느낀 부족감을 충족시키기 위하여 꾸준히 발표해 온 논문들을 중심으로 해서 93년에 출간한 『한국근대문학론』, 95년에 출간한 『한국현대문학의 비평적 연구』 등은 모두가 그러한 취지에서 씌어진 글들이다. 이번에 발간하는 『비교문학론』은 외국문학 특히 중국문학과의 관계 속에서 우리 문학의 독창성과 외국 문학과의 관련 양상을 살펴본 것이다. 비교문학 관련 논문이 몇 편 더 있지만, 기존에 출간된 책에 수록된 것들이어서 이 책의 성격상 필요함에도 불구하고 제외시켰다.

  끝으로 어려운 출판계 여건에도 불구하고 이 책을 낼 수 있도록 협조해준 국학자료원 정찬용 사장님과 관계자들에게도 고마운 마음을 전한다.

1999. 3

著者 識

목차

머리말

檀君神話와 黃帝神話

1. 問題의 提起

지금까지 韓國과 中國의 古典 文學의 研究는 影響 關係의 論證이라는 틀 속에 묶여 劃一的인 면을 보여주고 있다. 神話의 研究도 例外는 아니다. 물론 韓國은 漢文 文化圈에 속하고 있으며, 따라서 오랫 동안 中國 文化의 影響을 받은 것은 사실이다. 그러나 단순히 影響 關係의 論證만으로는 兩國 文化의 特徵과 東洋 文學의 普遍性을 찾아내는 데는 限界가 있다.

學者에 따라 韓國을 中國의 一部로 볼 것이냐에 대해서는 異見을 보여주고 있다. 極端的인 경우 檀君朝鮮이 中國에 있었고 따라서 檀君神話는 中國神話의 一部라는 見解를 보여주기도 한다. 그러나 朝鮮은 뚜렷한 實體를 가지고 歷史書에 나타난다. 韓國과 中國의 交易은 이미 B.C. 7世紀부터 始作되었고[1] 그 以前인 B.C. 1120년경에 이미 中國에서 箕子를 朝鮮에 封했다는 記錄이 있다.[2] 最近에는 B.C. 2333년에 古

---

1) 『管子』에는 '朝鮮'이 中國의 齊와 交易한 事實을 記錄하고 있으며, 『山海經』에는 朝鮮이 現在의 渤海灣 북쪽에 位置한 것으로 記錄하고 있다.

朝鮮이 建國되었다는 主張까지 보인다.[3]

　分明한 事實은 箕子朝鮮 以前에 古朝鮮이 存在했으며, 古朝鮮은 獨自的 政治 勢力으로 成長하여 中國과는 對立的 位置에 있었다. 때문에 神話 時代의 韓國이 中國의 支配를 받고 中國의 文化에 크게 依存했다고 보기는 어렵다. 서로 對等한 位置에서 獨自的 文化를 形成한 것으로 보는 것이 좋을 것이다.

　또한 中國의 어느 神話에서도 檀君이라는 이름을 發見할 수 없으며, 檀君神話는 韓國的인 特性을 지니고 있으면서도 東洋的인 普遍性을 지닌 神話이다. 東洋的 普遍性을 理由로 韓國 神話를 中國 神話의 一部로 處理한다면 韓國의 民族 文學 더나아가 民族 文化는 存在할 수도 없다.

　그렇다면 韓國과 中國의 文學 研究에 있어서 影響 關係를 따지는 比較文學 研究 方法은 限界를 보일 수밖에 없다. 때문에 韓國과 中國 文學을 比較 研究함에 있어서 影響 關係의 論證이라는 從來의 틀에서 벗어나, 直接的인 關聯이 없으면서도 共通的으로 나타나는 特性을 檢討하는 일이 무엇보다도 시급하다. 이는 東洋 文學의 研究를 出發點으로 해서 世界 文學의 普遍性을 찾아내고, 이를 토대로 지금까지의 東洋 文學 研究의 그릇된 視覺인 東洋 文學의 西洋 文學의 追隨主義를 克服하는 데에 一翼을 擔當할 것으로 思料된다.

　따라서 主題 研究(Thematology)의 方法을 採擇하는 일은 最近 들어 새로운 比較 文學 研究 方法의 選擇이라는 次元에서 脚光을 받고 있다. 그런데 主題 研究는 그 歷史가 일천하며, 國家에 따라 用語上의 曖昧性을 보여주고 있다.[4]

---

2) 於是武王乃封箕子於朝鮮而不臣也(『史記』 宋微子世家)

3) 이현희, 『이야기 한국사』, 청아출판사, 1994, p.31.

4) 獨逸에서는 主題(Subject matter, Stoff)가 단지 文學의 生材料에 지나지 않고 문학적으로 形象化 된 후에야 美的 價値를 지닌다는 이유로 實證主義者들로부터 강한 不信과 批判을 받았다.(Ulrich Weisstein, 「Thematology」, Comparative Literature and Literary Theory :Survey and Introduction, Bloomington ; Indiana

모티프가 '非人格的 狀況, 傳統的 모티프, 主題, 場所, 背景, 慣習'[5] 혹
은 '主人公이 個性化되지 않는 非人格的 狀況'[6] 으로 指稱되고 있다는
점에서 모티프는 主題보다 넓은 의미이다. 그리고 文學的 見地에서 狀況
은 行動이나 葛藤의 原因이 될 多樣한 思想이나 感情을 內包한다는 점에
서[7] 主題보다는 모티프가 더욱 妥當한 用語로 생각된다. 따라서 筆者는
獨逸 比較 文學者들의 用語인 모티프(Stoff und Motivgeschichte)를 採擇하
고자 한다.

그런 視覺에서 筆者는 韓國과 中國 文學의 比較 研究를 해왔고, 그
작은 結果가 碩士 學位 論文인 「魯迅과 春園의 比較 研究」와 博士 學
位 論文인 「蔡萬植과 老舍의 比較 研究」이다. 本考도 그러한 視覺에서
出發한다.

Univ. Press, 1973, p.124) 그러나 막스 코흐 이후 주제 연구는 獨逸의 비교문학
계에서 각광을 받기 시작했다. 에리자베스 프렌젤에 이르면 주제 연구는 엄밀
한 의미에서 素材나 모티프에 대한 연구이기 때문에 素材 및 모티프 變遷史
(Stoff, Motiv- geschichte) 研究라고 命名하는 것이 더욱 妥當할 것이라는 語義
的 混亂까지도 整理되기에 이른다.(李慧淳 編, 『比較文學 2』, 科學情報社, 1986,
p.254) 佛蘭西에서는 방띠겜과 귀야르의 변론 이후(李慧淳, 『比較文學 1』, 1985,
科學情報社, 1986, p.123.) 主題 研究를 受容하기 시작하고, 레이몽 뜨루송에 이
르면 主題 研究를 深度있게 論議하기에 이른다. 그런데 이들은 獨逸에서와는
달리 主題學(Thematologie)이라는 用語의 使用을 主張했다. 美國에서는 主題 研
究에 대한 比較文學的 傳統이 없으나 챈들러, 우드베리, 러브조이 등을 거쳐
해리 레빈에 이르러 主題 研究에 肯定的 反應을 보였다. 그런데 英語 文化圈에
서는 一種의 妥協으로 素材 研究(Subject matter, Stoff)라는 用語를 使用했다.(R.
Wellek and A. Warren, Theory of Literature, 臺北 ; 雙葉書店, 1978, p.250)
5) Ulrich Weisstein, Op. cit., p.140.
6) Ibid., p.141.
7) Wolfgang Kayser, 이윤섭 역, 『언어예술작품론』, 대방출판사, 1982, p.88.

2. 敍事 構造와 話素 分析

<檀君神話>와 <黃帝神話>는 韓國과 中國의 建國 神話로 모두 英雄 敍事詩의 骨格을 維持하고 있다. 그들이 서로간에 影響을 주고 받았는 지는 確實하지 않으며, 그 점을 따지는 것은 本考에서 重要하지 않다. 重要한 것은 그들에 나타나는 東洋 神話의 普遍性 - 英雄 敍事詩的 特性과 神話的 特殊性을 밝히는 일이다.

<檀君神話>는 建國 神話 혹은 國祖 神話로, 『三國遺事』 제1권 古朝鮮條의 記錄이 最初이다. 이외에도 이승휴의 『帝王韻記』, 『世宗實錄地理誌』, 『八道地志』, 권근의 『應題詩註』 등에 記錄되어 전한다. 韓國의 建國 神話 가운데 가장 古代的 性格이 강한 神話이지만 文獻마다 그 內容이 다르다. 그 가운데 가장 詳細하고 믿을만한 記錄은 일연의 『三國遺事』이다. 일연은 『魏書』와 『古記』를 바탕으로 하여 썼다고 하나, 現在 전하는 『魏書』에는 그러한 句節이 없으며 『古記』도 어떤 책인지 알 수가 없다. 民族의 自矜心을 高揚할 目的으로 執筆한 것으로 보인다. 그것은 高麗의 忠烈王 時代를 즈음하여 檀君 神話가 일연이나 이승휴와 같은 名士들의 關心의 對象이 되고 있는 점, 檀君 思想이 이 時期를 즈음하여 强調되고 있는 점, 弘益 人間을 내세운 점 등에서 確認이 可能하다.

<檀君神話>의 全體的 內容을 一目瞭然하게 把握하기 위하여 그 이야기 單位(話素)를 整理하면 다음과 같다.

　ⓐ 天上의 神인 桓因의 아들 가운데 桓雄이 있었는데, 그는 인간 세상에 뜻을 두고 있었다.

　ⓑ 桓因은 아들 桓雄에게 天賦印 세 개와 三師(風伯, 雨師, 雲師)를 준다.

　ⓒ 桓雄은 그들을 거느리고 太白山 꼭대기 神檀樹 밑에 내려와서 神市를 연다.

ⓓ 어느 날 범 한마리와 곰 한마리가 와서 人間이 되기를 懇切히 希望한다.

ⓔ 桓雄은 그들에게 쑥 한 줌과 마늘 스무 개를 주면서 21일 동안 절대로 太陽을 보지 말고 굴 속에서 지낼 것을 지시한다.

ⓕ 며칠 후 범은 참아내지 못하고 굴을 뛰쳐 나온다.

ⓖ 곰은 참고 견디어 마침내 所願을 成就하여 女子의 몸으로 還生한다.

ⓗ 熊女는 婚姻할 곳이 없어서 苦悶하다가 박달나무 밑에서 아이를 낳게 해달라고 간절히 빈다.

ⓘ 桓雄이 사람으로 變하여 그녀와 婚姻한다.

ⓙ 熊女는 드디어 所願을 成就하여 아들을 낳고 이름을 檀君이라 정한다.

ⓗ 檀君은 中國 堯임금이 卽位한 지 50년인 庚寅에 평양성을 都邑으로 정하고 朝鮮이라는 이름의 나라를 建國한다.

ⓚ 檀君은 都邑을 百岳山 기슭 阿斯達로 옮기고 그곳에서 1500여년 동안 나라를 다스리다가 山神이 되었다.

<檀君神話>는 題目이나 英雄 敍事詩의 側面에서 單一한 플롯으로 보아야겠다. 물론 이야기의 內容으로 볼 때는 결코 單純하지가 않다. 桓因과 桓雄이 中心이 된 하늘 나라의 이야기, 人間이 되려는 범과 곰의 이야기, 熊女와 桓雄의 婚姻, 檀君의 出生과 建國 등의 여러 이야기가 複合되어 나타나는 形式을 취하고 있다. 그러나 앞에서부터 세번째까지의 이야기는 英雄 誕生을 위한 準備的 性格이 강하다고 볼 때 그 비중을 똑같이 생각해서는 안 된다.8) 그때 <檀君神話>는 檀君의 이야기가 中心을 이루는 英雄 敍事詩로써 거의 손색이 없게 된다.

<黃帝神話>는 中國의 開國 神話이며, 英雄 敍事詩이다. 司馬遷의 『史

---

8) 羅景洙는 『韓國의 神話研究』(敎文社, 1993, p.36)에서 <檀君神話>의 中心 話素를 桓雄의 이야기, 곰과 범의 이야기, 熊女의 이야기, 檀君의 이야기로 나누고 그 比重을 똑같이 處理하고 있으나 이는 잘못된 解釋法이다. 그는 系列的 構造를 만들기 위하여 話素를 너무 機械的으로 整理하고 너무 人爲的 解釋을 하고 있다. 그가 提示한 表는 다음과 같다.

記』는 五帝本紀(黃帝, 顓頊, 帝嚳, 帝堯, 帝舜)로부터 시작되는데, 그 첫 머리에 오는 人物이 黃帝이다.[9] 現存하는 中國 古代 神話를 가장 많이

전개유형 / 에피소드	a	b	c	d	e
1	桓 雄	貪求人世	授天符印	降於太白山	天 王
2	熊 虎	願化爲人	禁 忌	熊能忌 虎不能忌	熊得女身
3	熊 女	呪願有孕	熊乃假化	神 婚	孕生子
4	檀 君	封箕子於朝鮮	壽一九○八	還隱於阿斯達	出 神

表에서 다소 人爲的인 部分을 지적하면 다음과 같다. 檀君의 高貴한 家門의 子孫임을 强調하기 위하여 桓因과 桓雄을 設定했다면 당연히 a에서 桓因에 대한 項目도 따로 設定했어야 함에도 그러지 않은 점이다. b에서는 大話素의 主人公들이 하고자 하는 바 慾求를 다루고 있다. 그런데 b의 4는 箕子를 朝鮮의 王으로 任命한 것은 檀君의 나라를 위축시키고 도움을 藏唐京으로 옮기게 하는 契機를 마련한 것이지 檀君의 의지나 포부와는 無關한 被動的 狀況에 대한 說明이다. 따라서 <檀君神話>와는 無關한 司馬遷의 『史記』를 그대로 收容한 것이어서 古朝鮮의 自主性에 背馳되는 解釋이다. 韓國史學界에서는 一般的으로 古朝鮮이 箕子朝鮮 以前에 이미 存在하고 있었고, 후에 中國에서 箕子를 王으로 任命하여 箕子朝鮮이 古朝鮮을 크게 萎縮시킨 것으로 보고 있다. 따라서 弘益人間으로 設定하는 것이 妥當할 듯하다. c의 4에서는 長壽는 結果이고 처음 神으로부터 賦與받은 것은 指導力이나 神通力 정도일 것이다. d의 4에서는 主人公이 e를 위하여 찾은 手段으로 開始神市 정도가 妥當할 것으로 보인다. e의 3과 e의 4는 c의 結果로 얻게 되는 것으로 母, 王儉(혹은 統治者) 정도가 妥當할 것으로 보인다. 英雄敍事詩의 構造라는 次元에서 無意味한 일이지만, 이러한 論議를 바탕으로 表를 다시 만들면 다음과 같다.

展開類型 / 大話素	a 人獸의 登場	b 人獸의 理想	c 禁忌, 神性	d 具體的 行爲	e 結 果
1	桓 因	願子做天王	給子神性	允許子下降	上 帝
2	桓 雄	貪求人世	授天符印	降於太白山	天 王
3	熊 虎	願化爲人	禁 忌	熊能忌 虎不能忌	熊得女身
4	熊 女	呪願有孕	熊乃假化	神 婚	母
5	檀 君	弘益人間	給統治力	開始神市	王 儉

실은 『山海經』과 黃帝에 관한 傳說을 記錄한 袁珂의 『中國神話』에도 <黃帝神話>는 記錄되어 있다.

<黃帝神話>는 高貴한 家門의 出身인 黃帝가 墮落한 世界를 表象하는 蚩尤[10]와의 戰爭에서 勝利하여 나라를 세우는 이야기로, 그 全體的 內容을 一目瞭然하게 把握하기 위하여 司馬遷의 『史記』, 『山海經』, 袁珂의 『中國神話』에 記錄된 內容을 綜合하여 整理하면 다음과 같다.

ⓐ 神農氏의 影響力이 弱化되어 太平盛世가 깨어지고 大陸은 戰亂에 휩쓸린다.

ⓑ 少典의 아들로 태어난 黃帝의 성은 公孫이고 이름은 軒轅이다.

ⓒ 그는 神知靈妙한 天禀을 타고 났다.

ⓓ 黃帝는 崑崙山에 자주 내려왔다.

ⓔ 얼굴이 넷인 黃帝는 中央에 앉아서 東西南北을 내려다 보고 東方에 太暤, 南方에 炎帝, 西方에 少昊, 北方에 顓頊이라는 神을 두어 統治했다.

---

9) 黃帝는 5,000년 전에 未開한 中國에 文化를 가져다 준 傳說的 人物이다. 全國時代의 諸子百家에 의해 알려졌다. 司馬遷은 그 가운데 그런대로 蓋然性이 있다고 생각되는 部分만을 골라 收錄했음을 『史記』에서 밝히고 있다. 神話의 時代가 虛構일 可能性이 큼에도 現在의 中國人들은 黃帝를 自身들의 始祖로 生覺하고 있으며, 따라서 自身들을 黃帝의 子孫이라고 굳게 믿고 있다. 아직까지 黃帝의 系譜에 대한 믿을 만한 記錄은 없다. 그러나 앞으로의 論議를 위하여 司馬遷의 『史記』에서 敍述된 內容을 土臺로 이미 歷史化된 黃帝의 系譜를 밝히면 다음과 같다.

　　　┌ 鯀 - 禹(夏의 始祖)
　　　│ 黃帝 - 昌意 - 顓頊 -　窮蟬 - 瞽叟 - 舜
　　　├ 玄囂 - ( ) - 嚳 - 摯
　　　├ 堯 - 丹朱
　　　├ 契(殷의 始祖)
　　　└ 后稷(周의 始祖)

10) 『桓檀古記』에는 蚩尤가 군대를 정리하여 위용을 갖추고 사면으로 진격하여, 십년 동안 軒轅과 73의 전투를 했다. 마침내 장군도 피로한 기색이 역력하였지만, 절대로 물러나지 않았다고 기록하고 있다.(蚩尤天王益整軍, 容四面進擊, 十年之間與軒轅戰七十三回, 將無皮色軍不後退, 軒轅旣屢戰敗)

ⓕ 黃帝는 理想과 善을 가지고 전 宇宙를 統治하고 있었다.

ⓖ 蚩尤가 黃帝의 옥좌를 탐하여 炎帝를 몰아내고 黃帝의 나라를 侵犯하여 善惡의 鬪爭을 한다.

ⓗ 黃帝는 逆徒들을 平定하고 많은 業績을 남긴다.

ⓘ 東西南北의 구석구석을 出場하여 行政과 治安을 確固하게 다졌다. 官職과 官名을 制定하고, 鬼神山川에 封禪을 올렸다.

ⓙ 黃帝는 나이 백살이 되어 首陽山에서 거대한 寶鼎을 만들고 하늘에서 내려온 神龍의 아래 턱수염을 잡고 하늘로 올라가 사라졌다.

ⓚ 黃帝의 아들이 스물 다섯이었는데 그 중 열 네 명이 諸侯에 封해져 地名을 姓으로 했고, 黃帝의 딸인 魃은 正義의 種族을 救濟하지만 힘겨운 싸움에서 妖氣에 더럽혀져 다시는 天上에 돌아가지 못하고 버려진 몸이 되어 가는 곳마다 旱魃이 심하게 들고 지상이 사람들에게도 歡迎을 받지 못한다.

<黃帝神話>는 題目이나 英雄 敍事詩의 側面에서 單一한 플롯으로 볼 수도 있다. 그러나 黃帝의 이야기, 蚩尤의 이야기, 魃의 이야기 등의 여러 이야기가 獨立性을 지닌 이야기로 展開되고 있을 뿐만 아니라 崑崙山과 諸神, 善과 惡의 決戰, 蚩尤와 夸父의 最後, 蠶女神과 織女星 등의 소제목을 지닌 이야기가 설정되어 있다. 따라서 그 플롯 유형은 複合 플롯임에 틀림없다.

話素를 分析을 通해 確認할 수 있는 바와 같이 <檀君神話>와 <黃帝神話>는 모두 高貴한 身分, 祈子精誠, 誕生, 英雄的 行爲 등을 俱現하여 英雄의 一代記를 보여주고 있다. 따라서 이들은 東, 西洋의 神話에서 흔히 볼 수 있는 英雄敍事詩의 構造를 지니고 있다. 또한 歷史的 事實에서 빌어온 神話를 年代記的으로 記述하고 있어서 그 플롯 유형은 傳統的 플롯으로 볼 수 있다.

이러한 類似點에도 불구하고 <檀君神話>와 <黃帝神話>는 그 構造的인 측면에서 아주 異質的인 면을 많이 보여준다. <檀君神話>가 至極히 簡單 明瞭한 데 비하여 <黃帝神話>는 아주 多彩롭고 無秩序하기까지

하다. 그것은 中國의 神話가 <黃帝神話> 이전에 아주 豊富한 神話的
傳統을 지니고 있는 데에 기인한다. 天地 開闢 神話인 <盤古開天>, 人
類 誕生 神話인 <女媧造人>, 아주 多樣한 三皇五帝의 神話와 傳說, 夏,
商, 周의 수많은 神話 등은 中國의 神話가 서로 統一되지 못하고 난삽
함을 보여주고 있다. 따라서 中國의 神話는 韓國 神話와 달리 體系化,
組織化되지 못한 缺陷을 지니고 있다.

中國 神話가 系統性이 없는 것은 빈번한 王權 交替와 國土의 廣大함
과 무관하지 않다. 많은 王朝들이 神話를 통해서 자기 王朝의 正統性을
確保하려고 했음은 주지의 사실이다. 그런데 中國에서는 王朝가 바뀌면
過去의 神話를 否定하고 새로운 神話를 創造하기 일쑤였다.

그러나 새로운 王朝가 形成이 되어도 過去의 王朝가 완전히 潰滅되
는 法은 없었다. 廣大한 國土의 변두리로 물러나 숨을 죽이고 있었을지
언정 그들의 神話는 언제나 生命을 維持하고 있었다. 그리고 그들의 後
裔임을 自處하는 王朝가 다시 나타나곤 했다. 그렇게 수 많은 王朝가
바뀌는 사이에 短篇的이고 非系統的인 神話들이 形成되었다.[11]

3. 敍事的 自我의 性格

神話에서 敍事的 自我는 대개 神이거나 神格에 해당한다. 西洋의 神
話에서 뿐만 아니고, 東洋의 神話에서도 그렇다. 그들은 本質的으로 世
界(讀者와 自然 法則)보다 優越하다.[12] 따라서 그들은 恒常 勝利를 거

---

11) 가장 極端的인 예는 共工, 祝融, 예에게서 볼 수 있다. 共工은 유 時代에 유
주에서 殺害된 것으로 전해 지고 있으나, 舜의 時代에 다시 나타나 유주로 유
배되었고 禹의 時代에 다시 追放된 것으로 전해 지고 있다. 축융은 共工을 討
伐한 神인데, 여러 時代에 걸쳐 나타나고 있다. 예는 활의 名人인데, 堯에 奉仕
했다고 전해 지고 있으나 夏의 시대에 나타나 태강을 追放한 것으로 記錄되어
있다.(司馬遷의 『史記』의 「夏本記」 참조)

두며, 結末에 이르러 天上界로 돌아간다. 그 점은 <檀君神話>와 <黃帝神話>에 그대로 적용된다.

<檀君神話>의 등장 인물은 대개가 神的 人物이다. 桓雄의 아버지이며 天上에 뜻을 둔 神 桓因, 桓因의 아들이며 아버지의 명을 받아 太白山에 都邑을 정하여 神市를 열고 熊女와 婚姻하여 檀君을 낳은 桓雄, 바람과 비와 구름의 신인 三師(風伯, 雨師, 雲師) 등은 神이며, 檀君은 天上界의 주인공인 神과 地上界의 動物 사이에서 태어나 檀君 王儉을 세워 國祖가 된 半神半人이다.

<黃帝神話>의 등장 인물도 神的 人物이다. 理想과 善을 가지고 전 우주를 통치하는 黃帝, 木神과 句芒의 補佐를 받으면서 콤파스를 들고 봄을 支配한 太호, 火神과 祝融의 補佐를 받으면서 저울을 들고 여름을 지배한 炎帝, 金神과 辱收의 補佐를 받으면서 曲尺을 가지고 가을을 다스린 少昊, 水神과 玄冥의 補佐를 받으면서 저울추를 들고 겨울을 지배한 顓頊, 黃帝의 딸이며 天女의 몸으로 공적을 세워 正義의 種族을 救濟한 魃 등은 神이고, 蚩尤는 神과 對敵할 정도의 능력을 지니고 있는 巨人族의 王으로, 짐승의 몸에 구리로 덮힌 머리통을 가졌으며, 모래, 돌, 철을 먹고 사는 半人半神이다.[13)

두 神話에 나타나는 登場 人物의 類似性은 桓因과 黃帝, 桓雄과 黃帝의 類似性으로부터 찾을 수 있다.

먼저 桓因과 黃帝는 神格에 대하여 살펴 볼 필요가 있다. 崔南善은

---

12) Northrop Frye, 「Historical Criticism ; Theory of Modes」, *Anatomy of Criticism*, New Jersey ; Princeton Univ. press, 1973, p.33

13) 司馬遷에 의해 荒唐無稽한 說明神話라고 『史記』에서 排除된 三皇도 半人半神이다. 伏犧氏와 女(女-水+渦)氏는 뱀의 몸에 사람의 머리를 하고 있으며, 神農氏는 사람의 몸에 소의 머리를 하고 있다. 伏犧氏는 八卦, 文字, 婚姻 制度 등을 만들고 가축을 길렀으며 35絃의 樂器 瑟을 만들었다. 女(女-水+渦)氏 伏犧氏의 制를 그대로 踏襲했으나, 樂器 笙簧을 만들었다. 神農氏는 百草로 醫藥을 發見하고 가래를 만들어 農作法을 가르치고 物物交換하는 方法을 가르쳐 市場을 開拓했다.

「檀君古記 箋釋」에서 桓因을 하느님 혹은 神으로 解釋하고 있다.

> 古記에 桓因이라 한 것은 現代語 하늘 혹은 하느님의 根源이 되는
> 무슨 語形의 寫音일 듯한데 이것을 桓因이라고 쓴 것은 佛典에 印度
> 의 天主, 또 東方의 護法神을 釋帝桓因(Sakva - devendra)이라고 譯音
> 한 것이 音과 義가 다 비슷하므로 便宜上 옮겨다 쓴 것이며 「謂帝釋
> 也」라 … 이 一句語만은 분명히 佛典語로써 改竄한 것인 양하다. …
> 桓의 字音 환이 國語에 光明을 나타낸다.

'桓'이 光明의 桓이라면 桓因은 結局 宇宙 唯一의 光明의 根源神으로 볼 수 있다. 그런데 張德順 敎授는 桓雄의 存在를 바람, 비, 구름과 관련지어 좀더 구체적으로 太陽神이라고 斷定하고 있다.[14]

中國의 古書에 '黃帝'라고 기록되어 있는데, 그 뜻은 실제로 '皇天上帝'이며 '帝'자는 '詩', '書', '易' 및 甲骨文, 鐘鼎文을 근거로 하면 본래 '上帝'를 가리킨다. 또한 '皇'은 '帝'의 형용사이며, '帝'의 光明하고 위대함을 형용한다. 중국 고대에 '君主'는 모두 '帝'라고 불리어지지는 않았다. 周代에 와서야 '王'이라고 불리어졌으며, 秦代에 와서 '皇帝'라는 말로 대체되었다. 그러므로 黃帝의 본 뜻은 '신'이다.

따라서 桓因과 黃帝의 神格은 완전히 같다. 「兩元對比論」의 관점에서 볼 때, 그들은 흑암하계에 있는 惡神과는 대조적인 '光明과 黑暗'으로 天界의 善神이다.

다음으로 桓雄과 黃帝를 대비해 보면 그들은 共通的으로 많은 神과 動物을 統治하는, 神 가운데서도 가장 中心이 되는 神으로 나타난다.

'桓雄이 무리 삼천을 데리고 ----(雄率徒三千 ----)'

---

14) 風。雨, 雲의 三神이 있는 것으로 보아 桓雄은 太陽神임에 틀림없다. ----中略 ---- 이것으로 보아 桓雄이 太陽神임에 틀림없다. (張德順, 「檀君神話의 文學的 試考」, 『韓國文學史』, 同和文化社, 1980, p.146)

'昔者黃帝, 合鬼神於泰山之上, 駕象車而六蛟龍, 畢方竝 害, 蚩尤居
前, 風伯進掃, 雨師 麗道, 虎狼在前, 鬼神在後, 騰蛇伏地, 鳳凰覆上, 大
合鬼神, 作爲淸角.' 15)

따라서 黃帝가 거느린 神政의 規模는 매우 크며, 桓雄이 거느린 神
政의 規模와 類似하다. 黃帝가 거느린 諸神이 管掌하는 穀, 命, 病, 刑,
善惡 등 거의 모든 人間事를 包含하고 있다. 따라서 黃帝는 自然界를
支配하는 能力과 神秘로운 힘을 지닌 存在로 認識되었다.16) 桓雄이 데
리고 온 三神도 農耕, 生命, 疾病, 刑罰, 善惡을 다스린다고 했으니17) <
黃帝神話>와 다를 바 없다.
    두 神話에 나타나는 差異點도 몇 가지로 나누어서 살펴볼 수 있다.
    먼저, 두 神話의 主人公의 性格이 다르다. <檀君神話>의 主人公이 半
神半人인 檀君이지만 <黃帝神話>의 主人公은 神인 黃帝이다. 韓國의
神話가 人間에 中心을 둔 蓋然性 있는 人物 設定을 하고 있다면 中國
의 神話는 매우 極端的이기까지 하다. 그 이유는 正確히 推定할 수 없
다. 그러나 한 가지 分明한 사실은 韓國人들이 人本主義에 바탕을 두고
있었다면 中國人들은 神人合一說에 보다 置重하고 있었다는 점이다. 中
國人들은 자신들의 최고 위치에 있는 임금을 天子로 칭했다.
    韓國의 神話에는 어떤 경우에도 天上의 世界를 支配하고 있는 神의
아들을 곧 바로 자신들의 先祖로 設定하고 있지 않다. 『檀君神話』의 檀
君은 桓因의 아들인 桓雄과 動物인 熊女와의 사이에서 생긴 子息이며,

---

15) 『韓非子 十過』
16) 그러한 사실을 뒷받침할 만한 黃帝의 治績 가운데 가장 두드러진 것은 다음
    과 같은 세 가지이다. 첫째 그는 모래나 흙 위에 남겨진 猛禽의 발자국을 보고
    文字를 創造했다. 둘째 三皇 가운데 수인 씨가 만들었다고 전하는 불을 만들어
    衣食住의 基本이 되는 生活의 道具를 發見했다. 셋째 天體의 運行 規則을 發見
    하여 農事를 짓는 데 利用할 수 있도록 天文과 曆法을 制定했다.
17) 張德順, Op. cit., p.146

『동명왕편』의 주몽은 天上의 神인 해모수와 下界의 왕인 하백의 딸 유화와의 사이에서 생긴 자식이다.

反面에 中國의 神話에는 天界를 支配하고 있는 神의 아들을 바로 自身들의 祖上으로 설정하고 있다. 中國人들은 神의 아들인 黃帝를 그들의 共通神으로 믿고 있다. 그리고 黃帝로부터 출생한 25명의 아들 가운데 14명이 각기 다른 姓의 始祖가 된 것으로 믿고 있다.

둘째, 두 神話는 主人公의 誕生과 관련하여 아주 다른 모습을 보여주고 있다. <檀君 神話>에서는 檀君의 誕生 과정을 보여주고 있는 반면에 <黃帝 神話>에서는 그러한 모습을 전혀 보여주지 않는다. 특히 檀君은 英雄 敍事詩의 構造 가운데 神異한 存在의 誕生에 입각하여 다양한 변화 과정을 보여주고 있다.

檀君의 誕生을 '變形 神話'의 시각에서 설명한다면 '人', '獸', '神'이라는 세 가지의 물질이 서로 變化하는 형상이다. 그 類型은 세 가지가 있다. '人 + 獸 → 神', '人 + 神 → 獸', '獸 + 神 → 人' 등이 그것이다. 그 가운데 檀君의 變形은 세 번째 유형에 속한다. 즉 웅녀(獸) + 환웅(神) → 단군(人)의 變形이다.

곰이 있어야만 인간으로 變化할 수 있는 朝鮮 民族의 '變形 神話'와 朝鮮 民族의 토템이 곰이라는 사실이 잘 나타나 있다. 따라서 朝鮮 民族을 곰의 후예라고 하는 것은 그러한 민족 토템과 불가분의 관련이 있다. 반면에 中國은 黃帝가 속하는 짐승은 黃龍(龍의 傳人)이라는 토템을 가지고 있다.

셋째, <檀君神話>에서 世界는 具體的으로 드러나 있지 않지만, <黃帝神話>의 世界는 主人公이 擊破하지 않으면 안될 惡의 化身으로 登場한다. 韓國의 神話가 다분히 自然合一의 思想과 토템이즘에 根幹을 두고 있다면 中國의 神話는 끊임없이 계속된 政權 鬪爭의 過程에서 자연스럽게 世界가 克服의 對象으로 認識된 것으로 보인다. 이때 世界를 代辯하는 것은 動物, 自然, 災害 등이다.

上古 時代에는 사람의 수보다 動物의 수가 많았기 때문에 人間은 猛獸를 包含한 動物들과 싸워서 이기기가 힘들었다. 그렇기 때문에 빼어난 才能을 가진 聖人이 나타나서 그들의 우두머리가 되었다. 유소 씨는 나무 위에 집을 지어 猛獸들의 습격을 피하는 方法을 생각해 내어 天下의 임금이 되었다. 그 時代에는 과일, 풀열매, 조개 따위 등을 날 것으로 먹어 사람들에게 疾病이 끊이질 않았다. 그런데 수인씨는 불을 發見하여 生食을 火食으로 바꿈으로써 임금이 되었다. 또한 중고 때는 天下에 大洪水가 일어났다. 그런데 禹와 같은 聖人이 나타나 水路를 만들어 바다로 빼내어 그 역시 天子의 자리에 올랐다.[18]

넷째, <檀君神話>의 神은 범이나 곰에게 友好的 立場을 취하고 있다. 人間이 될 수 있는 方法을 가르쳐 주기도 하고 人間이 된 熊女의 所願을 들어 주어 檀君을 낳기도 한다. <黃帝神話>의 神은 動物들에게 肯定的 立場을 취하기고 있는 것은 韓國의 神話와 類似한 면이 없지 않다. 그러나 蚩尤를 비롯한 半人半獸 혹은 많은 動物들에게 敵對的 立場을 취하고 있다. 그들을 惡의 化身이나 惡을 돕는 무리로 設定하고 있으며, 主人公이 擊破해야 할 對象으로 設定되고 있다. 阪泉의 들판과 涿鹿의 들판에서 치른 두 번의 戰爭에서 黃帝는 곰을 我軍으로 만들어 炎帝의 孫子와 蚩尤를 쳐부신다.

4. 空間과 事物의 神話的 色彩

<檀君神話>와 <黃帝神話>는 神話이기에 空間과 事物이 神話的으로 潤色되어 나타난다. 그 가운데 神話的 色彩가 강한 太白山과 崑崙山, 神檀樹와 天降之說, 三師 등은 두 神話에서 아주 類似하다. 따라서 그

---

18) 韓非子(? ~   BC.233)의 『歷史書』

들의 特徵을 具體的으로 살펴볼 必要가 있다.

먼저, 太白山과 崑崙山은 어떤 意味를 지니고 있는지 알아볼 필요가 있다. 原始 心理에서는 神과 人間, 天上과 人間이 親密한 關係를 維持하고 있으며, 彼此間의 交通이 자유롭다고 생각했다. 天上과 人間의 交通은 高山의 頂点을 連絡點으로 하여 行할 수 있는 것으로 알았다.

> 桓雄 下視 人間의 降點을 '太伯'이라고 한 것은 그 山을 最高의 神聖한 山으로 높여서 적은 것에 不過하다는 것을 意味한다.[19]

> 崑崙虛中, 有增城九重, 其高萬一千里 百一十四步 二尺 六寸[20]

太白山을 '最高의 神聖한 山'으로 본 것이나 崑崙山을 숫자상으로 비할 데 없이 높다는 뜻으로 풀이한 것이 아주 類似하다. 즉 太白山과 崑崙山은 모두 매우 崇高한 意味를 지닌 地名으로 原始 時代의 神과 人間의 橋梁이며, 兩國 國祖의 降臨處라는 類似點을 지니고 있다.

둘째, '神檀樹'와 '天降之說'에 대하여 살펴볼 必要가 있다.

桓雄은 太白山의 神檀樹 아래서 神市를 열고 神政을 폈다. 山林 地帶가 檀君神話의 舞臺인 것은 高山으로 하늘과의 連結 고리로서의 의미 이외에도 古朝鮮의 基盤이 農耕 社會였음을 분명히 해준다. 그런데 樹木 崇拜라는 視覺에서 神檀樹는 祭政의 根源地로서의 중요한 意味를 지니고 있다. 또한 天上界와 人間界를 往來하는 媒介이다.

中國 神話에도 소위 '天梯'라는 것이 있는데, '神人과 仙人'이 '上下於天'한다는 意味를 지니고 있다. '天梯'는 두 가지 種類가 있다. 그 하나는 山이고, 다른 하나는 나무이다. '崑崙山'은 黃帝의 '下都'이며,

---

19) 金瑃永, 「檀君神話의 研究」, 『朝鮮大語文學論叢』 8輯, 1968.12, p.11
20) 『淮南子 地形篇』

그곳의 가장 높은 산봉오리는 天上에 이른다. 그리고 그곳의 나무는 '建木'이다.[21] 따라서 '建木'의 性質은 樹木 崇拜의 觀點에서 '神檀樹'와 같고, '天降之說'을 뒷받침해 주는 좋은 例라고 할 수 있다.

<檀君神話>와 <黃帝神話>의 '天降之說'은 알타이계 神話에 共通的으로 나타난다. <檀君神話>의 '太白山'과 '神檀樹', <黃帝神話>의 '崑崙山'과 '天梯'는 알타이계 共通의 神話的 裝置인 世界神과 世界樹에 다름 아니다.[22]

셋째, 두 神話에는 모두 三師(風伯, 雨師, 雲師)가 등장한다. 때문에 三師의 特性에 대하여 살펴볼 必要가 있다. <檀君神話>에서 바람, 비, 구름 등은 모두 중요한 神이며, 農耕 生活의 斷面을 보여주는 神들이다. 이들이 아주 肯定的으로 그려지고 있는 것은 當代人들의 이들에 대한 畏敬 및 自然 崇拜 思想을 보여주는 좋은 예이다.

> 風. 雨, 雲의 三神이 ---중략---- 農耕, 生命, 疾病, 刑罰, 善惡을 다스린다고 했으니 三千의 諸神이 각각 맡은 바 任務를 分掌하였다고 생각되며 그 중에서도 農耕生活을 이루었는데 ---- 中略 ---- 檀君神話가 다른 建國神話와 相通하는 性格이 있지만, 많은 神이 動員되었다는 점과 이들이 農耕을 中心으로 하면서도 인간 生命을 主管하고 法秩序와 倫理的인 價値觀까지 確立하였다는 구체성에 있어서는 다른 神話보다 훨씬 細密하다. 尨大하면서도 纖細한 兩面性을 갖고 있는 것이 檀君神話의 特徵이기도 하다.[23]

<黃帝神話>에도 風師, 雨師, 雲師 등이 등장한다. 그런데 이들은 穀, 命, 病, 刑, 善惡 등 거의 모든 인간사를 관장하고 있다. 따라서 그들은 <檀君神話>의 三師와 그 임무나 역할은 유사했던 것으로 보인다. 아울

---

21) '建木----衆神所上下'(『淮南子 地形篇』)

22) Uno Harva, *Die Religisen Vorstellungen der Altaischen Volker*, 田中克彦 譯, 三中堂, 1971. 參照

23) 張德順, Op. cit., pp.146-148

러 이들은 <黃帝神話>에서 매우 重要한 位置를 차지하고 있다.

'昔者黃帝, 合鬼神於泰山之上 ---中略--- 風伯進掃, 雨師 麗道'[24]

'藿山南岳有雲師兩虎'[25]

특히 黃帝의 딸 魃이 힘겨운 싸움에서 妖氣에 더렵혀져 天上으로 돌아가지 못하고 버려지게 되며, 가는 곳마다 旱魃이 심하게 들자 地上의 人間들은 祈雨祭를 지낸다. 이 역시 農耕 社會와 密接한 關聯이 있다는 具體的 證據가 될 수 있다.

마지막으로, 두 신화에는 많은 신들이 등장한다. <檀君神話>에는 三千의 神이 등장한다. 장덕순 교수는 이 점이 <檀君神話>가 다른 건국 신화와 다른 점이라고 평가한 바 있다. 그런데 <黃帝神話>에도 수많은 신들이 등장한다. 이를 도표로 제시하면 다음과 같다.

方 角	季	星	諸 神	補 佐 神	獸
東	春	木	太 皥	句 芒	蒼 龍
南	夏	火	炎 帝	祝 融	朱 鳥
中央	坤	土	黃 帝	后 土	黃 龍
西	秋	金	少 昊	辱 收	白 虎
北	冬	水	顓 頊	玄 冥	玄 武

그 가운데 남방의 炎帝는 여름을 관장하는 이외에도 주곡을 맡고 있는 농업의 신이고, 화성에 속하므로 태양의 신이다. 따라서 이규보의 <동명왕편>에 해모수나 <檀君神話>의 桓雄과 동일한 직책을 맡은 신이다.

---

24) 『韓非子 十過』
25) 『太平御覽十一引遁甲開三國』

그러나 이상에서 지적한 많은 유사점에도 불구하고 <檀君神話>와 <黃帝神話>의 신화적 색체는 상당한 정도로 이질성을 보여준다.

먼저, <檀君神話>는 檀君의 誕生을 위하여 神話的 性格을 지닌 自然物들이 敍事的 自我에게 도움을 주거나 調和를 이루고 있다. 반면에 <黃帝神話>는 神話的 性格의 自然物이 敍事的 自我와 敵對的인 관계를 유지하고 나타난다. 이는 當時 中國이 처한 現實의 事實的 反影으로 보인다. 中國 民族은 數千年 동안 黃河를 중심으로 洪水, 가뭄 등의 憂患 속에서 生存을 위해 大自然과 全力 鬪爭을 해왔다. 따라서 <黃帝神話>는 中國 民族이 災難을 이겨낸 卓越한 民族精神을 具現하고 있는 悲劇 藝術이라고 할 수 있다.

둘째, 두 神話에 나타나는 地域의 範圍와 多樣性에 차이가 있다. <檀君神話>의 경우 天上, 太白山, 평양성, 百岳山 기슭 阿斯達 등 韓半島와 東北 地方에 局限되고 있으나, <黃帝神話>의 경우 戰亂에 휩쓸린 大陸, 崑崙山, 전 宇宙, 首陽山, 天上 등 宇宙와 中國 全域에 걸쳐 있다. 또한 太白山을 中國의 崑崙山과 동일시하려는 사람도 있지만, 太白山은 朝鮮에 있고 崑崙山은 中國에 있다.

셋째, 天上과 下界의 連結 고리가 다르게 나타나고 있다. '神檀樹'와 '天梯'는 비록 그들이 '天降之說'을 뒷받침해 준다고 하더라도 분명 性格이 다른 神物들이다. 前者는 天上에 祭祀를 지내는 곳이지만, 後者는 天上에 오를 수 있는 唯一한 空間이다. 때문에 黃帝는 崑崙山에 雄大하고 華麗한 宮殿을 짓고 자주 내려온 것이다.

5. 結論

筆者는 本考에서 西歐 中心主義와 移植史觀을 克服하기 위하여 影響 關係의 論證이라는 從來의 比較 文學 研究 方法에서 脫皮하여 主題 研

究 方法을 援用하여 東洋 文學의 普遍性을 찾아내려고 했다.

먼저 <檀君神話>와 <黃帝神話>의 話素 分析을 통해 그들이 모두 英雄 敍事詩의 構造를 지니고 있지만 그들 사이에 어느 程度의 差異가 있는지를 밝혔다. 또한 그들에 登場하는 敍事的 自我의 性格과 그들이 世界에 대하여 어떠한 立場을 취하고 있는지를 밝혔다. 그리고 神話的 色彩가 강한 太白山과 崑崙山, 神檀樹와 天降之說, 三師 등을 比較하여 韓國 神話와 中國 神話의 特殊性과 普遍性을 밝혔다.

사실 <檀君神話>와 <黃帝神話>는 모두 國祖 神話이며, 매우 類似한 모티프와 主題를 지닌 神話이다. 또한 現在에 이르러서도 檀君은 朝鮮의 始祖로서, 黃帝는 中華 民族의 始祖로서 받들어지고 있다. 이것은 強烈한 民族 意識을 지니고 있는 두 나라의 淵源이 있고 根源이 있는 單一 民族的 氣像의 表出임에 틀림없다. 특히 곰은 韓國人의 民族的 象徵을 지닌 動物로 登場하고 있는 반면에, 龍은 中國 民族의 象徵的 動物로 設定되어 있다.

그런데 <檀君神話>가 至極히 簡單 明瞭한 데 비하여 <黃帝神話>는 아주 多彩롭고 無秩序하기까지 하다. 그것은 中國의 神話가 <黃帝神話> 이전에 아주 豊富한 神話的 傳統을 지니고 있는 데에 기인한다. 天地 開闢 神話인 <盤古開天>, 人類 誕生 神話인 <女媧造人>, 아주 多樣한 三皇五帝의 神話와 傳說, 夏, 商, 周의 수많은 神話들은 中國의 神話가 서로 統一되지 못하고 난삽함을 보여주고 있다. 따라서 中國의 神話는 韓國 神話와 달리 體系化, 組織化되지 못한 缺陷을 지니고 있다.

<檀君神話>와 <黃帝神話>의 敍事的 自我는 神이거나 神格에 해당한다. 그들은 本質的으로 世界보다 優越하여 恒常 勝利를 거두며, 結末에 이르러 天上界로 돌아간다. 특히 두 神話에 나타나는 登場人物의 類似性은 桓因과 黃帝, 桓雄과 黃帝의 類似性으로부터 찾을 수 있다. 桓因과 黃帝의 神格은 완전히 같다. 「兩元對比論」의 관점에서 볼 때, 그들은 흑암하계에 있는 惡神과는 대조적인 '光明과 黑暗'으로 天界의 善

神이다. 다음으로 桓雄과 黃帝를 대비해 보면 그들은 共通的으로 많은 神과 動物을 統治하는, 神 가운데서도 가장 中心이 되는 神으로 나타난다.

그러나 두 神話의 主人公의 性格이 다르다. <檀君神話>의 主人公이 半神半人인 檀君이지만 <黃帝神話>의 主人公은 神인 黃帝이다. 또한 <檀君 神話>에서는 檀君의 誕生 과정을 보여주고 있는 반면에, <黃帝神話>에서는 그러한 모습을 전혀 보여주지 않는다. 그리고 <檀君神話>에서 世界는 具體的으로 드러나 있지 않지만, <黃帝神話>의 世界는 主人公이 擊破하지 않으면 안될 惡의 化身으로 登場한다. 韓國의 神話가 다분히 自然合一의 思想과 토템이즘에 根幹을 두고 있다면 中國의 神話는 끊임없이 계속된 政權 鬪爭의 過程에서 자연스럽게 世界가 克服의 對象으로 認識된 것으로 보인다.

<檀君神話>와 <黃帝神話>는 神話이기에 空間과 事物이 神話的으로 潤色되어 나타난다. 그 가운데 神話的 色彩가 강한 太白山과 崑崙山, 神檀樹와 天降之說, 三師 등은 두 神話에서 아주 類似하다. 먼저, 太白山과 崑崙山은 모두 매우 崇高한 意味를 지닌 地名으로 原始 時代의 神과 人間의 橋梁이며, 兩國 國祖의 降臨處라는 類似點을 지니고 있다. 또한, <檀君神話>의 '太白山'과 '神檀樹', <黃帝神話>의 '崑崙山'과 '天梯'는 알타이계 共通의 神話的 裝置인 世界神과 世界樹에 다름 아니다. 그리고 <檀君神話>에서 바람, 비, 구름 등은 모두 중요한 神이며, 農耕生活의 斷面을 보여주는 神들이다. 이들이 아주 肯定的으로 그려지고 있는 것은 當代人들의 이들에 대한 畏敬 및 自然 崇拜 思想을 보여주는 좋은 예이다. <黃帝神話>에도 風師, 雨師, 雲師 등이 등장한다. 그런데 이들은 穀, 命, 病, 刑, 善惡 등 거의 모든 인간사를 관장하고 있다. 따라서 그들은 <檀君神話>의 三師와 그 임무나 역할은 유사했던 것으로 보인다.

그러나 <檀君神話>와 <黃帝神話>의 신화적 색채는 상당한 정도로

이질성을 보여준다. 먼저, <檀君神話>는 檀君의 誕生을 위하여 神話的 性格을 지닌 自然物들이 敍事的 自我과에게 도움을 주거나 調和를 이루고 있다. 반면에 <黃帝神話>는 神話的 性格의 自然物이 敍事的 自我와 敵對的인 관계를 유지하고 나타난다. 또한 <檀君神話>의 地域은 韓半島와 東北 地方에 局限되고 있으나, <黃帝神話>는 宇宙와 中國 全域에 걸쳐 있다. 그리고 天上과 下界의 연결 고리가 다르게 나타나고 있다.

結局 兩國의 神話는 대단히 類似한 점이 많음에도 그 나름대로 辨別性을 지니고 있음을 알 수 있다. 檀君이 朝鮮의 始祖로, 黃帝가 中國의 始祖로 현재까지도 받들어지고 있는 것은 두 나라 모두 淵源이 있고 根源이 있는 單一 民族임을 標榜한 것이며, 모두 강렬한 民族 意識을 지니고 있음을 드러낸 것이다. 따라서 <檀君神話>와 <黃帝神話>가 오늘에 이르기까지 兩國의 精神的 根源으로서 이어져 내려오는 것은 당연한 일이라고 할 수 있다.

참고문헌

『管子』
『史記』
『山海經』
『三國遺事』
『歷史書』
『韓非子 十過』
『桓檀古記』
『淮南子 地形篇』
강영수 편저, 『재미있는 중국사 여행』, 예문당, 1994
구로역사연구소, 『바로 보는 우리 역사』, 거름, 1991

金烈圭,『韓國의 神話』, 一潮閣, 1976

------,『神話, 傳說』, 韓國日報社, 1975

金載元,『檀君神話의 新研究』, 探求新書, 1981

羅景洙,『韓國의 神話研究』, 敎文社, 1993

李基白,『韓國史新論』, 一潮閣, 1993

李慧淳,『比較文學 1』, 1985, 科學情報社, 1986

李慧淳 編,『比較文學 2』, 科學情報社, 1986

張德順,『韓國文學史』, 同和文化社, 1980

_____,『韓國說話文學槪說』, 二友出版社, 1978

張籌根,『韓國의 神話』, 成文閣, 1961

趙東一,『韓國文學通史 1』, 知識産業社, 1982

조희웅,『韓國說話의 類型的 研究』, 韓國文化院, 1982

한국역사연구회,『한국사강의』, 한울아카데미, 1989

한국역사연구회,『한국역사』, 역사비평사, 1993

한국사특강편찬위원회,『한국사특강』, 서울대학교출판부, 1993

황패강,『韓國敍事文學研究』, 檀國大出版部, 1982

Frye, Northrop, *Anatomy of Criticism*, New Jersey ; Princeton Univ. press, 1973

Harva, Uno, *Die Religisen Vorstellungen der Altaischen Volker*, 田中克彦 譯, 三中 堂, 1971.

Kayser, Wolfgang,『언어예술작품론』, 이윤섭 역, 대방출판사, 1982

Weisstein, Ulrich, *Comparative Literature and Literary Theory :Survey and Introduction*, Bloomington ; Indiana Univ. Press, 1973

Wellek, R. and A. Warren, *Theory of Literature*, 臺北 ; 雙葉書店, 1978

中文摘要

　　本論文爲了改正西歐中心主義和移植史觀的偏見，　擺脫向來所採用的影響關係論證法，筆者採用主題研究方法，試圖找出東洋文學的普遍性.

　　首先，　在分析<檀君神話>和<黃帝神話>的內容後，　發現兩者都具有英雄敍事詩的構造，但是有某種程度的差異. 同時也闡明了兩者的主人公性格和對於宇宙立場的差異. 並且在比較了神話色彩濃厚的太白山和昆崙山，神檀樹和天降之說，三師等，找出了中韓兩國神話的特殊性和普遍性.

　　<檀君神話>和<黃帝神話>中的故事主人公相當於一個神或神格，　他們的本質已凌駕了人間，永遠是勝利者，結局總是回到天上去. 兩個神話的登場人物當中，以桓因和黃帝，桓雄和黃帝，有極類似之處. <檀君神話>的主人公檀君是半神半人，　<黃帝神話>的主人公黃帝是個完全的神. <檀君神話>裏，詳細說明了檀君的誕生過程，可是<黃帝神話>裏，看不到黃帝的誕生過程. <檀君神話>裏沒有一個具體的宇宙世界，而<黃帝神話>裏卻有一個具體的宇宙世界.

　　由於 <檀君神話>和<黃帝神話>是神話故事，因此其空間和事物都是經過神話加工的. 而其中神話色彩最濃厚的太白山和昆崙山，神檀樹和天降之說，三師等，非常類似. 但是兩者的神話色彩卻有相當程度的異質性.

　　結論是兩國神話在具有不少類似處之同時，也具有各自的辨別性.

Abstract

A Comparative Study of Korean and Chinese myth

LIU LIH YEA

The study purposes to compare Korean and Chinese myth as an effort to illuminate the generalities of Oriental literature and the specificities of their myths.   This is hard to achieve from the traditional comparative approach which deals with the questions of literary influences.   This study adopts the thematic approach to analyze the common structure and humanities which their myths have.

Korean and Chinese myth is a good example of reviving Oriental classic literature in modern times.   This also demonstrates their myths are plaining different from Western myth.

역사, 전기소설의 형성과 梁啓超

1. 문제의 제기

지금까지 한국과 중국 문학의 연구는 영향 관계의 논증이라는 틀 속에 묶여 획일적인 면을 보여주고 있다. 물론 한국은 한문 문화권에 속하고 있으며, 따라서 오랫 동안 중국 문화의 영향을 받은 것은 사실이다. 그러나 단순히 영향 관계의 논증만으로는 양국 문화의 특징과 동양 문학의 보편성을 찾아내는 데는 한계가 있다.

때문에 한국과 중국 문학을 비교 연구함에 있어서 영향 관계의 논증이라는 종래의 틀에서 벗어나, 직접적인 관련이 없으면서도 공통적으로 나타나는 특성을 검토하는 일이 무엇보다도 시급하다. 이는 동양 문학의 연구를 출발점으로 해서 세계 문학의 보편성을 찾아내고, 이를 토대로 지금까지의 동양 문학 연구의 그릇된 시각인 동양 문학의 서양 문학의 추수주의를 극복하는 데에 일익을 담당할 것으로 사료된다.

서구 중심주의에서 벗어나려는 시도는 문학 분야에서도 대단히 활발하게 개진되고 있다. 한국 근대 문학의 형성이 서구 문학의 이식이나 그것의 추종에 기인한 것인가 아닌가 하는 문제는 제3세계의 모든 문학적 행위의 해석과도 밀접한 관련이 있다. 물론 우리의 근대 문학이 서구 문학의 영향을 받은 점은 부인할 수 없다. 그럼에도 우리 문학은 우리 나름대로의 질서를 지니고 있고, 단순한 모방이나 추종이 아닌 탈 식민화 혹은 전유를 통해 발전해 왔다.

그런 의미에서 근대 초기의 문학 특히 소설에 대한 연구는 당연히 우리 소설의 성장 과정이나 내적 질서를 찾는 데 맞추어지지 않으면 안될 것이다. 이러한 작업은 비교의 대상이 된 작품이나 작가의 연구를 출발점으로 해서 자국 혹은 세계 문학의 보편성을 찾아내려는 것으로, 주제 연구 방법에 토대를 두고 있다.

그런데 주제 연구는 그 역사가 일천하며, 국가에 따라 용어상의 애 매성을 보여주고 있다. 독일에서는 강한 불신과 비판을 받기도 했지 만1), 막스 코흐 이후 각광을 받기 시작하여 소재 및 모티프 변천사 (Stoff, Motiv- geschichte) 연구로 명명하자는 주장까지 대두되었다.2) 프 랑스에서는 방띠겜과 귀야르의 변론3)을 거쳐 레이몽 뜨루송에 이르러 심도있게 논의되면서, 주제학(Thematologie)이라는 용어를 사용하고 있 다. 미국에서는 챈들러, 우드베리, 러브조이 등을 거쳐 해리 레빈에 이 르러 긍정적 반응을 보이며, 소재 연구(Subject matter, Stoff)라는 용어를 사용하고 있다.4)

모티프가 '비인격적 상황, 전통적 모티프, 주제, 장소, 배경, 관습'5) 혹은 '주인공이 개성화되지 않는 비인격적 상황'6) 으로 지칭되고 있다 는 점에서 모티프는 주제보다 넓은 의미이며, 문학적 견지에서 상황은

---

1) Ulrich Weisstein, 「Thematology」, *Comparative Literature and Literary Theory :Survey and Introduction*, Bloomington ; Indiana Univ. Press, 1973, p.124.
2) 이혜순 편, 『비교문학 2』, 과학정보사, 1986, p.254.
3) 이혜순, 『비교문학 1』, 과학정보사, 1986, p.123.
4) R. Wellek and A. Warren, *Theory of Literature*, 臺北 ; 雙葉書店, 1978, p.250.
5) Ulrich Weisstein, Op. cit., p.140.
6) Ibid., p.141.

행동이나 갈등의 원인이 될 다양한 사상이나 감정을 내포한다는 점에
서7) 주제보다는 모티프란 용어가 더욱 타당한 것으로 생각된다.

따라서 필자는 독일 비교 문학자들의 용어인 모티프(Stoff und
Motivgeschi- chte)를 취하고자 한다. 그런 시각으로 본고에서는 '애국,
계몽'이라는 모티프에 관심을 가지되, 그 형태인 역사, 전기 소설의 형
성에 관심을 두고, 전통단절론을 극복하는 데 일익을 담당하고자 한다.
임화와 백철의 문학사는 근대 문학과 근대 이전의 문학이 단절되었다
는 통념을 낳았고, 그것은 지금까지도 암암리에 영향력을 행사하고 있
다.

물론 근대 이전의 문학과 근대 문학에는 상당한 정도의 공통성과 변
별성이 발견된다. 그것은 물론 전대 문학의 발전적인 양상일 수도 있고
그렇지 않은 경우도 있다. 때문에 우리 학계에서는 이미 70년대부터 이
식사관의 극복이라는 문제가 중요한 과제로 부각된 바 있다. 그리고 개
화기 시가 분야와 개화기 소설 분야에서는 전통단절론을 극복할 수 있
는 전통 계승의 주목할만한 단서들이 제시되기도 했다.

그것은 애국계몽기의 소설론이나 소설을 통해서도 어느 정도 확인이
가능할 것으로 생각된다. 전자에 대한 연구는 이미 수행한 바 있으며,
후자가 본고의 관심사이다. 역사, 전기 소설의 경우 전통적인 전의 양
식을 계승하고 있으며, 당대의 정치적 현실과 이데올로기를 소설화하고
있는 점은 누구도 부인하지 못한다.

따라서 전대의 문학과 당대의 문학에 나타나는 공통성을 찾는 작업
이나 근대 문학에 나타나는 전통 계승의 양상을 밝히는 작업이 역사,
전기 소설의 경우에 모두 가능하다. 그러나 문제는 전문직 문인이 아닌
사대부들이 소설을 창작했던 데 있다. 그것은 당대의 절박한 상황에 의
해 자발적으로 그렇게 된 것으로 볼 수도 있겠으나 그보다는 우리와

---

7) Wolfgang Kayser, 이윤섭 역, 『언어예술작품론』, 대방출판사, 1982, p.88.

처지가 비슷한 중국에서 일어난 일련의 애국 계몽 운동과 관련짓지 않을 수 없다.

왜냐하면 우리의 애국계몽운동가들이 중국의 애국 계몽 운동가 중의 대표적 인물인 양계초를 수용한 자취가 너무 뚜렷하기 때문이다. 당시 우리의 애국계몽운동가들은 당대의 열악하고 암담한 국가적 위기의 상황이 전적으로 국력의 열세에 기인한 것으로 보고 국력의 자주적이고 자립적인 배양을 위해 양계초의 저작들을 수용했다.

그런데 그들은 단순히 서구 소설의 흉내내기를 하거나 근대 문학을 일본에서 수입해다가 이 땅에 정착시킨 그런 사람들이 아니다. 문화의 복합 생성 원리에 입각하여 서구의 문화를 수용하면서도 우리 나름대로의 틀을 유지하려 했다. 그 대표적인 인물이 신채호이다.

본고에서도 필자는 기존의 논의를 더욱 심화시켜 과도기라고 할 수 있는 근대 초기의 소설을 대상으로 그 과도기적 양상과 근대 소설로의 이행 과정을 규명하고, 이를 토대로 우리의 근대 소설이 전통적인 이야기 문학의 기반 위에서 착실히 성장해온 탈식민적 장르임을 구명하려고 한다.

2. 양계초의 수용과 애국계몽소설론의 형성

양계초는 청말에 가장 위대한 사상가이면서 문화인으로, 청일 전쟁 이후 구국 활동에 전념한 애국계몽운동가이다. 당시 중국은 조선과 크게 다를 바 없었다. 아편 전쟁을 계기로 시작된 세계 열강의 침략에 의해 중국인들은 자신들의 무기력함을 절감하게 되었다. 이때부터 자체내의 모순을 초극하려는 일련의 시도가 일어나게 되는데, 양무 운동과 유신 변법 등은 그 대표적 결과들이다. 이러한 개혁의 움직임은 강유위와 양계초를 중심으로 한 애국계몽운동가들을 자극하며, 그들로 유신 운동에 핵심적인 역할을 한다.

당시 우리의 애국계몽운동가들은 중국의 변화와 양계초의 역할에 커다란 감명을 받는다. 전통 유교 교육을 받은 그들에게 유교의 종주국인 중국의 변화는 하나의 경이적인 사건이면서 도도한 시대의 흐름을 거역할 수 없다는 인식에 이르게 한다. 그리하여 그들은 양계초와 그의 저작에 관심을 갖게 된다.

양계초가 우리 나라에 맨 처음 소개된 것은 1897년의 일이다. 이때 양계초는 『시무보』를 간행하여 변법자강운동에 전념하고 있었고, 우리 나라에서는 애국계몽소설론의 창작과 역사전기소설의 창작 및 번역이 본격화되기 직전의 일이다. 『대조선독립협회회보』 제2집에 「청국형세의 가린」이 게재되었는데, 이 글에 양계초의 자강론이 소개되고 있다. 관련된 부분을 인용하면 다음과 같다.

청나라 신민회에 양계초씨가 작년에 나라이 정세에 비분하여 파란국이 멸망한 역사의 뜻을 빌어 덧붙여 논하기를 약한 나라를 병탄하여 스스로 강성해진 나라는 비록 군대를 파견하지만 임기응변의 꾀를 쓰려고 한다. 이런 꾀로 다른 나라를 폐허시킨 나라가 어찌 하나 뿐이랴. 파란국은 내정을 닦지 않고 갈수록 약해져 나라안에 간신배들이 강대국에 의지하여 강해지려고 한다. 그러나 나중에 자기를 잡아 먹으려고 한 것을 알고 서로를 쳐다보며 얼굴빛이 창백하여 어찌할 바를 모른다. 매우 어리석은 짓이다. 스스로 힘을 쓰지 않고 강한 나라의 보호를 받으려고 한 것은 오히려 그 스스로의 멸망을 더욱 재촉할 뿐이다.[8]

이 글은 애국계몽소설론의 일종으로 우리의 애국계몽소설론과 비교할 때 형식과 내용면에서 모두 유사한 점이 많다. 형식상 소설의 내용을 소개하면서 자신의 입장을 덧붙이고 있으며, 소설의 내용에 전적으

---

8) 『대조선독립회보』 제2집, 1897, pp.146-147

로 동의하면서 당대의 이데올로기를 논의하고 있다. 내용상의 문제는
굳이 재론할 필요도 없다.

　이어서 1899년 1월 13일자 『황성신문』 외보란에 양계초의 근황과
『청의보』가 소개되고 있으며, 동년 3월 17일자 논설에 양계초의 「애국
론」이 소개되고 있다. 또한 이종일의 『비망록』, 황현의 『매천야록』, 『조
양보』 제8호, 최석하의 「조선혼」, 기서 「밀아자경력」, 이근의 「양씨학설
」, 홍필주의 「빙집절약」, 이근의 「정치학설」, 중수의 「독양계초소저조선
망국사략」 등에 양계초와 그의 저술 활동이 소개되고 있으며 애국 계
몽 운동 단체의 기관지에 양계초의 논저들이 번역되거나 원문 그대로
소개되고 있다.

　이때 소개된 양계초의 논저로는 『청국무술정변기』』(학부, 1900.9), 「
교육정책사의」(『대한자강회월보』 3.4호, 1906), 『월남망국사』(보성사,
1906), 「학교총론」(『서우』 2-5호, 1907), 「동물담」(『서우』 3호, 1907), 『이
태리건국삼걸전』(광학서포, 1907), 『라란부인전』(박문서관, 1907), 『월남
망국사』(박문서관, 1907), 「논유학」(『대한협회회보』 1호, 1908), 『음빙실
자유서』(탑인사, 1908), 『흉아리애국가갈소사전』(중앙서국, 1908), 『중국
혼』(석보포, 1908), 「변법통의서」(『대한협회회보』 3호, 1908), 『이태리건
국삼걸전』(박문서관, 1908), 「세계최소민주국」(『서북학회월보』 2호,
1908), 「지나양계초신민설」(『교남교육회잡지』 1호, 1909), 「여자교육의
급선무」(『서북학회월보』 15호, 1909) 등이다.

　그런데 양계초와 그의 저작물을 수용하는데 애국 계몽 운동과 밀접
한 관련이 있는 내용에 국한하고 있는 점이 특징이다. 변법 자강 운동
가로서의 양계초에 초점이 맞추어진 점, 애국 계몽적인 내용을 담은 역
사, 전기 소설과 논저들이 번역되거나 소개되고 있는 점, 변법 자강 운
동의 핵심적인 논저들이 번역 소개되고 있는 점은 수용자측의 의도를
아주 분명히 해준 것임에 틀림없다. 또한 그것이 우리의 애국 계몽 운
동 단체의 기관지에 게재된 것도 우리에게 시사하는 바 크다.

이로 미루어 볼 때 우리의 우리의 애국계몽운동가들은 애국 계몽 운동의 일환으로 양계초와 그의 저작물을 수용한 것이라 할 수 있다. 애국계몽기에 수용된 양계초의 저작에는 역사, 전기 소설을 창작하거나 번역하여 애국 계몽 운동을 전개하게 된 동기가 비교적 자세하게 밝혀져 있다. 때문에 그의 소설론이 우리의 소설론 형성에도 적지 않은 영향을 미쳤을 것으로 생각된다.

양계초는 보수 사람들과는 달리 소설의 효용적 기능에 큰 관심을 가지고, 소설을 문학의 최고라고 평가했다. 그것은 소설이 국성의 배양과 민지의 계발에 대단히 유용할 뿐만 아니라 정치의 개혁에 결정적 영향을 미칠 수 있다고 판단한 때문이다. 이러한 생각은 「논학술지세력좌우세계」, 「아라사혁명지영향」, 「역인정치소설서」, 「전파문명삼이기」, 「논소설여군치지관계」 등에 구체적으로 나타나 있다.

「논학술지세력좌우세계」에서 양계초는 문학이 국가는 말할 것도 없고 세계의 운명까지 좌우할 수 있음을 강조하고, 문학을 통하여 그러한 역할을 수행한 작가로 볼테르와 톨스토이 그리고 복택유길을 든다. 아울러 중국에는 그러한 작가가 없음을 개탄하고 자신이 그러한 역할을 할 수밖에 없는 역사적 필연성을 암시해준다. 그러니까 그는 문학 작품의 예술성이나 성패보다는 국가와 사회에 미친 영향력에 관심을 보이며, 자신이 문학을 택한 궁극적 목표가 어디에 있는가를 분명히 보여준다. 문학의 사회적 기능을 통한 정치적 개혁이 그의 궁극적 목표였음은 주지의 사실이다.

「아라사혁명지영향」에서는 소설이 세계 각국의 정국의 변동과 밀접한 관련이 있음을 밝히고, 러시아의 혁명에 있어서도 제1기에는 문학이 커다란 역할을 했음을 지적했다. 소설이 10여년 동안 여러 양식으로 러시아 국민의 사상을 변화시켜 혁명을 가능하게 했다는 것이다.

「역인정치소설서」에서는 소설과 시국과의 관련양상이 논의되고 있다. 미국, 영국, 독일, 프랑스, 오스트리아, 이탈리아, 일본 등 세계 각국

은 변혁의 초기에 자국의 석학들과 지사들이 그들의 체험과 정치적 주
장을 소설화하여 커다란 성과를 거둔 바 있다. 이로 말미암아 소설을
국민의 혼이라고 주장하는 인사까지 있었다. 양계초는 이러한 사실을
논하면서 소설이 정치 사상을 국민들에게 계몽하여 민족적 자각을 불
러 일으킬 수 있는 대단히 유용한 그릇이라고 했다. 그것은 학생, 병사,
상인, 노동자, 마졸, 부인, 아동까지도 소설을 좋아하고 있어서, 그들을
선도하는 데 소설이 더 없이 좋은 도구가 될 수 있다고 본 때문이다.

「전파문명삼이기」에서는 일본이 유신을 할 때 소설이 대단히 큰 공
을 세웠으며, 그 저자들이 다름아닌 당대의 유명한 정치가들이었음을
강조하고 있다. 그들은 소설을 통하여 국민의 정신을 개량한 다음 정치
의 변혁을 시도했기 때문에 국민의 공감을 획득할 수 있었고 또 그것
을 성공으로 이끌 수 있었다는 것이다.

「논소설여군치지관계」에서는 소설이 독자를 이상계로 이끌어서 현실
계의 결함을 충족시켜 주기도 하고, 현실을 그려내어 그것을 더욱 명징
하게 파악할 수 있게 해주기도 한다고 주장하고 있다. 그것은 소설이
불가사의한 위력을 지니고 있어서 사람들을 쉽게 감동시킬 수 있기 때
문이라는 것이다. 양계초는 소설의 영향력을 '熏' '浸' '刺' '提'로 나
누어서 설명하고 있다.

'熏'은 소설이 주는 공간적 영향에 대한 지적으로 그 범위에 광협이
있다. '아득하던 智가 識이 되고, 식이 바뀌어서 지가 다하게 되는' 것
이 이 힘에 의존하는 것이다. 사람이 한편의 소설을 읽음으로 해서 부
지불식간에 안식이 미혹되어 순간순간에 상단상속하여 한 두가지 변화
가 생기게 된다. 그리하여 오랜 뒤에는 소설의 세계가 마음에 들어와
자리를 잡게 되고 하나의 특별한 원질의 종자를 이루게 된다. 이로써
타인을 훈하기 때문에 이 종자는 세간에 두루 퍼져 중생을 조종하게
된다는 것이다.

'浸'은 시간적 영향에 대한 지적으로 시간의 장단이 있다. 침이란

스며들어서 함께 化하는 것이니 사람이 어떤 소설을 읽고 수일 혹은 수십일이 지나도 그 여운이 남아 있다. <홍루몽>을 읽고 그 餘戀과 餘哀가 있고, <수호전>을 읽고 快와 怒가 남아 있음이 그것이다. 소설의 침은 술과 같아서 열홀을 마시면 백일을 취한다.

'刺'는 '熏'과 '浸'이 점진적인 데 반해서 순간적인 영향력이다. '熏'과 '浸'은 사람들에게 깨닫지 못하게 함에 특징이 있다면, '刺'는 급작스럽게 깨닫게 함에 있는 것이다. 소설을 일고 갑자기 머리털이 곤두서거나 갑자기 눈물을 흘리는 것 혹은 홀연히 정이 움직이는 것은 모두 자의 힘이다.

'提'는 밖으로부터 들어오는 '熏', '浸', '刺' 등과는 달리 내부에서 탈출하여 밖으로 나가는 힘이다. 무릇 소설을 읽는 사람은 반드시 글속에 들어가 그 책의 주인공이 된다. 대저 독자의 몸이 변화하여 글속에 들어갔기 때문에, 글을 읽을 때 자기 몸은 자기 것이 아니고 글의 것이 된다는 것이다. 그리하여 글 속의 주인공이 워싱톤이면 독자도 워싱톤이 되고, 나폴레옹이면 나폴레옹이 되고, 공자나 석가면 공자나 석가가 된다는 것이다. 독자가 스스로 이런 마음이 없다고 변명하여도 믿을 수 없다는 것이 양계초의 주장이다.

그런데 이 네 가지 영향력은 선용하면 인류를 복되게 할 수 있으나 악용하면 두고두고 인류에게 해독을 끼친다는 것이다. 이렇듯 양계초는 소설을 고평하면서 그 사회적 기능에 지대한 관심을 가지고 있었다. 이러한 관심은 당대의 정치적 현실을 소설과의 불가분의 관계로 파악하게 되는 계기가 되었다. 그리하여 당시 중국이 직면하고 있던 현실을 외면하고 비현실적인 세계에 집착하고 있던 전대소설에 대해 신랄히 비판을 가했다. 왜냐하면 그러한 소설은 당대의 상황을 타개하고 국민의 정신을 혁신하는 데 거의 도움이 되지 않는 것으로 판단한 때문이다.

전대 소설에 대한 비판은 「역인정치소설서」와 「논소설여군치지관계」

에 잘 나타나 있다. 「역인정치소설서」에서는 우리나라 초기부터 중국에
좋은 소설이 드물며 영웅 소설이라면 <수호전>을 모방하고 연애소설이
라면 <홍루몽>을 모방하여 전대 소설이 모두 회도 회음을 벗어나지 못
하고 있다고 했다. 「논소설여군치지관계」에서는 중국 사회의 부패가 소
설에 기인한 바 큼을 지적했다. 중국인들의 '강호도적지사상'과 '가인
재자사상' 그리고 '요무호토지사상' 등은 모두 소설에서 배운 것으로,
인심을 해치고 풍속을 해치는 중범들이라는 것이다.

때문에 양계초는 당대의 현실을 타개하기 위해서 소설의 개혁이 무
엇보다 시급한 일이라고 생각한다. 그리하여 「논소설여군치지관계」의
마지막 부분에서 사회를 개량하려면 반드시 소설계의 혁신으로부터 시
작해야 하고, 신민이 되려면 반드시 소설을 새롭게 해야 한다고 역설한
다. 그러니까 국민의 정신의 개혁하는 데 도움을 줄 수 있는 소설 양식
을 새로운 소설로 제시한다.

양계초의 소설론에 보이는 이러한 특징들은 우리의 소설론에 상당한
정도로 영향을 미친다. 박은식의 「서사건국지 서」, 신채호의 「근금국문
소설저자의 주의」와 「소설가의 추세」 그리고 「국한문의 경중」, 노익형
의 「월남망국사 서」 등에서 그러한 가능성을 확인할 수 있다.

박은식의 「서사건국지 서」는 정치적 색채가 가장 강한 소설론이다.
논자는 조선인이 애국심이 없고 노예 사상에 빠진 것은 전적으로 소설
에 그 책임이 있다고 했다. 구미 각국과 일본은 좋은 소설이 있어서 국
성을 배양하고 민지를 계도할 수 있었으나, 우리 나라에는 고작 <구운
몽>, <남정기> 수종, 중국에서 들어온 <옥린몽>, <전등신화>, <수호지>,
국민 소설인 <숙대성전>, <소학사전>, <숙영낭자전> 등이 있어서 풍속
을 해치고 정치와 제도에 해로움이 적지 않았다는 것이다.

신채호의 「근금국문소설저자의 주의」에는 소설의 효용적 기능과 감
동력이 지적되고 있는데, 양계초의 영향을 쉽게 확인할 수 있다. 고명
하고 정직한 선비와 엄정한 선생이 사물의 깊은 이치와 동서 고금의

흥망사를 이야기할 때는 거의 관심을 보이지 않던 백성들도 소설을 좋아하고 있어서 국성을 배양하고 민지를 계도하기에 종교 정치 법률같은 큰 학문보다 소설이 더 적절하다는 것이다. 아울러 독자의 정신은 소설의 추세에 따라 움직이고 시간이 갈수록 그 덕성도 감화된다는 것이다. 특히, 제와 훈 그리고 침에 대한 구체적 지적은 「논소설여군치지관계」의 자취를 느낄 수 있게 해준다.

「소설가의 추세」에는 세 가지 중요한 사항이 이야기되고 있다. 먼저 소설은 '국민의 나침반'과 같아서 국민을 선도할 수 있다는 것이다. 소설이 국민을 강한 데로 이끌면 국민이 강하고 올바른 데로 이끌면 올바르지만 약하고 사악한 데로 이끌면 그렇게 될 수밖에 없다는 것이다. 그런데 소설이 국민을 약하고 사악한 데로 이끌었기 때문에 국민이 진취적이고 강하지 못하다고 했다. 다음으로 당대의 소설가들이 회음으로 주지를 삼고 있어서 대부분의 소설이 회음 소설이라는 지적이다. 물론 그것은 당대에 유행하고 있던 고대소설 가운데 애정 소설을 비판한 것으로 다소 과장된 면이 없지 않다. 마지막으로 신소설 작가들은 구소설의 폐단을 잘 알고 있기 때문에 구소설을 일소할 수 있는 신소설을 창작해야 하나, 현실은 그렇지 못하다는 것이다. 사회 소설, 정치 소설, 가정 소설이라고 한 것들도 모두가 음설를 고취하여 국민을 해치고 있다고 했다.

정치와 풍속에 대한 소설의 교화기능과 고대 소설에 대한 비판 등은 양계초와도 무관하지 않은 것으로 보인다. 「논학술지세력좌우세계」, 「아라사혁명지영향」, 「역인정치소설서」, 「전파문명삼이기」, 「논소설여군치지관계」 등의 주요 내용이 우리의 소설론과 거의 일치하기 때문이다. 이외에도 국문 소설을 써서 애국심을 고양하고 노예 사상에서 탈피할 것을 주장한 「국한문의 경중」과 노익형의 「월남망국사 서」도 양계초의 국문 소설의 창도와 무관하지 않은 것으로 보인다.

이처럼 우리의 애국계몽소설론에는 양계초의 역할이 적지 않은 것으

로 보인다. 그것은 문학 생산의 토대로서의 중국과 한국의 유사한 상황
에도 그 원인의 일단이 있겠으나 우리의 애국계몽운동가들이 그의 저
작을 수용하는 과정에서 자연스럽게 그의 소설론까지를 수용한 것으로
봄이 좋을 듯하다.

3. 양계초 소설의 번역이 역사, 전기 소설의 형성에 미친 영향

역사, 전기 소설에는 정치적인 색채가 강하게 나타난다. 문학 이론의
역사가 이데올로기적 역사의 일부라는 주장을 인용하지 않더라도 문학
이 정치와 분리되지 않은 시대를 얼마든지 볼 수 있는 것이 우리의 현
실이다. 그런데 애국계몽기에도 그와 같은 경향이 역력히 드러난다. 사
실 정치와 문학의 문제가 이 시기의 소설에서만큼 조화를 이룬 적도
없다. 문학의 외적 질서인 당대의 정치적 현실이 문학의 내적 질서로
자연스럽게 수용되었다. 그리고 이에 대해 비평가들은 아주 긍정적인
입장을 취했다.

기본적으로 그들은 작품의 세계와 현실의 세계를 등질의 것으로 파
악하고 있었던 것이다. 이처럼 그들이 경험적인 요소만을 강조한 것은
소설을 통해 당대인들에게 당대의 현실을 일깨워주기 위한 것으로, 전
통적인 소설관과 불가분의 관련이 있다. 실제로 역사, 전기 소설을 읽
고 평을 쓴 사람들은 소설의 내용과 관련하여 당대의 현실을 비판하면
서 독자들의 각성을 촉구하기도 했다.

이 시기 우리의 역사, 전기 소설의 형성에 결정적인 영향을 행사한
사람으로는 양계초를 빼놓을 수 없다. 당시 우리 나라에 소개된 양계초
의 역사, 전기 소설로는 <청국무술정변기>, <월남망국사>, <동물담>, <
이태리건국삼걸전>, <라란부인전>, <월남망국사>, <흉아리애국가갈소사

전>, <세계최소민주국> 등이 있다. 이 가운데 우리에게 잘 알려진 작품
은 <월남망국사>, <동물담>, <이태리건국삼걸전>, <라란부인전> 등이
다.

<월남망국사>는 월남 망명객인 소남자의 구술을 양계초가 편집한 것
으로 망국민을 옹호하는 입장에서 월남의 멸망과 그 비극적 현실을 고
발한 것이다. 외세를 끌어들여 부귀 공명을 노리던 일부 집권층에 의해
월남이 망국하게 된 사실, 망국시 지사들의 사적, 프랑스인들이 월남인
을 착취한 정황, 월남인들의 독립 투쟁과 그들의 미래에 대한 서술이
주요 내용이다.

그런데 프랑스 선교사들이 제국주의의 앞잡이로 오인될 소지가 다분
하다. 이 책은 당시 중국은 물론 우리나라에서도 아주 인기가 있었다.
번역본이 현채의『월남망국사』, 주시경의『월남망국사』, 이상익의『월
남망국사』등 세 종류나 되고 현채가 재판을 내고 주시경이 3판을 낼
정도였다.

이 책이 선풍적인 인기를 구가하자 이에 반박하는 평론이 대두된다.
바로「근래 나는 책을 평론 월남망국사」가 그것이다. 이 글은 <월남망
국사>의 저자가 사실을 왜곡시켜서 독자들에게 부작용을 주고 있기 때
문에 집필했음을 밝히고 있다. 논자는 천주교와 관련이 있는 사람이 쓴
것으로 추정된다. 프랑스가 월남을 식민지화한 사실을 합리화하고 있을
뿐만 아니라 프랑스인 선교사들이 월남에 입국한 사실을 제국주의의
팽창 정책과 별개의 것으로 설명하고 있기 때문이다.

<동물담>은 6개의 단락으로 나누어져 있다. 첫째 단락에서는 작자가
옆방에 누워 있다가 갑, 을, 병, 정 네 사람이 돌돌 소리를 하면서 한
동물 이야기를 듣는다.

둘째 단락은 갑의 이야기이다. 일본 북해에서 고래를 잡아먹고 사는
고기잡이와 이야기를 나눈 적이 있는데, 몇 천리나 되는 고래의 몸을
잘라서 먹고 사는 사람이 5 - 6집이나 되고, 다른 고기나 새우, 자라,

조개 등이 고래를 빨아먹고 산다. 그러나 고래는 의연히 스스로를 바다의 왕이라고 생각하니 이는 정신이 없는 고로 제 살을 베어먹어도 깨닫는 바가 없는 것이다.

세째 단락은 을의 이야기이다. 이태리의 역비다산에 커다란 계곡이 있었는데, 컴컴하여 햇빛이 통하지 않았다. 여기에 눈먼 포유 동물이 살고 있었다. 그런데 그 계곡은 원래 외부의 호수와 연결되어 있었으나 화산이 터지면서 그 호수와 통하지 않게 되었다. 그곳에 사는 고기들도 암흑으로 인하여 시력을 잃게 되었다. 수십 년 전 광산을 파기 시작하여 호수와 계곡이 다시 통하게 되었다. 정상적인 물고기가 드나들게 되었고, 장님 포유 동물은 그들과의 생존 경쟁에서 멸종 위기에 처하게 된다.

네째 단락은 병의 이야기이다. 파리에 양을 도살하는 사람이 있었다. 그는 양을 칼로 죽이지도 끈으로 목을 매어 죽이지도 않았다. 전기를 장치해서 양에게 들이대면 양들은 스스로 기계의 이쪽 끝에서 저쪽 끝으로 나온다. 온 몸이 분류되어 나무 상자에 진열된다. 구경꾼들은 모두 양들을 불쌍하게 여기는데, 양들은 자신들에게 다가오고 있는 죽음을 인식하지 못하고 서로 이끌고 밀면서 기계속으로 들어간다.

다섯째 단락은 정의 이야기이다. 런던 사원에 사람이 만든 괴물이 있었다. 그 모습이 사자같고 누워서 움직이는 기색이 없었다. 잠자는 사자라고 하는 그 괴물에는 기계가 설치되어 자다가 나중에 깨울 수 있지만 오래 사용하지 않아서 폐물이 되었다. 때문에 기계를 새로 바꾸지 않으면 장차 긴잠에서 깨지 않을 것이다. 그것이 안타까운 일이다.

여섯째 단락에서는 작자가 그들의 대화를 듣고 있다가 슬퍼하고 두려워 하여 4억인에게 고할만하다고 말한다.

이 책은 다분히 당대 중국의 현실을 풍자적으로 그린 정치소설로, 『서우』 3호 문원란에 원문 그대로 소개되었다가, 이듬 해 『대한협회회보』 1호에 다시 소개되었다. 이해조의 <자유종>과 안국선의 <금수회의

록>에도 그 영향이 적지 않은 것으로 보인다.

<이태리건국삼걸전>은 이태리의 통일을 이룩한 마찌니, 가브리엘, 가리발디의 영웅적 일생과 그들의 위업을 그린 전기소설이다. 그 내용은 26절로 되어 있다. 당시 유럽의 혁명적 조류 속에서 이태리의 통일과 독립을 파악하고, 통일의 원동력으로서 영웅의 힘을 강조하고 있다.

신채호가 1907년 국한문체로 번역하였고, 1908년 주시경이 박문서관에서 국문본을 간행했다. 번역본의 서론에서 신채호는 우리나라와 이태리의 유사성을 거론하면서 한 나라의 흥망이 애국자의 유무에 크게 의존하고 있음을 역설하고 있다. 또한 결론에서는 이태리의 통일과 독립에 영웅의 힘은 말할 필요도 없고 그들을 따르고 생사고락을 같이 한 민중의 힘이 적지 않았음을 강조하고 있다.

<라란부인전>은 <근세제일여걸라란부인전>을 번역한 것으로, 프랑스 대혁명의 어머니격인 라란 부인이 프랑스의 정가에서의 활약과 순교를 서술한 작품이다. 양계초본 서문과 번역본 서문 역시 같은 내용이 서술되고 있다. 자유의 이름을 빌어 세상에서 행한 죄악에 천하 고금에 대단히 많음을 말하며 임종한 라란 부인은 자유에 살고 자유에 죽었다. 라란 부인은 나폴레옹, 마찌니, 가브리엘, 비스마르크, 가리발디의 어미라 할 수 있다. 만약 라란 부인이 없었다면 프랑스의 대혁명도 불가능했을 것이며, 19세기 유럽의 문명도 없었을 것이다.

또한 이 책의 말미에는 작가의 저술 의도가 분명히 드러나 있다. 그것은 소설을 통한 민중의 계몽이었다. 일종의 효용적 소설관을 피력하고 있는 셈이다. 작가는 여성은 남성의 구속에서 해방되고 남성은 계급의식에서 탈피해야 함을 역설하고 있다. 당대의 위기를 극복하기 위해서는 인간으로서의 권리를 향유하고 상하가 합심하는 것이 최선의 길이라고 판단한 때문이다.

이들 소설을 번역하는 과정에서 우리의 애국계몽운동가들은 우리의 현실을 담은 소설의 생산에 관심을 갖기 시작한다. 그들은 을지문덕,

이순신, 최영, 천개소문, 강감찬 등과 같은 영웅들의 기상과 행적을 소설화하여 수백 년 동안 지속되어온 노예 사상에서 해방되고 진정한 애국사상으로 무장된 수백 혹은 수천의 영웅이 출현할 수 있도록 분위기를 조성한다. 창작 역사, 전기 소설의 출현이 번역하거나 번안한 역사, 전기 소설보다 시기적으로 늦은 것은 이와 무관하지 않다. 당시 생산된 역사, 전기 소설은 <대동 사천재 제일대위인 을지문덕>, <수군제일위인 이순신전>, <동국거걸 최도통전>, <천개소문전>, <강감찬전> 등이다.

<대동 사천재 제일대위인 을지문덕> 은 서론, 15장의 본론, 결론 등 3개 부분으로 되어 있다. 서론부는 이 소설의 저술 의도를 밝히고 있어서 전의 입전부에 해당한다. 본론부는 전의 양식에서 이탈하여 당대의 정치적 상황, 을지문덕의 일대기, 을지문덕의 업적, 후세사가들의 평가 등으로 되어 있다. 특히 저자는 을지문덕이 당나라의 침략군을 무찌른 과정을 아주 소상하게 밝히고 있다. 그것은 당대까지 그릇되게 인식되어온 을지문덕과 영웅들에 대한 인식의 변화를 시도한 것임에 틀림없다. 사실 우리의 영웅들은 조국을 배반하거나 동족 상쟁을 한 자 혹은 외세를 빌어 개인적 영달을 추구한 자들이었다. 진정한 영웅은 영웅으로서 인정받지도 못했음은 두말할 나위도 없다. 때문에 그릇된 영웅 사관을 바로잡고, 당대의 위기적 상황을 타개하기 위해 을지문덕과 같은 영웅이 출현해야 함을 암시한 것으로 보인다. 결론부는 작가의 논평을 싣고 있어서 기록자의 논찬을 서술하는 전양식의 종결부에 해당한다.

서론부와 결론부에서 신채호는 이 책의 저술 의도를 분명히 밝히고 있다. 우리 민족이 전에는 강하고 용맹스러웠으나 지금은 그렇지 못하다고 하면서 그 원인을 수백년 이래의 문치와 사대주의에서 찾고 있다. 조선시대 사대부들에 의해 노예사상이 형성되었고, 이에 의해 우리 나라의 신성한 사천년 역사와 웅위한 영웅이 더렵혀지고 매몰되었다고 했다. 또한 우리의 역사와 영웅을 숭배하는 마음이 점차 없어져서 당대와 같이 나약하고 용렬한 민족이 되고 말았다는 것이다. 반면에 원나라

장수 범문호가 일본을 칠 때 풍랑에 배가 뒤집혀져서 육지에 내린 자는 겨우 삼만 명에 지나지 않았다. 때문에 일본이 승리한 것이 기이한 일이 아님에도 수백 년이 지나도록 역사에 칭송하고 소설로 전파하여 대대로 잊지않게 하여 당대와 같이 강하고 용맹스러운 민족이 될 수 있었다는 것이다.

신채호는 소설이 국성을 배양하는데 가장 적절한 그릇이라고 보고, 소설이 국민을 강한 데로 이끌면 강하고 약한 데로 이끌면 그 국민이 약해진다는 생각을 이 글에서도 분명히 보여주었다. 그가 을지문덕을 소설화한 것은 두말할 나위도 없이 당대인들을 애국 사상과 영웅 숭배 사상으로 무장시켜 강한 데로 이끌고자 함이었다. 이러한 단재의 소설관은 <수군제일위인이순신전>, <동국거걸 최도통전> 등의 저술 의도에서도 분명히 드러난다.

<수군제일위인이순신전>은 총 19장으로 되어 있다. 제1장 서론에서 작가는 일본과 대항함에 있어서 우리 민족의 명예를 대표할만한 위인으로 광개토왕, 신라 태종왕, 김방경, 정지, 이순신이 있는데, 그 가운데 후세인들에게 모범이 되기에 가장 적절한 인물이 이순신이라고 밝히고 있다. 본론에서는 출생, 성정 과정, 매관 매직, 관직 경력, 원균의 무고, 관직의 박탈, 당파 싸움, 복직, 명량 대첩, 임종 등 이순신의 일대기를 연대기적으로 서술하면서도 흥미있는 에피소드들을 극적으로 연출하여 흥미를 배가하고 있다. 특히 이순신이 직접 지휘했던 해첩들이 아주 사실적으로 서술되고 있는 점이 인상적이다. 결론에서는 일본의 재침략에 직면하여 이순신을 모범삼아 제2의 이순신이 나오기를 갈망하면서 민족적 각성을 촉구하고 있다.

<동국거걸 최도통전>은 집필 당시와 유사한 국내외적 혼란기인 고려 말을 배경으로 민족적 영웅 최영의 일대기를 그린 소설이다. 작가는 서론에서 고려말 이후 독립자존의 정신이 쇠멸되고 사대주의적 노예 사상이 팽배했음을 지적하면서 요동정벌을 시도한 최영이야말로 진정한

영웅이라고 극찬했다. 본론은 고려사 열전에 의존했으나 작가의 역사적 안목에 따라 최영을 재평가하고 있다. 원의 청병과 조정 대신들의 노예 사상, 최영의 북벌 계획과 사전 누설, 비운의 죽음 등이 사실적으로 서술되고 있다. 일제의 언론 탄압으로 상편만으로 종결되었다.

<천개소문전>은 연개소문의 영웅적 일대기를 그린 소설이다. 서론에서 박은식은 연개소문의 일대기가 중국의 소설, 시가, 연극, 회화 등에 전해지고 있으나 정작 우리 나라에서는 거의 알려지지 않고 있음을 통탄하고 있다. 아울러 그것은 지난 오백 년 동안 영웅은 숭배하지 않고 유림들만 숭앙한 때문이며, 이로 말미암아 국망의 결과가 초래되었다고 하면서 국민의 사상을 망친 유학자들에 대해 준열하게 비판을 가했다. 본론에서는 연개소문의 영웅적 일대기를 연대기적으로 서술하고 있다. 결론에서는 작가 나름의 역사적 재평가를 하고 있다.

<강감찬전>은 우기선이 1908년 단행본으로 출간한 것으로, 외세를 격퇴하여 국난을 극복한 강감찬의 영웅적 행위를 서술한 전기이다. 강감찬의 생애를 서술함에 있어서 전설적인 내용을 많이 수용하고 있어서 당대의 다른 역사, 전기 소설에 비해 허구적인 요소가 강하다. 그럼에도 저자는 본서의 내용이 고려사의 기록을 빌어온 것이어서 결코 야사가 아니라고 했다. 그것은 이 책의 내용이 사실이라는 것을 부각시키려는 것으로, 외세에 의존하려는 자들에 대해 경각심을 심어주기 위한 의도로 보인다. 현채는 이 책의 서에서 강공의 위업이 대단하여 그 전기를 쓰려고 했으나 우기선에게 선수를 빼앗겨서 안타깝지만 민족 영웅을 그린 이 전기가 나온 것이 국가적인 광영이 아닐 수 없다고 했다.

이들 창작 역사, 전기 소설들은 번역 역사, 전기 소설과 마찬 가지로 소설로서 보다는 당대인들의 계도를 위한 교훈서나 지침서로서 서술되고 있는 점이 특징적이다. 저자들은 당대의 위기적 상황을 극복하기 위해 당대의 상황과 유사한 역사적 사실들을 빌어다가 당시 영웅들의 활약과 영위적 행위를 서술하고 있다.

4. 결 론

역사, 전기 소설과 애국계몽소설론의 형성은 다분히 당대의 시대적 상황에 따른 자생적 요인도 없지 않으나 중국의 애국계몽운동가인 양계초의 영향도 결코 과소평가할 수 없다. 당시 우리의 애국계몽운동가들은 당대의 열악하고 암담한 국가적 위기의 상황이 전적으로 국력의 열세에 기인한 것으로 보고 국력의 자주적이고 자립적인 배양을 위해 서양의 문화와 사상을 수용하였다.

그 과정에서 당대의 상황에 대한 인식과 당대의 상황을 타개하기 위한 일련의 시도 등이 애국계몽운동가들이 지향하는 바와 대단히 유사한 양계초의 저작들과 일본의 정치 소설들이 우리 나라에 소개된다. 그런데 일본 정치 소설의 수용은 양계초와 불가분의 관계에 있다. 물론 그것은 애국계몽운동가들의 성장 과정에서 형성된 한문 교양과 밀접한 관련이 있다. 그들은 일본의 정치 소설을 직접 수용하지 않고 양계초라는 매개자를 통하여 간접적으로 수용했던 것이다. 이에 대한 구체적인 자료로는 다음과 같은 몇 가지의 사실을 예로써 제시할 수 있다.

먼저 양계초가 자국의 정치적 현실을 타개할 목적으로 일본의 정치 소설을 번역하고 그에 영향받은 바 크다는 점을 상기할 필요가 있다. 그는 <가인지기우>와 <경국미담>을 번역하여 『청의보』에 연재하였으며, 그들을 모방하여 <접회몽전기>, <신라마전기>, <협정기전기>, <신중국미래기> 등을 창작한 바 있다. 특히 양계초는 <가인지기우>를 번역하면서 그 서에 「역인정치소설서」를 덧붙이고 있으며, <신중국미래기>를 발표하면서 「논소설여군치지관계」를 덧붙이고 있다. 이들은 양계초의 소설관을 엿볼 수 있는 중요한 자료들이다. 그런데 일본 정치 소설의 영향이 현저하며, 특히 산본매안의 사상을 반영하고 있다.

일본 정치 소설이 우리의 애국계몽운동가들에게 한역본으로 읽히고 그것을 텍스트로 우리 말로 번역되었다는 점에서 일본 정치 소설의 중개자로서의 양계초를 생각하지 않을 수 없다.

다음으로 번역되었거나 번안된 소설과 소설론에 나타난 인명과 지명의 중국식 표기에 주목할 필요가 있다. 그 구체적인 예를 살펴보면 다음과 같다.

漢字表記	漢語倂音字母	한글표기	원명
瑞士	RWAI SH	스위스	Swiss
加富爾	JA FU R	가브리엘	
加里波的	JA LI PO DI	가리발디	Garibaldi
亞里士多德	YA LI SH DUO DE	아리스토틀	Aristotle
羅賓孫	LUO BIN SUN	로빈손	Robinson
可倫布士	KE LUN BU SH	콜롬버스	Columbus
若安貞德	LUO AN ZHEN DE	잔다르크	Jean D'Arc
索士比亞	SUO SH BI YA	세익스피어	Shakespeare
維霖 露	WEI LIN TI LU	빌헬름텔	Wiltelm Tell
瑪志尼	MA ZH NI	마찌니	Mazzini
拿破崙	NA PO LUN	나폴레옹	Napoleon
華盛頓	HUA SHENG DUN	와싱톤	Washington
比斯麥	BI S MAI	비스마르크	Bismarck
孟德斯鳩	MENG DE S JIU	몽테스키외	Montesquieu
布士	HUO BU SH	홉스	Hobbes

한자 표기는 중국식 표기이고, 한어 병음 자모는 중국식 영어 표기 법이다. 그리고 한글 표기는 우리식 발음에 의한 표기이다. 만약 스위스를 '瑞士'라고 표기해 놓으면 한글식 표기는 서사이지 스위스가 될 수 없다. 또한 중국인들도 '瑞士'를 스위스라고 발음하지 않고 'RWAI SH'라고 발음한다. 때문에 그 글자로 보든지 발음을 듣던지 어떤 경우에도 스위스를 연상하기가 매우 어렵다. 이러한 현상은 위에 열거한 인명 이외에도 대부분의 외래어 표기에 있어서 마찬가지이다. 중국인들은 외래어를 표기할 때 자기들 나름대로의 법칙에 따라 조어를 하기 때문이다.

그러한 사실은 당시 애국계몽운동가들이 일본의 정치 소설을 수용한 경로를 밝히는 데 하나의 단서가 되기에 족하다. 이렇게 볼 때, 애국계몽운동가들이 번역하거나 소개한 일본의 정치 소설에 나타나는 인명이나 지명이 그들의 한문 소양에 의해 한자로 표기되었다는 주장은 근거가 희박하다. 일본식 표기를 한문 교양에 의해 한자로 표기하더라도 그러한 표기가 가능하지 않기 때문이다. 그보다는 외래어의 중국식 표기를 그들이 수용하고 있는 것으로 보아야 한다. 그렇다면 중국을 경유한 일본 정치 소설의 수용 가능성은 더욱 확실해지는 셈이다.

참고문헌

구인환, 『한국근대소설연구』, 심영사, 1977.
권영민, 『한국근대문학과 시대정신』, 문예출판사, 1983.
김용직 외, 『한국문학연구입문』, 지식산업사, 1982.
김윤식, 『한국근대문학양식연구』, 아세아문화사, 1980.
────── 외, 『한국문학사』, 민음사, 1979.
김화영 편역, 『소설이란 무엇인가』, 문학사상사, 1986.

박동규, 『현대한국소설의 성격연구』, 문학세계사, 1981.

송현호, 『문학사기술방법론』, 새문사, 1985.

――――, 『한국현대소설론』, 민지사, 1986.

우한용, 『한국현대소설구조연구』, 삼지원, 1990.

이재선, 『한국현대소설사』, 홍성사, 1984.

임형택, 『한국문학사의 시각』, 창작과비평사, 1984.

조남현, 『한국현대소설연구』, 민음사, 1987.

조동일, 『한국문학과 세계문학』, 지식산업사, 1991.

Ashcroft,Bill, 『*The Empire Writes Back : Theory and Practice in Post-Colonial Literatures*』, London ; Routlege, 1989.

Booth,Wayne c., 『*The Rhetoric of Fiction*』, The Univ. of Chicago Press, 1970.

Cullerd,Jonathan, 『*Structuralist Poetics*』, Routledge & Kegan paul, 1975.

Hernadi,Paul, 『*Beyond Genre*』, Ithaca ; Cornell Univ. Press, 1972.

Scholes,R.,and R.Kellogg, 『*The Nature of Narrative*』, Oxford Univ.Press, 1979.

Stanzel,Franz,K.(안삼환), 『소설형식의 기본유형』, 탐구당, 1982.

Todorov, tzvetan, 『*Communication 8*』, Paris ; Seuil, 1966.

Watt, Ian, 『*The Rise of the Novel*』, Berkley & los Angels ; Univ. of California, 1974.

동국시계혁명과 개화기시론

1. 단재의 동국시론과 탈식민주의

단재 신채호는 「천희당시화(天喜堂詩話)」(『대한매일신보』 1909. 11. 9 - 12. 4)에서 국시(國詩)의 세 가지 요건을 제시하면서 동국시의 혁명을 선언했다. 소설의 개혁을 주장한 바 있는 그가[1] 우리 시의 혁명을 선언하고 나선 것은 그렇게 놀랄만한 일이 아니다. 그는 기본적으로 당대의 조선인들이 노예 사상에 빠져 있다고 보았다. 거기에서 탈출하기 위해서는 국자를 다용하고 국어로 문장을 만들며, 국수 정신을 표현해야 하고, 국어의 특질에 맞는 독특한 시형을 갖추어야 한다고 했다. 따라서 단재의 동국시 혁명 선언은 진정한 우리 시의 창조를 통한 애국 사상의 고취와 독립된 조국의 건설을 염두에 둔 시론이라고 할 수 있다.

그것은 양계초의 동국시계 혁명 선언에 대한 대타 의식에서 이루어진 것이다. 시기적으로 양계초가 동국시계 혁명을 선언하고 얼마 지나

---

1) 송현호, 「한국근대소설론연구」, 서울대박사학위청구논문, 1989, pp.25-47

지 않아서 단재의 동국시계 혁명 선언이 이루어지고 있는 점과 사상사
적으로 단재를 포함한 우리의 애국·계몽 운동가들이 양계초로부터 영
향받은 바 크다는 점에서 그렇다. 특히 양계초의 소설론을 비판적으로
수용하여 우리 나름대로의 독창적 소설론을 정립하고 그에 입각하여
소설을 창작한 단재이고 보면[2], 시론의 경우에도 그럴 가능성은 다분
하다.

　　양계초는 과도기에는 혁명이 있어야 하며, 혁명은 형식의 개혁이
아니라 정신의 개조라고 하면서, 자신들이 지향하는 시계 혁명은 '구풍
격 속에 신의경을 함축시켜야 혁명의 실효를 거둘 수 있다'[3]고 했다.
당시 중국인들은 봉건주의의 미망에서 탈피하지 못하고, 노예적인 상태
에 놓여 있었다. 때문에 양계초, 진독수, 호적, 노신 등이 봉건성의 소
탕과 노예 근성의 탈피를 통하여 중국의 인민들을 스스로 독립된 존재
로 인식시키기 위하여 노력했음은 주지의 사실이다.

　　그런데 양계초의 동국시계 혁명은 한시의 혁명이기는 하지만, 그것
은 어디까지나 중국시의 혁명이지 동국 여러 나라의 한시의 혁명을 이
야기한 것이 아니다. 따라서 동국의 한시에는 한국의 한시도 포함되지
만 양계초의 동국시계 혁명 선언에는 한국의 한시가 포함되지 않은, 중
국시의 혁명 선언과 크게 다를 바 없다.

　　　　객(客)이 한시(漢詩) 수수(數首)를 휴(携)하고 여(余)를 시(示)하는데,
　　　구구(句句)에 신명사(新名詞)를 참입(參入)하여 성(成)한지라, 기중(其
　　　中)
　　　　만학방비평등수(滿壑芳菲平等秀)
　　　　격림금조자유명(隔林禽鳥自由鳴)
　　　이라 운(云)한 일연(一聯)을 지(指)하여 『차(此) 양구(兩句)는 동국시
　　　계(東國詩界) 혁명(革命)이라 가칭(可稱)할 바라.』하고 이연(怡然)히 자

---

2) Ibid., pp.15-24
3) 梁啓超, 『飮氷室文集』, 上海; 廣智書局, 1906, p.111

극(自得)의 색(色)이 유(有)하거늘, 여(余)ㅣ 왈(曰)『오자(吾子)의 용심
(用心)이 양고(良苦)하도다마는 차(此)로 지나시계(支那詩界)의 혁명(革
命)이라 함은 가(可)커니와 동국시계(東國詩界)의 혁명(革命)이라 운
(云)함은 불가(不可)하나⁴⁾[4)</sup>

따라서 양계초가 말한 동국시는 진정한 의미의 동국시가 아니고 지
나시(중국시)를 확대 해석한 것이다. 단재는 분명 그러한 인식에 토대
를 두고 양계초의 주장에 반대하고 있다. 그렇다면 단재가 생각하는 진
정한 의미의 동국시는 어떤 것인가? 그는 '동국어(東國語), 동국문(東國
文), 동국음(東國音)으로 제(製)한 자(者)'가 곧 동국시라고 했다. 분명
우리 시는 동국시의 종개념이지만, 중국시의 종개념은 아니다. 동국시
라는 류개념의 구성 성분으로 종차가 다른 종개념들이다. 그러한 인식
에 바탕을 두고 동국시에 대하여 정의를 내리고 있다. 그런데 때로는
동국시를 우리의 시와 동일시하기도 한다.

『오자(吾子)가 만일(萬一) 시계(詩界) 혁명자(革命者)가 되고자 할진
대 피(彼) 아라랑(阿羅郞), 영변동대(寧邊東臺) 등(等) 국가계(國歌界)에
향(向)하여 기(其) 완루(頑陋)를 개송(改誦)하고 신사상(新思想)을 수입
(輸入)할지어다. 여차(如此)하여야 부녀(婦女)가 개(皆) 오자(吾子)의 시
(詩)를 독(讀)하며, 아동(兒童)이 개(皆) 오자(吾子)의 시(詩)를 혁(革)하
여 전국(全國)의 감정(感情)과 풍속(風俗)이 비변(丕變)되어 오자(吾子)
가 시계(詩界) 혁명가(革命家) 시조(始祖)가 되려니와 구혹(苟或) 한자
시(漢字詩)를 장(將)하여 차(此)로 국인(國人)의 감념(感念)을 흥기(興起)
코자 하려다가는 비록 색사비아(索士比亞·영국(英國) 대시인(大詩人) 세
익스피어)의 신필(神筆)을 휘(揮)할지라도 시(是)는 기개인(幾個人)의 한
좌풍영(閒坐諷詠)함에 공(供)할 이이(而已)니, 하고(何故)로 운연(云然)코
하면 즉(卽) 피(彼)가 동국어(東國語), 동국문(東國文)으로 조직(組織)한
동국시(東國詩)가 아닌 고(故)니, 오자(吾子)의 용심(用心)은 양고(良苦)
하도다마는 기계(其計)가 실오(實誤)로다.』⁵⁾

---

4) 단재기념사업회, 『단재신채호전집』별집, 단국대출판부, 1977, p.63

진정한 의미의 동국시의 혁명가는 '동국시(東國詩) 중(中)에 신수안(新手眼)을 방(放)하는 자(者)가 시(是)라'고 하면서 '한자시(漢字詩)를 작(作)하고 무연(貿然)히 자신(自信)하여' '동국시계(東國詩界) 혁명가(革命家)라'고 한 것은 '억역(抑亦) 우패(愚悖)함이 아'니냐고 반문한다. 이러한 발상은 근본적으로 탈식민주의적 시각에서 출발한 것이다.

양계초는 동국의 패권은 중국에 있으며, 따라서 중국시가 곧 동국시라는 입장을 견지하고 있다. 중국시는 대개 지나시(支那詩)로 표기할 수 있다. 그러나 동국시로 지칭할 성질의 것은 아니다. 그럼에도 그것이 가능한 것처럼 논의를 한 것은 동방의 중심에는 중국이 있고 그 변두리에 여러 국가들이 있지만 별로 주목할만하지 않다는 인식에 기인한다. 그가 한자시를 만들어 스스로 '아(我)가 동국시계(東國詩界) 혁명가(革命家)라'고 한 것도 그와 무관하지 않다. 따라서 중국시가 곧 동방시라는 주장이 나올 수밖에 없는데, 이는 제국주의적 언술과 크게 다를 바 없다. 때문에 단재는 양계초의 주장에 부정적 입장을 취했던 것이다.

여기에서 우리는 두 사람이 모두 탈노예주의를 주장하고 있지만, 타도의 대상에 대한 근본적인 시각이 다름을 확인할 수 있다. 양계초가 봉건 사상을 타도의 대상으로 삼고 거기에서 탈피하는 것이 노예적인 상태에서 해방되는 길이라고 인식하고 있었다면, 단재는 조선인들의 한문 숭상을 타도의 대상으로 설정하고 거기에서 탈피하는 것이 진정으로 주인이 될 수 있는 길이라고 인식하고 있었던 것이다.

단재는 제국주의와 식민주의의 연속선상에서 당대를 인식하고, 당대의 지배적인 질서에서 벗어난 우리 나름대로의 자주적인 길을 제시하고 있는 셈이다.[6] 그러한 입장은 고려의 충신 최영을 당대의 역적인

---

5) Ibid., pp.63-64
6) 그러한 시각은 분명히 탈식민주의로 볼 수 있다.(Bill Ashcroft, 『The Empire Writes Back : Theory and Pratice in Post-Colonial Literatures』, London ; Routlege, 1989, pp.1-2)

이지용이나 박제순과 비교하는 과정에서도 잘 드러나고 있다. 최영의 시는 '기(其) 어(語)가 장결(莊潔)하고 기(其) 조(調)가 치열(熾烈)하고 기(其) 의(意)가 웅휘(雄渾)하여 족(足)히 장군(將軍)의 인격(人格)을 상상(想像)할' 수 있지만, 그들은 정권을 상실한 자들의 우울한 심화를 읊은 것에 지나지 않다고 했다.[7] 여기에서 우리는 단재의 탈식민적 의도를 아주 분명하게 엿볼 수 있다.

2. 국시 운동과 한글 사용

애국계몽운동가들은 당대의 위기를 극복하는 한 방편으로 문학혁명론을 주창한다. 귀족 문학을 타도하고 국민 문학을 건설해야 하며, 진부한 고전 문학을 타도하고 새로운 민족 문학을 건설해야 한다. 그런데 국민 문학이나 민족 문학은 당대의 지식인 사이에 널리 통용되고 있던 한문 사용의 틀을 깨뜨리지 않으면 성취할 수 없다. 때문에 신채호는 「천희당시화(天喜堂詩話)」에서 '국자(國字)를 다용(多用)하고 국어(國語)로 성구(成句)'하는 무엇보다도 중요함을 역설하는데[8], 이것이 단재가 제시한 국시의 첫 번째 요건이다.

그러한 주장은 우리 글의 대중성에 대한 자각에 기인한다. 대중이 널리 사용하고 있는 우리 글로 쓴 글은 '부인(婦人) 유아(幼兒)도 일독(一讀)에 개효(皆曉)'할 수 있어서 '국민(國民) 지식보급(智識普及)에 효력(效力)'이 큼을 강조하고 있다. 그것은 신채호만의 생각은 아니었다. 당시 애국 독립 운동가들은 모두 그러한 생각을 가지고 있었으며, 그 구체적인 사례를 독립협회와 대한자강회의 한글 운동에서 찾을 수 있다. 독립협회는 발족 당시 부국강병, 근대적 사회 건설을 기치로 내걸

---

7) 단재기념사업회, Op. cit., pp.55-56
8) Ibid., p.60

고, 국어·국자에 대한 뚜렷한 자각을 보여주었다. 당시 지식인들은 한
학을 한 사람들이었기에 우리의 글을 대부분 암글, 언문, 반절 등으로
불렀다. 그러나 독립협회에서는 우리의 글을 '세계에서 가장 좋고 학문
이 있는 글자'라는9) 인식을 하고 있다. 1896년 주시경을 중심으로 국문
동식회가 발족되고, 1898년 주시경의 『국어문법』이 간행되었다.

그럼에도 한학을 공부한 전통적 사대부들은 여전히 한글에 대하여
부정적인 입장을 보여주었다. 창강 김택영은 우리의 글을 언자(諺字)라
고 말할 정도로 한문에 침륜되어 국문을 상스러운 것으로 여겼다.10)
당대의 위기를 극복하기 위한 일환으로 한문을 배척하고 한글을 사용
하려는 움직임이 일어나자 그에 대하여 문자 자체에 문제가 있는 것이
아니라 문자를 잘못 쓴 데 있다는 옹색한 주장을 하기도 하였다.

그러나 한학을 공부한 사대부들 가운데서도 점차 국세가 미약해진
책임의 일단을 한문의 사용으로 보는 시각이 형성되어가기 시작하였다.
보수 사림파와 개화파의 중간 지대에 위치한 자강파 인사들은 발상의
전환을 시도하였다. 그들은 애국·계몽 운동을 하기에 한문은 한계가
있다고 생각하였다. 대중들이 널리 사용하고 있는 국문만이 대중성을
확보할 수 있고, 그들을 교화할 수 있다고 확신하였다. 그들은 한문 교
육을 받은 유학자들이었음에도 한문 사용이 노예 사상을 심화시켰고,
한문 사용이 결국 백성들을 무지 몽매한 상태로 몰고갔다고 결론지었
다. 그리하여 자강파 인사들 사이에 다음과 같은 주장이 보편화되기에
이르렀다.

국문을 불학(不學)하고 단(但)히 한문을 학(學)함으로 언문(言文)이
불능일치하야 용공(用工)이 심난(甚難)이라. 자비평생(自非平生) 전문
자(專門者)면 불능인인개학(不能人人皆學)일새 국민의 보통 지식을 개
발할 도(道)가 심협(甚狹)하고,

---

9) 쥬샹호, 「국문론」, 『독립신문』 1987.4.22
10) 『韶濩堂文集』 卷2, 「送洪林堂承學 歸堤川序」

　일왈(一曰), 학지심이(學之甚易)하고 용지극편(用之極便)한 국문을
포기하고 학지심난(學之甚難)하고 용지불편(用之不便)한 한문을 공고
(攻苦)함으로 청춘하유(青春下帷)하야 백수궁경(白首窮經)하되 혜두가
유색(愈塞)하고 실효가 유멸(愈蔑)하야 자가(自家)의 경제도 불능이어
니 어찌 국민을 부강케 할 능력이 유(有)하리오. 지식의 질색과 실업
의 쇠퇴와 염치의 상실이 개차(皆此) 유(由)하얏고,
　일왈(一曰), 자국의 국문을 천지경지(賤之輕之)하고 타방의 한문을
귀지중지(貴之重之)하는 고로 자국을 자모(自侮)하고 타방을 앙시(仰
視)하는 노예의 성질을 양성하야 독립의 명의(名義)를 초불강지(初不
講知)어니 어찌 독립사상이 유(有)하리오.[11]

　이러한 주장은 식민지 이전의 자국의 언어와 문화를 회복하고자 하
는 태도와 크게 다를 바 없다. 신채호는 외국의 역사전기소설을 예로
들어 국문의 사용이 민족 사상을 지켜나가는 데 얼마나 중요한 일인가
를 보여준다. 러시아가 파란국을 침략한 후에 그 나라의 말을 사용하지
못하게 했다. 자국의 언어를 사용하지 못함으로 해서 파란국은 점차 민
족 사상이 약화되고 끝내는 노예 사상에 빠져들고 말았으며, 그러한 경
우를 우리 나라에서도 찾을 수 있다는 것이다.
　당시 조선에서는 자기 나라의 글을 스스로 금지하고 한문을 숭상하
는 경향이 있어서, 국문은 '다만 규중과 하등 사회에 괴상한 이야기 책
과 음탕한 노래로 사람의 마음을 어지럽게' 하는 것쯤으로 인식하여
언문이라 비하하기에 이르렀다. 반면에 한문을 숭상하는 정도는 도가
지나쳐, 자기 조상의 전래하는 사적을 잃어버리고 다른 나라의 보첩만
을 외워넣는 노예 사상으로까지 발전하기에 이르렀다. 그런데 그것은
당대에 형성된 풍조가 아니고 아주 오랜 역사를 지니고 있다면서, 그
역사적 배경을 한문 숭상에서 찾고 있다.
　단재는 우리 민족이 노예의 근성를 지니게 된 근본적인 원인을 삼

---

11) 『대한매일신보』, 1907.5.14

국 시대 이후의 한문의 숭상에서 찾고 있다. 한문의 숭상은 결국 자기
나라의 언어와 역사를 경시하는 풍조를 조장했으며, 아울러 그에 그치
지 않고 자기 나라의 영웅을 경시하고 애국심이 고갈되는 데에까지 이
르게 되었다는 것이다.

한문이 성행하지 않던 삼국 이전에는 자기 나라만을 존중하여 을지
문덕 휘하의 병졸들조차도 수나라 천자를 사갈과 같이 미워했고 천합
휘하의 병졸들조차도 당나라의 황제를 견마와 같이 꾸짖어 애국의 기
운이 충일했으나, 한문 숭상에 의해 중국을 상전으로 알고 자기 나라를
그 노예국 정도로 인식하여 적을 영웅으로 숭상하고 자기 나라의 영웅
을 영웅으로 인정하지 않는 풍조가 팽배해졌다고 했다.[12]

이러한 주장은 한글의 기원을 삼국 이전으로 잡는 데 기인한다. 단
재는 '국문의 기원'을 단군 시대로 잡고 있다.[13] 물론 그 타당성은 여

---

12) 삼국(三國) 이전(以前)에는 한문(漢文)이 미성행(未盛行)하여 전국인심(全國人
心)이 자국(自國)만 존(尊)하며 자국(自國)만 애(愛)하고, 지나(支那)가 수대(雖
大)나 아(我)의 구적(仇敵)으로 상시(常視)하여 을지(乙支) 공(公)의 휘하(麾下)
일복부(一僕夫도 수(隋) 천자(天子)를 사갈(蛇蝎)같이 시(視)하며 천개(泉蓋) 씨
(氏)의 주하(廚下) 일취비(一炊婢)도 당국(唐國) 황제(皇帝)를 구체(狗彘)같이
매(罵)하여 남남녀녀(男男女女) 노노소소(老老少少)가 개개(個個) 애국혈성(愛
國血性)으로 천지간(天地間)에 특립(特立)하여 국(國)을 위(爲)하여 가(歌)하며
국(國)을 위(爲)하여 곡(哭)하며 국(國)을 위(爲)하여 사(死)하되, 변경(邊境)의
봉연(烽煙)만 일기(一起)하면 초아목수(樵兒牧竪)도 적개심(敵愾心)을 만포(滿
抱)하여 적진(敵陣)에 부(赴)한 고(故)로 거로(巨虜)를 극복(克服)하여 명예기념
비(名譽記念碑)를 청천강(淸川江)에 장수(長竪)하고 현화백우(玄花白羽)로 만고
가화(萬古佳話)를 장전(長傳)한 바어니와 삼국(三國) 이후(以後)로는 기호(幾
乎) 가가(家家)에 한문(漢文)을 저(儲)하여 인인(人人)이 한문(漢文)을 독(讀)하
여 한관위의(漢官威儀)로 국수(國粹)를 매몰(埋沒)하며 한토풍교(漢土風敎)에
국혼(國魂)을 수송(輸送)하여 언필칭(言必稱) 대송(大宋), 대명(大明), 대청(大
淸)이라 하고 당당(堂堂) 대조선(大朝鮮)을 타국(他國)의 일부용속국(一附庸屬
國)으로 반인(反認)하므로 노성(奴性)이 충만(充滿)하여 노경(奴境)에 장함(長
陷)하였거늘, 금일(今日)에 좌(坐)하여 상차(尙且) 국문(國文)을 한문(漢文)보다
경시(輕視)하는 자(者) 유(有)하면 차역(此亦) 한인(韓人)이라 운(云)할까.(단재
기념사업회, Op. cit., p.75)
13) 『대한매일신보』, 1909. 12. 29.

기에서 논외로 한다. 다만 문자인 한글이 당시 창제가 되지 않았다고 하더라도 우리 식의 말과 표현이 있었던 것만을 부인할 수 없기 때문에 그의 주장은 그 나름대로 충분히 타당성이 있다.

그런데 자기 글과 문화를 경시하고 중국의 글과 문화를 존중하는 풍조가 당대에도 지속되고 있는 현실에 신채호는 문제의 심각성을 제기하였다. 때문에 '국문을 한문보다 경하다 하는 자'들을 한국의 인민이라고 해야 할 것인지 대단히 의심스럽다고까지 극언을 하고 있다. 여기에는 삼국 이전을 독립국으로 그 이후를 중국의 식민지로 인식하고, 식민지 이전의 언어인 한글의 사용은 곧 민족혼을 되찾을 수 있는 길이라는 확신이 감추어져 있다.

탈식민지적 시각은 당시 애국·계몽 운동가들의 일반적 시각이었다. 그런데 「조선혼이 초초환래호」에서는 그러한 논의가 문학에 국한되지 않고 학교 교육으로까지 확대되고 있다. 을지문덕이 수나라의 백만 대군을 격파하고 양만춘이 당나라의 침략을 격퇴시킬 수 있었던 것은 국혼이 강장한 결과다. 당시 우리 민족에게 팽배한 노예 사상은 국혼의 쇠퇴와 긴밀한 관련이 있다. 자국의 지지는 강의하지 않고 타국의 지지를 외우고, 자국의 역사는 읽지 않고 타국의 역사를 배우며, 자국의 문자는 천시하고 타국의 역사를 숭상하니 어찌 국혼이 있는 민족이라고 할 수 있겠는가? 때문에 국혼을 회복하기 위해서는 무엇보다도 자국의 언어를 회복하고 자국의 지지와 역사를 강의할 필요가 있음을 역설하고 있다.

그런데 당시 교육계에 본국 지지와 본국 역사의 과정이 생기고 국문 학교와 국문 보지가 점차 확산되고 있었던 것을 대단히 바람직한 일이라고 했다. 실제로 1907년 1월 국문연구회가 결성되고 같은 해 7월 국문연구소가 설치되면서 그러한 경향은 당대의 보편화된 추세가 되었고, 창작 활동에 지대한 영향을 미쳤다.

그리하여 단재가 국시 운동의 일환으로 '국자(國字)를 다용(多用)하고 국어(國語)로 성구(成句)'해야 한다는 요건이 제시하게 되며, 그에 따라 당시의 시가들이 한글 위주로 창작되고 있다.『독립신문』에 발표된 시가들이 순한글로 씌어지고,『대한매일신보』에 수록된 시가들이 국문 위주로 씌어지거나 한문투에 한글 번역이 첨가되는 결과를 낳게 된다.

3. 시계 혁명의 방향과 전통적 장르의 창조적 계승

단재는 시가 '국민 언어(國民言語)의 정화(精華)'이기에 '강무(强武)한 국민(國民)은 기시(其詩)부터 강무(强武)'하고, '문약(文弱)한 국민(國民)은 기시(其詩)부터 문약(文弱)하'다고 했다.14) 그러한 논리는 '시(詩)가 성(盛)하면 국(國)도 역(亦) 성(盛)'하고, '시(詩)가 쇠(衰)하면 국(國)도 쇠(衰)'하며, '시(詩)가 존(存)하면 국(國)도 역(亦) 존(存)'하고, '시(詩)가 망(亡)하면 국(國)도 역(亦) 망(亡)한다'는 논리로 비약한다.15) 따라서 어떤 나라가 문약에서 벗어나 강해지려면 '불가불(不可不) 기(其) 문약(文弱)한 국시(國詩)부터 개량(改良)'하지 않으면 안된다.16)

이처럼 단재는 국민의 혼을 불러 일으킬 수 있는 가장 좋은 그릇이 시라고 생각했다. 그러한 발상은 보수사림파의 문학관에서 크게 벗어나지 않는다. 자강파나 보수사림파가 모두 한학을 공부했고, 풍교에 깊은 관심을 보였던 점에서 그들의 문학관은 유사하다. 그러나 자강파와 보수사림파의 근본적 차이는 문학에 대한 인식에 있다. 자강파 인사들은 보수사림들과는 달리 문학을 하찮은 소일거리로 인식하지 않고, 그것을 절대시하고 있다.

---

14) 단재기념사업회, Op. cit., p.56
15) Ibid., p.64
16) Ibid., p.56

그러한 주장은 애국·계몽 운동가들이 지향하는 바가 무엇인지를 분명히 알려준다. 국혼을 불러일으킬 수 있는 국시를 창작하여 당대의 위기를 극복하려는 것이었다. 때문에 국혼을 불러일으키지 못한 근세의 시는 당대의 정치적 위기를 초래한 가장 근원적 요인이며, 당대의 풍속을 해치고 대중을 타락시킨 주범이라는 결론에 도달한다.

단재는 당시 '아국(我國)에 유행(流行)하는 시가(詩歌)를 관(觀)하건대 태반(太半) 유미음탕(流靡淫蕩)하여 풍속(風俗)의 부패(腐敗)만 양(釀)할' 것이라고 했다. 때문에 '세도(世道)에 관심(關心)하는 자(者)'가 시의 개혁을 도모하는 것이 가능하다. 그런데 그 가운데 '민속(民俗)에 유익(有益)할 만한 시가(詩歌)를 수집(蒐集)하여 시계(詩界)의 국수(國粹)를 보존(保存)함이 가(可)'하지만, '고사(古史)가 전결(殘缺)하여 삼국시대(三國時代)에 진정(眞正) 강무(强武)한 시가(詩歌)는 득견(得見)키 난(難)'해서 아쉽다고 했다.[17] 여기에서 우리는 애국계몽운동가들이 전통적인 시가에 집착한 이유를 발견할 수 있다.

그럼에도 그러한 인식은 시를 풍류객의 소일거리로 생각하던 봉건적 관념에서 탈피한 것이며, 시를 성정과 연계짓던 유학자들의 문학관에서 탈피하는 계기를 마련한다. 단재는 시를 성정과 연계하고 있지만 대부분의 유학자들과는 달리 거기에만 집착하지 않는다. 그는 감정의 자유분방한 노출을 주장하는 환호, 분규, 처량읍소, 신음광제 등이 시와 밀접한 관련이 있다는 인식에까지 이르고 있다.[18] 이러한 생각은 확실히 파격적인 것이다. 온유돈후를 표방한 전통적 사대부들의 시론에 대립되는 주장이기 때문이다.

그러나 시의 형태에서는 혁명적인 변화를 찾아볼 수 없다. 전통적

---

17) Ibid., pp.56-57
18) '대범(大汎) 시(詩)란 자(者)는 즉(卽) 차(此) 환호(歡呼) 분규(憤叫) 처량애읍(凄凉哀泣) 신음광제(呻吟狂啼) 등의 정태(情態)로 결성(結成)한 문언(文言)이니 시(詩)를 폐(廢)코자 하면 시(是)는 국민의 후(喉)를 폐(閉)하여, 뇌(腦)를 파(破)함이니 차(此)ㅣ 어찌 가(可)하며 차(此)ㅣ 어찌 가하리요!' (Ibid., p.64)

장르를 계승하고 있거나 전통적 형태에 새로운 변혁을 시도하는 정도
에 그치고 있다. 개화 사상의 수용으로 모든 제도와 양식들이 급변하는
상황과 애국·계몽 운동가들이 국성을 배양하기 위하여 한글 사용을
주장했던 점을 고려할 때 다소 의외라는 생각이 든다. 애국·계몽기에
창작된 시가 가운데, 시조와 가사는 전체 시가의 90%에 육박할 정도로
양산되고 있다. 1910년까지 시조가 580여수, 가사가 830여수에 이르고
있다.19)

　　왜 그들은 시조나 가사와 같은 전통적 장르를 계승하려고 했을까?
그것은 소설 개혁의 방향을 역사 전기 소설로 설정한 것과 어떤 관계
가 있는 것일까? 그 점을 분명히 밝히기 위해서는 시조와 가사의 사회
적 기능과 교술 장르적 특성 그리고 독자층의 전통 장르에 대한 태도
등을 살펴볼 필요가 있다.

　　첫째, 시조와 가사는 우리 민족의 혼이 깃든 장르이다. 풍전등화의
위기에 처한 당대의 현실에 비판적으로 대응하기에 가장 적절한 민족
적 정체성을 지닌 장르였다. 평시조에서 볼 수 있는 강인한 선비 정신
은 사대부들의 구미에 맞는 것이었을 뿐만 아니라 나라가 망해가는 상
황에서 자기 안위에만 급급한 일부 지식인들에 대한 각성제가 되기에
족했다.20) 사설시조와 가사에서 볼 수 있는 화제 처리 기능은 당대의
현실에 대하여 부정적 인식을 하고 있던 지식인들과 일반 국민들에게
카타르시스적 기능을 하기에 족했다. 그것은 항일 저항적인 장르가 주
로 시조와 가사였던 점에서 어느 정도 입증이 가능한 논리이다. 따라서
단재가 국시의 두 번째 요건으로 제시한 국수 정신의 표현에 부합한

---

19) 김영철, 『한국개화기시가의 장르연구』, 학문사, 1987, P.42

20) 그것은 마치 당시(唐詩)가 후세 사람들에게 미친 영향과 같은 것이다. 시인들
　　은 그것을 모범으로, 역사가들은 그것을 귀중한 사료로, 정치가들은 그것을
　　통치의 거울로, 애국지사들은 그것을 자신들의 결의와 정신적 위안의 전범으
　　로 삼았음은 주지의 사실이다.(王余光, 『影響中國歷史的三十本書』, 武漢大學出
　　版社, 1989, '唐詩三百首' 참조)

장르라고 할 수 있다.

둘째, 시조와 가사는 우리의 민족적 호흡에 맞는 장르이다. 영국시는 영국시의 음절이 있고, 러시아 시는 러시아 시의 음절이 있다. 어느 민족이나 '문학의 독립국을 건설'해야 진정한 민족 문학을 구축할 수 있다.[21] 따라서 시조와 가사는 우리 민족의 호흡과 맥박이 살아 숨쉬는 장르라고 할 수 있다. 단재는 만약 우리의 시를 창작하면서 다른 나라의 음절을 따른다면, 이것은 '학슬(鶴膝)을 구각(鳩脚)으로 환(換)하며, 구미(狗尾)를 황초(黃貂)로 속함'이나 다름없다고 했다. 따라서 어느 것이 좋고 나쁘며 선하고 악한 것을 고사하고 그 모양이 어찌 우습지 않느냐고 하면서 민족적 형식의 독창성을 강조하였다.

셋째, 시조와 가사는 가창 장르에 속한다. 애국·계몽 운동가들이 시가의 대중성에 관심을 가진 이상 그러한 가창성이 지닌 무서운 전승적 기능에 무관심했을 리 만무하다. 국민 대중을 고무시키고 조국에 대한 애국심을 고취시키기에 가장 훌륭한 장르가 다름 아닌 가창력을 지닌 시가였기 때문이다. 그런데 그에 대한 인식이 당대에 이루어지고 있음을 <논학교창가>(『대한매일신보』 1908년 7월 11일)에서 엿볼 수 있다. 논자는 '가(歌)란 자(者)는 인(人)의 감정(感情)을 자극(刺戟)하여, 의기(意氣)를 고(鼓)하야 흥기분발(興起奮發)케 하는 자(者)'라고 분명히 지적하고 있다.

넷째, 시조와 가사는 모든 계층에게 익숙한 장르였다. 평시조와 양반 가사가 사대부들이 선호한 시가였다면, 사설시조와 평민 가사는 대다부의 하층민들이 선호한 시가였다. 따라서 시조와 가사는 양반계층으로부터 하층민에 이르기까지 다양한 독자층을 확보할 수 있을 만큼 개방적인 장르였다. 따라서 국민 대중들이 선호하는 시가를 두고 새로운 장르를 선택한다는 것은 일종의 모험이 아닐 수 없다. 따라서 그들은 독자들로부터 야기될 수도 있을 형식적 거부감을 극복하고 자신들이

---

21) 「조선고래의 문자와 시가의 변천」, 『동아일보』 1925.

전달하고자 하는 메시지를 가장 효율적으로 전달할 수 있는 전통적인 장르를 선택하였던 것이다.

이러한 이유로 시조와 가사는 당시 국시의 모델이 되었다. 신채호는 <천희당시화>에서 최영의 <가마귀 눈비맞아 ---->와 <눈맞아 휘였노라 ---->, 정몽주의 <단심가>, 전봉준의 <파랑새>를 국시라고 하여 높이 평가하고 있다. 아울러 『대한매일신보』의 고정란 가사가 애국·계몽 운동가들의 독점물로 자리잡았다.

그러나 전통적 형태에만 집착하거나 무조건적으로 답습한 것은 아니다. 그들은 외국의 시가를 수용하면서 새로운 시의 형태를 모색하기도 하였다. 학교 창가와 기독교의 찬송가의 대중성에 지대한 관심을 갖게 되며, 그리하여 전통적인 4.4조의 민요 형태에 분절, 후렴구, 합가 등의 새로운 형태를 수용하여 찬양적이면서도 교훈적인 시를 창작하고 있다. 독립신문에 수록된 시들이 바로 그들이다. 그러나 이들도 '한국어의 특질에 맞는 독특한 시행을 갖'추지 않으면 안되었다. 이것이 바로 단재가 제시한 국시의 세 번째 요건이다. 이들 시가가 전통적인 민요조에서 크게 벗어나지 못하고 있는 것은 그와 긴밀한 관련이 있다.

참고문헌

김병철, 『한국근대서양문학이입사연구』, 을유문화사, 1980

김용직, 『한국근대시사』, 새문사, 1983

김윤식, 『한국현대시론비판연구』, 일지사, 1975

김학동, 『한국개화기시가연구』, 시문학사, 1981

민병수, 조동일, 이재선, 『개화기의 우국문학』, 신구문화사, 1974

박을수, 『한국개화기저항시연구』, 성문각, 1985

박철희, 『한국시가연구』, 형설출판사, 1981

송민호, 『일제하의 민족운동사연구』, 민중서관, 1970

이동순, 단재신채호의 천희당시화에 대해, 『개신어문연구』 1집, 1981

임중빈, 천희당시화의 문제성, 『한국문학』, 1977.9

임형택, 동국시계혁명과 역사적 의의, 『정병욱선생환갑기념논총』, 1982

임형택, 『한국문학사의 시각』, 창작과비평사, 1984

정한모, 『한국현대시문학사』, 일지사, 1974

조남현, 『개화가사, 형설출판사』, 1978

조남현 외, 『신문학과 시대의식』, 새문사, 1981

조동일, 『한국문학통사』4, 지식산업사, 1986

조지훈, 『한국문화사서설』, 탐구당, 1964

한계전, 『한국현대시론연구』, 일지사, 1983

한중소설의 서술방식

1. 問題의 提起

한국과 중국문학을 비교 연구함에 있어서 자국의 민족문학을 토대로 한 동양문학의 공통성을 추출하기 위해서는, 한국과 중국문학의 상호 영향관계의 연구 및 논증이라는 종래의 도식화된 틀에서 벗어나 상호 간에 영향이나 교류가 없으면서도 공통적으로 나타나는 특성들을 비교 검토하는 주제연구(Thematology or Stoff geschichte)라는 새로운 비교문학의 연구방법을 도입하는 일이 무엇보다도 시급하다. 특히 한국과 중국의 근대문학에서와 같이 그 영향관계가 별무한 경우의 비교연구에 있어서는 더욱 그러하다.

이에 필자는 30년대의 대표적인 작가인 한국의 채만식과 중국의 老舍의 작품을 비교 검토하고자 한다. 이들을 연구대상으로 선정한 것은 공통된 모티프를 소설화하고 있을 뿐만 아니라 재미있는 이야기를 완숙한 이야기꾼의 입을 통해 들려주고 있는 특이한 서술방식을 공통적으로 구사하고 있기 때문이다. 이러한 방식은 사실주의적인 묘사가 확립되어가던 당시로서는 확실히 이단적인 것이다.

따라서 채만식과 노사소설의 미학을 구명하는 첩경은 그들의 서술방식에 관심을 갖는 일이라 사료된다. 이에 대한 관심은 이미 조동일 교수에 의해 표명된 바 있다. 그는 채만식 소설의 서술방식과 서술자의 역할 그리고 서술구조에 주목하여 논의를 개진하고 있다. 그에 의하면 채만식은 긴박한 상황을 여유있게 서술함으로 극적소설인 <탁류>를 이완시키는데 성공하고 있으며, 비교적 냉담하고 객관적으로 사태를 서술하고 있다는 것이다. 또한 채만식은 사건을 눈으로 보는 듯이 묘사하면서도 계속 군소리를 늘어놓고 있다는 것이다.1) 이것은 채만식이 긴장과 이완이라는 구조를 계속적으로 활용하고 있다는 지적에 다름 아니다. 또한 그는 때로는 작가가 독자와 한편이 되어 작중 인물에 대해 우위를 확보한 채 작중인물을 저만치 두고 그 행위를 구경하는 관중이 되기도 하고, 때로는 작가가 독자와 작중인물의 중간에 서서 작중인물을 평하면서 독자의 이해에 도움을 주기도 한다고 밝히고 있다. 여기에서 지적된 '고전에서 따온 표현'과 해설자로서의 작가 그리고 관찰자로써의 작가 등에 대한 지적은 다름아닌 서술방식의 문제를 지적한 것이다.

필자는 기존의 논의를 바탕으로 채만식과 노사의 서술방식을 주석적 서술과 일인칭 서술 그리고 묘사적 서술로 나누어 그들의 서술적 특성을 구체적으로 살펴보고자 한다. 또한 그들 서술방식을 취할 때 작가는 어떤 입장에 서서 작품을 서술하고 있는지에 대해서도 알아보고자 한다.

---

1) 조동일, 『문학연구방법』, 지식산업사, 1980, P.97.

2. 주석적 서술과 해설자로써의 작가

주석적 서술의 특성은 서술자가 평가하는 자, 느끼는 자, 관찰하는 자이다.[2] 그는 서술되고 있는 사건에 직접 참견하기도 하고 주석을 가하기도 한다. 이러한 참견이나 주석에서 우리는 그의 관심사, 세정에 대한 그의 지식, 정치적 사회적 도덕적 문제에 대한 그의 생각, 특정한 인물이나 사물에 대한 그의 선입견 등을 읽어낼 수 있다.[3] 주석적 서술자들의 참견은 이야기와 관련되는 독자의 기대를 아주 특정한 어떤 방향으로 불러 일으키고 독자의 관심의 방향을 조정하며 어떤 등장 인물의 행동거지에 대해 회의를 품을 수 있는 소지를 심어준다. 또한 어떤 장면의 인상을 고조시킨다거나 다른 어떤 장면의 인상을 무디게 하기도 한다.[4] 이러한 방식의 소설은 대개 이야기 자체와 그에 대한 논설로 나뉘어진다.

<태평천하>에서 채만식은 정상 이하의 인물 백치 윤직원을 주인공으로 설정하여 이야기를 서술해가면서 그를 조롱하고 희화한다. 소설의 초두에서 작가는 직접 해설자가 되어 윤직원의 외모와 삶의 자세를 제시한다. 처음에 작가가 그린 윤직원의 모습은 상당히 긍정적이고 우호적이다. 그에 의하면 윤직원은 묵중한 체구에 돈푼께나 있는 자로서 겉으로 보기에는 그럴 듯한 호인이다.

작가는 윤직원을 계속 추어주고 하는 짓이 볼 만하다고 말한다. 작가가 제시한 윤직원의 실제의 모습은 처음에 작가가 설명한 것과는 달리 대단히 속물스럽고 무식한 인물이다. 작가는 등장인물들의 대화를 통해서 윤직원의 속물 근성과 부정적인 면을 샅샅이 제시한다.[5] 작가

2) Franz k. Stanzel, 안삼환, 『소설형식의 기본형식』, 탐구당, P.35.
3) Ibid., PP.36-37.
4) Ibid., P.39.

가 설명한 윤직원에 대한 내용과 어긋나는 등장인물간의 대화는 윤직원을 조롱하는 동시에 독자를 작가가 자기의 의도대로 이끌고 가기 위한 하나의 장치이다.

작가는 여기에 그치지 않고 다시 작품에 개입하여 주석을 달고 서술의 상황을 독자들에게 해설한다. 위의 인용문에서 보면 윤직원과 인력거꾼이 대화하는 중간 중간에 작가가 개입하여 서술의 상황을 아주 구체적으로 해설하고 주석을 단다. 인력거꾼과 윤직원의 내면세계에서 일어나는 심리적인 변화는 말할 것도 없고 외적인 반응과 행위까지를 작가는 일일이 독자에게 보고한다.

인력거꾼이 인색하기 그지 없는 윤직원에게 빌어먹으라고 말하려다가 참았다는 이야기나 윤직원같은 손님을 두번 만났다가는 기절할 것이라는 말을 하려다가 그만두었다는 이야기, 그리고 윤직원이 인력거삯을 더 깎으려다가 못깎아 역정이 났지만 부둥부둥 떼를 쓰는 인력거꾼에게 굴복하여 5전을 더 주었다는 이야기는 해설자인 작가가 우리 독자들에게 아주 친절하게 들려준 이야기들이다.

이러한 해설자요 주석자인 작가의 모습은 이 작품 곳곳에서 찾을 수 있다. 윤직원이 며느리를 '짝 찢을 년'이라고 욕하는 웃지 못할 대목에 이르러 "관중이 없어서 웃어주지 않으니 섭섭한 장면입니다"6) 라고 서술한 것이나 윤직원이 춘심이에게 정신이 팔린 대목에 이르러 "윤직원 영감은 어느 결에 다시 집어든 담뱃대 빨부리로 침이 지르르 홀러내리는 것도 모르고, 흐물흐물 춘심이를 올려다 봅니다"7)라고 서술한 것 그리고 윤직원이 가장 기대했던 종학이 사상관계로 투옥되었다는 사실을 알고 낙담하는 대목에 이르러 "마지막의 으응 죽일 놈 소리는 차라리 울음소리에 가깝습니다"8) 라고 서술한 것 등은 그 좋은 예들이다.

---

5)『채만식전집』3, 창작사, 1987, PP.14-15.
6) Ibid., P.28.
7) Ibid., P.118.

그런데 간혹 해설자인 작가가 가면을 벗고 실제적 작가의 모습으로 등장하는 경우도 없지않다. 이는 "이 이야기를 쓰고 있는 당자 역시 전라도 태생이기는 하지만, 그 전라도 말이라는 게 좀 경망스럽습니다"[9] 라고 말하는 데서 확인된다. 작가는 서술자의 모습으로 작품에 개입하는 것도 부족하여 아예 자기의 실제 모습을 작품에 투영한 것이다.

이러한 서술방식은 전대의 이야기 문학이나 판소리계 소설에서 흔히 볼 수 있는 방식이다.[10] 이것은 전지적인 작가가 해설자의 입장을 견지하면서 완숙한 이야기꾼이 되어 독자들에게 이야기를 들려주는 방식이다. 채만식은 전지적인 작가 시점에 전통적인 이야기 구연방식을 수용하여 해설자요 이야기꾼인 서술자를 작품에 설정하고 있는 것이다. 이러한 방식을 채만식은 대단히 애용하고 있다.

판소리나 탈춤에서 흔히 볼 수 있는 작가가 등장인물을 조롱하고 희화하는 장면도 이 작품의 여기저기에서 찾을 수 있다. 윤직원은 자기가 사는 시대를 태평천하로 인식하고[11] 시대의 변화를 두려워한다. 그런데 문제는 당대가 일제시대라는 데 있다. 여기에서 윤직원이 대단히 이기적이면서 정상 이하의 인물임이 드러난다. 이는 그가 "오냐 우리만 빼놓고 어서 망해라"[12]라고 말하는 데에서도 확인이 가능하다.

또한 작가는 윤직원이 건강을 위해 소변세안 동변복용을 하는 것이라든가, 부를 축적하기 위해 수형할인업을 일삼는 것을 보여준다. 그리고 가보를 순금으로 도금하고, 신분상승을 위해 자식들을 양반 자손들

---

8) Ibid., P.192.
9) Ibid., 1987, P.11.
10) 조동일 교수의 『판소리의 이해』(창작과비평사, 1984)와 정한숙 교수의 『한국현대작가론』(고대출판부, 1976, P.144)에서 이에 대한 논의가 이루어지고 있다.특히 조동일 교수는 판소리소설이 민담에서 온 것이라는 논의를 한 바 있어서 전대의 이야기문학과 판소리계소설에서 주석적 서술을 볼 수 있는 것은 우연이 아님을 알 수 있다.
11) 채만식, Op. cit., P.191.
12) Ibid., P.41.

과 결혼시키고, 자손들이 군수나 경찰서장이 되기를 기원하는 일련의
행위를 보여준다. 이어서 작가는 이러한 행위가 얼마나 어리석은 짓인
가를 보여준다.

윤직원의 목표는 결국 모두 수포로 돌아간다. 축적된 부는 자손들의
방탕으로 탕진되며, 양반 자손과의 결혼은 가정 불화만을 야기시키고,
군수나 경찰서장이 되기를 희망한 자손들은 사회주의 운동에 연루되어
투옥된다. 이는 타락한 세계에서 자기 자신만 신분상승을 하려다가 좌
절되고마는 윤직원의 이기주의와 몰역사성을 보여준 것으로 보인다.

이들 윤직원의 우매한 언행을 보여주는 과정에서 작가는 자신이 이
야기하고 있는 것과 이야기하려는 것 사이에 상당한 차이가 있다는 자
신의 입장을 분명히 한다. 이는 판소리의 표면적 주제와 이면적 주제의
관계를 연상시킨다. 표면적인 주제가 유식한 문자로 수식된 설명을 통
해 나타난다면 이면적 주제는 상스러운 말로 구체화되어 장면과 대화
를 통해 드러난다. 그런데 표면적인 주제는 겉으로 내세우는 구실에 불
과한 반면 그 작품에서 진정으로 이야기하고자 한 것은 바로 이면적
주제이다.13)

작가의 이야기에 나타나 있는 그와 같은 거리에 대한 인식에 의해
서술적 반전이 일어나며 작가는 자기가 의도하는 방향으로 우리 독자
를 이끈다. 마치 판소리의 창자가 자기의 의중을 숨기고 독자들의 반응
을 보아가면서 어떤 사건이나 인물의 부정적인 면을 서술하거나 탈춤
에서 말뚝이가 자기가 생각하는대로 이야기를 이끌어가기 위해 양반을
조롱함으로써 독자들이 그 진실을 스스로 알아차리게 하는 것과 대단
히 흡사한 방식이다.14)

<老張的哲學>은 전통적인 이야기문학의 특성이 잘 나타나 있는 소설
이다. 표제로부터 소설 주인공이 누구인가가 잘 암시되고 있다. 그런데

---

13) 조동일 외, 『판소리의 이해』, 창작과비평사, 1984, PP.26-27.
14) 조동일, 『한국문학통사』5, 지식산업사, 1988, P.428.

이는 강창문학이나 백화소설에서 흔히 볼 수 있는 표제의 설정방식이다. 노사가 초기에 집필한 장편소설 <趙子曰>이나 <二馬> 등에서도 이러한 특성이 발견된다. 전자는 지식인인 주인공 '趙子曰'의 이름에서, 후자는 인력거꾼인 주인공 '二馬'의 이름에서 각각 그 표제를 따오고 있다.

또한 작가는 소설 허두에서 작품명인 '노장적철학'이라는 용어가 무엇을 의미하고 있는지에 대해서 아주 상세하게 설명하면서 주석자이면서 해설자인 작가의 모습을 노출한다. 이것도 京派作家들에게서[15] 흔히 볼 수 있다. 그들은 늘 작품에 자신의 모습을 노출하여 등장인물을 논평하고 서술한다. 그들은 주관적인 묘사를 주로 하며, 풍자수법을 사용하는데도 자신의 감정을 끊임없이 삽입한다.[16]

<老張的哲學>에서 보면 노사는 전지적인 입장에서 노장의 삶을 서술한다. 그는 독자의 궁금증을 하나도 남기지 않으려는듯 직접 독자들의 물음을 설정하고 그에 대해서 아주 친절하게 해설을 해준다. 그는 노장의 성격과 삶의 방식을 우회적으로 제시하여 독자가 자기가 말하고자 하는 내용을 알아차리도록 유도하기도 하고 노장에 대해 직접 비판을 가하기도 한다. 또한 독자가 궁금하게 생각할만한 것은 자신이 먼저 질문을 던지고 그에 대답을 한다.[17]

이는 相聲에서 이야기꾼이 청자에게 이야기를 들려줄 때 흔히 사용하는 방식이다. 노사는 상성을 수용하여 청중을 감복시키거나 청중을 웃기는 방식을 즐겨 활용하고 있다.[18] 이야기꾼이 청자의 반응을 보아

---

15) 이는 북경을 배경으로 하여 작품활동을 한 작가들을 일컫는 고유명사이다.
16) 吳輝福, 「中國現代諷刺小說的初步成熟」, 『北京大學學報』 第6期, 1982, P.78.
17) 『老張的哲學』, 北京: 人民文學, 1986, PP.3-4.
18) 상성에는 두 가지 언어가 있다. 즉 문언문과 속어가 그것이다. 문언문을 사용한 것은 두 가지 목적이 있다. 그 하나는 예술인이 자신의 학식을 보여주어 청중을 감복시키기 위함이고, 다른 하나는 지식인의 풍자하여 청중을 웃기기 위함이다.(老舍, 談相聲的改造, 老舍曲藝文選, 北京; 中國曲藝出版社, 1982, P.192.)

가면서 청자가 알아듣지 못하거나 궁금해 하는 내용에 대해 반복해서 이야기하고 또 반문을 하여 청자를 이야기 속으로 끌어 들이는 점이나 노장의 죽는 날을 '嗚呼哀哉尙饗之日'로 표현하고 노장이 일인 삼역을 한 것을 '則財通四海而達三江矣'로 표현한 점 그리고 허사를 즐겨 사용하고 있는 점 등은 분명 상성이나 구식 설화에서 수용한 서술방식이다.

　이 작품에서의 해설자로서의 작가는 지나칠 정도로 독자를 의식하고 있다. 작가는 여전히 이야기꾼이 변용되어 나타난 주석자의 입장에서 작품에 개입하여 독자의 반응을 살펴가면서 소설을 서술해간다. 또한 그는 자신의 주관을 공공연하게 드러내는 일을 서슴치 않는다. 특히 괄호를 사용해가면서 주석자인 작가가 자신의 견해를 공공연하게 부연하고 있는 점은 객관성을 생명으로 하는 리얼리즘 소설에서는 흔히 찾아보기 어려운 서술적 특성임에 틀림없다.

　이어서 작가는 노장이 어떻게 해서 1인 3역을 해내고 있는가를 대단히 해학적으로 서술한다. 그는 처음에 노장만큼 '문무를 다 잘하고 음과 양을 다 잘아는 성인이 어디 있겠느냐'고 독자들에게 질문을 던진다.[19] 이런 과정에서 독자들을 작가가 등장 인물을 추어주는 말만 믿고 잔뜩 기대감으로 충만한다. 그런데 그 연후에 작가가 정작 보여준 것은 노장의 악행, 인색, 무식, 속물성 등이다. 그 서술은 주로 서술자로 등장한 작가의 해설과 논평에 의존한다. 이로 말미암아 그 기대는 여지없이 무너지고 독자는 실소케 된다.

　그런데 작가의 논평은 채만식의 경우와 마찬가지로 주인공에 대한 조소로 일관된다. 노장이 서당을 운영해가는 과정이나 학생들에게 몰래 아편을 파는 악행을 서술해가면서도 작가는 여전히 능청을 떤다. 그는 '그러나 그래도 우리는 노장이 교육에 열중한 것에 감사하지 않을 수

---

19) Ibid., P.6.

없다'[20]고 하면서 자기의 의중을 털어놓지 않은채 독자들의 반응만을 눈여겨 살핀다.

이는 해설자인 작가가 진정으로 노장에게 감사해서라기보다는 노장을 조롱하기 위한 하나의 장치이다. 작가는 자신이 독자들에게 전하고자 하는 진정한 의미를 감춘채 노장을 추어주면서 독자들이 스스로 자신의 진정한 의도를 읽어내기만을 기대하고 있다. 말하고자 하는 내용과 말하고 있는 내용이 어긋나 무식한 독자들은 혼란에 빠질 우려가 있다. 때문에 작가는 자신의 말을 이어 노장의 속물스러운 대화나 행위를 보여줌으로써 자신의 의도가 무엇인지를 분명히 해준다.

이러한 이야기 서술방식은 相聲이나 설화문학에서 흔히 볼 수 있는 서술 방식이다. 작가는 이야기꾼이 되어 청중들에게 등장인물이나 사건에 대해 이야기하면서 자기가 이미 앞에서 이야기한 것을 부인하는 말이나 행위를 보여준다. 청중들은 이야기꾼이 전지적인 입장에서 이미 모든 것을 말해주었기 때문에 등장인물이나 사건에 대해 잘알고 있다고 생각한다. 그런데 이야기꾼이 앞에서 이야기한 내용을 뒤에서 부인하고 등장인물의 생각이나 행동이 작가의 이야기와 상치되기 때문에 독자들은 작가가 이야기하고 있는 것과 이야기하고자 하는 것 사이에 가로놓인 거리를 막연하게나마 느끼게 된다. 바로 여기에서 아이러니가 유발된다.

3. 일인칭 서술과 등장인물로서의 작가

일인칭 서술에서는 작가가 작품 세계의 등장인물로 등장하여 자신이 체험한 것이나 관찰한 것 혹은 작중 인물들로부터 들은 것 등을 서술

---

20) 可是我們至少也不能不感謝老張的熱心敎育.(Ibid., P.5.)

한다. 이러한 서술 방식에서는 주석적 서술에서의 해설자요 주석자인
작가가 등장인물로 등장하여 좀더 자유롭게 자신의 견해를 밝힐 수 있
다. 그러니까 서술적 자아는 주석적 서술자가 지닌 모든 특징을 띠고
등장한 셈이다. 또한 여기에서도 주석적 서술에서와 마찬가지로 서술과
정 자체가 이야기의 대상이 될 수 있다.21) 그러나 이러한 서술방식은
서술자인 일인칭 '나'의 눈에 보이고 귀에 들리고 마음으로 느끼는 것
만을 그려야 한다. 때문에 자신의 이야기가 아니라 다른 등장 인물이나
사건을 그림에 있어서는 전지적인 작가의 시점에서 보다 그 제약이 상
당히 크다.

<치숙>은 일인칭 주인공시점과 일인칭 관찰자시점이 혼합된 특이한
소설이다. 일인칭 인물인 '나'가 자신의 주관을 공공연히 드러내고 있
다는 점에서 이 소설의 시점은 일인칭 주인공시점이 분명하다. 그러나
이 소설의 중심적인 인물은 사실 '나'가 아니고 아저씨이다. 이 점에서
보면 이 소설은 일인칭 관찰자시점을 취하고 있음이 확실하다.

<치숙>은 일인칭 서술자인 "나"의 요설과 아저씨와의 대화 그리고
"나"의 논평 순으로 이야기가 서술되어 나간다. "나"는 제법 현명한 척
하면서 아저씨의 어리석음과 무능을 판소리 창자가 사설을 늘어놓듯이
늘어놓는다.22) "나"의 이야기에 의하면 아저씨는 그야말로 형편없는
인물이다. 생활 능력도 없고 공부도 헛것으로 했고 도대체 아무짝에도
쓸모가 없는 인간 쓰레기이다. 그런데 이렇듯 입심좋게 떠들어대는
"나"는 사회주의니 십년 적공이니 대학교니 하고 제법 유식한 내용을
이야기하면서도 무식한 언어를 구사한다. 어투 뿐만이 아니고 생각마저
도 치졸하기 짝이 없다.

또한 서술자의 요설에는 "나"의 타락하고 속물적인 성향이 산재해
있다. 무능한 아저씨로 인해 은혜갚는 일이 성가시다는 이야기나, 내지

---

21) Franz K. Stanzel, Op.cit, PP.50-51.
22) 『채만식전집』 7, 창작과비평사, 1989, P.261.

인으로 동화되어 내지인처럼 살고 싶다는 이야기에서 우리는 그것을 확인할 수 있다. 서술자는 일제의 우민화정책에 순응하여 살려는 자이며, 서술자가 아저씨를 비판한 것은 아저씨가 그렇게 살지않으려 한 때문임이 드러난다.

서술자인 "나"가 더욱 신이 나서 떠들어대는 것으로 보아서, 독자는 그것을 눈치채지 못하고 전적으로 믿는 듯하지만 실제는 그렇지 않다. 독자들은 서술자가 이야기하고 있는 것과 이야기하고자 한 것 사이에 가로놓인 거리를 눈치챈다. 때문에 독자는 서술자를 신뢰하지 않는다. 그러니까 등장인물이 된 작가 '나'는 신뢰할 수 없는 이야기꾼이다. 이러한 서술방식은 판소리에서도 쉽게 찾을 수 있다.[23]

작품 초반에 나타난 "나"의 요설은 뒤에 아저씨와의 논쟁을 통해 재론되는데, 여기에서 "나"의 무지와 아저씨의 실상이 더욱 확연히 드러난다. 아저씨가 부단히 가난하고 무능할 수밖에 없는 저간의 사정도 확연히 드러난다. 그런데 서술자와 아저씨의 논쟁 뒤에는 반드시 등장인물이 된 작가가 개입하여 논평을 한다.

그 논평도 예외없이 주관적이고 편견이 다분하다. 결국 일인칭 서술자로 등장한 작가는 자기 스스로 자신의 무지와 위선을 폭로하고 있는 것이다. 이로 말미암아 서술자는 신뢰성을 상실한다. 이 소설이 풍자성을 획득하는 것은 이러한 서술방식에 기인한다.

<柳家大院>은 일인칭 관찰자인 '나'를 통해 모든 인물과 사건이 관찰되고 서술되어 나간다. 그런데 '나'는 관찰자임에도 자신의 견해와 자신의 입장을 곳곳에서 노출시킨다. 그럼에도 '나'는 <치숙>의 '나'와 달리 등장인물과 사건에 대해 객관적인 거리를 유지한다. 결국 이 작품의 서술자는 등장인물화된 작가임에는 틀림없지만 주석적이고 해설적인 입장에서는 많이 뒤로 물러나 있음을 알 수 있다.[24]

---

23) 김병국, 「고대소설 서사체와 서술시점」, 『한국고전소설연구』, 새문사, 1983 참조.

서술자인 '나'는 유가대원에 살고 있는 사람이다. 서술자는 유가대원에서 일어난 자살사건을 다루기에 앞서 자신의 신상에 대해서 먼저 소개한 다음 유가대원의 구조와 유가대원을 떠나지 못한 이유를 아주 담담하게 서술하고 있다. 서술자는 자신에 대해 이야기하면서도 가능한 한 객관성을 유지하려고 노력한다. 이로 말미암아 야기될 수 있는 독자들의 궁금증은 서술자가 질의 응답의 형식을 빌어 보충해서 설명해주고 있다.

그런데 여기에서 얼마간의 서술자의 주관을 엿볼 수 있을 뿐이다. 서술자는 '모두 몇 식구가 사느냐고요?' 혹은 '이 세상에 물이 새지 않은 집이 어디 있습니까?'라고 독자들의 반응을 살핀다. 이는 독자들이 이야기꾼의 이야기에서 궁금한 부분에 대해 질문을 하는 방식이다. 이에 대해 서술자는 '누가 기억할 수 있나요!' 혹은 '물이 새지 않은 집이 있기는 하지요. 그러나 살 수가 있어야 하지요!'라고 자신의 견해를 밝힌다. 여기까지만 보면 이 소설은 일인칭 주인공시점을 취한 서술방식이라고 할 수 있다.

그러나 정작 이 소설의 주인공은 '나'가 아니며 중심적인 이야기도 '나'의 이야기가 아니다. 이 소설의 주인공은 자살한 왕씨댁 며느리이며, 중심적인 이야기도 그녀가 결혼을 해서 노왕과 소왕 그리고 시누이로부터 비인간적인 대접을 받다가 끝내 자살하고마는 이야기이다.[25]

서술자인 '나'는 옆집에 사는 노인으로 왕씨집의 사정을 잘알고 있는 사람이다. 서술자는 담담하게 왕씨집의 이야기를 독자들에게 들려준다. 자살이라는 커다란 사건을 서술하면서도 작가는 끝내 이야기꾼의 위치에서 주석을 달거나 해설을 가하는 일없이 관찰자의 위치에 머물

---

24) 『老舍選集』第3卷, 四川人民出版社, 1982, P.80.
25) 이 소설에서 왕씨집의 이야기가 차지하는 비중은 앞에서 인용한 부분을 모두 서술자인 '나'의 이야기로 본다고 해도 약 15배를 상회한다. 그 분량만을 보아도 왕씨집 이야기가 중심적인 이야기임이 드러난다. 이 소설은 그 모티프를 여성의 비극적인 삶에서 가져온 것이다.

고 있다. 때문에 서술자는 자기가 잘 알고 있는 이야기를 청중에게 들려주고 있는 셈이다.

그런데 작품의 말미에 가면 서술자의 태도가 돌변한다. 객관적인 관찰자의 위치에 있던 작가가 지금까지 견지해온 태도를 바꾸어 이야기에 개입하여 주석적이고 해설자적인 위치에 서게 된다. 그는 노왕과 그 가족을 빈정대며 독자들의 반응을 살피는 듯한 어투로 이야기를 서술한다.26) 이러한 방식은 앞에서도 밝힌 바 있듯이 相聲이나 설화문학의 서술방식을 수용한 것이다. 이들 전통적인 이야기문학의 작가들은 작품의 말미에 개입하여 사건의 결과를 밝히고 자신의 평가를 덧붙인다. 이 과정에서 서술의 역전이 이루어진다. 인용한 <柳家大院>의 말미에서도 며느리의 죽음이 결국 노왕과 소왕 그리고 이비의 잘못임을 밝히면서 "문명"이란 미명하에 며느리를 자살의 경지로 몰아붙인 그들이 어떻게 잘살 수 있을 것이냐는 작가의 빈정대는 듯한 논평을 엿볼 수 있다.

백화소설은 설화체소설 혹은 이야기체소설에서 소설화소설의 발전과정을 거친 바 있다. 설화체소설은 소설의 발전에 촉매작용을 하기는 하나 소설창작의 방향을 철저히 변화시키지는 못한다. 따라서 설화체의 서술방식은 여전히 여러 작가들이 즐겨 사용하는 하나의 표본이 되고 있다.27) 설화 문학의 특성은 읽는 소설이 아니라 구두 문학이라는 데 있다. 강담사나 강독사가 청중과 호흡을 같이 하여 그들을 이야기 속에 몰입하게 해야 한다. 서술자인 '나'의 질의 응답식 서술은 바로 이 점이 고려된 서술방식이다.

---

26) 『老舍選集』 第3卷, 四川人民出版社, 1982, P.91.
27) 魯德才, 「硏究古代小說藝術傳統的思考」, 『「文學遺産』 第1期, 1987, PP.6-8.

4. 묘사적 서술과 관찰자로써의 작가

서술자가 이야기에 참여하는 것을 단념하고 독자들에게 거의 의식되지 않을 정도로 물러앉아서 이야기를 서술해가는 방식을 묘사적 서술이라고 한다.[28] 이것은 작가의 주관이 최대한 억제되고 객관성이 중요한 요인으로 부각된 리얼리즘 소설에서 많이 취해지고 있는 서술방식이다. 근대에 오면서 소설가들이 드라마의 특성을 많이 수용하면서 그것이 가능해진다. 장면적 제시나 대화의 활용 그리고 체험화법 등이 묘사를 주도함으로써 드라마에서 극작가나 연출가가 그러한 것처럼 서술자는 소설의 전면에서 후퇴하고 만다. 채만식과 노사는 전통적인 극양식을 수용하여 극적인 서술방식을 즐겨 사용하고 있다. 그러나 그들은 묘사적 방법만을 취하지 않고 다른 서술방식을 혼용하여 사용함으로써 독특한 효과를 성취하고 있다.

채만식은 <탁류>에서 주석적 서술방식과 묘사적 서술방식을 혼용하여 구사함으로써 독특한 효과를 얻고 있다. 작가가 해설자가 되어 등장인물과 사건을 독자들에게 직접 보고해 주기도 하고 작가가 작품의 뒤로 물러나 등장인물과 사건을 객관적으로 묘사해 주기도 한다. 그런데 작품의 초반부에서는 주로 묘사적 서술방식이 활용되고 있다. 정주사가 젊은 동업자에게 봉변을 당하고 있는 장면이 한폭의 그림을 연상케 한다. 작가는 객관적인 위치에서 사건과 등장인물들을 관찰하고 제시하고 있을 뿐 자신의 주관을 노출시키지 않는다. 때문에 우리 독자들은 한 컷의 극적인 장면을 보고 있는 느낌을 갖는다. 화면 속에는 싸우는 두 사람만이 잡히지 않고 그것을 구경하는 사람들과 미두장 앞의 전경까지도 잡힌다.

그런데 채만식은 두 사람의 싸움이라는 극적인 사건을 아주 여유있

---

28) Franz K. Stanzel, Op.cit, PP.76-101.

게 서술하고 있다. 그는 서술자의 시선을 두 사람의 싸움이라는 가까운 거리에서 점차 먼 거리로 이동시켜 사건이 일어난 시간과 절기 그리고 그것을 구경하는 사람들의 모습까지를 일일이 독자들에게 보여준다.

그 장면은 사건의 긴박성과 동떨어진 한가로운 것이다. 시간이 오후 두시 반이고 절기가 오월 초생이니 사람들이 그늘을 찾고 나른할 때이다. 남이야 싸움을 하건 말건 그들은 싸움을 말리려 들지 않고 구경만 하고 있다. 작가는 이 점을 놓치지 않고 독자들에게 보여줌으로써 싸움의 현장을 한층 사실감 있게 해주고 있다. 마치 시간적 배경과 공간적 배경 그리고 싸우는 장면을 모두 카메라에 담고 있는 형상이다.

사건은 두 사람이 싸움을 하는 극적인 상황인데 독자들은 작가의 의도에 의해 점차 긴장이 이완되어 간다. 게다가 작가는 '지나가던 상점의 심부름꾼 아이 하나가 자전거를 반만 내려서 오도카니 바라보고 섰는 것이 그림의 첨경(添景) 같아 더욱 호젓하다'고 서술함으로써 그가 사건의 현장에서 저만큼 떨어져 '조용한 마음으로' 사건을 주시하고 있음이 드러난다. 이처럼 그리는 대상과 그리는 방법이 서로 어긋나 있는 것은 의도적인 수법에 기인한다.[29] 작가가 관찰자의 입장에서 극적 사건을 극도로 이완시켜 제시하고 있는 셈이다. 때문에 우리 독자들도 사건의 현장을 흥분하지 않고 여유있게 관찰할 수가 있다. 이는 분량을 늘이려는 것이 아니라 일상생활의 모습을 구체적으로 나타내고 사회의식의 차이 때문에 벌어지는 대결을 설득력 있게 표현하려는 것에 다름 아니다.[30]

독자를 거의 이완시켜 놓은 작가는 이번에는 등장인물의 대화를 통해 극적인 긴장감을 조성한다. 정주사가 멱살을 잡힌채 숨이 차서 헐덕거리며 애송이의 손아귀에서 빠져나오려고 바둥거리는 모습을 애숭이와 나눈 대화를 통해 보여준다. 여기에서 작가가 자신의 말이 아닌 등

---

29) 조동일, Op.cit, P.188.
30) 조동일, 『판소리의 이해』, 창작과비평사, 1984, P.23.

장인물의 말로 사건을 극화시키고 있다.[31] 정주사와 애숭이의 대화를 통해 사건의 전말이 드러난다. 이는 민담이나 주석적 서술방식의 소설에서 같으면 작가의 직접적인 해설에 의해 이야기될 내용이다. 그런데 작가는 저만큼 뒤로 물러나 있고 등장인물들 스스로가 자기의 성격을 창조하고 극적인 장면을 연출한다. 이러한 서술방식은 근대의 리얼리즘 소설에 많이 나타나는 것으로 희곡으로부터 영향받은 바 큰 것이다.

당시 채만식은 판소리와 탈춤의 영향을 받아 이러한 방식을 즐겨 구사한 것으로 보인다. 특히 애숭이가 정주사를 능멸하는 장면은 상놈인 말뚝이가 부정적이고 절대적인 인물인 양반을 비판하고 조롱하는 탈춤을 연상시킨다. 또한 정주사와 애숭이의 싸움과 그 전말이 장면화되고 등장인물의 대화로 실감있게 서술된 것은 판소리를 연상시킨다. <탁류>는 이에 의해 극적인 효과가 성취된다.

정주사와 초봉이의 몰락과정도 판소리의 서사구조와 대단히 유사하다. 정주사의 몰락과정은 바로 놀부의 몰락과정을 연상시키며, 초봉이의 몰락과정은 심청이의 몰락과정을 연상시킨다. 또한 등장인물의 몰락이라는 비극적인 사건으로 격정극을 만들고 있으면서도 긴장과 이완의 구조를 반복적으로 구사하고 있는 점도 역시 판소리에서 흔히 볼 수 있는 서술구조이다.

<駱駝祥子>는 작가가 관찰자의 위치에서 사건을 서술해가다가 주인공인 祥子의 시선을 통해 사건을 서술해가는 서술방식을 취하고 있다. 이는 묘사적 서술방식의 일종이지만 채만식의 <탁류> 등에서 볼 수 있는 서술방식과는 상당한 정도의 차이가 있다. 작가가 관찰자가 되어 사건을 서술하는 데 그치지 않고 작가가 등장인물인 '상자'의 내면으로 들어가 상자의 느낌이나 내적 심리 혹은 외적 관찰까지를 담담히 서술하고 있기 때문이다.

---

31) 『채만식전집』 2, 창작사, 1987, P.10.

서술자가 등장인물의 내면으로 들어가 이야기를 서술하고 있는 점에
서 일인칭 서술방식과 유사하다. 특히 주인공의 심리묘사까지를 해내고
있는 점은 일인칭 주인공시점에서나 가능한 일이다. 그런데 일인칭 서
술방식과의 차이는 등장인물이 '나'가 아니라 '그'라는 점 외에도 등
장인물인 '그'의 심리를 서술할 때를 제외하고는 주석적이고 해설적인
서술자가 아니라 관찰자인 서술자로 물러나서 이야기를 서술하고 있다
는 점을 들 수 있다.32) 서술자가 대상을 내면화하여 대상과 합일되는
경지를 보여준 뒤에 서술자가 관찰자의 위치에서 상자의 거동을 관찰
하고 다시 상자의 심리를 서술자가 리얼하게 묘사한다.

이처럼 작가는 객관적인 서술자의 위치에 있다가 어느 사이에 등장
인물인 삼인칭 상자의 위치로 옮겨가곤 한다. 이러한 서술방식을 헤르
나디 교수는 '대리적 서술'(Substitutional narration)이라고 명명하면서
'자유간접화법'(Style indirect   libre) 혹은 '간접화법적 내적 독백'
(Monologue interieur indirect)과 같은 개념으로 보고 있으며33), 김병국
박일용 교수는 작가와 작중인물의 '이중시점적 서술'방식으로34) 명명
하고 있다.

그런데 서술자가 사건을 관찰하거나 인물의 내면으로 침투하여 인물
의 심리를 표출할 때 작가는 항상 객관적인 위치에서 이야기를 서술하
고 극적인 장면을 보여준다. 판소리소설에서는 서술자가 대상을 내면화
할 때 '나' 혹은 '내' 등의 일인칭 시점을 노정하지만35) 여기에서는
최대한 객관성을 유지하여 '그'라는 삼인칭시점을 시종일관 견지한다.
따라서 이들은 묘사적 서술방식의 일종이다.

---

32) 『駱駝祥子』, 學林書店, P.18.
33), Paul Hernadi, *Beyond Genre: New Direction in Literary Classification,* Cornell
    Univ. Press, 1972, PP.191-192.
34) 김병국, 「판소리의 문학적 진술방식」, 『국어교육』 34, 1979, PP.115-124
    박일용, Op.cit, PP.99-109.
35) 김병국, Op.cit, P.122.

작가는 사건을 서술하면서 거의 흥분하지 않는다. 그는 침착하게 사건을 서술해나간다. 전쟁터에서 상자가 군인들에게 잡혀가는 장면을 작가는 하나의 문장으로 간단히 처리해 버린다. 그런 연후에 작가는 절기와 날씨 그리고 상자의 외모를 묘사한다. 절기가 '묘봉산에 불공을 드리는 계절'이며 날씨는 '아직도 하나의 얇은 옷으로 밤을 견디기' 곤란한데, 상자는 '회색 군복 상의에 남색 천으로 된 군복 바지'를 입고 있다고 서술한다. 사건의 긴박성에 비추어 볼때 이는 독자들의 기대에 어긋나는 진술이다. 작가는 독자들이 작품에 몰입하는 것을 차단하고 긴장감을 이완시켜 주고 있는 셈이다.

그런데 묘사적 서술의 경우에 있어서도 등장인물의 시각에서 이야기를 서술한뒤에 서술자가 작품에 등장하여 자신의 생각이 등장인물의 생각과 다르다는 점을 분명히 밝힌다. 그렇다고 주석적 서술에서 처럼 서술자가 자기의 주관을 드러내기 보다는 최대한 객관적인 입장에서 자신이 관찰한 바를 이야기해준다.

7장에서 상자는 '공자님이 어떤 인물인지 알 수가 없지만' 집주인인 조선생이 글도 알고 도리도 잘지키기 때문에 공자가 틀림없다고 말한다. 이에 대해 서술자는 자신의 생각은 상자와 다르다고 하면서 조선생의 실상을 나름대로 제시한다. 그에 의하면 '조선생은 그리 신통치 않다. 그는 다만 때로는 가르치고 때로는 다른 일도 하는 하나의 보통사람에' 지나지 않는다. 또한 조선생은 사회주의자로 자처하고 유미주의의 영향을 받기도 했지만 '모두 깊은 견해를 가지지 못' 한 사람이다. [36] 이처럼 이중 시점적 서술에 있어서 작가와 등장인물의 견해를 다르게 설정한 서술방식은 바로 중국의 전통설화문학에서 볼 수 있는 방식이다.

---

36) 『駱駝祥子』, PP.77-78.

5. 결 론

이상에서 살펴본 바와 같이 채만식은 독특한 서술방식을 구사함으로써 동시대의 다른 작가들과 다른 모습을 보여준다. 그의 서술방식은 전통적인 이야기문학이나 예술의 서술방식을 수용한 것으로 전통적인 것에 가까운 방식이다. 그의 서술방식에 나타난 특성으로는 다음과 같은 몇 가지의 사실을 지적할 수 있다. 먼저 채만식의 소설은 글을 읽고 있다기보다는 이야기를 듣고 있는 듯한 느낌을 준다. 그는 재미있는 이야기를 완숙한 이야기꾼의 입을 통해 들려주고 있다. 이는 그의 소설을 서술하는 방식의 특이함에 기인하는데, 사실주의적인 묘사가 확립되어 가던 당시로서는 확실히 이단적인 것이다. 그러나 그는 전대문학의 서술방식으로도 충분히 리얼리티를 획득할 수 있다는 확신을 가지고 소설창작에 임하여 그것을 판소리계소설과 전통예술의 수용을 통해 증명해 보인다.

그들의 서술방식에 나타난 유사성으로는 다음과 같은 몇 가지의 사실을 지적할 수 있다. 먼저 채만식과 노사의 소설은 글을 읽고 있다기보다는 이야기를 듣고 있는 듯한 느낌을 준다. 그들은 재미있는 이야기를 완숙한 이야기꾼의 입을 통해 들려주고 있다. 이는 두 작가의 소설을 서술하는 방식의 특이함에 기인하는데, 사실주의적인 묘사가 확립되어가던 당시로서는 확실히 이단적인 것이다. 그러나 그들은 전대문학의 서술방식으로도 충분히 리얼리티를 획득할 수 있다는 확신을 가지고 소설창작에 임하여 그것을 판소리계소설과 강창문학의 수용을 통해 증명해 보인다. 다음으로 모든 서술방식에 공통적으로 나타나는 특성으로 질의 응답식 서술방식, 서술자가 이야기하고 있는 것과 이야기하려는 것의 상충에서 오는 서술적 역전과 아이러니의 유발, 긴장과 이완이라는 구조의 원용 등을 들 수 있다. 이는 한국의 판소리와 민담이나 중국의 상성과 전통설화문학에서 영향받은 바 크다. 이에 대한 구체적인 내용은 다음 장에서 구체적으로 논의할 예정이다. 세째 주석적 서술의 경우 이야기꾼이 변용되어 나타난 서술자가 주석적이고 해설적인 입장에서 작품에 개입하고 있으며, 그들은 독자들의 반응을 살펴가면서 이야기를 서술해가고 있다. 네째 일인칭서술방식의 경우 서술자가 등장인물의 시선을 통해 이야기를 서술하는데, 서술자인 '나'는 주인공이 아니라 관찰자의 입장에 있다는 점이 유사하다. 다섯째 묘사적 서술의 경우 작가가 객관적이고 관찰자적인 입장에서 사건과 인물을 관찰하고 있는 점이 유사하다.

그들의 서술방식에 나타난 차이점은 다음과 같은 것들이 있다. 먼저 <태평천하>의 서술자는 등장인물을 조롱하고 희화하여 풍자성을 확보하고 있다면, <老張的哲學>의 서술자는 응답의 형식이나 허사 의 구사를 통해 해학과 아이러니를 확보하고 있다. 전자가 판소리와 탈춤의 영향을 받은 바 크다면, 후자는 상성에 영향을 받은 바 크다. 둘째, <치숙>의 서술자는 자신의 주관을 공공연하게 드러내어 일인칭 주인공시점을 방불케 하고 있는데 반해서 <柳家大院>의 서술자는 시종 관찰자의 입장을 견지한다. 세째, <치숙>과 <유가대원>의 마지막 논평부분에서도 차이가 드러난다. 채만식은 서술자가 앞에서 한 이야기나 대화의 내용과 같은 입장을 보여주는데 반해서 노사는 그와 다른 입장을 보여준다. 네째, 채만식의 경우에는 그것이 주석적 서술과 혼용되어 나타나고 있다면 노사의 경우에는 거의 묘사적 서술로 일관되고 있을 뿐만 아니라 서술자가 대상을 내면화하여 그의 감정이나 생각을 서술해내고 있다. 다만 <낙타상자>의 말미에서도 서술자가 논평을 하고 있는데, 이는 상성의 영향을 받은 것으로 보인다. 그러나 여기에서도 서술자는 객관적인 입장을 유지하려고 최선을 다한다.

참고문헌

김화영 편역,『소설이란 무엇인가』, 문학사상사, 1986.

우한용,『한국현대소설구조연구』, 삼지원, 1990.

이재선,『한국문학의 해석』, 새문사, 1981.

이혜순,『비교문학 1』, 과학정보사, 1986.

이혜순 편,『비교문학 2』, 과학정보사, 1986.

조동일,『탈춤의 역사와 원리』, 홍성사, 1979.

조동일,『문학연구방법』, 지식산업사, 1980.

조동일 외,『판소리의 이해』, 창작과 비평사, 1984.

조동일,『한국문학통사 5』, 지식산업사, 1988.

최원식 외,『한국고전산문연구』, 동화출판사, 1981

賈文昭 外,『中國古典小說藝術感賞』, 臺北; 里仁書局, 1984.

關德棟,『曲藝論集』, 上海古籍出版社, 1983.

舒舍于,『文學槪論講義』, 北京出版社, 1984.

薛寶琨,『中國幽默藝術論』, 浙江人民出版社, 1989.

宋永毅,『老舍與中國文化觀念』, 上海·學林出版社, 1988.7.

葉德均,『戲曲小說叢考(上 下)』, 中華書局, 1979.

吳曉鈴 外,『話本選』, 北京; 人民出版社, 1984.

劉綬松,『中國新文學史草稿』, 北京;人民文學, 1982.

李輝英,『中國現代文學史』, 香港 文學硏究社, 1982.

張 生,『中國戲曲藝術』, 百花文藝出版社, 1984.

鄭 篤,『中國俗文學史 上.下』, 臺灣商務引書館, 1986.

趙景深,『曲藝叢談』, 北京; 中國曲藝出版社, 1982.

胡士瑩,『話本小說槪論』, 臺北; 丹靑圖書公司, 1984.

Abrams, M.H., *The Mirror and the Lamp*, Oxford Univ.Press, 1953.

Block, Haskell, The Concept of Influence in Comparative Literature, *Yearbook of*

Comparative and General Literature 7, 1958.

Booth, Wayne c., *The Rhetoric of Fiction*, The Univ. of Chicago Press, 1970.

Erlich, Victor, *Russian Formarism*, The Haguei Modern, 1967.

Hernadi, Paul, *Beyond Genre*, Ithaca;Cornell Univ. Press, 1972.

Kayser, Wolfgang(이윤섭), 『언어예술작품론』, 대방출판사, 1982.

Lubbock, P., *The Craft of Fiction*, New York, 1921.

Scholes, R., and R.Kellogg, *The Nature of Narrative*, Oxford Univ.Press, 1979.

Stanzel, Franz, K.(안삼환), 『소설형식의 기본유형』, 탐구당, 1982.

Uspensky, A.(V.Zavarin & S.Wittig), *A Poetics of Composition*, Berkley; California Univ. Press, 1973.

Watt, Ian, *The Rise of the Novel*, Berkley & los Angels;Univ. of California, 1974.

Weisstein, Ulrich, *Comparative Literature and Literary Theory:Survey* and Introduction, Bloomington:Indiana Univ.Press, 1973.

한중소설의 전통예술 수용양상

1. 문제의 제기

근대소설의 형성에 관한 논의는 그간 대단히 다양하고 심도있게 전개되어 왔다. 그러나 서사시가 소설로 이행한 과정에 관한 설명이 명쾌하게 주어진 경우는 아주 드물다. 그럼에도 학계에서는 소설은 서사시의 후예이고 자아와 세계가 분열된 시대의 서사시라는 루카치나 바흐찐의 주장이 절대적 기준처럼 인식되고 있다.

루카치는 소설이 서사시에서 이탈하여 선험적 고향상실감에 **빠져** 있다고 하여 희랍서사시를 전범으로 제시했다.[1] 바흐찐은 형식이 완결되고 언어사용이 공식화된 고급문학인 서사시와 형식이 개방되고 언어사용에 있어서 공식화를 거부한 저급문학인 소설이 희랍시대로부터 오랫동안 공존해왔다고 주장했다.

이에 대한 비판은 조동일과 쇼울즈에 의해 이루어지고 그 극복의 대안까지 제시되고 있다. 루카치가 서사시와 소설의 문학사적 관계를 밝히지 못하고 선험적이라는 명제와 변증법을 혼용하는 오류를 보여주었

---

[1] G. Luka'cs, *The Theory of the novel*, M.I.T. Press,1971

고, 바흐찐이 소설의 이야기문학에서의 위치와 그 형성과정에 대한 설명을 하지 못했다는 것이다.

때문에 조동일은 서사시와 소설의 문학사적 관계를 명쾌하게 밝히기 위해 <탁류>와 터어키의 <메메드>를 비교했다. 그 결과 서사시가 중세에서 근대로의 이행기서사시로 변하면서 기록되어 읽히는, 독서물로 정착되어 소설이 산출되었음을 밝힌 뒤, 서양이 아닌 곳의 근대소설이 서양 근대소설의 이식이라는 주장이 부당하다는 견해를 피력했다.[2]

쇼울즈는 이야기문학의 흐름에서 본 소설의 문학사적 위치와 그 형성과정을 변증법적으로 설명하고 있다. 문자로 기록된 초기의 이야기문학은 구전적 전통에서 나타나기 때문에 한동안 구전적 이야기의 형식을 취하고 있으며 우리가 흔히 서사시라고 부르는 영웅적 시적 이야기의 형식을 취했다. 그런데 이러한 경향은 중세에 오면 차츰 사라지고 서사시적 종합이 경험적 이야기와 허구적 이야기라는 두 개의 상반된 방향으로 분해되었고, 17,8세기에 이르면 다시 새로운 종합의 과정이 이루어져 근대소설을 생산하게 된다는 것이다.[3]

쇼울즈의 이론은 서구에만 해당되지 않고 동양의 경우에도 찾을 수 있는 보편적 현상이다. 다만 서구는 서구 나름대로의 전통과 특성이 있고 동양은 동양 나름대로의 전통과 특성이 있다는 점이 다를 뿐이다. 그런데 그러한 소설 형성의 과정을 작품으로 입증하기에 가장 적절한 작가는 채만식과 老舍이다.

그들은 당대의 현실적인 문제들을 소설화하면서 현실적 제약을 교묘히 피하기 위해서 전통적인 예술장르를 수용한 독특한 방식으로 소설을 써서 당대로부터 오늘에 이르기까지 특이한 작가로 평가되어 왔다. 그 점은 기존의 연구에서 산발적으로 지적되었으나, 장르사적인 측면으

---

2) 「서사시의 전통과 근대소설」, 『관악어문연구』 15, 1990, pp.59-65.
3) Robert Scholes & Robert Kellogg, "The Narrative Tradition", *The Nature of Narrative,* London: Oxford Univ.Press,pp.41-51.

로까지 확산하거나 세계문학의 공통성이라는 점까지 지적된 것은 조동
일에 의해서이다.

본고에서는 기존의 연구를 바탕으로 동양의 근대소설이 전통적인 이
야기문학의 기반 위에서 착실히 성장해온 장르임을 구명하려고 한다.
이를 위해 채만식과 老舍를 대상으로 선정하여 그들이 전대의 이야기
문학을 어떻게 소설로 정착시키고 있는가를 전통계승의 측면에서 밝혀
보고자 한다. 또한 그들의 유사성과 변별성에는 어떤 것들이 있는지에
대해서도 구체적으로 살펴보고자 한다.

2. 채만식의 한국전통예술의 계승

채만식과 老舍는 재미있는 이야기를 완숙한 이야기꾼의 입을 통해
들려주고 있는 특이한 서술방식을 구사하고 있다. 이러한 방식은 사실
주의적인 묘사가 확립되어가던 당시로서는 확실히 이단적인 것이다. 그
러나 전대문학을 전면적으로 부정하고 새로운 것만을 추구하던 당대인
들에게는 하나의 경종이 되기에 충분하다.

왜냐하면 채만식과 老舍는 전대문학의 서술방식으로도 충분히 리얼
리티를 획득할 수 있다는 확신을 가지고 창작에 임하여 그것을 훌륭히
증명해 보인 때문이다. 또한 그들은 전대문학을 수용함에 있어서 그것
을 답습하지 않고 발전시켜 나가는 노력도 보여준다.

채만식의 소설에 나타난 전통계승의 양상은 지금까지 많은 논자들에
의해 논의되어 왔고, 그 나름대로 충분한 의의를 지닌 것으로 평가된
다.4) 그러나 그러한 논의를 소설의 형성이나 소설의 문학사적 의의로

---

4) 유준기, 「채만식소설에 나타난 풍자 및 해학성 연구」,고려대석사학위논문,
   1971.
   강금숙, 「한국풍자소설의 연구」, 이대석사학위논문, 1972.

까지 확장시킨 경우는 조동일을 제외하고는 매우 드물다. 그러한 양상
은 설화체의 수용과 판소리의 수용 그리고 탈춤의 수용과 고전소설의
수용 등 네 가지로 나누어서 이야기할 수 있다.

설화체의 수용은 채만식의 작품 곳곳에서 발견된다. 그는 민담이나
전통적인 이야기문학의 구연방식을 수용하여 마치 완숙한 이야기꾼이
청자에게 이야기를 들려주듯이 이야기를 서술해나가고 있다. 전통적인
이야기문학은 대개 이야기꾼이 일정한 순서에 따라 이야기를 진행해간
다.5)

그런데 이때 이야기꾼은 청자의 반응을 살펴가면서 청자의 흥을 돋
구어 주는 것이 무엇보다도 중요하다. 청자가 알아듣지 못한 내용은 반

남형원, 「1930년대 소설에 나타난 순수문학과 풍자문학」, 이대석사학위논문,
1974.
정한숙, 「붕괴와 생성의 미학」, 『민족문학연구』 6집, 고대민족문화연구소,
1972
신동욱, 「채만식의 레디메이드인생」, 『한국현대문학론』, 박영사. 1972.
홍기삼, 「풍자와 간접화법」, 『문학사상』, 1973.12.
천이두, 「프로메테우스의 언어들」, 『문학사상』, 1973.12.
최올룡, 「채만식의 <태평천하>연구」, 계명대교육대학원, 1976.
박기원, 「연암과 채만식의 풍자소설 비교」, 중앙대석사학위논문, 1977.
민현기, 「채만식연구」, 서울대석사학위논문, 1977
김인환, 「희극적 소설의 구조원리」, 고려대박사학위논문, 1981.
이인숙, 「현대소설의 판소리수용연구」, 고려대석사학위논문, 1981.
최원식, 「채만식의 고전소설 패러디에 대하여」, 『한국고전산문연구』, 동화출
판사, 1981
신상철, 「놀부의 현대적 수용과 변형」, 『조선일보』, 1983.1.9.
김성수, 「이야기의 전통과 소설의 짜임새」, 『문학연구』 3, 경원문화사, 1984.
강헌국, 「채만식소설의 서사구조」, 고려대석사학위논문, 1986.
조동일, 「채만식의 <탁류>-소설수법의 새로운 양상과 그 효과」, 『한국현대소
설작품론』, 문장, 1987.
      , 「서사시의 전통과 근대소설」, 『관악어문연구』15, 1990.12.31.
우한용, 「채만식소설의 언어적 기법」, 『한국현대소설구조연구』, 삼지원, 1990.
劉麗雅, 「蔡萬植과 老舍의 比較 硏究」, 韓國精神文化硏究院 韓國學大學院博
士學位論文, 1991.12.
5) 김성수, Op. cit., p.377.

복해서 들려주기도 하고 청자가 궁금해 할만한 것은 자신이 질문하고 그에 응답한다. 또한 욕설과 속담을 섞어가면서 구수한 이야기를 토속적인 언어로 생동감 있게 해댄다.

> (1) 추석을 지나 이윽고 짙어가는 가을해가 저물기 쉬운 어느날 석양
> 저 계동의 이름난 장자 윤직원 영감이 마침 어디 출입을 했다가 방금 인력거를 처억 잡숫고 돌아와 마악 댁의 대문 앞에서 내리는 참입니다.[6]
> (2) 나이? ---- 올해 일흔 두 살입니다. 그러나 시피 여기진 마시오. 심장비대증으로 천식기가 좀 있어 망정이지, 정정한 품이 서른 살 먹은 장정 여대친답니다.[7]
> (3) "인력거 쌕이 몇 푼이당가 ?" ……중략…… "그저 처분해 줍사요 !" ……중략…… "으응 ! 그리여잉 ? 그럼, 그냥 가소 !"[8]
> (4) '짝 찢을 년' '깍쟁이 자직' '옘병할 자직' '잡아 뽑을 놈' '넨장 맞을' '야 이놈' '깍쟁이 도족놈' '대갈쟁이' '쳐죽일 놈' '깍어죽여두 아깝잖을 놈' '죽일 놈'[9]

(1)은 장면 묘사이지만 이야기꾼이 청자에게 이야기를 해주고 있는 형상이다. 그런데 여기에 존칭형 종결어미를 사용하고 있을 뿐만 아니라 '처억 잡숫고'나 '마악' 등의 전라도 사투리가 뒤섞여 사용됨으로써 이야기를 훨씬 생동감있게 해주고 있다.

(2)는 이야기꾼이 청자를 의식하여 질문을 던지고 그에 답하는 형식의 글이다. 자기의 이야기를 듣는 독자가 나이는 몇이냐는 반응을 보이자 이야기꾼이 이내 그것을 알아차리고 그에 대답하는 형식의 서술방

---

6) 『채만식전집』 3, 창작사, 1987, p.9
7) Ibid., p.10
8) Ibid., p.11
9) Ibid., pp.66-191

식이다.

(3)은 윤직원과 인력거꾼이 나눈 대화의 내용이다. 전라도 사투리를 구사하고 있을 뿐만 아니라 하층민들의 언어를 해학적으로 사용함으로써 이야기을 더욱 생동감 있게 해주고 있으며 또한, 두 사람의 출신 성분을 노출시키고 있다.

(4)는 이 작품에 빈번하게 나타나고 있는 욕설이다. 채만식은 욕설과 비어를 즐겨 사용하고 있는데, 이는 작품의 분위기를 걸직하고 해학적인 분위기로 만들어주는 역할을 하기도 하고 등장인물들의 무식과 정신적 빈곤을 노정하기도 한다.

판소리의 수용 역시 그의 작품 도처에서 찾을 수 있다. 그런데 이는 크게 서사구조와 문체 그리고 인물묘사로 나누어서 이야기할 수 있다. 그런데 문체는 설화체와 거의 유사하기 때문에 중복을 피하기 위해 생략하기로 한다.

먼저 서사구조에 있어서 부분의 독자성을 중요시한 것은 장면화의 특성이다. 채만식이 <태평천하>을 창작하면서 15개의 장을 설정하고 각 장마다 소제목을 붙인 것은 그 좋은 예가 될 수 있다. 그런데 그 소제목들인 '윤직원 영감 귀택지도' '무임승차 기술' '서양국 명창대회' '관전기' '세계사업 반절기' '해저무는 만리장성' 등이 풍기는 이미지 역시 판소리의 한 마당을 연상시킨다.

또한 장면묘사와 요약서술을 반복하고 긴박한 상황에 여유있는 서술을 하고 있는 것도 판소리의 서사구조인 창과 아니리의 구조를 수용한 것으로 보인다. 창은 장면의 묘사와 서사적 진행을 담당하고 아니리는 장면의 소개와 서사적 전개 그리고 장면과 장면의 연결 기능을 담당한다. <창-아니리-창-아니리>의 구조는 긴장과 이완>이 반복되는 구조이다.[10] <태평천하>에서 윤직원이 처한 긴박한 상황의 장면화와 과거 사

---

10) 조동일 김흥규, 『판소리의 이해』, 창작과비평사, 1984, p.117.

실의 요약서술이나 <탁류>에서 정주사가 처한 긴박한 상황에서 여유있
는 서술을 한 것은11) 모두 그 좋은 예가 될 수 있다.

  그리고 비장한 상황을 골계적으로 표현하고 있는 것도 조선 후기 서
민문학 특히 판소리계소설에서 흔히 볼 수 있는 서사구조이다.12) <태
평천하>에서 과부들만 즐비한 비장한 상황을 묘사하면서 작가는 '생과
부, 통과부, 떼과부로 과부모를 부어놓았'다고 골계적인 표현을 하고
있으며13), 윤직원이 부친 윤용규의 시체를 부둥켜안고 우는 비장한 상
황이나 윤직원이 삶에 대해 회의를 품는 상황은 모두골계화되어 나타
난다.

  다음으로 인물묘사에 있어서도 판소리나 고전소설 그리고 탈춤 등에
서 볼 수 있는 과장되고 상투적인 표현이 애용되고 있다. <태평천하>
에서 보면 서술자는 모든 등장인물을 판소리의 흥겨운 가락을 느낄 수
있게 묘사한다.

  윤직원의 몸집 얼굴 나이를 장황하게 나열한 작가는 '그 차림새가
또한 혼란스럽습니다. 옷은 안팎으로 윤이 지르르 흐르는 모시 진솔 것
이요, 머리에는 탕건에 받쳐 죽영 달린 통영갓이 날아갈듯이 올라 앉았
읍니다'고 서술하며14), 심이를 '남방 태생답잖게 갸로옴한 게, 토끼 화
상은 아니라도 두 눈은 또렷, 코는 오똑, 입술은 오뭇, 다 이렇게 생겨
놔서 대단히 야무집니다'라고 서술한다.15)

  또한 작가는 딸 서울아씨를 '이마가 좁고 양미간이 넓고 콧잔등은
푹신 가라앉고----아닌게 아니라 청승맞게 생겼읍니다'하고 서술하
며16), 며느리 고씨를 '사람이 몸집 생김새와 같이 둥실둥실한 게 후덕

11) 조동일, 『문학연구방법』, 지식산업사, 1980, pp.96-97.
12) 조동일, 「미적범주」, 『한국사상대계』 1, 성대대동문화연구원, 1973
13) 『채만식전집』 3, p.48.
14) Idid., p.10.
15) Ibid., p.19.
16) Ibid., pp.47-48.

하기는 하나, 대단히 이통이 세어 한번 코를 휘어붙이면 지렛대로 떠곤 질러도 꿈쩍을 않고, 또 몹시 거만진 성품까지 없지 않습니다'라고 서술한다.[17]

이외에도 윤직원이 판소리를 매우 좋아하여 명창대회가 열리면 어떻게 해서든지 구경을 가는 점과 라디오에서 방송되는 판소리는 하나도 빼놓지 않고 듣는 점, 그리고 그의 소설 곳곳에서 판소리의 창이나 아니리를 연상시키는 표현이 애용되고 있는 점 등을 고려해 볼 때 채만식이 판소리로부터 받은 영향은 적지 않은 것으로 생각된다.

채만식의 소설에 나타난 탈춤의 영향은 판소리의 영향이나 설화체의 영향 등과 불가분의 관계가 있다. 이는 그들 전통예술이 상호간에 영향받은 바 큰데 기인한다. 따라서 채만식이 판소리나 설화체 등으로부터 받은 영향과 중복되는 부분은 중언을 피하기 위해서 논의에서 제외하기로 하고 탈춤의 영향이라고 한계를 지을 수 있는 것만을 논의하기로 한다.

채만식이 탈춤으로부터 받은 영향에 대해서는 이미 조동일이 <국문학통사 5>에서 논의한 바 있다. 그는 <태평천하>에서 '존대말로 해설을 하며 윤장의 영감을 추어주고 변호한 것이 탈춤에서 말뚝이가 양반을 욕보인 수법과 상통한다'고 지적하고 있다.[18] 이 <탁류>에서 정주사가 애숭이로부터 봉변을 당하는 장면이나 <치숙>에서 서술자가 아저씨의 부정적인 면을 청자들에게 샅샅이 보고 하는 장면 등에서도 확인이 가능하다.

채만식의 소설에 나타난 고전소설의 영향은 인물 묘사법과 인물유형 그리고 많은 고전소설의 인용에서 찾을 수 있다. 채만식이 어린시절부터 고담을 좋아했고[19], 유년기에 춘향전 구운몽 추월색 장한몽 삼국지

---

17) Ibid., p.54.
18) 조동일, 『한국문학통사』 5, 지식산업사, 1988, p.428.
19) 『조광』, 1939.2, p.107.

수호전 동한연의 서한연의 등을 즐겨 읽은 것으로 보아 그 가능성은 다분하다.[20)

먼저 채만식은 인물을 묘사함에 있어서 대화나 행위를 통한 간접 묘사방법 이외에도 직접묘사방법을 애용하고 있다. 이는 고전소설에서 많이 나타나고 있는 인물묘사법이다. 판소리의 영향을 밝히는 과정에서 제시한 윤직원과 동기 춘심이 그리고 딸 서울아씨와 며느리 고씨를 묘사하고 있는 방식은 모두가 작가가 직접 인물을 묘사하고 있는 직접묘사방법의 구체적인 예들이다.

다음으로 채만식은 그의 소설에서 전형적이고 유형화된 인물을 즐겨 설정하고 있다. 그런데 이들 인물은 고전소설의 인물유형과 대단히 유사하다. 그 중에도 가장 대표적인 인물이 윤직원이라고 할 수 있다. 윤직원은 천하에 구두쇠요 이기주의자이다. 이러한 인물은 고전소설에서 흔히 볼 수 있는 <놀부>형 인물이다.[21)

마지막으로 그는 소설 곳곳에서 고전소설이나 경서 그리고 속담 등을 인용하고 있다. '소대성이 여대치게 낮잠이나 자기'는 고전소설에서, '공자님 말씀에' 혹은 '맹자 견 양혜왕'은 경서에서 '암캐 같은 시어마니, 여우나 꽁꽁 물어가면 안방차지도 내 차지, 곰방조대도 내 차지'나 '꿩먹고 알먹고'는 속담에서 각각 인용한 용어들로 해학성과 골계미를 더해주고 있다.[22)

3. 老舍의 중국전통예술의 계승

老舍는 30년대 작가 중에서 가장 민족적인 색체를 강하게 드러낸 작가이다. 때문에 문학연구가들은 그의 중국 전통예술의 계승양상 많은

---

20) 『삼천리문학』, 1938.1, p.256.
21) 신상철, 「<놀부>의 현대적 수용과 그 변형」, 『조선일보』, 1983.1.9.
22) 이인숙, 「현대소설의 판소리 수용연구」, 고대석사학위논문, 1981, p.82.

관심을 보인 바 있다.[23] 그 가운데 宋永毅 趙園 冬家桓 등이 그 대
표적인 논자들이다. 그런데 그들의 논의는 다분히 단편적이고 개론적이
다. 따라서 필자는 그들의 논의를 토대로 좀더 구체적으로 老舍의 전통
예술의 수용양상을 밝혀 보고자 한다.

老舍는 중국의 전통적인 예술장르로부터 영향받은 바 크며, 직접 전
통적인 장르인 相聲 鼓詞 快書 子弟書 등을 창작하기도 한다. 相聲은
민간예술이고, 다른 세 가지는 강창문학이다. 이런 전통적인 장르에 대
해 잘 알고 있어서 그 수법을 적극 활용했다. 그런데 그의 소설에 나타
난 전통적인 장르의 계승양상은 크게 네 가지로 나누어서 고찰할 수
있다. 설화문학의 영향, 강창문학의 영향, 화본소설과 고전백화소설의
영향, 相聲의 영향 등이 그 구체적인 예이다.

설화문학의 수용양상은 그의 소설에 나타나는 설화체 문장과 통속적
인 언어 그리고 해학적인 묘사와 인물묘사방법 등을 통해 확인이 가능

---

23) 朱自淸,「<老張的哲學>與 <趙子曰>」,『大公報 文藝副刊』, 1929.2.11.
　　李長之,「<猫城記>」,『國聞周報』 11卷 2期,1934.1.1.
　　　　,「<離婚>」,『文學季刊』 創刊號, 1934.1.
　　常　風,「論老舍的<離婚>」,『大公報』, 1934.9.12.
　　趙少侯,「論老舍的幽默與寫實藝術(評<離婚>)」,『大公報』, 1935.9.3.
　　思　基,「讀老舍的<駱駝祥子>與<龍須溝>」,『生活與創作論集』, 長江文藝出版
　　社, 1958.
　　吳小美,「一部優秀的現實主義作品-評老舍的<四世同堂>」,『文學評論』 第6期,
　　1981.
　　王行之,「老舍言語藝術初探」,『當代』 第5期,1981.
　　詹開第,「<駱駝祥子>言語的兩大特色」,『中國語文』 第5期,1982.
　　黃循洛,「試論老舍的幽默」,『中國現代文學研究叢刊』 第2輯, 1983.
　　陶長坤,「論老舍小說的幽默」,『文學評論叢刊』 第21輯, 1985.
　　佟家桓,『老舍小說研究』, 寧夏人民出版社, 1983.9.
　　魏韶華 吳小美,「現代性與傳統性的交戰-論老舍對傳統文明與現代文明的批判」,
　　『中國現代文學研究叢刊』 第3輯, 1987.
　　宋永毅,『老舍與中國文化觀念』, 上海 : 學林出版社, 1988.7.
　　劉麗雅,「蔡萬植과 老舍의 比較 硏究」, 韓國精神文化硏究院 韓國學大學院博
　　士學位論文, 1991.12.

하다. 특히 그는 순수하고 통속적인 북경어를 구사하여 낭독을 가능케
하고 있다. 그런데 이로 말미암아 <駱駝祥子>와 <四世同堂>같은 작품
은 北京라디오방송을 통해 낭독되어 중국 국민의 선풍적인 인기를 얻
은 바도 있다.

    (1) 우리가 소개하려고 한 것은 祥子이지 駱駝가 아닙니다. <駱駝>
는 하나의 별명일 뿐입니다. 그러면 우리는 먼저 祥子는 말하는 김에
駱駝와 祥子의 관계를 언급하기로 합시다.24)
    (2) 학생에게만 빌려준다고요 ? 빈방이 있을 때는 아무나 학생처럼
환영을 한다. ……중략…… 3호방의 주인 이름 ; 백가성의 첫번째인 趙
씨 ! 이름 ? 논어 첫장의 머리 위에 子曰이다 !25)
    (3) 我還是不論秧子 ! ……中略…… 是了味 !26)
    (4) 趙子曰 선생의 모든 것은 그의 이름과 일치하여 첫번째이다 :
그의 코는 높고 뾰족하고 보기 흉하지 않은 독수리코다. 그의 눈은,
조상 때부터 전해온 암개눈이다. 그의 입은, 진짜 길고 넓은 제팔계
입이다. 독수리코, 개눈, 돼지입,게다가 선홍빛피 영롱한 마음을 더해
야 비로소 만물의 영장인 인간이 된다. 또한 만인 중의 영장인 趙子
曰이 된다.27)

  (1)은 전지적이고 신적인 입장에서 서술자가 등장인물인 상자를 서술
하고 있는데, 완숙한 이야기꾼이 청자들에게 이야기를 들려주고 있는

---

24) 我們所要介紹的是祥子,不是駱駝,因爲<駱駝>只是個外號. 那麼, 我們就先說祥子,
隨手兒把駱駝與祥子那點關係說過去, 也就算了.(『駱駝祥子』, p.1.)
25) 專租學員嗎? 遇有空房子的時候, 不論那界人士也和學生們同樣被歡迎. ----中略
----第三號的主人的姓? 居百家姓的首位, 趙! 他的名? 立在論語第一章的頂上, 子
曰!(『趙子曰』, 匯通書店, 1975, pp.1-4.)
26) 나는 아무도 무섭지 않다!----중략----너는 만족하지!(『駱駝祥子』, p.79.)
27) 趙子曰先生的一切都和他姓名一致居於首位: 他的鼻子, 天字第一, 尖, 高, 并不
難看的鷹鼻子. 他的眼, 祖傳獨門的母狗眼. 他的嘴, 眞正四天取經又寬又長的八
戒嘴. 鷹鼻. 狗眼, 猪嘴, 加上一顆鮮紅多血, 七竅玲瓏的人心, 才完成的一個萬物
之靈的人, 而人中之靈的趙子曰!(『趙子曰』, p.5.)

형국이다. 서술자는 자기의 감정과 느낌을 노골적으로 드러내며 구어체로 이야기를 진행해 감으로써 생동감을 더해주고 있다.

(2)는 질의 응답식 서술이다. 작가가 학생들의 아파트를 소개하면서 청중들을 의식해가면서 이야기를 서술하고 있는 형국인데, 그는 그들의 궁금증을 풀어주기 위해 자신이 직접 질문도 하고 대답도 하는 식으로 이야기를 서술해간다.

(3)은 虎妞가 趙子曰에게 이야기한 대목으로 순수 북경어이다. 작가는 북경의 토박이다. 때문에 그는 북경의 토착어를 즐겨 구사하고 있다. 그런데 그가 사용하고 있는 북경어는 상류층의 언어가 아니라 주로 하류층의 언어이다. 그를 민중작가 혹은 소시민적인 작가로 운위하는 것은 이와 밀접한 관련이 있다.

(4)는 老舍가 趙子曰을 묘사하고 있는 대목이다. 작가는 자신이 직접 趙子曰의 외모와 성격을 일일이 설명하고 있다. 설화체소설이나 강창문학 그리고 화본소설 등에서는 인물을 묘사할 때 주로 이러한 직접묘사 방법을 즐겨 사용하고 있다.

강창문학의 영향은 대단히 다양하게 나타난다. 먼저 老舍는 작품의 서두에서 인물을 개괄적으로 소개하여 독자들에게 작품에 대한 총체적인 인상을 심어준다. 이는 강창문학이나 화본소설의 특성으로 허두와 입화에 해당되는 부분으로, 강창자가 이야기를 시작하기 전에 이야기의 내용을 청자들에게 개략적으로 소개해주는 방식과 대단히 유사하다. <駱駝祥子>나 <老張的哲學>의 허두가 그 대표적인 예들이다.

둘째, 이야기의 전개에 있어서도 老舍는 시간적 순서에 따라 이야기를 서술해가는 수법을 애용한다. 그의 소설에서 에피소드의 삽입이나 종합적 구성의 수법을 찾기는 매우 어렵다. 그는 이야기의 연속성을 매우 중요시하여 플롯을 복잡하게 짜지 않는다.

셋째, 청중들이 사건의 발단과 주인공의 운명에 관심과 우려를 갖도록 하면서 긴장과 이완의 구조를 설정한 것은, 강창문학과 화본소설 그

리고 중국고전소설의 상용법이다. 화자는 가장 재미가 있거나 긴박한
상황에서 사소한 이야기나 경치를 묘사하다가 다시 긴박한 상황을 서
술해간다. 老舍는 이러한 방법을 매우 애용하는데, <離婚>이나 <駱駝祥
子>에서 그것을 엿볼 수 있다. <離婚>에서는 주인공 張大哥의 아들이
경찰에 잡혀간 긴박한 상황에서 11장이 끝나고 12장은 사소한 이야기
가 계속되다가 13장에 가서야 다시 그 긴박한 상황이 서술된다. <駱駝
祥子>에서는 1장에서 祥子가 인력거를 가질 꿈을 꾸는데, 작가가 개입
하여 '그러나 희망은 태반이 깨지고 祥子의 꿈도 예외가 아니다'고 마
무리한다. 이로 말미암아 독자들은 궁금증을 갖게 되어 다음 장을 읽지
않을 수 없게 된다.

　네째, 결말부분에서 서술자가 사건진행의 결과를 자세히 설명하고
논평을 가하고 있는 점도 강창문학의 영향이다. 이것은 이야기의 수미
일치를 요구하는 청중들과 이야기꾼의 습관에 기인한다. <老張的哲學>
에서 老張이 교육청장이 되고 李應이 天津으로 가고 龍鳳이 부자집에
시집을 가고 南飛生이 현지사가 되었다고 등장인물의 행방을 자세히
설명하고 있는 것이 그 좋은 예이다. 이는 <趙子曰> <牛天賜傳> <離婚
> <駱駝祥子> <文博士> 등에서도 확인이 가능하다.

　다섯째, 老舍는 그의 소설에서 長文과 短文을 많이 혼용하고 있는데,
이는 그가 직접 창작한 바 있는 快書(혹은 快板)의 기법이다.[28] 감정이
복받치는 부분은 짧은 문장으로 슬픔에 젖은 심정을 감명깊게 묘사하
는 것은 긴 문장으로, 처리하는 것은 바로 쾌서의 기법이다. 이는 <駱
駝祥子>의 마지막 장에서 확인이 가능하다. 老舍는 여기에서 祥子의
패배를 '곱고, 승벽이 세고, 꿈이 많고, 이기적이고, 개인적이고, 건강하
고, 위대한 祥子, 남들을 따라 장례를 얼마나 많이 치루었는지 모른다.
언제 어디에 자기를 묻어버릴지 모른다. 이 타락하고, 이기적이고, 불행

---

28) 老舍, 『老舍曲藝文選』, 中國曲藝出版社, 1982, pp.179-184.

한, 병든 사회의 사생아, 개인주의적인 말로의 귀신'이라고 서술하고 있다.

여섯째, 그의 작품에 나타나는 과장체도 강창문학의 '書贊'과 같은 용법이다.29) 舍는 <老張的哲學> 10장에서 중국식당을 묘사하면서 중국식당의 떠들썩하고 복잡하고 지저분한 것을 지나치게 과장되게 묘사하고 있다.

고전소설의 영향은 네 가지로 나누어서 이야기할 수 있다. 먼저 그는 대부분의 작품에서 주인공을 표제로 삼고 있다. <老張的哲學> <趙子曰> <二馬> <牛天賜傳> <小坡的日記> <文博士> <駱駝祥子> <柳屯的> 등이 그 대표적인 예들이다. 그런데 이는 唐傳奇인 <영영傳> <柳氏傳> <곽小玉傳> <李娃傳> <柳毅傳>의 표제와 대단히 유사하다.30)

둘째, 老舍의 소설은 전체적으로 볼때 서술이 주종을 이루고 묘사는 부차적이다. 이는 현대소설이나 서양소설의 기법과 아주 다른 것으로, 순수한 구어체문장에 기인한다. 이야기의 성격이 강한 중국소설은 당이 전부터 완전한 서술체문장에서 점차 묘사체를 가미하기 시작하여 청말의 <紅樓夢>과 <儒林外史>에 오면 서술과 묘사의 기법이 통일적으로 구사된다.31) 이 점을 감안하면 老舍의 소설은 분명 중국소설의 전통을 계승한 것으로 보인다.

세째, 그의 풍자소설에는 해학과 완곡법이 많이 나타난다. 물론 이 점은 그의 성격과 무관하지 않지만 중국의 풍자소설의 대표작인 장편 <儒林外史>의 영향이 적지 않은 것으로 보인다.32)

네째, 인물의 유형에 있어서도 고전소설의 인물유형과 대단히 유사하다. <老張的哲學>의 老張은 구두쇠형 인물로 <宋四公大鬧禁魂張>의

---

29) 趙園, 「老舍-北京市民社會的表現者與批判者」, 『文學評論』, 1982, p.48.
30) 宋永毅, 『老舍與中國文學觀念』, 學林出版社, 1988, pp.28-40.
31) 桂秉權, 「略談儒林外史的人物形象和語言特色」, 『文學遺産』, 1987.
32) 周月亮, 「從<儒林外史>看吳敬梓的審美理想」, 『文學遺産』, 1988.

구두쇠 張員外 영감과 유사하다. 또한 <月牙兒>에서 모녀가 기생이 된 것도 <곽小玉傳>과 유사하다. 특히 고전소설에 나타나는 기생들은 선량하고 온순한데, <月牙兒>의 '나', <微神>의 여주인공, <駱駝祥子>의 小福子, <趙子曰>의 譚玉娥, <四世同堂>의 桐芳 등은 모두 그와 유사하다. 반면에 사나운 여성도 나타나는데, <柳屯的>의 柳屯과 <駱駝祥子>의 虎뇨 그리고 <猫城記>의 大使부인 등은 <金甁梅>의 潘金蓮이나 <水滸傳>의 閻婆惜 등과 유사하다.

민간예술인 상성은 老舍 자신이 직접 창작한 바 있어서 그 장점을 소설에 수용했을 가능성이 대단히 크다. 그런데 그의 소설에는 상성에서 흔히 볼 수 있는 질의 응답식 서술과 인물의 배치법 그리고 문체적인 특징 등이 나타나고 있다. 이 중에서 가장 중요한 질의 응답 형식의 서술방식은 설화문학에도 나타나는 것으로 이미 앞에서 논의한 바 있기 때문에 여기에서는 나머지 두 가지 사항에 대해서만 논의하기로 한다.

먼저 老舍의 소설에 나타나는 一賓一主나 一智一愚 형식의 인물배치법은 관중을 웃기기 위한 상성의 기본적인 인물배치법이다. <老張的哲學>의 老張과 孫仁, <趙子曰>의 趙子曰과 歐陽天風 그리고 <二馬>의 馬則仁과 李子榮의 인물배치가 그 좋은 예이다.[33] 老舍는 이들을 설정하여 이들이 벌이는 질의 응답을 통해 이야기를 진행시켜 나가고 있다.

둘째, 老舍는 그의 소설에서 간결체와 과장체를 혼용하고 있는데, 이것은 相聲의 '趨子'나 '貫話' 즉, 문형의 긴축성과 묘사의 과장을 함께 사용한 것이다.[34] <婚>에서 張大哥의 아들이요 멋쟁이인 젊은이 張天眞을 소개하는 장면에서 그것을 확인할 수 있다.

---

33) 宋永毅, Ibid., p.40.
34) 趙園, Ibid., p.48.

4. 채만식과 노사소설에 나타난 유사성과 변별성

채만식과 老舍는 전통적인 장르로부터 많은 영향을 받은 바 있다. 그러나 양국의 문화와 전통의 차이로 말미암아 이들 작품에 나타난 전통의 계승양상은 유사성과 변별성이 함께 나타나고 있다.

먼저 한국과 중국의 설화문학에는 공통점이 많다. 이는 이야기를 주고받는 이야기의 구연방식이나 통속적인 언어로 청중의 흥미를 자아내는 해학적인 표현 그리고 작가가 인물을 직접 묘사하는 방법 등에서 확인이 가능하다. 그런데 이점은 두나라 사이의 유사점에 그친다기 보다는 세계문학에 보편적으로 나타나는 특성이 아닌가 한다.

또한 인물을 묘사하면서 반어적 형태를 선택하고 있는 점이 유사하다. 특히 인물을 묘사하면서 얼굴의 생김새와 옷차림과 같은 외모를 아주 상세하게 묘사하고 있는 점은 한국의 판소리나 설화문학, 중국의 설화문학이나 강창문학에서 흔히 볼 수 있는 특징이다.

그리고 <태평천하>에서 윤직원이 판소리를 매우 좋아한 것이나 채만식의 여러 작품에서 판소리의 영향을 확인할 수 있다는 점에서 채만식이 판소리를 좋아했던 것같다. 그런데 老舍는 몸소 강창문학의 한 줄기인 '鼓詞'와 '快書'를 창작하기도 하고 장편소설인 <鼓書藝人>에서 '鼓詞'를 창작하고 연출하는 예술인의 삶의 모습을 보여주고 있다. 이렇게 볼 때 두 사람은 모두 전통적인 장르에 많은 관심을 가진 작가임에 틀림없다.

마지막으로 판소리와 강창문학은 문체적인 측면이나 그 구조가 대단히 유사하다. 판소리에 나타나는 일상적 구어체, 반복법, 과장법, 언어유희, 욕설, 비어, 고전의 인용, 속담, 비유 등은 강창문학에 나타나는 통적적 언어, 과장체, 속담, 고전의 인용, 중언부언 등과 비록 언어는 다르지만 대단히 유사한 문체임에 틀림없다. 그 구조를 살펴보면 판소리의 창과 아니리는 강창문학의 講(산문)과 唱(운문)에 비견될 수 있다.

이를 도표로 제시하면 다음과 같다.

판 소 리		강 창 문 학	
창(운문)	아니리(산문)	강(산문)	창(운문)
몰입	차단	몰입	차단
긴장	이완	긴장	이완
객관적 서술	주관적 서술	객관적 서술	주관적 서술
비장	골계	비장	골계
장면의 묘사	장면과 장면의 연결 장면의 소개와 설명	장면의 묘사	장면과 장면의 연결 장면의 소개와 설명

이와 달리 老舍는 소설의 표제를 중국의 설화문학에서 가져오고 있는데 반해서 채만식은 그러한 경향이 전혀 나타나지 않고 있다. 작품 결말부분에서도 老舍는 직접 교훈적인 말로 개입을 한다. 이는 중국 설화문학과 백화소설 그리고 講唱文學에서 공통적으로 나타나는 특징이다. 그런데 채만식의 경우는 이러한 경향이 거의 나타나지 않고 있다.

또한, 풍자방식에 있어서 차이가 드러난다. <老張的哲學>과 <趙子曰>에서 인물을 소개하면서 풍자하는 방법은 중국설화문학에서 흔히 볼 수 있는 풍자법이다. 이를 '使체'라고 한다. 대개 서술과정에서 웃기는 말을 사용하며, 아주 짧지만 세련된 형식으로 신랄한 풍자성과 희극성이 그 특징이다. 또한 해학이나 풍자적인 표현방식은 각 나라마다 성격이 다르다.

그리고 채만식은 판소리의 영향을 받아 장면묘사나 부분의 중요성을 강조했다면, 노사는 중국의 전통적인 강창문학이나 화본소설의 영향을 받아 이야기의 연속성을 중요시하고 있다.

마지막으로 老舍가 장문과 단문을 즐겨 혼용하고 있는 것은 강창문학인 '快書'의 영향이다. 이것은 老舍 문장의 특징이라고 할 정도로 독특한 것이다. 老舍는 중국 민간예술인 相聲을 매우 좋아하여 相聲을 직접 창작하기도 한다. 따라서 그의 소설에는 **相聲**의 기법이 많이 침투되어 나타난다. 이는 채만식은 말할 것도 없고 중국의 대다수 소설가들과 **老舍**의 다른 점이다.

5. 결 론

본고는 동양의 근대소설이 전통적인 이야기문학의 기반 위에서 착실히 성장해온 장르임을 구명하기 위해 채만식과 **老舍**를 대상으로 선정하여 그들이 전대의 이야기문학을 어떻게 소설로 정착시키고 있는가를 전통계승의 측면에서 다각도로 살펴보고, 그들의 유사성과 차이점에 대해서도 나름대로 정리해 본 것이다.

채만식의 전통계승의 양상은 설화체의 수용과 판소리의 수용 그리고 탈춤의 수용과 고전소설의 영향이라는 네 가지 측면에서 살펴 보았고 노사의 전통계승의 양상은 설화문학의 수용과 강창문학의 수용 그리고 고전소설의 영향과 상성의 수용이라는 네 가지 측면에서 살펴 보았다.

한국과 중국의 설화문학은 이야기의 구연방식이나 해학적인 표현 그리고 인물의 직접 묘사방법 등 공통점이 많다. 인물을 묘사하면서 얼굴의 생김새와 옷차림과 같은 외모를 아주 상세하게 묘사하고 있는 점은 한국의 판소리나 설화문학, 중국의 설화문학이나 강창문학에서 흔히 볼 수 있는 특징이다. 또한 판소리와 강창문학을 대비해보면 대단히 유사하다. 판소리의 창과 아니리는 강창문학의 강(산문)과 창(운문)에 비견될 수 있다. 그리고 <태평천하>의 윤직원과 <**鼓書藝人**>의 주인공은 모두 전통적인 장르인 판소리와 '**鼓詞**'에 지대한 관심을 보여주고 있다.

그런데 **老舍**는 소설의 표제를 중국의 설화문학에서 가져오고 있으며 작품 결말부분에서 직접 교훈적인 말로 개입을 하는데 반해서 채만식의 경우는 이러한 경향이 거의 나타나지 않고 있다. 이들은 풍자방식에

있어서 차이를 드러난다. 또한 채만식은 판소리의 영향을 받아 장면묘
사나 부분의 중요성을 강조했다면, 老舍는 중국의 전통적인 강창문학이
나 화본소설의 영향을 받아 이야기의 연속성을 중요시하고 있다. 그리
고 老舍가 장문과 단문의 혼용을 즐겨 사용하고 있는 것은 강창문학인
'快書'의 영향이며, 老舍의 소설에는 相聲의 기법이 많이 침투되어 나
타난다.

채만식과 老舍는 서로 영향이나 교류가 없으면서도 공통된 모티프를
소설화하면서 독특한 서술방식을 구사했다. 이들은 전통적인 장르의 수
용을 통해서 당대의 상황을 완곡하게 고발하고 비판하면서 동시에 리
얼리티를 확보하려는 의욕을 공통적으로 보여주었다.

두 사람이 전통적인 수법과 밀접한 관련을 가지고 소설을 쓴 것은
동양고전문학의 현대적 계승의 훌륭한 사례이며, 서양과는 다른 근대소
설의 독자적인 성격을 분명히 해주고 있다는 의의를 지닌다. 또한 이를
통해 소설 형성에 서사시 뿐만 아니라 설화도 중요한 역할을 하고 있
다는 사실을 확인할 수 있었다.

참고문헌

김화영 편역,『소설이란 무엇인가』, 문학사상사, 1986.
우한용,『한국현대소설구조연구』, 삼지원, 1990.
이재선,『한국문학의 해석』, 새문사, 1981.
이혜순,『비교문학 1』, 과학정보사, 1986.
이혜순 편,『비교문학 2』, 과학정보사, 1986.
조동일,『탈춤의 역사와 원리』, 홍성사, 1979.
조동일,『문학연구방법』, 지식산업사, 1980.
조동일 외,『판소리의 이해』, 창작과 비평사, 1984.
조동일,『한국문학통사 5』, 지식산업사, 1988.

최원식 외, 『한국고전산문연구』, 동화출판사, 1981

賈文昭 外, 『中國古典小說藝術感賞』, 臺北; 里仁書局, 1984.

關德棟, 『曲藝論集』, 上海古籍出版社, 1983.

舒舍于, 『文學槪論講義』, 北京出版社, 1984.

薛寶琨, 『中國幽默藝術論』, 浙江人民出版社, 1989.

宋永毅, 『老舍與中國文化觀念』, 上海·學林出版社, 1988.7.

葉德均, 『戲曲小說叢考(上 下)』, 中華書局, 1979.

吳曉鈴 外, 『話本選』, 北京; 人民出版社, 1984.

劉綬松, 『中國新文學史草稿』, 北京; 人民文學, 1982.

李輝英, 『中國現代文學史』, 香港文學研究社, 1982.

張　生, 『中國戲曲藝術』, 百花文藝出版社, 1984.

鄭　篤, 『中國俗文學史 上.下』, 臺灣商務引書館, 1986.

趙景深, 『曲藝叢談』, 北京; 中國曲藝出版社, 1982.

胡士瑩, 『話本小說槪論』, 臺北; 丹青圖書公司, 1984.

Abrams, M.H., *The Mirror and the Lamp*, Oxford Univ.Press, 1953.

Block, Haskell, The Concept of Influence in Comparative Literature, *Yearbook of Comparative and General Literature* 7, 1958.

Booth, Wayne c., *The Rhetoric of Fiction*, The Univ. of Chicago Press, 1970.

Erlich, Victor, *Russian Formarism*, The Haguei Modern, 1967.

Hernadi, Paul, *Beyond Genre*, Ithaca;Cornell Univ. Press, 1972.

Kayser, Wolfgang(이윤섭), 『언어예술작품론』, 대방출판사, 1982.

Lubbock, P., *The Craft of Fiction*, New York, 1921.

Scholes, R., and R.Kellogg, *The Nature of Narrative*, Oxford Univ.Press, 1979.

Stanzel, Franz, K.(안삼환), 『소설형식의 기본유형』, 탐구당, 1982.

Uspensky, A.(V.Zavarin & S.Wittig), *A Poetics of Composition*, Berkley; California Univ. Press, 1973.

Watt, Ian, *The Rise of the Novel*, Berkley & los Angels;Univ. of California, 1974.

Weisstein, Ulrich, *Comparative Literature and Literary Theory:Survey and Introduction*, Bloomington:Indiana Univ.Press, 1973.

한중 지식인 소설

1. 문제의 제기

한국과 중국의 근대문학은 상호간에 거의 영향관계나 교류가 없으면서도 공통된 테마가 나타난다. 이 경우 두 나라 문학을 비교하는 일은 동양문학의 보편성을 추출할 수 있는 좋은 계기가 될 수 있다. 아울러 이를 토대로 세계문학의 보편성을 찾아낼 수도 있고, 지금까지의 동양문학 연구의 그릇된 시각인 이식사관을 극복하는 데도 일익을 담당할 수 있을 것으로 생각된다.

그런데 그들을 비교함에 있어서 상호간의 영향관계를 따지고 논증하던 종래의 도식화된 비교문학연구방법으로는 소기의 목적을 달성할 수 없다. 그 실증적인 증거를 찾을 수 없기 때문이다. 따라서 공통된 테마를 추출하여 두 나라의 문학에 나타나는 유사성과 변별성을 밝히고 이를 토대로 동양문학의 공통성을 밝히는 일이 더욱 의의가 있을 것으로 생각된다. 그렇게 하기에 가장 적절한 비교문학연구방법이 주제연구방법이다.1)

---

1) Ulrich Weisstein, 「Thematology」, 『*Comparative Literature and Literary Theory :*

한국과 중국의 근대문학가 가운데 공통된 테마를 문학적으로 형상화하면서 유사성을 보여준 작가는 대단히 많다. 그들 가운데서 신채호와 梁啓超,2) 이광수와 魯迅,3) 채만식과 老舍가 대표적인 작가들인데, 본고에서는 30년대의 대표적인 작가인 蔡萬植과 老舍를 대상으로 논의를 개진하고자 한다. 그들은 여러가지 공통된 모티프를 전통예술을 수용하여 소설화하고 있어서 단순히 동양문학의 보편성을 찾을 수 있는 정도에 그치지 않고 동양문학이 자생적으로 발전되어 왔으며 그 나름대로의 질서를 지니고 있다는 사실을 입증하기에 아주 좋은 작가들이다.

그들이 도시 하층민의 고난, 자산계급의 부침, 지식인의 무기력, 여성의 비극적 삶 등의 모티프를 전통적인 서술방식을 수용하여 서술하고 있음은 이미 劉麗雅에 의해 논의된 바 있다.4) 그런데 앞에서 제시한 모티프들 가운데서 지식인의 문제를 다룬 소설들은 채만식이나 老舍에게 있어서 대단히 의의가 있는 작품들이다. 그것은 바로 그들의 심경고백적인 소설일 수 있기 때문이다. 그러한 이유에서 한국과 중국의 많은 현대문학연구가들의 지대한 관심의 대상이 된 바 있다.

蔡萬植의 지식인 소설에 관심을 보인 논자로는 이주영, 이재선, 이훈, 조남현 등이 있다.5) 그 가운데 이주형은 채만식의 대부분의 작품들이 1930년대 한국사회의 전반적인 문제들을 광범위하게 다룬 것들이라고 하면서 채만식을 '사회학적 상상력'을 지닌 작가로 규정했고, 조남현은

   Survey and Introduction』, Bloomington : Indiana Univ. Press, 1973
2) 송현호,「한국근대소설론 연구」, 서울대박사학위논문, 1989.1
3) 劉麗雅,「魯迅과 春園의 比較 硏究」, 서울대석사학위논문, 1984.1
4) 劉麗雅,「蔡萬植과 老舍의 比較硏究」, 韓國精神文化硏究院博士學位論文, 1992
5) 이주형,「채만식연구」, 서울대석사논문, 1973
   이재선,『한국현대소설사』, 홍성사, 1979
   이 훈,「채만식소설연구」, 서울대석사논문, 1981
   조남현,「한국현대소설에 나타난 지식인상 연구」, 서울대박사논문,
      1983
   _____,『한국현대소설연구』, 민음사, 1987

1930년대에 지식인 주인공이 소설의 주인공으로 자리잡아가면서 지식
인의 삶과 고뇌의 문제를 소설화한 현상이 나타나는데, 그것을 채만식
의 작품에서도 볼 수 있다고 했다.

老舍의 지식인 소설에 관심을 보인 논자로는 逸樵 方白 家桓 趙園
등이 있다.6) 그 가운데 逸樵는 老舍가 「二馬」에서 중국인과 서양인의
사상과 문화를 비교하고 있으며, 「老張的哲學」과 「趙子曰」에서 중국의
구식사회의 인물들을 신랄히 비판하면서 지식인의 문제를 다루었다고
했다. 趙園은 老舍를 중국현대문학사상 가장 걸출한 시민사회의 표현자
요 비판자라고 하면서, 老舍가 이를 통해 중국인의 민족성과 민족의 운
명까지를 포괄하고 있다고 했다.

그들의 논의는 그 나름대로 충분히 타당성이 있고 가치있는 작업으
로 생각된다. 따라서 그들의 논의를 바탕으로 채만식과 老舍의 지식인
소설을7) 살펴보고자 한다. 채만식의 지식인 소설에는 「레디 메이드 인
생」, 「치숙」, 「명일」, 「생명의 유희」, 「인텔리와 빈대떡」, 「두부」, 「패배
자의 무덤」 등이 있다. 또한 老舍의 지식인 소설에는 「趙子曰」, 「二馬」,
「文博士」, 「犧牲」, 「新韓穆烈德」, 「駱駝祥子」, 「四世同堂」 등이 있다. 그
런데 본고에서는 그들의 대표작이라고 할 수 있는 「레디 메이드 인생」,
「치숙」, 「趙子曰」, 「新韓穆烈德」 등에 국한하여 두 작가의 소설에 나타
난 공통성과 변별성을 구명해보고자 한다.

---

6) 逸樵, 「<二馬>及其他」, 『南風』 第10卷 第一期, 1934.6.
   ------, 「<老張的哲學>與<趙子曰>」, 『南風』 第10卷 第一期, 1934. 6.
   方 白, 「舊時代的葬歌」, 『文藝書籍評論叢刊』 第5期, 1959.
   家 桓, 『老舍小說硏究』, 寧夏人民出版社, 1983.9.
   趙 園, 「老舍-北京市民社會的表現者與批判者」, 『文學評論』 第2期, 1982
7) 지식인 소설이라는 용어는 학술용어로 정착된 것은 아니지만 티보데 이후 많
   은 학자들에 의해 긍정적으로 사용되고 있으며 국내에서도 이재선 조남현 등
   에 의해 일상적으로 사용되고 있는 개념이다.

2. 채만식소설에 나타난 식민지 지식인의 모습과 그 비극

한국에서 지식인의 문제가 본격적으로 소설화된 것은 1920년대 후반의 일이다. 애국계몽기 이후 꾸준히 강조되어온 인재의 양성을 통한 국력의 배양과 외세의 극복이라는 문제는 필연적으로 교육열을 부추기는 결과를 가져왔다. 역설적이게도 당시 조선은 일본과 적대적인 관계에 있었음에도 불구하고 많은 유학생들을 일본에 파견했다.8) 일본에 유학한 지식인들은 당대의 현실을 타파해야 할 투쟁의 대상으로 인식하고 사회주의적인 경향을 드러내기까지 했다.9)

그런데 새로운 지배계층은 외세의 자본주의를 악용하여 봉건잔재를 더욱 확고히 고착시키려 했다. 때문에 지식인들은 식민지 지배층에 의해 철저하게 소외당할 수밖에 없었고, 고등실업자인 지식인의 문제가 당시 조선에서는 커다란 사회문제로 부각되기에 이르렀다. 문학계에서도 사회주의운동을 수용하여 조선프롤레타리아예술동맹이 결성되었다. 그러나 당대 지배계층의 탄압으로 그들의 조직과 활동은 내면화되며, 동반자작가들이 등장하여 작품활동을 계속하게 되었다. 채만식도 그들 중의 한 사람이다. 그는 사회주의운동을 하다가 좌절하거나 실직으로 비참한 삶을 영위해 가는 지식인을 다룬 작품을 많이 남겼다.

「레디 메이드 인생」의 주인공 'P'는 열심히 구직운동을 벌이나 룸펜 신세를 벗어나지 못한다. 때문에 그는 세계에 대한 불신감을 점증적으로 드러내고 미래에 대한 불안에서 자식을 학교에 보내지 않고 인쇄소에 취직시킨다. 인텔리의 무능이라는 모티프를 어느 작품에서보다도 현

---

8) 上垣外憲一, 『일본유학과 혁명운동』, 진흥문화사, 1983, pp.58-61.
9) 강동진, 『일제의 한국침략정책사』, 한길사, 1980, p.198.

실감있게 처리한 작품이다.10)

　이 소설에서 주인공 'P'는 자신의 삶을 통해 당대사회가 안고 있는 문제를 집약적으로 풍자해준다. 그는 당대 사회가 낳은 잉여인간이다. 그는 직업도 없이 살아가는 인텔리이다. 당시 신흥 부르죠아지는 민주주의의 간판을 이용하여 노동자와 농민의 등을 어루만지며 경제적으로 유력한 봉건주의와 악수를 하는 한편 지식계급을 대량으로 주문한다. "배워라. 글을 배워라. ----- 지식만 있으면 누구나 양반이 되고 잘 살수가 있다." "배워야 한다. 상놈도 배우면 양반이 된다." "논밭을 팔고 집을 팔아서라도 가르쳐라. 그나마도 못하면 고학이라도 해야 한다."11)

　당시 전국적으로 확산되어간 교육열은 국력의 배양을 통한 외세의 극복이라는 민족주의적인 발상과 식민지인들을 자기들이 의도하는대로 이끌고 가기 위한 일제의 우민화교육이 맞물려 일어난다. 일제는 수용할 능력도 없으면서 문화정치의 간판 아래 학교를 증설하고 야학을 개설하여 수많은 인텔리를 양산한다. 그들은 신흥 부르죠아지들과 결탁하여 자신들의 정책에 동조하는 자들을 선별적으로 각종 기관과 직장에 취직시키고, 그렇지 못한 자들을 철저히 거세하고 무력화시킨다.

　주인공 'P'는 일제의 문화정책에 의해 일본에 유학까지 한 인텔리이지만 어디에도 취직을 하지 못하고 무기력하게 살아가는 사람이다. 그는 아내와 별거 중이며 형님집에 맞겨둔 어린 아들이 하나 있다. 그는 방세도 내지 못하면서 서울에서 삭월세을 전전하지만 인텔리이기 때문에 걷어붙이고 노동판에 뛰어들지도 못한다. 수입이 없는 그는 굶기를 밥먹듯한다. 그러나 그의 머리 속에는 '전에 먹던 치킨-까스'를 생각할 정도로 사치스러운 관념에 젖어 있는 인텔리이다.

　실직 인텔리가 득실거리는 당시의 상황은 작품 곳곳에 나타난다. 취직을 하기 위해 매일같이 몰려드는 '지식계급의 구직꾼들'에게 '농촌

---

10) 조남현,『한국현대소설연구』, 민음사, 1987, p.192.
11)『채만식전집 7』, 창작과비평사, 1989, p.52.

으로 돌아가라' 혹은 '일을 만들어라'고 푸념처럼 늘어 놓는 모신문사 사장인 'K'의 말과 'P'와 그의 친구들의 행각이 그것을 가장 잘 대변해준다.

그런데 작가는 그가 취직을 하지 못하는 근본적인 이유를 아주 추상적으로 제시하고 있다. 그것은 일제의 식민지우민화정책과 밀접한 관련이 있다. 일제는 인텔리를 양산한 뒤 친체제적인 사람들만 선별적으로 직장에 알선해준다. 선배인 'K'가 그 대표적인 인물이다. 그는 친체제적인 사람으로 신문사 사장의 직위에까지 올라 있다. 반면에 'P'는 그러한 부류에 속하지 못한다. 그는 바로 사회주의적인 경향을 지닌 사람이다.12)

친체제적인 인물 'K'는 일제의 농촌운동을 찬양하면서 'P'에게 농촌으로 돌아가서 농촌계몽운동이나 하라고 훈계를 한다. 이는 자기 나름대로의 확신이나 신념에서가 아니라 골치 아픈 실직 인텔리들을 소화해내기 위한 한 방편에서 나온 것이다. 때문에 'P'는 이에 논리적으로 대응하면서 그 비현실성을 신랄히 꼬집는다.

그런데 지배계층은 당대의 사회가 안고 있는 현실적인 난제를 극복하기 위해 자신들의 기득권을 포기하고 부를 공정하게 분배하기에는 너무 타락해 있다. 또한 부의 공정한 분배란 자본주의적 발상이라기보다는 사회주의적 발상이다. 때문에 'P'는 자의든 타의든 이미 사회주의자가 되어 있고, 일제나 가진 자들의 입장에서 보면 이러한 논리는 사회주의자들의 항변에 불과하다.

그들은 자신들의 기득권을 보호하기 위해 사회 정의나 이상을 사회주의란 미명하에 철저하게 매도한다. 물론 이러한 논리는 인텔리 아닌 무지한 백성들에게는 여전히 먹혀든다. 백성들은 아직도 현실에 대해 무지하기 짝이 없다. 그들은 식민지 우민화정책과 자본주의적 수탈정책

---

12) 같은 책, p.49.

을 별 의심없이 수용한다. 이러한 사실은 인쇄소 주인과 술집 작부를 통해 확인이 가능하다.

인텔리인 'P'는 실직의 아픔을 뼈저리게 느끼고 교육의 무용론을 생각하고 있다. 그것은 당대의 교육이 정상적인 것이 아니고 당대의 사회가 지식인을 충분히 수용하지 못함을 인식한 데에 기인한다. 반면에 인쇄소 주인은 교육을 받은 사람이 자식을 교육시키지 않겠다는 것을 이해하지 못한다. 그는 못 먹고 못 살아도 가르쳐야 된다는 생각에 가득차 있다. 그는 당대의 현실이나 교육에 대해 전혀 알지 못하는 무지한 사람이다.13)

술집 작부는 윤리의식을 상실한지 오래된 여성이다. 그녀는 'P'에게 정조의 댓가로 일금 오십 전을 요구하다가 에누리하여 이십 전을 간청한다. 그녀는 돈에 아등바등하며 정조를 파는 일에 무신경한 여성이다. 그녀는 부끄러움도 잊은지 오래이다. 그녀는 시대의 희생물이다. 그러나 그녀는 자기의 삶을 당연하게 받아들이며 그 누구도 원망하지 않는다.

주인공 'P'는 이들에 대해 동정심을 금치 못한다. 그러나 그는 그들을 타락한 현실에서 구원할만한 능력이나 힘을 지니고 있지 못하다. 그는 자신의 앞가림도 제대로 하지 못하고 자식을 인쇄소에 취직시키는 인텔리 룸펜에 불과하다. 때문에 그는 눈물이나 흘리며 자조할 수밖에 없다. 그는 자신이 레디 메이드로 된 존재임을 안다. 그는 언제나 브로죠아지의 요구에 의해 팔려가기만을 기다리는 하나의 상품에 불과한 것이다. 그는 '자기의 그림자를 꽉 밟고' 싶을 정도로 자기 멸시와 자학밖에 남은 것이 없다.

「치숙」은 노예적인 근성을 지닌 화자가 사회주의운동을 하다가 복역을 한 지식인을 어리석은 아저씨라고 비난하는 내용의 소설이다. 그런

---

13) 같은 책, p.74.

데 그 내용이 다분히 반어적이다. 표면적으로 보면 화자의 이야기가 옳고 아저씨는 그야말로 인간쓰레기임에 틀림없다.

그러나 당대의 우민화정책과 사회적인 상황을 고려한다면 화자의 이야기는 개인적인 넉두리에 불과하다. 화자는 지식인인 아저씨가 왜 사회주의자가 되었으며 왜 그가 무기력한 인간이 될 수밖에 없었는가에 대해 전혀 개의치 않는다. 화자는 당대의 현실을 객관적으로 파악하지 못하고 일제의 우민화정책에 순응해서 사는 우매한 사람이다. 심지어 그는 일본사람으로 동화되기를 은근히 바라기까지 한다. 내지인 처를 얻고 내지인 성명을 갖고 모든 생활법도를 내지인화 할 계획을 가지고 있다.14)

따라서 작품의 감추어진 의미를 분석해보면 화자는 노예이며 속물에 불과하다. 이에 반해서 아저씨는 당대 사회가 안고 있는 구조적인 모순을 개혁하고자 하는 사람이다. 그는 「태평천하」의 윤직원이나 「레디 메이드인생」의 'K' 그리고 이 작품의 화자가 생각하는 부랑당이 실제의 부랑당과 어떻게 다른가를 명쾌하게 인식하고 있다. 그러나 그의 인식은 사회가 수용해 주지를 않는다. 그것은 당대의 사회가 윤직원이나 'K'와 같은 신흥 부르죠아지나 이 작품의 화자와 같은 노예들로 가득 차 있는 때문이다.

풍자소설이라는 가정하에서 본다면 「치숙」의 실제적인 주인공은 물론 아저씨이다. 그는 자신의 이상을 수용해 주지 않는 당대 사회의 희생물이다. 그는 사회로부터 버림을 받고 비참한 생활을 영위해 간다. 그는 여러 가지 측면에서 「레디 메이드인생」의 'P'와 유사하다. 그는 시골출신 인텔리로 조혼을 했고 아내와 별거한 바 있는 사람이다. 그는 대학을 나오고도 취직을 하지 못한채 무기력하게 살아가는 사회주의자이다.

---

14) 같은 책, p.274.

다만 차이가 있다면 직접사회주의 운동을 하다가 5년 동안 투옥된
경력이 있다는 점과 그의 투옥으로 친가와 처가가 모두 몰락한다는 점,
그리고 생활능력이 없어서 별거한 아내와 다시 결합하여 아내의 신세
를 지고 있다는 점과 아들이 아니라 먼 인척의 조카가 등장한다는 점
등이다.

그런데 이들 차이점들을 검토해보면 「치숙」의 주인공이 「레디 메이
드인생」의 주인공보다 더욱 열악한 상태에 놓여 있음이 드러난다. 이는
기성품 인생이 열악한 현실을 타개하기 위해 지배층과 치열하게 싸우
다가 점차 몰락해 가는 과정을 보여준 것으로 볼 수 있다. 물론 그의
몰락은 당대의 현실에서는 필연적인 일이다. 작가는 이 점을 분명히 보
여준다.

> 하기야 속을 차려서 무얼 하재도 전과자니까 관리나 또 회사 같은
> 데는 들어 가지 못하겠지만, 그야 자기가 저지른 일인 걸 누구를 원
> 망할 일도 아니고, 그러니 막 벗어부치고 노동이라도 해야지요.
> -----중략-----
> 아니, 그놈의 것하구는 무슨 대천지 원수가 졌다는 말인지 ? 명예
> 를 얻을 노릇이란 말인지. 필경은 붙잡혀 가서 징역 사는 놀음 ? 아
> 마 그놈의 것이 아편하구 꼭 같은가 봐요. 그렇길래 한번 맛을 들이
> 면 끊지를 못하지요 ?[15]

일본은 제국주의를 바탕으로 한 자본주의 국가이다. 그들은 사회주
의를 정면에서 공격하고 부정하는 나라이다. 그런데 「치숙」의 아저씨는
사회주의자이다. 그는 일제의 식민지 우민화정책에 반기를 들고 나선
사람이다. 때문에 사회주의를 포기하지 않는 한 그는 당대의 현실에 적
응할 수 없다. 그는 직장을 가질 수도 없고 자기의 지식을 사회에 환원
할 수도 없다. 그는 할일 없이 방안에 누워 빈둥거리면서 부단히 무기

---

15) 같은 책, pp.264-265.

력하고 가난할 수밖에 없다. 그러면 그럴수록 그는 사회주의에 대한 미
련을 버릴 수가 없다.

그런데 여기에서 말하는 사회주의란 식민지 지배층과 신흥 부르죠아
지가 결탁해서 자행하고 있던 부의 편중화현상과 식민지 수탈정책을
극복하기 위한 하나의 방편이다. 따라서 이는 경직된 사회주의가 아니
고 민족주의가 가미된 사회주의이다. 이 점에서도 「치숙」의 주인공은
결코 어리석은 아저씨라고 할 수 없다.

그는 부의 공정한 분배를 통해 당대 사회가 안고 있는 절박한 문제
를 해결하기를 바라는 사람일뿐 화자가 생각하는 것처럼 황당무계하고
바보스러운 인물은 결코 아니다. 그럼에도 화자가 아저씨를 자꾸 어리
석은 사람으로 매도하는 것은 다분히 작가가 자기의 의도하는 바를 반
어적으로 표출하기 위해 설정한 하나의 意匠임이 분명하다.

3. 老舍의 소설에 나타난 격동기 지식인의 안이한 자세

중국에서도 상황은 유사했다. 중국은 일본과 적대적인 관계에 있었
음에도 많은 유학생들을 일본에 파견했으며 그들은 사회주의 사상에
깊은 관심을 갖는다. 중국공산당에 의해 1917년 10월 사회주의혁명이
폭발하며, 이를 계기로 지식인의 현실참여가 더욱 가속화된다. 문학계
에서도 사회주의운동을 수용하여 중국좌익작가연맹이 결성된다. 老舍도
사회주의운동에 상당한 정도로 관심을 가진 작가들이다. 때문에 이들은
지식인의 문제를 다룬 소설들을 상당히 많이 남기고 있다.

「趙子曰」은 북경의 天台아파트에 살고 있는 주인공 趙子曰을 비롯
한 여러 명의 지식인의 삶을 통해 2.30년대 중국지식인들이 안고 있던
문제를 심도있게 다루고 있는 작품이다. 이 소설은 1926년에 발표한 작
품이다. 당시는 국민당과 공산당의 제1회 합작과 반제국주의 반봉건주

의의 통일전선의 수립 그리고 북벌의 준비 등이 이루어지던 때이다. 이러한 일련의 정치적 움직임은 사상적인 측면에서 당대 지식인들에게 적지 않은 영향을 미친다.

「趙子曰」은 격동기 지식인의 사상적 경향을 잘 반영하고 있다. 趙子曰을 통해 격동기 지식인의 안이하고 무기력한 삶을 비판하고 李景純을 통해 제국주의와 군벌의 정치개입을 반대한다. 이는 조국에 대한 무한한 사랑과 정의로운 미래세계의 창출 그리고 생활에 대한 엄숙한 태도를 보여준 것이다. 때문에 모순과 같은 작가도 이 작품을 읽고 깊은 감명을 받게 된다.16)

이처럼 당시에 문인들과 독자들로부터 지대한 관심의 대상이 된 「趙子曰」은 주로 대학생 지식인들을 등장인물로 설정하고 있다. 주인공의 하나인 趙子曰은 名正대학에 다니는 대학생이다. 그는 현실을 객관적으로 파악하지 못하고 이기적이고 기회주의적인 경향을 보이며 무사안일을 추구한다.

그는 열다섯 살의 어린 나이에 조혼을 했다. 아내는 당시 九天仙府의 제일가는 미녀지만 전족을 하고 있다. 전족은 과거와 달리 대학생이 된 趙子曰의 세대에는 아름답다고 생각하지 않고 추악하게 생각하면서 이구동성으로 욕을 해댄다. 趙子曰도 마찬가지이다. 때문에 그는 아내를 증오하고 신여성을 동경한다.

그는 철학 문학 화학 사회학 식물학 등 여러 방면의 학문을 두루 섭렵한다. 그런데 한 학과를 3개월씩만 공부한다.17) 항상 맨 마지막에 이름이 쓰여질 정도로 그는 성적이 좋지 않다. 그는 약간의 불쾌감을 느끼지만 '거꾸로 읽으면 일등'이라고 생각하며 스스로 위안을 삼는다. 또한 그는 학문을 위해서 공부하지 졸업증이나 학위는 원해서 공부하지 않는다는 신념을 내세워 스스로 위안을 삼는다.18)

---

16) 矛盾, 「光輝工作二十年的老舍先生」, 『老舍硏究論文集 上』, p.247.
17) 老舍, 『趙子曰』, 匯通書店, 1975, p.4.

물론 그의 생각은 어리석고 다분히 자기 변명에 불과하다. 또한 이는 자기의 무사안일하고 방탕한 생활을 은폐하기 위한 방편이기도 하다. 그는 마장을 즐기고 연극을 보고 술을 마시고 요리집을 전전한다. 그리고 매월 적어도 두 번 정도 부모님께 편지를 해서 생활비를 독촉한다. 그는 세상을 안일하게 살아가는 자산층 출신 지식인의 전형적인 인물이다.

> 그는 자기 나름대로의 확고한 신념이나 인생관을 가지고 있지 않다. 그는 친구의 아부에 곧잘 속아 넘어가고 세상을 알랑거리며 떠들석하게 살아간다. 그는 판단이 명쾌하지 못하고 항상 혼돈한 상태에 빠져 있다. 그는 대중의 찬사를 받기 위해 학생 데모에 참여하여 총장을 묶고 교직원을 구타하기도 한다. 그러나 그는 나쁜 사람이 아니다. 그는 이중성격을 지닌 인물일 뿐이다.

그는 五四운동 이후 신구의 교체기를 살아가는 지식인의 모습을 잘 보여주고 있다. 그는 군중들의 해방과 자유의 함성에 들떠 있다. 그는 이것이 생활의 모든 것이요 혁명이라고 생각한다. 그는 시세의 변화에 영합하면서 대단히 약삭 빠르게 세상을 살아간다. 노인들에게는 '忠孝兩全이야말로 英雄豪傑이'라고 말하고, 신청년들에게는 '양복을 입고 서양사람 행세를 하라'고 말한다.

이것이 당시 신청년이라고 하는 사람들의 참모습이다. 그들은 눈을 감은채 방탕하게 살아가면서 결코 밝은 길을 찾지 못한다. 趙子曰은 그들 중의 한 사람일 뿐이다. 그러나 그는 긍정적인 면도 지니고 있다. 그는 마음씨가 선량하다. 그는 天津에서 기녀로 떨어졌다가 퇴직한 군관으로부터 모욕을 당하는 譚玉娥를 구하려고 시도하기도 한다.

老舍는 확고한 역사의식이나 미래에 대한 신념이 없이 시세에 영합

---

18) 같은 책, p.5.

하여 적당히 살아가는 인물들에 대해 철저히 부정적인 입장을 취한다. 물론 趙子曰은 그의 비판과 풍자의 대상으로 설정된 지식인이다. 그러나 老舍는 趙子曰과 그의 장래를 부정적으로만 보지 않는다. 그는 趙子曰이 진보적인 청년 李景純을 만남으로써 사상과 생활면에서 어떻게 변모해 가는가에 대해서도 지대한 관심을 보여준다.

李景純은 명정대학에서 철학을 전공하는 학생이다. 그는 유난히 맑은 눈과 여윈 얼굴 그리고 굳은 의지를 지닌 인물이다. 때문에 天台아파트에 사는 사람들의 관심의 대상이 된다. 어떤 사람은 그에게 감복을 하고 어떤 사람은 그를 질투하기도 한다.[19] 그는 이 작품에서 趙子曰 못지 않게 중요한 인물이다. 老舍는 자신의 이상을 그를 통해 구현하고 있다.

그는 적극적이고 긍정적인 인물이다. 그는 중산층의 자식이 아니다. 趙子曰과 같은 대학에 다니고 같은 아파트에 살고 있지만 그들과 달리 나라와 인민을 구원하려는 커다란 이상을 지니고 있다. 때문에 그는 열심히 공부하며 설날에도 집에 돌아가지 않는다. 따라서 그는 신청년을 자처하는 자들을 싫어한다. 그가 총장을 때리는 일을 싫어하고 한사코 趙子曰을 만류한 것은 이 때문이다.

그는 시세에 영합하는 것을 싫어한다. 그는 그 보다는 열심히 일하는 것이 좋다고 생각한다. 총장을 묶어 놓은 趙子曰이 여러 학생들로부터 영웅의 대접을 받을 때 유독 그만이 냉담한 것은 이와 밀접한 관련이 있다. 이로 인하여 그는 새로운 사조를 모르는 폐물이라고 비판을 받기도 한다. 그러나 그는 새로운 사조에 무지하기 보다는 자기 나름대로의 확고한 신념을 가지고 있다.[20]

그가 거부한 것은 바로 혁명을 빙자한 파괴와 신사조를 내세운 신념이 없는 행위이지, 신사조나 혁명이 아니다. 때문에 趙子曰더러 집에

---

19) 같은 책, p.22.
20) 같은 책, pp.124-125.

내려가서 농장을 경영하도록 권하고 莫大年을 타이른다. 그는 시비를
명확히 가릴 줄 아는 박애주의자이다. 그의 조언에 의해 趙子曰은 후에
사람이 변하며, 막대년도 은행직원이 된다. 그는 조국의 운명에 많은
관심을 쏟으며 결코 연애 따위에 정력을 낭비하지 않는다. 쇠약해진 조
국을 위해 무엇인가를 해야 한다는 생각이 앞서 있기 때문이다.21)

그는 자신의 영달을 위해 조국을 위기에 빠뜨린 사람들을 원수처럼
증오한다. 武端은 시정부 건축과의 위원이 되자 天壇을 뜯어 외국인에
게 팔아넘기고 어부지리를 얻으려 한다. 李景純은 이를 알고 趙子曰을
시켜 武端의 매국적인 행위를 알려주도록 한다. 또한 그는 趙子曰로 하
여금 친구의 부도덕한 행위를 방지하도록 권유한다. 武端이 이러한 조
언을 무시할 때는 살인까지도 불사하라는 말을 한다. 그가 '천단을 보
존하기 위해 친구를 살해하는 것이 도리는 아니지만 어찌 공사가 모두
무사할 수 있겠는가' 하고 말하는 것은 바로 이를 뜻한다.22)

제국주의가 조국의 땅을 임의로 짓밟을 때 그는 '중국인의 애국심을
불러 일으키고 중국인의 자존심을 가다듬는 일이 오늘날 가장 긴요한
일이다'고 말하기도 하고 '국가에 대한 개념이 없는 백성은 들풀처럼
싱싱해 보이지만 양식을 생산하지 못한다'고 말하기도 한다.

그는 의지할 곳 없는 미스 王을 오빠처럼 관심을 가지고 돌본다. 歐
陽天風이 자기의 술친구인 賀金山의 아버지가 북경으로 전보되어 사령
관이 되자 군벌을 믿고 그녀를 협박한다. 李景純은 죽음을 불사하고 정
의를 지키기 위해 賀金山의 아버지 賀司令을 암살하려다가 투옥된다.23)

그는 마지막 순간까지 신념을 굽히지 않고 총살당한다. 그의 정의를
지키기 위한 투쟁과 자기 희생에 趙子曰과 武端은 감복한다. 그의 죽음
은 대단히 비극적인 일이다. 그러나 그는 어두움이 있기 때문에 서광을

21) 같은 책, p.181.
22) 같은 책, P.205.
23) 같은 책, p.215.

기대할 수 있고 서광은 어두움 때문에 얻을 수 있다는 믿음을 가지고
죽음에 임한다.

「新韓穆烈德」은 山東대학 교수직을 사임하고 작가생활에 전념하던
시기에 발표된 작품이다. 老舍는 런던대학 동방학원 시절부터 山東대학
을 사임하기까지 몇 년간을 대학에서 생활했기 때문에 지식인 특히 대
학생들에 대해 폭넓은 이해와 인식을 가지고 있었다. 따라서 지식인을
다루는데 있어서 초기 작품에서의 결점을 극복하고 보다 더 중국의 지
식인다운 지식인의 문제를 천착하게 된다.

초기 작품이 주로 지식인의 외부묘사에 그치고 있다면 이 작품에서
는 그것을 극복하고 있다. 그는 새로운 시대를 짊어지고 나가야 할 대
학생 지식인들이 말로는 혁명과 개혁을 부르짖으면서도 여전히 과거에
대한 미련을 버리지 못하고 방황하고 번민하는 모습을 생생히 보여준
다.

老舍는 스스로 머리가 좋고 생각이 깊고 번민이 많으며 약간 비관적
이고 결단력이 없는 것이 자기 작품에 등장하는 지식인의 모습이라고
밝힌 바 있다. 그들은 눈이 높고 손은 설어서 늘 언행이 일치하지 못하
는 사람들이다.24) 이 때문에 격동기 지식인의 우유부단과 번민을 그리
는 것이 老舍의 장기라고 지적하기도 한다.

이 작품은 생각이 많고 뜻은 크지만 능력이 없는 대학생 田烈德의
이야기이다. 그는 비교적 부유한 집안 출신이다.25) 그러나 온 식구들이
일년내내 땅콩 호두 아가귀 등의 껍질을 벗기고 메고 삶아야만 한다.
때문에 가족 모두가 하루 종일 한가한 적이 없다. 田烈德은 '무엇 때문
에 늙은이가 일꾼들을 불러 시키지 않고 온가족들을 고생시키지 않으
면 안되는지' 의아해 하며 아버지에 대한 불만이 이만저만이 아니다.

그와 아버지와의 갈등은 학식과 기풍의 차이에 연유한다. 그는 '자

---

24) 老舍, 「閑話我的七個話劇」, 『老舍生活與創作自述』, 三聯書店, 1981
25) 『老舍選集 3卷』, 人民出版社, 1982, p.241.

부심이 강하고 심각'하다. 또한 그는 모든 일을 완벽하게 계획을 세운 뒤에 실행하며 언제든지 사색에 잠겨 있다.26) 때문에 아버지에 대한 불만은 가족에 대한 문제에 국한되지 않는다. 남의 물건을 정당한 방법으로 구입하지 않고 일종의 착취와 박탈을 일삼는 데 대해서도 대단히 커다란 불만을 가지고 있다.

그의 아버지는 까다로운 조건을 붙여 과수원 주인과 계약을 맺고 물건을 본인이 직접 산에 가서 재배상으로부터 구입한다. 절대로 그의 아버지는 물건을 도매상에서 구입하지 않으며 산지인들에게 유리한 조건으로 구입하지 않는다. 구입한 물건도 트집을 잡기 일쑤다. 아버지의 이러한 상술에 대해 그는 심히 못마땅하게 생각하며 정의를 위해 이를 개선하고자 한다.27)

그러나 그러한 생각은 늘 생각으로 그칠뿐 행동으로 이행되지 못한다. 자기의 경제적인 근원이 부정한 방법으로 벌어들인 아버지의 돈이라는 사실을 누구보다도 잘 알고 있다. 따라서 五四運動 이후의 많은 젊은이들이 그러했듯이 사회현실에 불만을 가지고 있기는 하나 그것을 극복하기 위한 어떠한 구체적인 행위도 보여주지 못한다. 그렇게 행동하기에는 너무 안이하고 소극적인 지식인이다.

그런데 그의 집은 당시에 일어난 일련의 학생 데모와 노동자들의 파업 그리고 수입품의 대량 유입과 무거운 과세 등에 의해 몰락하고 만다. 집안의 파산은 연쇄적으로 점원과 노동자 그리고 과일 재배상 등의 파산을 몰고 온다. 그는 자신이 해방시키려 한 일에 더 이상 신경을 쓸 필요가 없어진다. 그러나 억압을 받은 민중은 그의 바램과 달리 감옥으로부터 해방된 것이 아니라 지옥으로 가고 있다.28)

이것이 이 소설에 나타난 아이러니이다. 老舍는 이를 통해 일부 지

---

26) 같은 책, p.241.
27) 같은 책, p.246
28) 같은 책, p,255.

식인들의 무책임한 행동에 대해 비판을 가하면서 그들의 사회적 책임을 강조한다. 그들은 들끓는 열의를 가지고 있지만 말만 많고 실천력이 적다. 또한 그들은 일단 무슨 일이 생기면 그것을 감당할 능력도 없다.

老舍는 이를 田烈德을 통해 잘 보여주고 있다. 그는 사회의 혼란을 역사의 필연적인 것으로 생각한다. 그러나 일단 사회의 혼란상이 심화되어 해결불가능한 상태가 되자 모든 것을 포기하고 현실을 도피하고 만다. 그의 아버지는 자신에게 닥친 역경을 극복하기 위해 온갖 수단을 동원한다. 그러나 일이 여의치 않자 田烈德이 어떤 방법을 제시해줄 것으로 믿고 그에게 의지한다.

그런데 그는 뚜렷한 묘안을 제시하지 못하고 고작 심한 심적 갈등과 현실도피만을 보여준다. 정말 아무 것도 구체적으로 실행에 옮긴 바 없이 현실을 도피하고 만다. 그의 현실도피는 허탈감과 죄의식에 바탕을 두고 있다. 그것은 영민한 감상적 정서의 표출에 다름 아니다. 그가 자신감을 잃어버린 것은 정말 한심스럽고 바보같은 일이다. 그 자신이 바로 진리의 수호자이기 때문이다.[29]

老舍는 그의 무사안일한 삶의 태도와 감상적인 현실인식만을 비판하지 않는다. 과거로의 회귀와 소극적이고 주저하는 삶의 태도에 대해서도 신랄히 비판을 가하고 있다. 田烈德은 몇칠 동안 길거리를 배회하다가 낯익은 거리로 들어선다. 그는 자기집 앞에 와있는 자신을 발견한다. 새로운 시대를 이끌어나갈 대학생 지식인의 일원임에도 여전히 과거에 대한 미련을 버리지 못한다. 그토록 갈망했던 민중을 착취하던 구시대 사회악의 몰락을 기꺼이 받아들이지 못하고 아들로서의 아버지에 대한 연민과 죄의식에 빠지고 만 것이다. 이것은 老舍가 가장 비판해 마지 않는 격동기 중국지식인의 우유부단한 삶의 자세이다.

---

29) 같은 책, p.257.

4. 두 작가의 소설에 나타난 유사성과 변별성

채만식과 老舍는 격동기 지식인의 무기력하고 안이한 삶을 소설화하고 있다. 그런데 채만식은 식민지 우민화정책의 일환으로 발상된 지식인의 양산과 그에 따른 실직 지식인의 문제를 집중적으로 다루고 있다. 반면에 老舍는 격동기의 진보적 지식인들의 갈등과 번민 그리고 무사안일하게 세상을 살아가는 타락한 지식인들의 삶을 주로 조명하고 있다. 따라서 이들의 작품에서는 유사점 못지 않게 변별성도 간과할 수 없는 실정이다.

먼저 그들의 소설에 등장하는 지식인들은 당대의 정치적인 상황에 민감한 사람들이다. 채만식의 주인공들은 일제의 우민화 정책에 순응하지 못하고 갈등과 번민 속에서 세상을 무기력하게 살아가는 지식인들이다. 老舍의 주인공들은 일본 제국주의의 침략과 국내 군벌들의 전쟁 와중에서 번민하고 핍박받는 지식인이거나 군벌이나 위정자들에게 아부하는 지식인들이다.

또한, 그들의 소설에 등장하는 지식인들은 뚜렷한 목적의식이나 사명감에서가 아니라 시대적 요청에 따라 맹목적으로 교육받은 사람들이다. 한국과 중국의 선각자들은 모두 자국의 현상을 극복하기 위해서 국력을 배양해야 하며 그 첩경은 인재를 양성하는 일이라는 인식을 같이 하고 있다. 여기에 일제의 문화정치가 일조하여 당시 교육열은 상상을 초월할 지경에 이른다. 이러한 시대적 흐름에 편승하여 당대의 젊은이들은 대학에 진학하고 해외에 유학을 하게 된다.

그리고 그들은 모두 지식인의 핵심적인 문제로서 취직난을 제기하고 있다. 그들은 중산층출신 지식인들이 유학을 하고 취직을 하려고 하나 마땅한 자리를 구하지 못하고 무기력하게 살아가는 모습을 그리고 있다. 물론 사회적 배경의 차이 때문에 그들의 작품에서 취업의 문제나 과정 등은 다소 다르게 나타나고 있다. 그러나 지식인의 삶을 위협하는 취업의 심각성에 대해 그들은 유사한 견해를 보여준다.

다음으로 그들의 소설에 등장하는 지식인들은 당대의 상황을 극복하고 개혁하지 않으면 안될 최악의 상황으로 인식하고 있다. 때문에 그들은 한결같이 현실에 대한 불만을 노정하고 있다. 그러나 그들은 사회의 변혁을 내심 바라고 있으면서도 그것을 행동으로 옮기지 못하는 소극성을 보여준다.

마지막으로 그들의 작품에 등장하는 지식인들은 노동을 원치 않는다. 「레디 메이드인생」의 'P'는 농촌에 가서 일해보라는 권유를 '엉터리 없는 수작'이라고 일소에 붙인다. 「新韓穆烈德」의 田烈德도 '머리를 쓰는 자는 결코 힘으로 사는 사람과 같은 자리에 놓고 논의할 수 없다'고 하면서 노동을 혐오한다.

이와 달리 그들의 작품에 등장하는 인물들은 계층상승을 원한다. 그런데 채만식의 주인공들은 그 기대가 무산되는데 반해서 老舍의 주인공들은 그 목표를 달성한다. 그것은 채만식의 주인공들이 자기의 개성을 속여가면서까지 생활에 아첨하는 것을 더럽게 생각한 반면에 老舍의 주인공들은 온갖 수단을 동원하여 권력자나 군벌 등 유력인사들에게 뇌물을 공여하고 아첨한 데에 기인한다.

또한, 그들의 소설에 등장하는 지식인은 두 개의 그룹으로 나누어질 수 있다. 그 하나는 기존의 질서를 옹호함으로써 지배계급의 욕구를 충족시켜 주고 자신의 생계를 꾸려가는 지식인이고, 다른 하나는 기존의 질서를 부정하여 현실에 안주하지 못하는 비판적 지식인이다. 전자는 老舍의 소설에 등장하는 지식인의 주종을 이루며, 후자는 채만식 소설에 등장하는 지식인의 주종을 이룬다.

그들은 대학교육의 무용론을 주장하기도 한다. 그런데 채만식의 주인공들은 사회 특히 자신들이 배신당한 상층계급에 대한 불만과 열등감을 강력히 표출한다. 때문에 이들은 지식계급이 아닌 노동자계급에 편승하여 자신들의 불만과 열등의식을 해소하려 든다. 「레디 메이드인 생」의 'P'가 아들을 인쇄소에 취직시키는 것은 이와 밀접한 관련이 있다. 반면에 老舍의 주인공은 전통적인 봉건사상에 젖어 시세에 영합하면서 살아간다. 이들은 전혀 대학교육이 필요하지 않는 사람들이다.

다음으로 채만식의 지식인들은 사회가 그들을 전혀 수용하지 못하고 철저히 타락해 있기 때문에 사회주의에 기대를 걸고 있다. 그러나 사회주의 역시 그들의 문제를 해결해주지는 못한다. 반면에 老舍의 지식인들은 대학을 졸업하고 사회에 수용된다. 이들은 제국주의의 유혹을 받기도 하고 타락한 현실에 적응하여 살아가기도 한다. 이들은 수치심도 없이 살아가는데 老舍는 이들을 철저히 비판하고 있다. 물론 老舍의 지식인 중에는 타락한 현실에 적응하지 못하고 사회주의 사상을 갖은 지식인도 있다.

마지막으로 두 작가는 어느 정도 비관주의에 침륜되어 지식인의 문제를 다루고 있다. 그러나 채만식은 현실의 문제를 적극적으로 해결하려 하기 보다는 풍자의 방법을 통해 현실의 문제를 고발하는 데에 그치는 다소 소극적인 경향을 보여준다. 이에 반해 老舍는 현실의 문제를 구체적으로 지적하면서 지식인들이 이들 문제를 해결하기 위해 구체적이고 적극적인 행동을 취하게 한다. 이를 통해 그는 지식인들이 국가와 사회의 미래에 크게 이바지하기를 기대하는 적극성을 보여준다.

5. 결 론

본고는 동양문학에 편재되어 있는 보편성을 추출하기 위해 채만식과 老舍의 지식인소설 가운데 논의할 만한 가치가 충분히 있다고 생각되는 「레디 메이디인생」, 「치숙」, 「趙子曰」, 「新韓穆烈德」 등을 주제연구 방법에 입각하여 비교 검토해 보았다. 본고에서 논의된 내용을 요약하면 다음과 같다.

「레디 메이드인생」의 주인공 'P'는 실직 인텔리로 미래에 대한 불안에서 자식을 학교에 보내지 않고 인쇄소에 취직시킨다. 그는 자신이 레디 메이드로 된 존재라고 자조한다. 이 작품은 인텔리의 무능이라는 모티프를 어느 작품에서보다도 현실감 있게 처리한 작품으로 평가되고 있다.

「치숙」의 노예적인 근성을 지닌 화자는 사회주의운동을 하다가 복역을 한 지식인을 어리석은 아저씨라고 비난한다. 그런데 그 내용이 다분히 반어적이다. 표면적으로 보면 화자의 이야기가 옳은 것 같으나 감추어진 의미를 분석해보면 화자는 노예이며 속물에 불과하다. 그럼에도 화자가 아저씨를 자꾸 어리석은 사람으로 매도하는 것은 작가의 반어적 意匠으로 볼 수 있다.

「趙子曰」은 격동기 지식인의 사상적 경향을 잘 반영하고 있다. 작가는 趙子曰을 통해 격동기 지식인의 안이하고 무기력한 삶을 비판하고 李景純을 통해 제국주의와 군벌의 정치개입을 반대한다. 李景純은 마지막 순간까지 자기의 신념을 굽히지 않다가 총살당하고 만다. 그의 죽음은 대단히 비극적인 일이다.

「新韓穆烈德」은 생각이 많고 뜻은 크지만 능력이 없는 대학생 田烈德의 이야기이다. 그는 새로운 시대를 이끌어나갈 대학생 지식인의 일원임에도 여전히 과거에 대한 미련을 버리지 못하고 주저하고 망설이는 소극적인 태도를 보여준다. 이것은 老舍가 가장 비판하던 격동기 중국 지식인의 우유부단한 삶의 자세이다.

채만식과 老舍는 격동기 지식인의 무기력하고 안이한 삶의 자세라는 공통된 테마를 소설화하면서 취직난을 문제삼고 있다. 그들의 소설에 등장하는 지식인들은 뚜렷한 목적의식이나 사명감에서가 아니라 맹목적으로 교육받은 사람들로 노동을 원치 않으며 당대의 상황을 극복하지 않으면 안될 상황으로 인식하고 있다.

채만식의 주인공들은 계층상승의 기대가 무산되고 상층계급에 대한 불만과 열등감을 강력히 표출하며 사회에 적응하지 못하고 사회주의에 기대를 걸고 있는 데 반해서 老舍의 주인공들은 그 목표를 달성하며 전통적인 봉건사상에 함몰하여 시세에 영합하면서 살아가고 대학을 졸업한 후 사회에 수용된다.

참고문헌

김윤식 · 김 현, 『한국문학사』, 민음사, 1973.

백   철, 『신문학사조사』, 신구문화사, 1980.

송현호, 『한국현대소설의 이해』, 민지사, 1992

신동욱, 『한국현대문학론』, 박영사, 1972.

우한용, 『한국현대소설구조연구』, 삼지원, 1990.

이용남 외, 한국현대작가론, 민지사, 1985.

이재선, 『한국현대소설사』, 홍성사, 1979.

이혜순, 『비교문학 1』, 과학정보사, 1986.

조남현, 『한국현대소설연구』, 민음사, 1987.

조동일, 『한국문학과 세계문학』, 지식산업사, 1991.

家桓, 『老舍小說硏究』, 寧夏人民出版社, 1983.9.

舒濟, 『中國現代作家選集-老舍』, 香港三聯書店, 1988.

宋永毅, 『老舍與中國文化觀念』, 上海：學林出版社, 1988.7.

吳懷斌 外, 『老舍硏究資料』, 北京；十月文藝, 1985.

王   瑤, 『中國新文學史稿』, 新文藝出版社, 1954.

王惠雲 外, 『老舍評傳』, 花山文藝出版社, 1985.

劉綬松, 『中國新文學史草稿』, 北京；人民文學, 1982.

李輝英, 『中國現代文學史』, 香港文學硏究社, 1982.

鄭   篤, 『中國俗文學史(上.下)』, 臺灣商務引書館, 1986.

趙   聰, 『五四文壇泥爪』, 時報出版公司, 1983.

陳敬之, 『中國新文學的誕生』, 臺北 ; 成文出版社, 1980.

_____, 『三十年代文壇與左翼作家聯盟』, 臺北 ; 成文出版社, 1980.

胡金銓, 『老舍和他的作品』, 香港文化生活出版社, 1977.

Block, Haskell, 「The Concept of Influence in Comparative Literature」, 『Yearbook of Comparative and General Literature 7』, 1958.

Booth, Wayne c., 『The Rhetoric of Fiction』, The Univ. of Chicago Press, 1970.

Hauser, A., 『The Social History of Art 4』, Routeledge, 1962.

Scholes, R., and R. Kellogg, 『The Nature of Narrative』, Oxford Univ. Press, 1979.

Watt, Ian, 『The Rise of the Novel』, Berkley & los Angels ; Univ. of California, 1974.

Weisstein, Ulrich, 『Comparative Literature and Literary Theory : Survey and Introduction』, Bloomington : Indiana Univ. Press, 1973.

Wellek, R. & A. Warren, 『Theory of Literature』, 臺北 : 雙葉書店, 1978.

한중소설의 여성문제

1. 문제의 제기

한국과 중국문학을 비교 연구함에 있어서 영향관계의 논증이라는 종래의 틀에서 벗어나, 직접적인 관련이 없으면서도 공통적으로 나타나는 특성을 검토하는 일이 무엇보다도 시급하다.[1] 이것은 동양문학의 연구를 출발점으로 해서 세계문학의 보편성을 찾아내고 이를 토대로 지금까지의 동양문학 연구의 그릇된 시각인 동양문학의 서양문학의 추종을 극복하는 데에 일익을 담당할 것으로 사료된다.

본고에서는 30년대의 대표적인 작가인 蔡萬植과 老舍의 작품에 나타나는 공통된 모티프 가운데 여성의 비극적인 삶에 관해 살펴 보고자 한다. 이에 대한 논의는 김춘강과 李長之 그리고 方白 등에 의해 이루어진 바 있다.[2] 김춘강은 채만식 소설에 나타난 여성의 참모습을 역사

---

1) 이러한 비교연구방법이 독일문예학에서 제기된 주제연구 (Thematology or Stoffgeschichte) 이다. (Ulrich Weisstein, "Thematology", *Comparative Literature and Literary Theory* : Survey and Introduction, Indiana univ. Press, 1973, pp. 124-141)
2) 김춘강, 「채만식소설에 나타난 여성상연구」, 고려대교육대학원, 1981.

와 현실 앞에 우롱당한 여성으로 보고, 이들의 비극적인 삶을 작가가 어떻게 소설적으로 구현하고 있는가를 고찰했다. 李長之는 <離婚>이 중국인의 생활을 상징하는 북경을 배경으로 글뒤주(書呆子)들이 북경노랭이에게 정복되고 있는 이야기를 담고 있다고 지적했다. 方白은 老舍의 단편소설을 집중적으로 분석하면서 그가 구식사회 구시대의 무기력한 인간과 매국노 그리고 서구추종자들을 풍자하고 억압받은 여성의 문제를 그리는 데 일가견을 가진 작가라고 평가했다. 이들 논의를 바탕으로 필자는 한중 문학에 나타나는 여성들의 비극적 삶의 양태에 대해 비교 고찰해 보고자 한다.

채만식과 老舍가 작품활동을 하던 30년대는 개화의 물결이 거세게 휩쓸고 간 시대로 사회의 여러 분야에서 근대의식이 확산되어 가던 때이다. 이는 일제가 착취를 위한 식민화를 근대화란 미명하에 강력하게 추진한 것과 무관하지 않다. 그런데 근대화가 착실히 진행되어 가던 당시에도 사회의 곳곳에는 봉건적 유습과 가치관이 여전히 잔재하고 있다.

가부장제적 가족제도가 계속 유지되면서 남존여비사상과 여필종부의 관념이 사회의 저변에 짙게 깔려 있을 뿐만 아니라 부녀자의 忍從이 미덕시 되고 있다. 겉으로는 근대화와 근대사상을 부르짖던 지식인들마저도 그 내면적인 삶에 있어서는 마찬가지이다.

그들은 봉건적 질서 속에서 교육받고 성장한 사람들이다. 비록 시대적인 선각자로 자처하면서 새로운 사상과 질서를 소리높이 외치고 있다치더라도 그들이 그것을 몸소 실천하기에는 어려움이 적지 않았으리라는 것을 추정하기는 그리 어렵지 않다. 이는 채만식이나 老舍의 경우도 마찬가지이다.

이와 같은 자기 모순과 모순된 현실 속에서 이들은 자기 반성을 토

李長之,「<離婚>」,『文學季刊』創刊號, 1934.1.

方白,「舊時代的葬歌」,『文藝書籍評論叢刊』第5期, 1959.

대로 한 현실비판을 하지 않을 수 없게 된다. 그것은 고대소설과 신소설에서조차 쉽게 찾을 수 있던 기존 가족제도에 대한 모순과 여권신장 그리고 여성교육에 대한 언급을 거의 찾을 수 없기 때문이다. 또한 이들의 작품에 등장하는 여성이 대부분 현실에 철저히 안주하여 봉건제도와 인습의 희생물이 되거나 새로운 시대를 향해 현실의 질곡을 탈출했다가 현실의 벽에 부딪쳐 철저히 파멸해가기 때문이다. 이러한 경향은 이들의 당대현실에 대한 신랄한 비판의식과 결코 무관하지 않다.

　채만식과 老舍는 하층여성들을 통하여 전통적 가치관을 지닌 여성의 비극적인 삶을 제시하는 한편, 중산층 여성들을 통하여 새로운 시대에 여성들의 사고방식이 어떻게 변화하고 있으며 그것이 당대의 전통적 보수주의에 의해 어떻게 좌절되는가를 사실감 있게 제시하고 있다.

　필자는 이러한 내용을 소설화한 채만식의 <탁류> <얼어죽은 모나리자> <생명> <명일> <정자나무에 있는 삽화> <소망> <여자의 일생> <인형의 집을 나와서> 등과 老舍의 <微神> <月牙兒> <駱駝祥子> <柳家大院> <離婚> 등을 중심으로 양국의 소설에 나타나는 여성들의 비극적인 삶의 모습을 비교 검토하고자 한다.

2. 채만식의 소설에 나타난 인습에 희생된 여성

　<탁류>는 여주인공 초봉을 통해서 하층계급 여성의 비극적 삶을 그리고 있다. 초봉은 전통적인 효사상에 얽매여 인종을 미덕으로 여기고 살아가는 여성이다. 그녀는 부모의 의사에 따라 자기가 사랑하는 남승재와 결혼하지 못하고 돈많은 고태수와 결혼함으로서 불행을 자초한다.

　고태수는 향락에 빠져 죽음을 앞에 두고 마지막으로 가정을 가져보고 싶은 욕망에서 그녀와 결혼을 한다. 그러나 그는 장형보의 음모로 죽는다. 그의 죽음으로 초봉은 사랑도 잃고 돈도 잃은 '밥'이나 '물건'

같은 존재로 전락한다.3) 때문에 그녀는 '이것이고 저것이고 간에 흥분도 없으려니와 불평도 없이 일에다가 마음을 붙여서 그날 그날 지내는 로보트 되다가 만 사람 노릇을 하기에 골몰'하고 만다.4)

작가는 전통적인 여성관에 의해 그녀의 성격을 구현하고 있다. 그녀는 인습에 희생된 여성이다. 따라서 설사 태수가 죽지 않았더라도 그녀의 운명은 마찬가지였을 것이다. 태수는 정상적으로 세상을 살아가는 자가 아니라 향락과 부정으로 얼룩진 삶을 사는 사람이고 자신을 하나의 쾌락이나 탐욕의 대상으로 선택한 때문이다.

그런데 초봉은 작품 말미에서 자신이 지금까지 지켜온 전통적인 윤리관이 철저히 잘못되어 있음을 인식하게 된다. 이는 자신이 살아온 현실을 악으로 가득찬 타락한 세계로 인식한 때문이다. 그리하여 그녀는 이 작품에서 악의 화신이라고 할 수 있는 형보를 '독초를 제거하는 심정'으로 살해했다.

<얼어죽은 모나리자>는 가난과 부모의 부주의로 '멀쩡하던 눈이 아프다는 것을 늦잡도리해서' 장님이 된 오목이가 비정상적인 삶을 살다가 자살한다는 이야기이다. 주인공인 오목이는 선량하고 청순한 여성이다. 그런데 당시는 이것이 아름다운 가치로 인식되지 못한 사회다.

농부의 딸이 시집을 간다면 잘해야 농부의 아내가 될 수밖에 없다. 농부의 아내는 호사감이 아니라 반은 소같이 죽도록 일이나 해야 한다. 그녀의 어머니도 지금은 거의 남자나 다를 바 없는 상태가 되어 있다. 그런데 이 작품에 나타난 당시 조선의 농촌은 일제에 의해 철저하게 수탈당하고 황폐화된 공간이다.5)

이를 통해 당시 조선의 농촌과 농민들이 처한 열악한 상황이 잘 나타난다. 때문에 소설 허두에서 '농투덩이(農民)의 딸자식이 별 수가 있

---

3) 『채만식전집 2』, 창작사, 1987, p.254.
4) Ibid., p.273.
5) 『채만식전집 7』, 창작과비평사, 1989, p.198.

나! 얼굴이 반반한게 불행이지'라는 서술자의 푸념이 암시하는 바가
무엇을 의미하는지가 보다 분명히 드러난다. 이는 오목이와 당시 농민
들이 처한 비극적인 현실을 냉소적으로 표출한 것에 다름 아니다.

　오목은 결혼할 처지도 못된다. 그런데 그녀는 장님이 되기 전에 금
출의 유혹을 받은 적이 있다. 일본에 갔다오고 얼굴도 괜찮은 편인 금
출은 창가를 곧잘 불렀다. 때문에 시골처녀들의 선망의 대상이 되기에
족하다. 오목은 그때의 유혹을 잊지 못하고 늘 가슴 깊이 그를 연모하
게 된다. 그러다가 장님이 된뒤 금출의 유혹에 빠져 그에게 몸을 허락
한다. 그러나 금출은 그녀를 배신한다. 그녀는 자기를 배신한 금출을
찾아나섰다가 웅덩이에 빠져 얼어죽고 만다.

　<생명>은 전근대적인 반상제도에 의해 희생당한 오월이의 비극적인
삶을 그린 소설이다. 그녀는 봉건지주의 몸종인데 태어난 순간부터 인
간적인 대우를 받지 못하고 살다가 비극적으로 죽어간다. 그녀는 상전
인 아씨의 몸종이 되어 12살에 서방님 집에 온다.

　서방님은 아씨 못지 않게 추물로 생긴 오월이를 거들떠 본 적이 없
다. 그러다가 아씨가 '임신을 하고 배불뚜기가 되자 서방님은 칼로 벤
듯 싹 돌아 앉아 버'린다. 공방이 든 것이다. 그래서 서방님의 '밥'이
된 여인이 오월이다.6) 그녀는 감히 거역할 수 없는 상전의 요구에 응
해 몸을 허락한다.

　서방님은 그녀를 짐승 대우를 하건만 그녀는 서방님에게 정을 느끼
게 된다. 그러나 그녀는 자신의 신분을 숙명으로 받아들인다. 서방님은
여전히 말 한 마디 안해주고 냉냉하게 대한다. 그녀는 섭섭한 마음이
없지 않으나 자신의 처지를 누구에게도 이야기하지 않는다. 그러다가
그녀는 임신을 한다. 그녀는 아씨가 알까 겁이 나기도 하면서 한편으론
기쁜 마음을 금치 못한다.

---

6) Ibid., p.217.

남편에게 소박당하고 분에 사무친 아씨가 이 일을 언제까지나 모르고 지낼 수는 없는 일이다. 아씨는 즉각 오월이를 불러 매질을 시작한다. 여인의 한은 매 끝에 가 사무쳐 오월이의 볼때기에 선혈이 낭자하게 만든다. 종으로 태어나 인간적인 대우를 받아 본 적이 없는 오월이는 서방님에게 짐승처럼 대우받고 그 댓가로 몰매를 맞으면서도 한 마디 항거조차 할 줄을 모른다.[7]

몸종인 오월이에게 모진 매를 때리고 있지만 아씨 역시 남존여비 사상의 희생물이다. 남편에게 버린 받은 그녀는 자신의 한을 오월에게 가한 매를 통해 풀고 있는 셈이다. 그녀의 매는 날이 갈수록 심해지지만 서방님은 오월이를 잠자리에 불러들이면서도 여전히 모른체 한다. 마침내 오월이는 아씨의 질투와 분노로 가중된 몰매를 이기지 못하고 죽고만다.

그녀는 인습의 제물이 된 학대받고 짓밟힌 여인의 전형이다. 그런데 작가는 그녀에게 따뜻한 온정의 눈길을 보내고 있다. 이는 비정한 서방님과 남존여비 사상의 희생물이 된 아씨를 오월이의 자기 희생을 감수한 모성애와 대비시킴으로써 역설적으로 드러내고 있다. 또한 너무도 생생한 심리 묘사를 통해서도 독자들은 이를 은연중에 암시받을 수 있다.

<명일>은 자신들의 지식을 활용조차 할 수 없던 식민지시대 지식인 집안의 빈궁한 삶을 그린 소설이다. 지식인의 아내인 영주는 삯바느질로서 생계를 꾸려나가면서도 장기적인 생활대책을 설계하고 자식을 교육시키고자 한다. 그녀의 꿈은 늘 남편인 범수에 의해 깨어진다.

범수는 대학까지 나오고도 일자리를 구하지 못해서 방구석에 처박혀 낮잠이나 자고 오직 무위로써 대처한다. 그는 아내가 자식을 학교에 보내려 하자 단호하게 반대한다. 그것은 당대의 향학열에 의해 대학을 간

---

7) Ibid., pp.222-223.

그 자신이 사회에 나와서 아무 것도 할 수 없는 식민지 우민화정책의 희생자가 되고만 때문이다. 그는 철빈의 상황에서 도둑질까지를 생각하는 무기력한 지식인이다.

영주는 순종형의 여성은 아니다. 그러나 그녀는 남편의 고통과 번민을 진정으로 이해하고 위로의 말을 아끼지 않는 여인이다. 그녀는 끼니를 잇지 못하는 상황에서도 좌절하는 법이 없다. 그녀는 남편과 자식을 지극히 사랑하며 가난을 견디고 극복해내려고 하는 적극적인 인물이다.[8]

그녀는 자신이 처한 가난을 극복하기 위해 어떻게 해야 할지를 명징하게 인식하고 있다. 그리고 자신이 지금 부당하게 가진 자들에게 당하는 착취에 대해서도 잘 알고 있다. 그녀는 이를 극복하기 위해 적극적으로 대처하려 한다. 반면에 남편은 이에 대해 대단히 소극적이다. 이러한 적극성은 그녀의 삶 전반에서 나타난다.

그녀는 도둑질한 큰아들에 대해서도 단호하고 호됨을 보여준다. 이는 그녀의 미래에 대한 기대가 남편과 다름을 여실히 보여준 것이다. 남편은 미래를 절망적으로 보고 있는데 반해서 그녀는 미래를 낙관적으로 보고 있다. 그녀가 한사코 자식을 공부시키려 한 것도 이에 연유한다. 빈궁속에서도 남편 범수가 현실의 중압을 지탱해내는 것은 그녀의 따뜻한 마음과 긍정적인 성격에 기인한다.

<정자나무에 있는 삽화>는 유교사상이 크게 강조되지 않아 정에 이끌려 방황하는 농촌여성 을녜를 중심으로 어릴 적에 고향을 떠났다가 청년이 되어 고향에 돌아온 관수와 가난하고 무지하나 순박한 농촌청년 갑쇠 사이에서 벌어지는 사랑 이야기이다. 을녜는 자신의 감정에 충실할뿐 윤리관도 가치관도 없는 여성이다.

그녀는 작년까지만 해도 갑쇠에게 시집갈 생각을 가지고 있었다. 그

---

8) Ibid., p.178.

러나 오복이가 같이 살자고 하자 부모가 다른 곳으로 시집가라는 만류에도 불구하고 오복이와 같이 살 결심을 한다. 그런데 관수가 나타나서 관계를 가진 뒤로는 관수가 아니면 절대로 결혼하지 않겠다는 말을 서슴지 않는다. 그만큼 그녀는 행실이 나쁘고 윤리의식이라는 것이 없다. 그녀는 단지 정에 충실할 뿐이다.9)

을녜는 관수가 동네를 떠난 후 전주방적공장의 여직공으로 취직이 되어 길을 떠난다. 갑쇠는 관수도 떠나고 없으니 을녜가 자기에게 돌아온다면 모든 허물을 다 덮어줄 수 있으련만 그러지 않고 떠나는 그녀의 뒷모습을 한없이 바라보며 상념에 젖는다.

식민지 치하의 의지할 데 없는 백성들이 그러하듯 을녜는 정착지를 잃고 방황한다. 정신적 지주가 없고 무식한 그녀는 오직 본능에 충실한다. 이러한 그녀를 작가는 날카롭게 비판하기 보다는 그녀에게 연민과 사랑의 시선을 보낸다.

<여자의 일생>은 18세의 나이로 12세의 어린 신랑과 결혼하여 모진 시집살이를 하는 진주를 통해 조혼의 비극을 다룬 소설이다. 그녀는 조부가 김옥균일파로 갑신년 우정국사건에 가담한 민족주의자 남진사이고, 부친이 독립협회에 가담했다가 죽은 남병수인 혁명가의 후예이다.

결혼을 한 후 그녀는 비록 경제적으로는 별 어려움이 없지만 시어머니인 박씨부인의 병적인 히스테리와 질투로 곤욕을 치른다. 박씨부인은 일찌기 과부가 된 여인이다. 박씨부인은 외아들과 단둘이 살다가 며느리를 들인 후 질투가 이만저만이 아니다. 애매한 트집을 잡아 공연히 며느리를 못살게 굴고 과대망상증에 걸려 심지어 머슴과의 불륜의 관계까지도 생각해낸다.10)

그러나 진주는 굴종이 미덕이라는 종래의 인습을 그대로 수용하고 실천한다. 그녀는 시어머니로부터 어떤 수모를 당해도 남편에게 내색하

---

9) Ibid., pp.375-376.
10) 『채만식전집 4』, 창작사, 1987, pp.156-162.

지 않는다. 그녀는 남편을 독살하려 했다는 누명을 쓰고 쫓겨가면서도 자신의 처지보다는 남편을 떼어놓고 온 것이 애처로워 슬퍼하는 여인이다.

이 작품은 과부로 외아들을 길러낸 박씨부인이 젊고 아름다운 며느리 진주에게 보내는 질시와 횡포가 리얼하게 표출되고 있다.[11] 작가의 휴머니즘에 바탕을 둔 사실적 표현은 독자들로 하여금 어린 진주에 대한 연민과 동정을 금할 수 없게 한다. 물론 이는 작가의 진주에 대한 연민의 감정이기도 하다.

<인형의 집을 나와서>는 남편의 노리개깜으로밖에 인식하지 않는 인습의 굴레를 벗어나 자유를 택한 여성 임노라의 삶을 리얼하게 그린 소설이다. 주인공은 봉건 인습을 과감하게 거부한다. 그녀는 자기의 집을 '인형의 집'이라고 인식하고 이를 박차고 나와 자유의 길을 찾는다. 작가는 자유를 찾아나선 그녀의 인생유전을 통해 진정으로 그녀의 자유를 속박하는 것이 무엇인가를 비교적 객관성 있게 보여주고 있다.

그녀는 가출한 후 수중에 돈 한푼 없이 귀향한다.[12] 그녀는 피폐한 농촌에서 밥벌이를 하기 위해 이일 저일 가리지 않고 해낸다. 저능아를 가르치는 일에서 시작하여 화장품 장수를 거쳐 필경에는 매춘부로 전락하여 밤거리를 전전한다. 그런데 이 과정에서 그녀는 자신을 구속하는 것을 하나 둘 발견한다.

노라가 맨처음 발견한 것은 봉건적 윤리관이다. 이는 부모가 맺어준 결혼의 희생물이 된 순옥을 통해 잘 나타난다. 순옥은 남편의 이혼 요구를 받는다. 그녀는 이혼이 자신의 최후를 의미한다고 생각한다. 때문에 이혼에 응하지 않다가 갖은 수모를 당하고 결국에는 자살을 하고 만다. 노라는 자신의 인간으로서의 행복까지 포기하면서 부모나 남편에게 순종해서는 안된다고 생각한다.[13] 반면에 인간적 행복을 위해서는

---

11) Ibid., p.155.
12) 『채만식전집 1』, 창작사, 1987, p.31.

기꺼이 자신을 희생할 수도 있다고 생각한다.

노라가 다음으로 발견한 것은 돈의 횡포이다. 효정이집 가정 교사로 있으면서 돈이 인간을 노예로 만드는 것을 체험한다. 정원이가 사랑을 포기하면서까지 돈많은 사람에게 접근한 일이나 성희가 생계 때문에 돈 많은 자의 첩이 되어 수모를 겪는 일이나 노라가 돈 때문에 화장품 장수와 카페 여급으로 전락하는 일 등은 모두 이를 여실히 보여준다.

노라가 발견한 또 다른 것들은 개인의 고독이나 직업에 대한 사회적 귀천의식 같은 것들이다. 노라는 부모의 사랑, 남편의 사랑, 자식의 사랑 등이 결여된 혼자만의 세계에서 고독에 의해 자유를 구속 당한다. 또한, 화장품 장수와 카페의 여급은 천시해도 된다는 직업의 귀천의식이 그녀의 신성한 직업 혹은 자유로운 직업의 선택을 가로막는다.

결국 노라는 진정한 자유의 획득을 노동에서 찾는다. 남식이 주선한 인쇄공장의 직공이 되었을 때 그녀는 그것이 신성한 일이며 자신이 모든 속박으로부터 벗어날 수 있을 것으로 생각한다. 이는 작가가 기본적으로 자유주의적 입장이면서도 사회주의를 수용한 데에 그 뿌리를 두고 있다.[14]

작가는 당대의 상황에서 돈이 없고 직장이 없는 여성의 자유는 불가능하다고 본 듯하다. 그는 이를 의식한듯 다른 글에서 '관념의 여성 해방은 이미 역사에 뒤진 이야기다. 빵이 없는 자유는 굶어 죽을 자유 자살하는 자유가 아니면 노예가 되는 자유 이외에 아무 것도 아니다'라고 밝히고 있다.[15]

---

13) Ibid., p.59.
14) 이주형, 「채만식연구」, 서울대석사논문, 1973, p.70.
15) 「문예시감」, 『조선중앙일보』, 1936. 6.30.

3. 老舍의 소설에 나타난 격동기 여성의 수난

<微神>은 老舍의 첫사랑을 소설화한 것으로 여성의 삶을 그린 첫번째 작품이다. 일인칭 관찰자 시점으로 서술된 이 작품의 주인공은 생활력이 약한 지식인 여성이다. 그녀는 집안이 몰락하자 아편장이인 아버지를 위해 매춘부가 된다. 물론 이는 좀더 안이한 방식으로 세상을 살아보자는 그녀의 의도가 작용한 것도 사실이다.

관찰자인 '나'는 그녀를 사랑하기 때문에 그녀와 결혼하려고 한다. 그러나 '나'는 가난 때문에 그녀와 결혼하지 못하고 외국에 나간다. 몇 년의 세월이 지난 후 '나'는 귀국하여 그녀를 찾는다. 매춘부가 된 그녀의 모습은 마치 산모와 같다.16) 그외에도 '나'는 첫사랑을 잊지 못하고 그녀와 결혼할 결심을 한다.

그런데 그녀는 이에 대해 회의적이다. 그녀는 '당신은 첫사랑의 꿈을 꿀 수 있지만 나는 이미 꿀 수 있는 꿈이 없다'고 하면서 재회하기에는 너무 시기적으로 늦었음을 '나'에게 알린다. 그녀는 '나'가 너무 늦게 돌아온 것을 다소 원망섞인 목소리로 말하기도 한다.

"그러나 늦게 왔다고 반드시 구제할 수 없는 것은 아니잖아요."라고 나는 한 마디 덧붙인다.
"늦었다는 것은 바로 구제할 수 없는 것이지요. 나는 자신을 죽였어요."
"무엇이라고요?"
"나는 자신을 죽였어요. 나의 운명은 당신의 마음 속에서만 살 수 있고, 한 수의 시속에서만 살아남을 수 있는데, 생과 사는 무슨 구별이 있나요? 낙태할 때 저는 몸소 했어요. 당신이 제 곁에 있으면, 저

---

16) 『中國新文學大系 續篇(三)』, 香港文學硏究社, 1964, pp.558-559.

는 다시 웃을 수 없어요. 웃지 않으면, 돈을 어떻게 벌어요? 길은 하나뿐이지요. 그 이름은 죽음이예요. 당신이 늦게 왔는데, 제가 더 늦게 죽으면 안돼요. 좀더 늦게 죽으면, 저는 당신의 마음 속에 살 수 있는 희망조차도 잃을 겁니다."[17]

그녀는 자신의 처지를 누구보다도 잘 안다. 이미 살아가기 위해 매음을 그만 둘 수 없는 처지에까지 이르렀다. 때문에 자신을 아직도 잊지 못하는 사랑하는 사람에게 더 이상 실망을 주지 않기 위해 결혼을 단호하게 거절한다. 그러나 그녀의 단호한 거절에도 불구하고 '나'는 그녀를 잊을 수가 없다. 결혼을 작정하고 '나'는 그녀를 찾는다. 그런데 그녀는 이미 자살하고 없다.

이 작품은 구중국사회의 인습과 가난이 개인에게 가져다준 비극을 잘 형상화하고 있다. 주인공인 그녀는 돈 때문에 몸을 팔고 사랑하는 사람과 결혼하지도 못한다. 그리고 종국에 그녀는 자기의 인생을 포기하고 비참하게 죽어간다. 이는 老舍의 당대 사회에 대한 비판정신이 상당한 정도로 작용한 것으로 보인다.

<月牙兒>는 가난 때문에 매춘부로 전락한 두 모녀의 비참한 삶을 그린 소설이다. 주인공인 '나'는 순진무구한 인물로 어머니가 걷고 있는 인생행로를 온몸으로 거부한다. 그녀는 자기 운명의 지배자가 되기를 원한다. 때문에 그녀는 결코 어머니처럼 매춘부가 될 생각이 추호도 없다.

---

17) "可是來遲了竝不就是來不及了." 我揷了一句.
"晚了就是來不及了. 我殺了自己."
"什麽?"
"我殺了我自己. 我命定的只能住在你心中, 生存在一首詩裏, 生死有什麽區別? 在打胎的時候我自己下了手. 有你在我左右, 我沒法子再笑. 不笑, 我怎麽掙錢? 只有一條路, 名字叫死. 你回來遲了, 我別再死遲了. 我再晚死一會兒, 我便連住在你心中的希望也沒有了." (Ibid., pp.562-563)

나는 어머니에 대해 더욱 의심이 생겼다. 내가 졸업하면 그것을 하
기를 기다리는 것은 아닌가.-----이렇게 생각하니까, 나는 때로는 감히
집에 돌아가지 못하고, 나는 어머니를 보기가 두렵다. 어머니가 때로
는 간식비를 주는데, 나는 쓰지를 않는다. 굶고 체조하러 갔더니, 자
주 까무러진다.----중략----나는 돈을 아껴야 한다. 만약 어머니가 하라
고 하면-----내 손안에 돈이 있다면, 나는 도망칠 수 있다.[18]

그녀는 아직 자기의 몸을 팔 생각이 없다. 뿐만 아니라 그녀는 남자
를 필요로 하지도 않는다. 필요한 것은 돈이기 때문에 성실히 일해서
살면 그 뿐이다. 그런데 당대의 사회는 그녀의 이상을 수용해주지 않는
다. 노동을 하면서 살아가려고 하나 사회는 그녀에게 정상적인 일거리
를 주지 않는다. 그것은 학교나 식당이나 다를 바 없다.

그녀는 학교를 졸업한 후 모교에서 사환으로 일한다. 그런데 그녀는
교장이 바뀌는 바람에 일터를 잃는다. 방법이 없어서 그녀는 다시 옛날
교장 선생님을 찾아간다. 그런데 새로 부임한 교장 조각이 파놓은 사랑
의 함정에 빠져든다. 그녀는 불륜의 관계를 피해 도망치지 않을 수 없
게 된다.

학교를 사직한 후 그녀는 식당에 취업한다. 이번에는 식당주인이 그
녀에게 매음을 강요한다. 모든 것은 돈 때문에 일어난다. 돈은 인간의
운명을 좌우한다. 또한 돈은 모든 죄악의 근원이다. 교장인 조각은 돈
으로 순진한 소녀인 주인공을 유혹하며, 식당주인은 더 많은 돈을 벌기
위해 그녀에게 매춘을 강요한다.

그녀는 일시적으로 그들의 유혹을 물리치지만 기아와 빈궁이 그것을
불가능하게 한다.[19] 그녀는 험난한 세상을 인식하게 되면서 점차 어머

---

18) 我更疑心媽媽了, 是不是等我畢業好去作-----這麼一想, 有時候我不敢回家, 我見
   媽媽. 媽媽有時候給我點心錢, 我不肯花, 我餓着肚子去上體操, 常常要暈過去----
   中略----可是我得省着錢, 萬一媽媽叫我去-----我可以, 假如我手中有錢. (Ibid.,
   p.581)
19) Ibid., p.591.

니를 이해하고 동정하게 된다. 그녀는 어머니가 궁지에 몰린 가족들의 생계를 위해 매춘부가 된 것처럼 자신도 기꺼이 어머니를 봉양하기 위해 매춘부의 길로 들어선다. 이는 그녀가 돈은 무정한 것이며 모녀이든 아니든 체면이 있든 없든 먹고 살기 위해서는 달리 길이 없다고 생각한 때문이다.[20]

老舍는 이 작품에서 도시빈민 가운데서도 가장 생존의 위협에 노출되어 있는 빈궁한 부녀자들이 어떻게 상품으로 전락하여 시장에 올려지게 되는가를 객관성 있게 제시하고 있다. 또한 그는 물신숭배사상에 침륜된 사회에서 인간이 어떻게 인간이 아닌 동물로 전락해 가는가에 대해서도 천착하고 있다.

<駱駝祥子>에서 老舍는 祥子가 좋아하고 인생의 동반자로 생각하는 小福子의 삶을 통해 하층민 여성의 비극적인 삶을 문제시하고 있다. 小福子는 大雜院에서 祥子와 함께 살면서 같이 인력거를 끄는 이강자의 딸이다. 그녀는 가난 때문에 군인의 첩으로 팔려간다. 그런데 인신매매가 당시에는 보편적이었던 듯하다. 얼굴이 반반한 아가씨들은 모두가 시장에 상품으로 출하된다.

> 마치 모든 가난하나 밉지 않은 아가씨들이 그런 것처럼--화초같이,
> 약간의 향기와 색깔만 있으면, 바로 시장에 내다가 팔아버린다.[21]

그런데 그녀는 군인에게 팔려갔다가 얼마되지 않아 버림을 받고 다시 大雜院으로 돌아온다. 집에는 고양이 같은 술주정꾼 아버지와 굶어서 쥐와 같은 두 동생이 그녀를 기다리고 있다. 이들의 참담한 모습을 보고 그녀는 자신의 비참한 현실에 한 없는 눈물을 흘린다.

---

20) Ibid., p.597.
21) 正如一切貧而不難看的姑娘-- 象花草似的, 只要稍微有点香氣或顔色, 就被人挑到市上去賣掉.(『老舍文集 第三卷』, 人民文學出版社, 1982, p.160)

그러나 눈물만 흘린다고 아버지를 설득할 수도 굶주린 동생들의 배를 채워줄 수도 없다는 사실을 인식한 그녀는 그들을 위해 기꺼이 몸을 팔게 된다. 비록 매춘부가 되었지만 祥子의 눈에는 여전히 그녀가 가장 예쁘고 아름답고 사랑스러운 여인으로 보인다.[22] 때문에 그는 애정없이 살던 아내가 죽자 그녀와 결혼할 결심을 하기에 이른다.

그런데 그녀는 가족들의 생계를 위해 그와의 결혼을 수용하지 못한다. 때문에 그는 그녀의 곁을 떠나고 만다. 이는 그가 그녀를 사랑하든 그렇지 않든 그는 가난한 사람이고 가난한 사람은 돈을 기준으로 모든 일을 결정해야 한다는 작가의 인생관의 반영이다.[23] 그의 떠남이 그녀의 인생에 있어서는 희망의 상실을 의미한다. 때문에 그녀는 자신의 비극적 삶을 더 이상 견디지 못하고 자살의 길을 택한다. 물론 그녀의 죽음은 상자에게도 비극의 원인이 된다. 그 역시 인생의 희망을 잃고 마는 것은 이 때문이다.

<柳家大院>은 老舍가 어린시절을 보낸 大雜院의 체험을 토대로 해서 쓴 소설이다. 大雜院은 北京의 하층민들이 모여사는 곳이다. 이 작품에서는 '우리'집과 張二집 그리고 老王이집 등 세 집이 이곳에서 함께 살고 있다. 우리집에는 점장이인 '나'와 인력거꾼인 아들이 산다. 장이집에는 장이와 아이들 셋이 산다. 노왕의 집에는 노왕이 석공인 아들 내외와 딸과 함께 산다.

이 작품에서 중심적인 인물은 王氏 며느리이다. 小王은 결혼하기 위해 빚을 내어 가난한 처가에 백원의 예장금을 주고 그녀를 데려온다. 그러니까 그녀는 돈에 팔려오다시피한 여인이다. 이로 말미암아 그녀는 시아버지와 남편 그리고 시누이로부터 갖은 수모와 학대를 받는다. 물론 그들의 가혹한 행위는 예장금에 대한 것 이상의 의미를 지닌다.

---

22) Ibid., pp.182-183.
23) Ibid., p.184.

　　며느리의 친정집에서 백원의 예장금을 받았다. 그들 부자가 둘이서
일년을 더 벌어도 이 빚을 갚을 수 없다. 때문에 늘 며느리한테 화풀
이를 한다. 그러나 며느리가 억울하기는 하지만 단지 이 돈 백원 때
문에 화를 내면 괜찮다. 그는 단지 이 돈 때문에 화를 내는 것은 아
니다. 그는 '문명'인을 배우고, 시아버지의 기풍을 따라 하려고 한 것
이다. 그의 마누라가 죽지 않았는가. 그는 시어머니가 며느리를 학대
하는 일도 스스로 맡았다.[24)]

　老王은 죽은 마누라의 시집살이까지 도맡아 한다. 그는 일터에 나갈
때도 딸을 시켜 며느리를 구박하게 한다. 小王은 집에 잘 오지 않기 때
문에 아내를 때리지 않을 수도 있다. 그러나 老王은 아들을 시켜 며느
리를 때리게 한다. 석공인 小王은 남보다 힘이 좋아 한번 때리면 남이
다섯번 때리는 것이나 마찬가지이다.

　그들은 철저히 봉건적인 사고방식에 물이 든 사람들이다. 그들은 남
자가 여자를 때리는 것은 당연하며, 시아버지가 며느리를 가르치는 것
이 당연하다는 생각을 가지고 있다. 또한 시누이가 올케에게 화를 내는
것도 당연한 일로 여긴다. 그녀는 자신의 비참한 현실을 견디다 못해
결국 자살하고 만다.

　老舍는 이 작품에서 또 다른 여성문제를 제기하고 있다. 그는 기생
문제와 마찬가지로 경제적인 문제가 여성을 철저히 파멸시킬 수 있다
는 점을 분명히 한다. 그는 '사람이 가난하면 의리도 없는 법이'라는
점과 '한 가마의 쌀 보다 가치가 없는' 그녀의 삶을 통해 그녀의 비극
적인 운명이 필연적인 것임을 보여준다. 경제적인 문제를 해결하지 못
하면 정신적인 문제도 해결할 수 없으며, 결국 죽음의 길을 택할 수밖

---

24) 小媳婦的娘家使了一百塊的彩禮. 他們爺兒兩大槪再有一年也還不淸這筆虧空, 所
　以老拿小媳婦泄氣. 可是要專爲這一百塊錢泄氣. 也倒罷了, 雖然小媳婦已經够寃
　枉的. 他不是專爲這点錢. 他是學'文明'人呢, 他要作足了公公的氣派. 他的老伴
　不是死了, 他想把婆婆給兒媳婦的折磨也由他承辦. (『老舍選集 第3卷』, 四川人民
　出版社, 1982, p.83)

에 없다는 것이 그의 기본적인 입장이다.

<離婚>은 풍자성이 짙은 작품이다. 이 소설에서 다루고 있는 가정은 모두 중산층 가정이다. 가족계획을 호소하면서도 자식을 일년에 하나씩 낳고 있는 張氏 집안과 공처가로 소문난 邱氏 집안 그리고 자유연애를 주장하는 馬氏 집안 등이 이 소설에 등장하는 가정이다.

이들 중산층 가정의 부인들은 만날 때마다 남편을 다스릴 방법에 대해 이야기 한다. 대학을 나왔고 당장 이혼을 해도 살아갈 능력을 어느 정도 갖춘 이들은 당시 여성들이 당한 사회적 불평등에 목청을 돋운다. 때문에 吳氏부인 方墩이 첩을 얻은 남편 吳氏의 일로 邱氏부인을 찾아와 그 원통함을 호소하자 邱氏부인은 그녀에게 이혼을 적극 권장한다.

> 邱氏부인은 이혼을 찬성한다. "우리는 자식이 없고, 남편이 의리가 없는데 하필 그를 따라 살아야 하는가!"
>
> 방돈이 고개를 흔들며 "말로는 쉽다. 이혼. 누가 밥을 먹여주는가?"
>
> "일거리를 찾아 일할 수 없는가? 나는 결혼하기 전에 시집갈 생각이 없었다. 결혼 후 모든 일의 결정권은 내가 가졌다. 남편이 내게 고개를 흔들면, 좋다. 당장 일터로 나가겠다고 한다. 공연히 화를 내는 것을, 받아들일 수 없지!"
>
> "그러나 당신은 능력이 있지만, 나는 능력이 없잖아!" 방돈이 눈물을 먹금고 말한다.25)

그런데 吳氏부인은 邱氏부인처럼 대학을 나오지도 않았고 생활이 넉넉한 편도 아니다. 또한 이혼을 한다고 해도 당장 생활능력이 없고 남

---

25) 邱太太贊成離婚. "我們沒兒沒女, 丈夫不講情理, 何必一定跟他呢!"
  方墩連頭帶脖子一致的搖了搖. "說着容易呢, 離婚. 吃誰去?"
  "難道我們就不會抄個事作? 我沒結婚的時候就不想出嫁. 及至結了婚, 事事得由我作主. 丈夫向我搖頭, 好, 馬上還去作事, 閑氣, 受不着!"
  "可是你有那個本事, 我沒有!" 方墩含着淚說. (『老舍文集 第二卷』, 人民文學出版社, 1981, p.278)

편이 경제적인 여유가 없어서 위자료를 받을 처지도 못된다. 게다가 그
녀는 아들마저 낳지 못한 여성이다. 때문에 그녀는 현실적인 어려움을
들어 이에 대해 회의적인 반응을 보인다.[26]

　吳氏부인은 봉건사상에 얽매여 있는 여성이다. 때문에 그녀는 이혼
의 문제로 심한 심적 갈등을 겪게 된다. 이에 반해 邱氏부인과 馬氏부
인은 체면 때문에 갈등을 겪는다. 邱氏부인은 신시대의 여성 인텔리로
능력이 있고 자신의 주장도 있어 보인다. 그런데 남편 邱氏가 기생과
놀아나자 그녀는 체면을 지키기 위해 '너무 지나치게 놀지 않는다면
나는 더 이상 따지지 않겠다'는 반응을 보인다.[27]

　이처럼 중산층 여성들은 가난을 면하고 여유있는 생활을 즐기고 있
기는 하지만 여전히 하층계급의 여성들과 마찬 가지로 삼종지도라는
구시대의 속박에서 벗어나지 못하고 있다. 그들은 대학에서 교육도 받
고 새로운 시대의 여성들의 역할에 대해서도 나름대로 소신을 가지고
있다. 그러나 사회는 그들의 이상과 꿈을 수용해주지 않는다. 때문에
그들은 정신적 갈등을 겪게 된다.

4. 그들간의 유사성과 차이점

　채만식과 老舍는 당대의 여성들이 겪고 있던 비극적인 삶을 상당한
양에 걸쳐 소설화하고 있다. 이들 소설들은 한국과 중국의 여성들의 삶
의 방식과 당대인들의 여성들에 대한 편견을 사실감있게 보여주고 있
다. 이를 통해 우리는 당시 양국의 문화적인 유사성과 이질성을 동시에
엿볼 수 있다.

　먼저 그들의 소설에 등장하는 하류층 여성들은 거의 대부분이 가난

---

26) Ibid., pp.278-279.
27) Ibid., p.362.

에 허덕이고 있다. 이들의 가난은 당대의 당대의 자본주의의 도래와 소자본집단의 붕괴라는 시대적 상황과 밀접한 관련이 있다. 이들은 모두 가난을 극복하기 위해 돈을 추구하다가 불행에 빠지고 만다.

또한, 자산층에 속하는 여성들은 교육을 받고 스스로 생활능력도 있다고 자부한다. 그러나 이들은 여전히 인습의 굴레를 벗어나지 못한다. 인습을 탈피하기 위해 가정을 뛰어나온 여성들도 현실사회에 뛰어들어 생활능력을 거의 거세당한채 무기력한 모습을 보여준다. 이는 아직 당대의 사회가 그들의 혁명적인 행동을 수용해주지 못한 때문이다.

그리고 그들의 소설에 등장하는 여성들은 모두가 혼인의 자유를 박탈당하고 있다. 이들은 전통적인 윤리관에 입각하여 중매나 부모의 의사에 따라 결혼을 하여 불행에 빠지기도 하고 부모에게 효도하기 위해 스스로 타락의 길을 걷기도 한다. 이들은 시부모나 남편에 대한 복종 인고의 인습 등에 익숙한 여성들이다.

다음으로 불행에 빠진 여성들은 한결같이 순진하고 선량하고 미모를 갖춘 여성들이다. 이들의 비참한 삶에 작가는 연민과 동정의 시선을 보내고 있다. 심지어 이들이 죽은 뒤의 모습까지도 추하지 않게 그리고 있다. 이는 채만식과 老舍가 인도주의에 바탕을 두고 이들의 리얼하게 그린 때문으로 사료된다.

이와 달리 그들의 소설에 등장하는 여성들의 소속계층에 있어서 차이가 드러난다. 채만식은 상류계층에서 농촌여성에 이르기까지 다양한 계층의 여성을 소설에 등장시키고 있다. 반면에 老舍는 주로 도시의 중하층 여성으로 그 범위를 한정하고 있다. 특히 老舍의 소설에서 농촌여성은 전혀 찾아볼 수 없다.

또한, 그들은 가난을 극복하는 방법이나 양상에 있어서 현저한 차이를 보여준다. 채만식의 소설에 등장하는 여인들은 의지가 강하여 비극적인 현실에 처해서도 자신의 삶을 쉽게 포기하지 않는다. 반면에 老舍의 소설에 등장하는 여인들은 지식인 여성들이 많으며 안이한 생활에 젖어 강한 삶의 의지를 보여주지 못하고 쉽게 자기의 희망을 포기할 뿐 아니라 밑바닥 생활에 빠져들어 불행해지고 만다.

그리고 채만식은 아무리 비참한 처지에 있는 여성이더라도 마지막 출구를 열어두고 있다. 반면에 老舍는 그 출구를 봉쇄하고 한결같이 죽음으로서 주인공의 삶을 끝맺고 있다. 이에 대해 老舍는 '自序'에서 스스로 '나는 이런 여인들을 위해 출구를 찾아주지 못했다'고 밝히고 있다.

다음으로 채만식의 소설에 등장하는 중산층 여성들은 자신들의 내적 갈등을 적극적이고 구체적인 행동을 통해 보여주고 있다. <인형의 집을 나와서>의 임노라가 그 대표적인 예이다. 반면에 老舍의 여주인공들은 자신의 생각을 행동으로 옮기지 못하고 소극적인 태도를 보여준다. 이는 중국인들의 나약하고 비겁하고 타협적인 민족적 기질의[28] 일면을 보여준 것이다.

마지막으로 채만식은 시대의식에 투철하여 식민지 치하의 사회현실을 보다 더 확실히 반영하고 있다. 때문에 채만식은 여성들의 비극이 기존의 인습 못지 않게 제국주의의 남성우위정책과 어느 정도 관련이 있음을 암시하고 있다. 반면에 老舍는 시대의식이 다소 약하여 현실세계를 다소 불확실하게 반영하고 있다.

5. 결 론

본고는 한국과 중국의 민족문학을 토대로 하여 동양문학의 공통성을 추출하기 위해 상호간에 영향이나 교류가 없으면서도 공통성을 지닌 30년대의 대표적인 작가인 채만식과 老舍의 작품을 검토한 것이다. 필

---

28) 『老舍硏究論文集 下』, 山東人民, 1983, p.741.

자는 그들을 비교 연구하면서 종전의 영향관계를 따지던 비교문학 연구방법으로는 소기의 목적을 달성하기가 어렵다고 판단하고 주제연구방법을 원용하여 공통된 모티프를 집중적으로 분석했다. 본고에서 논의된 내용을 요약하면 다음과 같다.

채만식과 老舍는 하층 여성을 통하여 전통적 가치관을 지닌 여성의 비극적인 삶을 제시하는 한편 중산층 여성들을 통하여 새로운 시대에 여성들의 사고방식이 어떻게 변화하고 있으며 그것이 당대의 전통적 보수주의에 의해 어떻게 좌절되는가를 사실감 있게 제시하고 있다. 이러한 내용의 소설로는 채만식의 <탁류> <얼어죽은 모나리자> <생명> <명일> <정자나무에 있는 삽화> <여자의 일생> <인형의 집을 나와서> 등과 老舍의 <微神> <月牙兒> <駱駝祥子> <柳家大院> <離婚> 등이 있다.

이들 소설에 등장하는 하류층 여성들은 대부분이 가난에 허덕이고 있으며, 자산층에 속하는 여성들은 교육을 받고 스스로 생활능력도 있다고 자부한다. 그러나 이들도 여전히 인습의 굴레를 벗어나지 못한다. 또한 이들은 모두 혼인의 자유를 박탈당하고 있다. 그리고 불행에 빠진 여성들은 한결같이 순진하고 선량하고 미모를 갖춘 여성들이다. 이들의 비참한 삶에 작가는 연민과 동정의 시선을 보내고 있다.

그런데 두 작가의 소설에 등장하는 여성들의 소속계층이나 가난을 극복하는 방법에 있어서 현저한 차이를 보여준다. 또한 채만식의 여주인공들은 비참한 처지에서도 마지막 출구가 열려 있는데 반해서 老舍는 그 출구를 봉쇄하고 한결같이 죽음으로써 주인공의 삶을 끝맺고 있다. 그리고 채만식의 자산층여성들은 자신들의 내적 갈등을 적극적이고 구체적인 행동을 통해 보여주고 있다. 반면에 老舍의 여주인공들은 자신의 생각을 행동으로 옮기지 못하고 소극적인 태도를 보여준다.

이상에서 살펴본 바와 같이 채만식과 老舍는 서로 영향이나 교류가 없으면서도 공통된 모티프를 소설화하면서 독특한 서술방식을 구사했

다. 이들은 전통적인 장르의 수용을 통해서 당대의 상황을 완곡하게 고
발하고 비판하면서 동시에 리얼리티를 확보하려는 의욕을 공통적으로
보여주었다.

참고문헌

김윤식·김 현, 『한국문학사』, 민음사, 1973.

_____, 『한국근대문학양식논고』, 아세아문화사, 1980.

백 철, 『신문학사조사』, 신구문화사, 1980.

송현호, 『한국현대소설의 이해』, 민지사, 1992

신동욱, 『한국현대문학론』, 박영사, 1972.

우한용, 『한국현대소설구조연구』, 삼지원, 1990.

이재선, 『한국현대소설사』, 홍성사, 1979..

이혜순, 『비교문학 1』, 과학정보사, 1986.

조남현, 『한국현대소설연구』, 민음사, 1987.

조동일 외, 『한국현대소설작품론』, 문장, 1987.

_____, 『한국문학과 세계문학』, 지식산업사, 1991.

佟家桓, 『老舍小說研究』, 寧夏人民出版社, 1983.9.

舒 濟, 『中國現代作家選集-老舍』, 香港三聯書店, 1988.

____, 『駱玉笙和 的京韻大鼓』, 黑龍江人民出版社, 1984.

宋永毅, 『老舍與中國文化觀念』, 上海 : 學林出版社, 1988.7.

吳懷斌 外, 『老舍硏究資料』, 北京 ; 十月文藝, 1985.

王 瑤, 『中國新文學史稿』, 新文藝出版社, 1954.

王惠雲 外, 『老舍評傳』, 花山文藝出版社, 1985.

劉綬松, 『中國新文學史草稿』, 北京 ; 人民文學, 1982.

李 耘, 『老舍在北京的足跡』, 北京燕山, 1986.

李輝英, 『中國現代文學史』, 香港文學硏究社, 1982.

張大明, 『三十年代文學札記』, 天津人民, 1986.

鄭 篤, 『中國俗文學史(上.下)』, 臺灣商務引書館, 1986.

趙 聰, 『五四文壇泥爪』, 時報出版公司, 1983.

陳敬之, 『中國新文學的誕生』, 臺北 ; 成文出版社, 1980.

_____, 『三十年代文壇與左翼作家聯盟』, 臺北 ; 成文出版社, 1980.

胡金銓, 『老舍和他的作品』, 香港文化生活出版社, 1977.

Block,Haskell," The Concept of Influence in Comparative Literature", *Yearbook of Comparative and General Literature 7*, 1958.

Booth,Wayne c., *The Rhetoric of Fiction*, The Univ. of Chicago Press, 1970.

Hauser,A., *The Social History of Art 4*, Routeledge, 1962.

Scholes, R.,and R.Kellogg, *The Nature of Narrative*, Oxford Univ.Press, 1979.

Watt,Ian, *The Rise of the Novel*, Berkley & los Angels;Univ. of California, 1974.

Weisstein, Ulrich, *Comparative Literature and Literary Theory : Survey and Introduction*, Bloomington : Indiana Univ.Press, 1973.

Wellek, R. & A. Warren, *Theory of Literature*, 臺北 : 雙葉書店, 1978.

郁達夫와 김동인 소설의 여성문제

1. 서론

郁達夫와 김동인은 1920, 30년대의 중국과 한국에서 왕성한 작품 활동을 한 작가들이다. 때문에 그들에 대한 평가는 당대로부터 오늘에 이르기까지 계속되어 왔다. 이제 지식인 작가로서의 그들의 면모에 대한 논의는 거의 완결된 것 같다. 그러나 그들의 형식적 리얼리즘에 대한 접근은 아직도 논란의 여지가 다분하다. 그것은 논자들이 다분히 심정적이고 표층적인 접근으로 일관한 때문이다.

두 작가는 과도기를 살다간 보수적 지식인들이다. 유교적 세계관에 충실한 가정에서 성장했지만, 신식 교육을 받고 근대적 삶을 추구한 사람들이다. 그럼에도 그들은 가정에서 전근대적인 남성상을 구현하려고 노력한 사람들이다. 그러한 사실은 그들의 작품에 잘 나타나 있다. 그들은 자신들의 생활에 영향을 끼친 여성들을 대상으로 특정한 상황에 처한 특정한 개인의 삶을 사실적으로 보여주고 있다. 그들의 소설에 등장하는 여성들이 우리의 주목을 끄는 것은 그 때문이다.

그런데 그들은 직접 교류한 적이 없고, 서로간에 영향을 주고 받은 적이 없다. 그럼에도 그들의 작품에 등장하는 여성들의 삶은 아주 유사하다. 그 원인은 그들의 성장 배경과 지적 체험 그리고 당대의 과도기적 특성에 기인한 바 크다. 그러나 보다 더 근본적인 것은 유사한 근대화 과정을 체험한 중국과 한국 여성들의 삶을 그리는 과정에서 그러한 경향이 노정된 것으로 보인다.

지금까지 郁達夫와 김동인의 소설에 나타난 여성의 문제나 여성주의를 비교, 검토한 논문은 전혀 없지만, 개별적인 논문은 적지 않다. 그 가운데 郁達夫에 대해서는 余鳳高29), 彭守恭30), 陳國思31), 許子東32), 陳敬之33) 등의 논문이, 김동인에 대해서는 김윤식34), 김우종35), 송명희36) 등의 논저가 주목할 만하다. 그들의 작품에 나타나는 특정한 상황과 개성화된 특정한 인물에 대하여 주목한 논자는 거의 없다.

특수성은 형식적 리얼리즘의 주요한 특성이다.37) 때문에 그들을 형식주의 소설론과 떼어서 생각하는 것은 어려움이 많다. 이에 필자는 그들이 형식주의 소설론을 어떻게 수용했으며, 그것이 작품에서 어떻게 구현되고 있는가를 살펴보고자 한다. 그 일환으로 본고에서는 그 범위를 좁혀서 그들의 소설론에 나타난 형식주의적 경향을 살펴보고, 그것이 여성 문제를 다룬 소설에서 어떻게 구현되고 있는가를 살펴보고자

---

29) 「郁達夫對心理分析的彷徨」, 『中國現代, 當代文學研究』, 中國人民大學書報資料中心, 1986.7, pp.191-198
30) 「郁達夫小說的心理描寫」, 『中國現代, 當代文學研究』, 中國人民大學書報資料中心, 1986. 7, pp.191-198
31) 「從蘇曼殊到郁達夫」, 『中國現代, 當代文學研究』, 中國人民大學書報資料中心, 1988.3, pp.225-230
32) 「郁達夫與日本」, 『中國現代, 當代文學研究』, 中國人民大學書報資料中心, 1981.7, pp.59-66
33) 「郁達夫」, 『文學研究會與對創造社』, 成文出版社, 1980, pp.173-179
34) 『金東仁研究』, 民音社, 1987, pp.15-206
35) 『金東仁研究』, 새문社, 1982, pp.Ⅲ3-Ⅲ8
36) 『文學과 性의 이데올로기』, 새미, 1994, pp.291-335
37) Ian Watt, *The Rise of the Novel*, pp.32-35

한다.

2. 형식주의 소설론의 수용과 근대소설의 정착

郁達夫와 金東仁은 문학을 계급 투쟁의 수단으로 이용하거나 계급 사상을 주지시키기보다는 특정한 상황에 놓인 당대의 다양한 사람들의 이야기를 소설적으로 형상화한 사람들이다. 그들은 당대의 주요한 문학적 흐름인 반봉건, 반제국주의적 경향에 일정한 거리를 유지하고 당대의 현안을 예술적으로 형상화하는데 치중했다. 그것은 그들의 생리와 투철한 문학관에 기인한다.

郁達夫는 전공이 정치, 경제였지만 문학에 심취하여 졸업할 때까지 동서고금의 문학 서적을 통독하여 '움직이는 독서목록'으로 불렸다. 유학 중 일본 여성에게 관심을 가졌으나 일본인으로부터 멸시만 당하여 상처를 입었다. 유학 후 귀국하여 곽말약, 성방오 등과 함께 창작사를 창립하고 예술을 위한 예술을 부르짖었다. 분명 그의 열정은 사회, 정치, 경제 등에 있지 않고 바로 문학의 예술성에 있었다.

郁達夫는 서양의 낭만주의와 일본의 사소설이 전통을 부정하고 자아를 숭상하던 시기에 일본 유학을 하였다. '개성주의 정신'을 주장하는 문학적 분위기는 시인의 기질을 지니고 자연에 심취해있던 그의 문학 취미에 꼭 맞아 떨어졌다. 때문에 그는 그러한 문학적 분위기에 심취하여 다음과 같은 주장을 하게 된다.

> 문학 작품은 모두가 작가의 자서전이다. …… 작가의 개성은 항상 그의 작품속에 보류하고 있어야 당연하다. 작가가 이렇게 강한 개성을 갖게 된 바에 스스로 수양할 수 있다면 그는 성공할 것이다. 수양이란 무엇인가? 곧 자신의 체험이다. … 작가의 생활이 그의 예술과 꼭 껴안고 있어야 한다고 생각한다. 작품속에서의 Individuality를 결코 상실할 수 없다.

그의 작품이 1인칭 서술 방식을 취하고 있는 것은 이에 연유한다. 일인칭에 대한 그의 선호는 지나칠 정도인데, 간혹 그의 작품에서 '나'는 곧 작가 자신이며, 소설의 내용은 그 자신의 체험인 경우도 없지 않다. 그가 소설을 쓰기 시작한 것은 일본 유학 이후의 일이다. 당시의 국내 정세는 혼란스러웠고, 자신의 지식인으로서의 무기력함에 대한 자각은 자연스럽게 <沈淪>을 창작하도록 했다.

> 침륜을 쓸 때 감정적으로 하나도 억지로 하지 않았다. 다만 무슨 기교니 기교 아니니, 상관하지 않고 마치 사람이 아픔을 느낄 때 울부짖는 소리가 낮은 소리인지 높은 소리인지? 옆에서 치고 있는 악기의 소리와 화음되는지 않되는지 신경을 쓸 결이 있겠는가?

여기에 그의 미학이 숨겨져 있다. 그는 '자연스러움'과 '진실'을 추구하였다. 그는 창작을 할 때 진지하고 성의가 있어야 한다고 했다. 「小說論」에서 '예술은 진실성과 아름다움을 추구해야 하며, 그 논리적 가치를 선악(선을 행할 것을 권하는 책)과 비교할 수는 없다고 했다. 그는 창조사에 가입하여 '예술을 위한 예술'을 내세워 예술지상론을 주장한다. 그는 「예술과 국가론」에서 다음과 같이 주장하고 있다.

> 예술에서 추구하는 것은 형식과 정신적 미이다. 나는 비록 유미주의자처럼 그렇게 극단적이지는 않지만, 미적 추구가 예술적 핵심임을 인정한다. 우리는 예술로부터 미적 도취를 얻을 수 있다. 우리를 세상의 고통으로부터 잠시나마 열반의 세계로 구해낼 수 있으며, 우리로 하여금 삶을 누릴 수 있게 한다.

예술은 무엇보다도 먼저 예술다워야 한다고 하면서, '목적 소설(또는 선전 소설)의 예술성은 언제나 발을 깎아 신을 맞춘 폐해을 면할 수 없다'고 비판하고 99%로 예술적 가치가 없다고 했다. 따라서 그는 문학의 예술성을 높일 수 있는 소설의 기법에 많은 관심을 갖게 된다.

김동인의 열정은 역사, 정치, 경제에 있지 않고 순수 문학에 있었다. 그는 그것을 참예술이라고 불렀다. 그것은 톨스토이에게서 배운 것이었다. 톨스토이의 소설에 나타나는 장면묘사도 유례없이 훌륭한 참예술이었던 탓이다. <약한자의 슬픔>은 <부활>의 영향, 그러나 톨스토이가 참회라는 보편적 주제를 주제로 설정하고 있다면, 동인은 약한자를 억누르는 사회적 제도(재판제도, 법률 등)를 고발함에 있다.[38]

따라서 그는 郁達夫와 마찬가지로 문학의 도구화를 철저히 부정하고, 예술을 위한 예술을 주장한 예술지상주의자이다. 그가 하고자 한 것은 문학 그 자체였다. 그는 제도적 장치로서 순문학을 추구했다.[39] 적어도 초창기에는 그의 의식속에 민족 의식이나 계몽이라는 용어는 끼어들 틈이 없었다.

> 춘원은 문학을 일종의 사회개혁의 무기로 썼다. 理想 건설의 선전 기관으로 썼다. 그 태도 내지를 주의를 우리는 옳다 보지 않은 것이다.
>
> 勸善懲惡을 목적으로 한 소설을 용납할 관대성을 못가진 것과 같은 의미로 사회 개혁을 목표로 한 소설도 용납할 수가 없었다. 문학은 오직 문학을 위한 문학이 존재할 뿐이지, 다른 목적을 가진 것은 문학을 인정하지 못한다는 것이 우리의 주장이었다. ---중략--- 문학은 인생에게 즐거움을 주기만 하면 그것으로 문학적 사명은 다 한 것이지, 그 밖의 그 이상의 다른 것을 바라는 것은 바라는 사람의 망발이다. --- 중략 --- 다만 문학이 우리에게 줄 즐거움이란 것은 卑俗치 않고 건전하여야 할 것이며 優雅한 情緒를 길러줄 고상한 것이어야 한다. 이것이 보통 저속한 다른 오락물과 다른 문학의 자랑이요,문학이 존재한 所以다.[40]

---

38) 김윤식,『김동인연구』, 민음사, 1987, p.173
39) Ibid., p.59

소설을 예술로 인식한 그는 순문학을 실천하기 위하여 소설의 기법과 형식에 깊은 관심을 보여준다. 그는 <약한자의 슬픔>을 쓰면서 지금까지의 소설과는 다른 描寫法과 作法을 구사한 작품이라고 강조했다.41) 그러한 주장의 근거는 「소설에 대한 조선 사람들의 사상을」과 「자기의 창조한 세계」를 살펴보면 확연해진다. 「소설에 대한 조선 사람들의 사상을」은 <약한자의 슬픔>을 발표하기 한달 전에 ≪學之光≫에 발표한 소설론이며, 「자기의 창조한 세계」는 일년 후 ≪創造≫에 발표한 소설론이다. 여기에서 그는 소설을 예술로 보아야 한다고 주장하면서 새로운 描寫法과 作法을 강조했다. 이러한 주장은 「小說作法」에서 원론의 형식으로 제시되고 「朝鮮近代小說考」에서 실천비평의 형식으로 응용되고 있다.

描寫法은 비록 文體와 같은 개념으로 사용되고 있기는 하지만, 엄밀히 살펴보면 視點에 대한 논의라고 할 수 있다. 作法은 構想과 같은 개념이기는 하지만, 재료, 사건, 성격, 분위기 등으로 나누어서 설명하고 있는 것으로 보아 소설 기법에 대한 논의라고 할 수 있다. 따라서 그의 논의는 형식적 리얼리즘의 시각에서 플롯, 인물, 시점, 배경 등으로 나누어서 살펴볼 수 있다.

첫째, 그는 「小說作法」에서 사건을 '이야기의 가음'(plot)과 동일시하면서 이광수의 <無情>을 예로 들어 소설에서 플롯이 필수불가결한 요소라고 주장한다.42) 이러한 생각은 「朝鮮近代小說考」에 이르면 독창적 플롯에 대한 인식으로까지 발전한다. 이 글에서 그는 <鬼의 聲>이 현실 생활에서 찾아볼 수 있는 개인적 체험을 토대로 플롯을 취하고 있

---

40) 金東仁, [文壇三十年의 자취], ≪全集≫ 十卷, pp.316f.
41) '아직까지 세상에 있는 모든 이야기 - 리얼리즘 로맨티시즘 심볼리즘들의 이야기 - 와는 묘사법과 작법'이 다른 작품이라고 했다.('남은 말', ≪창조≫ 창간호, 1919.2)
42) ≪朝鮮文壇≫ 第九號, 1925.6, p.76

다고 높게 평가했다.[43]

둘째, 그는 「小說作法」에서 훌륭한 플롯을 지닌 많은 작품들이 짧은 생명을 지닌 것은 성격 창조에 실패한 때문이라고 하면서, '작품속에서 활약하는 인물들도 어떤 성격과 인격을 지닌 유기체'이기에 '그 작품내에 활약하는 인물의 의지에 따라야'한다고 했다.[44] 이러한 생각은 「朝鮮近代小說考」에서 좀더 발전되어 나타난다. 그는 근대 이전의 소설이 주로 유형적 인물을 즐겨 설정했던데 반하여 이인직이 개성적 인물을 설정하고 있어서 좋은 작품이라고 했다.[45]

셋째, 그는 「小說作法」에서 '역사가 인생의 사진이고 소설이 인생의 繪畵'라고 하면서 플롯과 인물만으로는 '한 전기나 인물의 事業錄'에 지나지 않기에 소설에서는 그 전체를 포용할 분위기가 반드시 필요하다고 했다. 그러한 시각에서 그는 이인직의 소설을 높이 평가하고 배경소설이라 명명했다.

넷째, 그는 「小說作法」에서 소설의 시점을 一元描寫A形式, 一元描寫B形式, 多元描寫體, 純客觀的描寫體로 분류하여 설명하고 있다.[46] 一元描寫A形式은 1인칭 주인공 시점과 유사하나, 주인공이 '나'가 아니고 3인칭인 K나 A라는 점에서 그와 차이가 있다. 一元描寫B形式은 전체적 틀은 A形式과 유사하나, 장이나 절에 따라 주인공을 바꾸어가면서 쓰는 형식이다. 多元描寫體는 전지적 작가 시점과 유사하다. 純客觀的描寫體는 작가 관찰자 시점과 유사하다.

郁達夫와 金東仁의 소설론은 형식주의에 토대를 두고 있으며, 다분히 기법 중심의 소설론이다. 따라서 그들이 예술을 위한 예술을 주장하고 소설의 형식미에 관심을 가진 것은 당연한 일이다. 때문에 그들은

---

43) ≪朝鮮日報≫, 1929.7.29
44) ≪朝鮮文壇≫ 第九號, 1925.6, p.81
45) ≪朝鮮日報≫, 1929.7.29
46) ≪朝鮮文壇≫ 第十號, 1925.7, p.71

특정한 상황에 처한 다양한 여성의 문제를 소설화하면서 기존의 삼각
연애라는 통속적 사건의 처리에서 한발 더 나아가 예술적 승화를 할
수 있었다.

3. 여성들의 다양한 삶

1) 전통적 여성의 항거와 그들의 비극적 삶

　郁達夫와 金東仁은 유교적 세계관에 충실한 가정에서 성장했으나,
신식 교육을 받고 근대적 삶을 추구한 사람들이다. 그들은 이상적 여성
을 추구하면서도 가정에서는 여전히 전근대적인 남성상을 구현하려는
모순된 태도를 보였다. 때문에 생활 능력이 없는 그들의 여인들은 비참
한 삶을 영위할 수밖에 없었다. 부단히 학대받으면서 인고의 세월을 살
지 않으면 안 되었다. 두 작가는 자신들의 가정적 체험을 바탕으로 그
러한 전통적 여인들의 인고의 삶과 한의 응어리를 동양적 전통 사상
속에서 조명하고 있다. 郁達夫의 <蔦蘿行>(1923), 김동인의 <배따라기
>(1921), <무능자의 아내>(1930) 등이 그 대표적인 작품들이다.
　여기에 등장하는 여성들은 근대라는 시간적 배경 위에 자리잡고 있
는만큼 고전 소설의 여인들과는 사뭇 다르다. 고전 소설은 여인들을 긍
정적인 여인과 부정적인 여인으로 유형화할 수 있다. 반면에 여기에 등
장하는 여인들은 개성화된 실체로 설정되고 있다. 근대화의 과정에서
나타나는 전통적 여인들의 삶이 비교적 사실적으로 형상화되고 있는
것이다.
　<蔦蘿行>은 일인칭 화자가 아내에게 고백하는 형식의 소설이다. 아
내는 전통적인 여성이다. 그녀는 신식 교육을 받은 바도 없고, 생활 능
력도 없는 여성이다. 그녀는 화자가 17세 때 애정도 없이 강요를 받아

결혼을 했다. 그녀는 궁핍한 벽촌에서 자라 어릴 적부터 학교도 다녀보
지 못하고, 대도시의 공기도 마셔보지 못했다. 한쌍의 전족(纏足), 서당
에서 읽어본 <열녀전> <여사서> 등 헌책들을 들고 화자의 집에 들어왔
다. 여인으로서 애교를 어떻게 부리는지, 유행에 따른 옷을 어떻게 만
드는지 모르면서 단지 온순함으로 인생의 규범을 삼아왔다.47)

결혼을 하고 얼마 지나지 않아 화자는 일본으로 유학을 떠나 몇 년
동안 귀국하지 않았다. 그녀는 여필종부의 사고방식에 길들여져, 묵묵
히 남편을 기다리기만 했다. 남편은 학위를 받고서야 귀국했지만, 일자
리를 구하지 못하여 고향에 돌아오는 일을 질질 끌기만 했다. 시어머니
는 남편이 귀가하지 않는 것을 그녀의 탓으로 돌려 화풀이의 대상으로
삼는다. 그러나 그녀는 솟구치는 울분을 참을뿐 반항하거나 불만을 토
로하지 않는다.

귀가한 화자가 본 아내의 모습은 '재작년에 말라리아에 걸렸을 때보
다 더 야위었다. 발뒤꿈치부터 무릎까지 직선이 되었다.'48) 그러한 황
량한 모습을 보고 화자는 '유순한 성질이 아내를 일생동안 고생하게
하는 근원'이며, '아내가 반항하지 못한 것은 연약과 무능 때문'이라고
생각한다. 그러나 화자는 남편으로서의 의무를 수행하기 위하여 임신
중인 아내를 데리고 고향을 떠나 새로운 살림을 시작한다. 화자가 일자
리를 찾지 못해서 생활은 날로 어려워진다. 화자는 생활난의 모든 책임
이 자신에게만 있지는 않고 아내가 자립 자생하지 못한데도 잘못이 있
다고 생각하고 아내를 구박한다.49)

설사 남편이 일자리를 구해서 생활난이 풀렸다고 하더라도 상황은
달라지지 않았을 것이다. 그녀는 남편에 비해 너무 뒤떨어진 사고 방식
을 지니고 있었기 때문이다. 성격이 연약하여 생활 능력도 없고 이혼을

47) 『郁達夫小說全編』, 浙江文藝出版社, 1989, p.214
48) Ibid., p.222
49) Ibid., p.218

할 용기도 없다. 갈수록 난폭해진 남편에게 대응하는 방법이 고작 자살을 하는 것 뿐이다. 그러나 자살에 실패하고 갈 곳이 없게 된 그녀는 갓난아이를 안고 시골 시집으로 돌아온다. 따라서 그녀의 비극은 숙명적인 것이었다.

<배따라기>는 1921년 5월 《창조》에 발표된 단편소설이다. 이 소설은 낭만주의적이고 유미주의적인 경향이 어느 정도 드러나 있다. 김동인은 소설을 예술로서 보자고 하면서 인형조종술을 내세운 바 있는데, 그의 입장이 이 작품에 잘 나타나 있다. 작가는 등장 인물들의 운명을 자신이 의도하는 바대로 이끌어 가고 있다.

이 작품에 등장하는 여인은 뱃사공이 되어 아우를 찾아 다니는 '그'라는 사람의 아내와 아우의 아내이다. 두 사람 가운데서 그의 아내가 이 작품의 중심부에 놓여 있다. 그녀는 마을에서 가장 예쁘고 천진스럽고 쾌활하고 애교가 많았다. 마을 사람들은 그녀와 같이 있는 것만으로도 행복을 느낄 정도였다.

반면에 그녀의 남편은 아내를 끔찍히 사랑하고 있지만, 항상 아내와 아우에게 열등 의식을 가지고 있다. 때문에 아내를 의심하며, 그때 마다 아내에게 폭력을 휘두른다. 물론 그녀와 아우 사이에는 오해를 불러 일으킬만한 요인이 다분하다. 생일에 남편의 경고에도 불구하고 시동생에게 생일 음식을 가져다 주고[50], 시동생이 외박을 하자 손아래 동서보다 더 안절부절 못한다.[51] 남편이 시장에 간 사이에 옆집에서 가져온 떡을 시동생과 먹기도 한다.[52] 이러한 그녀의 태도는 근친상간의 오해를 불러 일으키기에 충분했다.

남편이 폭력을 행사할 때 그녀는 적극적으로 대항하지 못하고 자리를 피하거나 그냥 매를 맞는다. 그리고 남편이 화해하는 의미로 사다주

---

50) 『金東仁全集』 5卷, 三中堂, 1976, p.124
51) Ibid., p.125
52) Ibid., p.126

는 엿이나 떡을 받아들고 행복한 미소를 짓는다. 인종을 미덕으로 삼고 살아가는 한 그녀는 남편의 폭력으로부터 자유로울 수 없다. 그러한 태도는 생활 능력 없이 남편에 의지해서 살아가는 데 기인한다. 자립심 없고 남편의 폭력에 저항하지 못한 그녀는 결국 바다에 뛰어들어 자살하고 만다.

<무능자의 아내>는 작가가 자신과 자기 처를 모델로 하여, 당대 지식인의 삶과 자아를 실현하려고 현실에 도전한 여인의 비극적 삶을 그린 소설이다. <배따라기>보다 9년 뒤에 발표한 작품으로, <배따라기>의 '그녀'와 많은 점에서 다른 여인을 주인공으로 설정했다. 영숙은 자신의 진정한 삶의 가치를 찾기 위하여 기존의 질서를 거부하고 새로운 질서를 만들고자 노력한다. 그러나 그것이 얼마나 험난한 길인가를 이 작품은 잘 보여주고 있다.

영숙은 신식 교육을 받지 못한 가정 주부이다. 그녀는 방탕한 남편, 방종한 남편, 무능자, 정도 이상의 호의와 희생을 요구하는 남편, 아내의 무지를 저주하면서도 자기의 무지를 자각하지 못하는 남편을 위하여 6, 7년의 희생을 해왔다.[53] 그녀는 현실에 순응하면서 정상적으로 살아가는 사람, 생활 능력을 지닌 사람, 좋은 작품을 많이 쓸 수 있는 사람, 건전한 사고를 가지고 건전하게 살아갈 수 있는 사람을 이상적 남성상으로 생각한다.

그녀는 지금까지 무능자인 남편을 위하여 온갖 고생을 하고 모진 희생을 감수한 데 거부감을 느끼고, 앞으로도 그런 지옥같은 생활을 계속하지 않으면 안될 자신의 운명에 회의를 느낀다. 따라서 그녀가 노예적 삶에서 벗어나서 자유로운 개인으로 새롭게 태어나기 위해서는 가출이 불가피하다. 그러한 인식에 따라 오랜 동안 계획해왔던 평양의 탈출을 시도한다.

---

53) Ibid., p.342

그녀는 딸 옥순을 데리고 기차에 몸을 싣고 서울로 향한다. 그녀가 맨 처음 찾은 곳은 은실의 집이다. 은실의 남편은 그녀의 남편과 친구 사이이다. 그녀의 결심은 철저하지 못하였다. 남편이 자기를 데려가 주기를 기대하고 친구의 집을 찾아들었지만, 한 주일이 지나도록 남편에게서는 소식이 없다. 그녀의 기대는 무너진다. 그녀는 절망하면서 부산을 거쳐 동경으로 건너간다. 그때 남편이 동경에 나타나 딸만 데리고 귀국한다. 그녀는 눈물로 시간을 보내다가 남편이 귀국한지 일 주일 뒤에 홀로 쓸쓸히 귀국하여 남편과 이혼을 한다.

그녀는 자기의 자아를 신장할만한 어떤 일도 하지 못한채 여성 해방을 부르짖는다. 자기와 생각을 같이 하는 여성들과 모여 그룹을 형성하며 제비들과 놀아난다. 그녀는 일본에서 새로운 지식을 습득하여 자립할 수 있는 능력을 키워온 것이 아니라 근대화의 허상만 보고 돌아왔던 것이다. 그때 남편은 서서히 문단에 두각을 나타낸다. 이제 더 이상 그녀에게 희망은 없는 셈이다. 그녀는 제비와 재혼하지만 몰락의 길로 들어서고 만다. 그녀뿐만 아니라 그룹원들 모두가 몰락의 길을 걷게 된다.[54] 그녀는 자기의 생활에 불안을 느끼며, 비극적 종말을 맞는다. 조선의 노라가 전통적 도덕률을 탈피하여 존재할 수 있는 길은 어디에도 없었던 것이다.

郁達夫와 金東仁의 소설에 등장하는 여성들은 동양적 윤리에 길들여지고 그러한 전통속에서 성장한 사람들이다. 그들은 남성들의 부당한 횡포로 비극적 삶을 살아가고 있다. 그런데 그들은 극한 상황에 처하여 전혀 다른 태도를 보여준다. 郁達夫의 여성들은 어떤 고난에도 인종의 태도를 견지하고 있으며, 자살을 시도했다가 실패하여 시댁으로 복귀하고 있다. 반면에 김동인의 여성들은 인종을 미덕으로 알고 살아왔지만, 극한 상황에 처하여 자살을 하거나 가출하여 새로운 삶을 찾고 있다.

---

54) Ibid., p.352

2) 훼손된 세계와 하층민 여성들의 비극적 삶

1920년대 중국에서는 군벌의 권리 싸움과 국민당과 공산당의 대치 그리고 일본 제국주의의 이간질 등으로 정국이 혼란에 빠져들며, 개방화가 급속하게 이루어진다. 한국에서는 일제의 착취를 위한 식민화가 근대화라는 미명하에 강력하게 추진되어 사회의 여러 분야에서 근대의식이 확산되어 간다.

자본주의의 도래와 소자본 집단의 붕괴로 생활이 궁핍해진 하층민 여성들은 가난을 극복하고 돈벌이를 하기 위하여 도시 변두리로 진출하게 된다. 그런데 당시 도시는 하층민 여성들이 정상적으로 살아가기에는 너무 훼손된 세계였다. 하층민 여성들은 돈에 집착하면서 차츰 문제아가 되고, 불행에 빠지게 된다.

하층민 여성의 훼손된 삶을 그린 소설로는 郁達夫의 <春風深醉的晚上>(1923), <薄奠>(1924), 김동인의 <감자>(1925) 등을 들 수 있다. 여기에 등장하는 어떤 여인도 문제아가 아닌 경우는 없다. 그들은 훼손된 세계에서 인간다운 삶을 영위하기 위하여 자기 나름대로 최선의 노력을 다한다. 그러나 그들이 다달은 막다른 길은 불행뿐이다.

<春風深醉的晚上>은 한 여직공의 인생을 그린 작품이다. 그녀는 지식인인 화자가 일자리를 구하지 못하여 빈민굴에서 작은 방을 하나 얻어 글을 팔아 연명할 때, 옆방에 살고 있던 담배 공장의 여직공이다.

그녀는 17세에 소주의 시골에서 그곳으로 왔다. 그녀의 아버지도 같은 공장의 직공이었는데, 작년에 사망한 뒤 그녀 혼자 공장에 다니고 있다. 그녀는 새벽 일찍 나가서 늦게 돌아온다. 그녀와 화자의 대화를 통해 그녀의 열악한 근로 조건이 드러난다. 그녀는 '아침 7시부터 저녁 6시까지 11시간을 일을 한다. 휴식 시간은 오후에 1시간을 준다. 한 시간 적게 일을 하면 임금을 깎는다.'[55)]

이렇게 노동을 하는데도 가장 기본적인 생활을 유지할 수가 없다. 하지만 공장의 장사는 날로 번창해간다. 판매량이 늘자 일손이 부족해서 강제로 야근을 하게 된다. 강제 노역 이외에도 항상 남자 직공의 괴롭힘을 받아야 한다. 그런데 그녀의 생활에서 '일' 이외의 다른 일에 신경을 쓸 시간적, 경제적 여유가 없다. 그녀는 마치 기계처럼 살아가고 있다.

당시 자본가와 중산층이 하층민들을 어떻게 착취하고 있었던가가 잘 나타나 있다. 그녀는 화자의 초라한 모습을 보고 가끔 음식을 나누어 주곤 했다. 또한 담배를 끊고 몇 푼이라도 절약할 것을 충고하기도 했다. 특히 자기 공장에서 생산한 담배는 피우지 말라고 이야기하곤 했다. 공장에 대한 거부감과 담배의 해로움때문이었다.

그녀는 무지하지만 순진하고 선량한 여성이다. 작가는 그녀의 비참한 삶을 통하여 당시 사회의 하층민 여성들의 자산층에 의한 수탈과 이용 가치를 상실하게 되면 버림받게 될 하층민들의 운명을 형상화하고 있다. 어쩌면 그녀는 아버지와 마찬가지로 한 평생을 노동자로 살아가지 않으면 안될 것이다. 그들에게 영원히 해방이란 없을 가능성이 크다.

<薄奠>은 화자가 사귀던 인력거꾼 친구의 이야기이다. 그는 부지런하고 분수를 아는 사람이다. 몸은 야위고 얼굴은 검다. 50세가 넘어보이지만 이제 겨우 42세밖에 안 되었다. 화자가 그의 아내를 처음 본 것은 그들의 자그마하고 어두컴컴한 집에서였다. 그때 그녀는 아궁이에서 구부리고 앉아 남편의 꾸중을 '듣고 있었다. '몇 푼의 돈을 써서 천을 구입하여 옷을 만들었기 때문'이다.[56)]

인력거꾼의 아내가 되어 배불리 먹고 따뜻하게 입지도 못하고 생활이 개선될 가능성도 없었다. 그녀는 울분을 꾹 참으며, 나날을 보내고

---

55) 『郁達夫小說全編』, 浙江文藝出版社, 1989, p.242
56) Ibid., p.291

있었다. 비가 쏟아지던 날 남편이 물에 잠겨 죽었다. 그녀는 더욱더 궁지에 빠지고 만다. 자살을 시도하지만 실패하고 만다. 고통스럽고 힘든 인생 여정을 걸어야 하는 것이 그녀의 운명이었다. 그런데 선량하기 그지 없는 그녀가 생각하는 것은 죽은 남편에 대한 끊임없는 죄책감이었다. 그녀는 '전심으로 몇 푼의 돈을 모아 종이차 한 대를 만들어 태워줌으로 해서 차 한 대를 갖고 싶어하던 남편의 소원을 보상하려고'[57] 한다. 때문에 눈이 붓도록 울고 남루한 옷차림을 한 중년 여성과 함께 화자는 인력거꾼의 무덤으로 간다. 그는 생전에 인력거 주인에게 착취당하던 상황을 화자에게 불평처럼 늘어놓곤 했다.[58] 이제 인력거꾼은 죽었다. 착취를 하는 대상은 그대로 인데, 착취를 당하는 대상은 그에서 그의 아내인 그녀로 바뀌었다. 그런데 그녀를 착취하는 것은 차주인만이 아니었다. 그보다도 더 심한 것은 사회적이고 운명적인 것이었다.

<감자>는 복녀를 주인공으로 설정하여 그녀가 주변 환경의 변화에 따라 어떻게 타락해가며 어떻게 죽음에 이르게 되는가를 보여준 소설이다. 이 작품에 나타난 복녀의 갈등은 크게 두 가지로 요약할 수 있다. 그 하나는 태어날 때부터 숙명처럼 두 어깨에 짊어진 가난으로부터 야기되는 갈등이고, 다른 하나는 타락한 여성의 내면에서 일어나는 성적 갈등이다.

가난으로부터 비롯된 갈등은 동네의 홀아비에게 80원에 팔려가면서부터 시작된다. 그들 부부는 결혼 후 막간살이와 행낭살이를 전전하다가 남편의 게으름으로 칠성문밖 빈민굴로 흘러든다.[59] 그곳에서 그녀는 먹고살기 위해 차츰 타락의 길을 걷게 된다. 송충이잡이에 나섰다가 다른 사람들보다 많은 품삯을 받기 위해 감독에게 매음을 한다. 이어서 감자 도둑질을 하러갔다가 소작인 왕서방에게 붙잡혔지만 자기 육체의

---

57) Ibid., p.295
58) Ibid., p.290
59) 『金東仁全集』 5卷, 三中堂, 1979, p.215

위력을 이용하여 위기를 벗어난다. 이후로 그녀는 왕서방과 관계를 계속하여 빈민굴에서 부자로 통하게 된다.

성적 갈등은 왕서방이 백원을 주고 처녀 하나를 마누라로 사다가 장가를 들게 되면서 일어난다. 동네 여편네들의 입방아에 코웃음을 치던 복녀는 마음에 생기는 검은 그림자를 어찌하지 못한다. 사인교를 타고 색시가 오던 날 그녀는 질투심을 이기지 못하고 왕서방집에 쫓아간다. 치장한 신부의 머리를 발로 차면서 일어난 싸움은 복녀가 왕서방에게 낫으로 찔리고야 끝이 난다. 그녀는 왕서방을 매음의 대상이 아니라 성적 대상으로 인식한 것이다.

환경의 변화가 그녀의 인생을 송두리채 바꾸어 놓았다. 원래 그녀는 농민 출신으로 도덕이 무엇인지를 알고 성장한 여성이다. 그러나 싸움, 간통, 살인, 도둑, 징역 등의 근원지인 칠성문 밖 빈민굴에서 그녀는 먹고 살기 위해 차츰 타락의 길을 걷게 된다. 이때부터 그녀의 인생관과 도덕관이 바뀐다. 점점 도덕의 굴레에서 이탈하기 시작한 그녀는 매음을 하기 시작한다. 그런데 매음을 하는 과정에서 늙은 남편보다는 왕서방을 더 좋아하게 된다. 여기에서 비극이 야기된다. 가난은 복녀에게 돈을 필요로 하게 만들었고, 매음은 그녀에게 성에 눈뜨게 만들었고, 그들이 복합적으로 작용하여 그녀를 죽음에 이르게 한 셈이다.

도덕에 대한 두려움을 가지고 있던 복녀가 먹고 살기 위하여 타락의 길을 걸을 수 밖에 없었던 것은 유교적 반상 제도의 붕괴와 근대의 부정적인 면을 작가가 의도적으로 보여준 것임에 틀림없다. 먹고 살기 위해 감독이나 왕서방과 놀아나던 복녀가 급기야 왕서방이 백원에 처녀를 사서 결혼하기로 하자 질투를 하고 낫을 들고 덤벼드는 것은 20년 연상인 남편으로부터 아버지로서의 남성을, 왕서방으로부터 성적인 대상으로서의 남성을 느낀 것으로 볼 수 있다.

郁達夫와 金東仁의 소설에 등장하는 하층민 여성들은 훼손된 세계에서 돈을 추구하다가 불행에 빠지고 만다. 그런데 훼손된 세계에서 인간적인 삶을 영위하기 위하여 하층민 여성들이 선택한 삶의 방식에는 차이가 있다. 郁達夫의 여성들은 현실과 타협하지 않고 끝까지 자신의 삶의 방식을 견지해 나간다. 그들이 처한 현실은 너무 열악하며, 언제나 그들을 착취하는 대상으로 여기고 있다. 반면에 金東仁의 여성들은 타락한 세계에 능동적으로 적응하면서 살아간다. 그들은 郁達夫의 여성들처럼 공장에 취직하거나 인력거를 몰면서 살아가는 근로하는 여성이 아니라 매음을 하면서 살아간다. 그러다가 가진자에게 지극히 개인적인 문제로 대항하다가 살해당한다.

3) 지식인 여성의 삶

郁達夫와 金東仁은 유학파 지식인이다. 그러나 그들은 여성적인 문제에 있어서만은 대단히 보수적인 경향을 보여준다. 그들은 가정에서 전근대적인 남성상을 구현하려고 하는 한편, 이상적인 여인을 찾아 방황했다. 그들에게 이상적인 여성이란 어떤 여성이었을까? 그들은 바로 지식인 여성이었다.

그런데 당대는 개방의 물결을 타고 신문화를 접한 지식인 여성들이 속속 등장하게 된다. 그들은 전통 문화의 개방화, 전통 가치관의 변화로 말미암아 기존의 전통적 여성들과는 달리 성적 자유와 자아의 신장을 추구하게 된다. 그러한 지식인 여성의 비극적 삶을 다룬 소설로는 郁達夫의 <過去>(1927), <她是一個弱女子>(1932), 김동인의 <약한자의 슬픔>(1919) 등을 들 수 있다.

<過去>는 화자가 한 여성에게 지닌 '과거'의 연정을 그린 작품이다. 화자는 3년 전 상해에 있는 어느 신문사에서 편집자로 일하면서 신문사 경리로 근무하던 친구의 집에서 기거했다. 그때 그는 맞은 편 양옥집에 살고 있던 부유한 네 자매를 사귀었다. 활달한 화자는 명랑한 둘째를 매우 사모했다. 셋째는 성격이 음침하여 별 관심이 없었다. 그런

데 둘째가 화자를 배반한 뒤 슬픔에 젖은 화자에게 셋째가 사랑을 고
백했다. 화자는 단호히 거절했다. 시간이 흐른 후 우연히 갓 과부가 된
셋째를 만나게 되었다. 그녀를 매일 만나는 사이에 그녀에 대한 애정이
싹트기 시작하였다. 화자는 그녀가 남의 위로를 절실히 느끼고 있어서
틀림없이 옛정을 불러일으킬 것으로 생각했다. 그러나 이번에는 그녀가
단호히 자신의 구애를 거절했다.[60)

화자는 '그녀에 눈물'로 사념을 씻고 '우리의 과거는 확실히 지났다'
는 것을 깨닫게 된다. 한 여인이 가장 외롭고 의탁할 곳 없을 때 감정
을 정리하고 지식인으로서 이성을 되찾는다. 아울러 지식인으로서 과거
의 추억에 머무르지 말고 현실에 직면해야 하는 것도 일깨워준다. 세월
이 흐름에 따라 성숙해지고 용기를 가지고 현실 세계에 대처할 줄도
알아야 한다.

신구의 세대의 교체로 도덕적 가치관이 혼동되던 시기에 그녀는 이
미남존여비, 남녀차별, 연애의 불가라는 전통관념에서 탈피했으며, 당시
로는 가히 혁명적인 사랑의 고백을 하기도 하고 사랑의 고백을 이성적
으로 거절하기도 한다. 그녀는 자기의 인생에 책임을 지고, 인생의 갈
림길에서 방황하지 않는다. 그녀는 분명 감정도 있고 이성도 있는 현대
여성의 전형성을 확보하고 있다.

<她是一個弱女子>는 세 사람의 젊은 여인들의 각기 다른 성격과 운
명을 묘사하여 지식인의 삶의 방향을 제시하고 있다. 馮世芬, 鄭秀岳,
李文卿은 친구 사이이다. 鄭秀岳은 馮世芬보다 세 살 아래이지만 한때
친한 친구였다. 鄭의 사상과 성격은 모두 풍처럼 적극적이고 자립적이
고 건강하고 과감하지 못하다. 당시 중국내에서는 반군벌의 정서가 높
아지고 있었다. 馮世芬은 의연하게 남녀간의 사적 감정과 학업을 포기
하고 생명의 위협을 무릅 쓴 혁명활동을 전개한다. 얼마 후 '五州'참사

---

60) 『郁達夫小說全編』, 浙江文藝出版社, 1989, pp.379-380

가 일어나자 그녀는 더욱더 적극적으로 반제국주의 물결에 가담한다.

그에 반하여 鄭秀岳은 남녀간의 사적 감정을 국가와 민족의 문제보다 중히 여기는 사람이다. 성격이 역연하여 자기 주장이 없고 일을 감정적으로 처리한다. 남에게 의지하는 성격이라 馮世芬이 떠나자 거칠고 앙증스러운 李文卿의 금전적 유혹에 못이겨 동성연애를 하게 된다. 긴장되고 혼란스러운 시국에 관심이 없고 부모를 따라 상해로 피난을 간다. 나중에 李文卿으로부터 버림을 받고, 상해에 머무르는 동안 같은 집에 기거한 吳一栗이라는 청년에게 연정을 느낀다. 鄭秀岳은 吳一栗과 결혼했지만, 얼마 안가서 경제적인 어려움에 봉착하여 견디지 못한다. 게다가 자신의 감정을 절제할 줄 모르는 그녀는 끝내 일본군에게 겁탈당하여 비참하게 죽는다.

작가가 李文卿을 비롯한 여러 지식인 여성들을 주인공으로 설정하고 있는 것은 일제의 침략이라는 외적 충격과 군벌의 투쟁이라는 내적 충격 속에서 이루어진 개방의 물결이 물질적으로나 정신적으로 큰 혼란을 야기한 당시의 시대상을 사실적으로 제시하기 위해서였다. 특히 과도기의 가치관의 혼란을 가장 민감하게 느끼고 있던 지식인들

<약한자의 슬픔>은 의지가 약한 이중적 성격의 소유자인 엘리자베트의 비극적 삶을 그린 소설이다. 주인공은 부모 없이 혼자 살고 있는 여학교 학생이다. 그녀는 이환이라는 H義塾의 남학생 이환을 짝사랑한다. 이환과 이야기를 나누어 본 적도 애정을 확인해 본 적도 없지만, 친구들이 이환의 이야기만 해도 흥분한다. 그녀의 이환에 대한 생각은 병적일 정도이다. 그를 생각하면서 全裸가 되어 잠자리에 들기도 한다.[61]

그녀는 k남작댁에서 가정교사를 하고 있다. k남작은 유교적 권위 의식만 있고 모랄 의식이 없는 호색한이다. 그는 어느날 밤 늦게 엘리자베트의 방을 방문한다. 이환을 생각하면서 잠자리에 든 그녀는 k남작의

---

61) 『金東仁全集』 5卷, 三中堂, 1979, p.13

방문을 단호히 거부하지 못한다. 그녀는 k남작의 요구를 받아들여 그와 잠자리를 같이 한다. 그리고 그의 아이를 잉태한다. 학생의 신분에서 임신은 그녀의 사회적 매장이나 다름이 없다. 그럼에도 그녀는 단호한 태도를 보여주지 못한다.

물론 그녀는 지나치리만치 약자적인 위치에 놓여 있다. 남존여비 사상이 잔존하던 당대의 전형적인 여성의 위치에 있으며, 귀족인 k남작에 대하여 상민의 위치에 있다. 또한 주인에 대한 고용인의 위치에 놓여 있다. 그러나 보다 더 근원적인 것은 그녀의 성격에 있다. 남작의 방문을 뿌리치지 못한 데 그치지 않고 그의 아이를 잉태해서까지도 그녀는 강한 의지를 보여주지 못한 데 있다.[62]

남작의 아이를 잉태하고 있으면서도 그녀의 의식은 여전히 이환과 남작 사이에서 방황한다. 그녀는 이환을 더 사랑하고 이환도 자신을 사랑하는 것으로 생각한다. 그녀는 남작에게 아이를 유산시키기 위해 병원에 동행할 것을 요구한다. 그러나 남작은 양반이라는 체통 때문에 처음에는 그녀의 요구를 거절했다가 나중에 같이 병원에 간다.

병원을 다녀온 다음 엘리자베트와 남작은 반응은 아주 다르게 나타난다. 그녀는 남작 부인이 죽고 자신이 정실이 되는 공상을 하지만, 남작은 부인을 시켜 그녀를 자기 집에서 나가라고 한다. 환상이 깨우지고 내쫓긴 그녀는 애정과 애증이 교차하며, 재판을 할 것인가로 번민을 하게 된다.

여기에서 그녀는 양반이라는 권위에 도전하기로 굳게 다짐을 하고 소송을 제기한다. 그러나 그녀는 재판에서 약자의 위치를 다시 한 번 확인한다. 약자의 정당한 요구를 묵살하는 법과 귀족의 정당성을 확인시켜주는 법이 있음을 실감한다. 재판에 지고 유산까지 한 그녀는 약한 존재로써의 자신을 인식하게 된다. 여기에서 그녀는 사랑, 용서, 화해의

---

62) Ibid., p.19

정신을 터득한다.63)

郁達夫와 金東仁의 지식인 여성들은 격동기의 열악한 상황하에서 비교적 순탄하지 못한 삶을 살고 있다. 남성들로부터 부당한 대우를 받기도 하고 자신의 의지와는 동떨어진 삶을 살기도 한다. 그런데 郁達夫의 지식인 여성들은 강한 의지를 가지고 자신의 삶을 개척해 가기도 하고 파멸해 가기도 한다. 반면에 김동인의 지식인 여성들은 열악한 상황 속에서 현실을 극복하려는 의지도 보이지 않고 우유부단한 삶을 살아가다가 현실에 패배하고 만다.

4. 결 론

지금까지 필자는 郁達夫와 金東仁의 소설론을 중심으로 그들의 형식주의 소설론의 수용 양상을 간략히 살펴보고, 그것이 그들의 소설 작품에 어떻게 구현되고 있는가를 여성 문제를 다룬 소설로 범위를 좁혀서 살펴 보았다.

두 작가는 당시의 주요한 흐름이라고 할 수 있는 반봉건, 반제국주의적 흐름이나 선전, 선동을 위해 문학을 도구화하는 경향에 거리를 두고, 문학의 예술성을 확보하는 데 노력한다. 그러한 노력은 그들의 소설론과 소설 작품에서 특정한 상황에 처한 특정한 개인의 삶을 사실적으로 그려내는 데 치중하는 결과로 나타난다.

전통적 여성들은 인종의 미덕을 보이지만, 그렇지 않을 때 그들에게는 비참한 말로가 기다리고 있다. 郁達夫의 여인들은 남편의 부당한 대우에 항거하여 가출을 하지만 시댁으로 돌아와서 인고하면서 살아간다. 그러나 김동인의 여인들은 자살하거나 몰락해간다.

하층민 여성들은 가난을 극복하기 위하여 도시 변두리로 진출하지

---

63) Ibid., p.41

만, 현실이 너무 毁손되어 있다. 郁達夫의 여인들은 현실과 타협하지 않고 끝까지 자신의 삶을 견지해 나간다. 반면에 金東仁의 여성들은 타락한 세계에 순응하면서 살아가거나 살해당한다.

지식인 여성들은 성적 자유와 자아의 신장을 추구하지만, 격동기의 상황하에서 열악한 삶을 살고 있다. 郁達夫의 여성들은 강한 의지를 가지고 자신의 삶을 개척해 가거나 파멸해 가거나 파멸해간다. 반면에 김동인의 지식인 여성들은 현실을 극복하려는 의지를 보여주지 못하고 우유부단하게 살다가 현실에 패배해간다.

이처럼 郁達夫와 金東仁은 특정한 상황에 처한 특정한 여성들을 대상으로 설정하여 그들의 삶을 사실적으로 그려내고 있다. 이러한 소설적 경향은 형식적 리얼리즘 소설론의 영향을 받은 것이며, 그들이 자국의 문학사에서 소설의 근대화에 일익을 담당한 작가라는 평가를 가능하게 한다.

參考文獻

『郁達夫全集』, 浙江 ; 浙江文藝出版社, 1989
『郁達夫選集』, 中國新文學叢刊 12, 臺北 ; 黎明文化事業股 分有限公社, 1977
『中國現代.當代文學硏究』, 中國人民大學書報資料中心, 1981.7
『中國現代.當代文學硏究』, 中國人民大學書報資料中心, 1986.7
『中國現代.當代文學硏究』, 中國人民大學書報資料中心, 1988.3
姜仁淑, 『韓國現代作家硏究』, 同和出版社, 1971
金東仁, 『金東仁全集』, 三中堂, 1976
金允植, 『金東仁硏究』, 民音社, 1987
宋明姫, 『文學과 性의 이데올로기』, 새미, 1994
宋賢鎬, 『韓國近代小說論硏究』, 國學資料院, 1989
申東旭 外, 『金東仁硏究』, 새문社, 1982
劉麗雅, 『韓國與中國現代小說的比較硏究』, 國學資料院, 1995

빙허의 〈고향〉과 노신의 〈故鄕〉

1. 問題의 提起

1920년대는 한국과 중국의 근대소설이 뿌리를 내리던 시기이다. 한국에서는 李光洙, 金東仁, 玄鎭健, 羅稻香, 崔曙海, 蔡萬植 등이, 중국에서는 魯迅, 郭沫若, 茅盾, 巴金, 郁達夫, 老舍 등이 그 역할을 훌륭히 해낸 바 있다. 때문에 우리 학계에서는 그들에 대하여 지대한 관심을 보여왔다. 그러나 한국과 중국의 소설을 비교할 때는 李光洙와 魯迅[1], 金東仁과 郁達夫[2], 蔡萬植과 老舍[3]의 관련 양상으로 그 범위가 축소되어 왔다.

그런데 현진건과 魯迅은 우리의 관심을 끌만한 점을 적지 않게 지니

---

1) 車相轅(1974), <韓中新文學運動의 比較硏究>, ≪中國學報≫ 제5집.　金允植(1974), <近代文學에 있어서의 韓中日 三國의 關係檢討와 그 問題點>, ≪韓國文學의 論理≫, 一志社.　劉麗雅(1984), <魯迅과 春園의 比較 硏究>, 서울대석사학위논문

2) 宋賢鎬(1996), <郁達夫와 金東仁의 小說比較硏究>, ≪中韓人文科學硏究≫ 제1집, pp.7-29

3) 劉麗雅(1991), ≪蔡萬植과 老舍의 比較硏究≫, 韓國精神文化硏究院博士學位論文

고 있다. 그들은 1920년대 한국과 중국의 리얼리즘 소설의 대표적인 작가들이며, 같은 시기에 같은 제목의 소설을 발표한 바 있다. 그들의 작품은 많은 유사성을 지니고 있어서 우리의 관심을 끌기에 충분하다. 그럼에도 지금까지 한국이나 중국의 학계에서 현진건을 노신과 관련하여 논의한 바 없다.

현진건은 중인 계층의 후예이다.[4] 중인 계층 가운데는 국가의 위기에도 불구하고 자신의 신분적 상승만을 추구한 사람들이 적지 않다. 현진건은 부친의 권유에 따라 일본으로 유학을 떠났다. 그런데 형 정건은 당시 중국에서 일제의 식민지가 된 조국의 독립을 위하여 무장 투쟁을 하고 있었다. 현진건은 유학 중 조국의 현실에 눈뜨고 일본을 떠나 중국으로 갔다. 거기에서 그는 비로소 문학에 관심을 가지며, 귀국하여 식민지 현실을 고발하는 내용의 작품들을 써서 당대의 열악한 현실을 극복하고자 노력한 바 있다.

당시 중국에서는 노신이 병든 중국과 중국인을 고치기 위하여 심혈을 기울이고 있었다. 그는 신체적 병보다는 마음의 병을 고치는 것이 중국을 구하고 중국인을 구하는 데 급선무라고 생각하고 문학 활동에 전념하고 있었다. 현진건이 노신의 작품에서 구체적으로 어떤 영향을 받았는지를 밝히기는 어렵다. 그러나 그의 행적을 통하여 노신의 영향을 받았을 것이라는 추정을 해 볼 수 있다. 왜 중국에 가서 무장 투쟁을 하지 않고 문학을 통한 간접적 항거를 하기로 결심했는가? 왜 반제국주의적이고 민족주의적인 경향이 강한 작품을 썼는가?[5] 이 두 가지의 물음은 현진건을 노신과 연관지을 때에 비로소 그 답을 찾을 수 있다.

따라서 필자는 현진건과 노신의 <고향>을 비교의 대상으로 삼아, 그들에 공통적으로 나타나는 고향에 대한 향수와 환상의 붕괴, 액자형 플

4) 宋賢鎬(1993), ≪韓國現代文學論≫, 關東出版社, pp.110-112
5) 宋賢鎬(1982), <현진건문학연구>, 서울대석사학위논문, pp.22-35

롯과 사건의 객관화에 대하여 살펴보려고 한다. 이를 토대로 두 나라의
근대 초기 소설의 전통 계승과 새로운 변모 양상에 대해서도 알아보고
자 한다.

2. 대립적 공간 설정과 환상의 붕괴

현진건의 소설집 ≪조선의 얼굴≫(글벗집, 1926)과 魯迅의 소설집 ≪
吶喊≫(新潮社, 1923)에는 <故鄕>이라는 제목의 작품이 한편씩 수록되
어 있다. 현진건의 <고향>은 미발표 상태에서 수록한 작품이어서 정확
한 창작년대를 알 수 없으나, 노신의 <고향>은 1921년 ≪新靑年≫(제9
권 제1호)에 발표한 작품이다.

두 작품은 자아와 세계의 갈등을 대립적 공간을 통하여 드러내고 있
으며, 여로형 소설의 특성에 알맞게 공간을 설정하고 있다. 두 작품에
설정된 공간은 대체로 도시와 농촌 혹은 타향과 고향으로 묶을 수 있
다. 그들을 이어주는 것은 길과 교통 수단이다. 서사적 자아는 기차나
배를 타고 가면서 고향을 떠올리고, 자신의 심경을 드러낸다.

현진건의 '그'는 고향에서 기차를 타고 서울로 가는 도중에 '나'를
만나 이야기를 나누면서 고향을 떠올린다. 노신의 '나(迅)'은 도시에서
고향으로 가는 배 위에서 눈에 들어오는 고향의 모습을 보고 과거를
떠올린다. 기차를 많이 이용하는 한국인의 정서와 배를 많이 이용하는
중국인의 정서를 작품에 수용하여 실감을 확보하면서, 포근한 고향의
이미지와 낯선 길의 이미지를 대비시켜 주인공의 고통스런 길찾기와
그 여로를 아주 효과적으로 드러내고 있는 것이다.

도시는 근대성이 가장 첨예하게 드러나는 산업화의 현장이면서 낯선
공간으로 타향이나 타국의 의미까지를 함축하고 있다. '그'가 떠돈 곳

은 서간도, 신의주, 안동현, 구주 탄광, 대판 철공장 등이며, 지금 서울로 가는 길이다.6) '나'가 떠돈 곳은 구체적으로 드러나 있지는 않다. 그러나 '오직 작별하기 위하여' 고향을 찾고7) 쓸쓸한 기분으로 고향을 떠나면서 먼저 배를 타고 다음에 기차를 타야8) 목적지에 도착할 수 있다는 말로 미루어 도시로 추정된다.

도시의 반대편에 놓여 있는 공간은 농촌이다. 그곳은 우리의 원초적 고향을 상징하는 공간으로 설정되어 있다. '그'는 역둔토를 파먹고 살던 K군 H란 외따른 동리가9) 고향이며, '나'는 도시에서 2000여리나 떨어져 있는 쓸쓸한 '荒村' 가운데 하나가 고향이다. 그들이 기억하고 있던 고향은 '현재보다는 훨씬 좋았'다.

'그'는 고향을 생각할 때마다 어린 시절을 떠올린다. 역둔토를 파먹고 살던 그의 집안은 떨어지는 것이 후하여 남부럽지 않게 살았다. 가족간에는 말할 것도 없고 이웃간에도 우애가 돈독했다. 그래서 그는 이웃에 살던 처녀와 열 네 살 적부터 혼인 말이 있었다. 그녀는 그와 싸우기도 하면서 컸다.10)

'나'는 고향을 생각하면 '다년간 가족들이 모여서 살던 오래 된 집'과 '정월 중으로 조상의 상 앞에 제사를 지'낼 때를 떠올린다. 그때마다 제기를 도둑맞지 않기 위하여 데려다가 제기를 지키도록 한 망월의 아들 '閏土'를 회상하며, 동시에 이상 야릇한 한 폭의 그림을 떠올린다.

　　짙은 남빛 하늘 속에 일륜의 항금빛 둥근 달이 걸렸고, 그 아래 해변가 모래 사장에는 온통 끝닿은 데를 알 수 없게 파란 수박이 심어져 있다. 그 가운데로 열 두어살 쯤 되는 소년이 서서 목에는 구슬을

---

6) 申東旭(1981), ≪현진건의 소설과 그 시대인식≫, 새문사, p.Ⅲ-36
7) 魯迅(1993), ≪魯迅全集≫ 第一卷, 人民文學出版社, p.476
8) 魯迅(1993), p.480
9) 申東旭(1981), p.Ⅲ-35
10) 申東旭(1981), p.Ⅲ-37

늘어뜨리고 손에는 한 자루의 쇠뭉치를 움켜쥐고 한 마리의 챠를 있
는 힘을 다해서 찌르고 있다. 그런데 그 챠가 몸을 꿈틀하고 한번 비
틀더니 소년의 가랑이 사이로 빠져서 뺑소니를 쳐버리는 것이다.11)

고향의 이미지라고 할 수 있는 이 그림속에 등장하는 인물이 바로
'閏土'이다. 그는 '나'와 나이가 같다. 그는 새해가 되면 '나'의 집에 왔
다. '나'는 '閏土'의 이야기를 통하여 세상에 여러 가지 신기한 일이 있
으며 閏土의 마음 속에 희한하고 신기한 일들이 무궁무진 간직되어 있
는 것을 알게 되었다.

이렇듯 두 작품의 주인공들은 다소 낭만적으로 보일 수 있는 어린
시절의 추억과 고향에 대한 향수를 지니고 있다. 그들은 인류의 원초적
진실이 통하던 시절의 고향을 늘 그리워한다. 신분적 차이를 초월한 우
정과 가족 공동체적 삶이 실현되고 현세적 속물주의가 발을 붙이기 이
전의 세계에 대한 막연한 동경심을 드러내고 있다.

어린 시절의 추억과 낭만적 동경이 '그'와 '나'를 고향으로 이끈다.
물론 그들이 도시를 떠나 고향을 찾아온 이유는 다르다. '그'는 죽기
전에 한 번 보자는 생각에서 고향을 찾았고, '나'는 이사를 하기 위해
서 고향을 찾았다. 그리고 '그'는 농촌의 황폐화로 더 이상 먹고 살기
가 어려워 고향을 떠났지만, '나'는 학업을 위해서 고향을 떠났다. 그러
나 그들은 한결같이 당대의 현실을 잊고 어린 시절부터 소중하게 간직
한 추억을 떠올리면서 고향을 찾는다. 그들은 도시에서 타락한 세계의
횡포를 몸소 체험한 사람들이다. 도시적 삶이 훼손된 것일수록 그들의
고향에 대한 향수는 커갈 수밖에 없다.

주인공의 상상의 공간인 고향의 풍경은 이미 초토가 되거나 황량하
기 그지 없는 상황에 처해 있는 현재의 풍경과 묘한 대조를 이룬다. 그
러한 대비적 서술은 열악한 현실을 생생하게 보여주면서 인류의 원초

---

11) 魯迅(1993), p.477

적 고향을 찾으려는 서사적 자아의 내면 풍경을 더욱 애절하게 해준다.

다시 찾은 고향에서 그들은 열악한 현실을 재삼 확인하고, 자신들의 이상이 현실과 얼마나 거리가 큰 것인가를 명징하게 인식한다. 백여호나 되던 고향은 철저히 파괴되어 '집도 없고 사람도 없고 개 한 마리 얼씬을 안'하는 현실을 확인하고, 그토록 잊으려고 애를 썼던 과거의 악몽을 떠올린다. 동양척식회사와 일제의 앞잡이들에 의하여 주민들은 생활의 기반을 잃고 타처로 유리할 수밖에 없었다. 그리고 '그녀'는 유곽으로 팔려갔다.

'나'는 봉건적 유습에 젖어 처참하게 살고 있는 '閏土'와 고향 사람들을 생각하고 안타깝게 생각한다. '나'의 눈에 비친 고향은 자신이 늘 그려오던 옛날의 고향이 아니다. 그의 집은 '기와 지붕 용마루 위에 가지가지 마른 풀들의 끊어진 줄기가 바람에 나부끼'는[12] 황량함을 면치 못하고 있다. 때문에 '나'는 '아 이것이 내가 20년 동안이나 어느 때나 기억하고 있던 고향'이냐고 하면서 '슬프고 허전해짐을 금'하지 못한다.[13]

그렇다면 그들은 왜 그토록 고향을 찾으려고 했는가? 근대는 신이 떠나버리고, 신이 존재하던 시대의 여광만이 우리의 앞길을 비추어주는 시대다. 자본주의와 상혼의 개입으로 원초적 진실이 더 이상 통하지 않게 되었으며, 따뜻한 인간애를 찾아보기 어렵게 되었다. 따라서 현실이 열악하면 열악할수록 잃어버린 고향에 대한 향수가 짙어질 것이다. 그러한 시각에서 두 작품의 서사적 자아의 고향 찾기도 이해해야 할 것이다.

마지막 고향길에서 그들은 그토록 소중히 가슴속에 간직한 고향에 대한 향수가 한낱 환상에 불과하다는 것을 확인한다. 고향의 어디에서도 자신들이 생각하던 고향의 모습을 찾을 길이 없어서 그들은 크게

---

12) 魯迅(1993), p.476
13) 魯迅(1993), p.476

실망한다. 더구나 도시에서나 볼 수 있는 몰인간적이고 자본주의적 성향을 고향에서까지 확인하게 된다.

고향에 대한 환상의 붕괴는 그들의 마음에 깊은 상처를 남긴다. 그리하여 '그'는 자포자기적 심정에서 관찰자에게 푸념을 늘어놓다가 함께 술을 마시고 노래를 부른다. 그들이 부른 노래에는 그들의 비관적 세계 인식과 당대의 열악한 현실이 잘 드러나 있다.

> 볏섬이나 나는 전토는 / 신작로가 되고요-
> 말마디나 하는 친구는 / 감옥소로 가고요-
> 담뱃대나 떠는 노인은 / 공동 묘지 가고요-
> 인물이나 좋은 계집은 / 유곽으로 가고요-[14]

'그' 자신의 상처이면서 우리 민족의 상처이기도 한 민족적 비극의 실상이 유감없이 드러난 것으로, 당시 대중들에게 회자된 바 있는 민요이다. 그러한 세계 인식은 '迅'의 경우에도 비슷하게 나타난다. 고향을 떠나면서 조카 '꽁이'가 언제 다시 고향에 돌아올 것인가를 물었을 때 서사적 자아가 보인 애매모호한 태도는 그의 현실 인식과 고향에 대한 입장을 잘 반영하고 있다.

> 「큰 아버지 우리는 언제 돌아 오는 거죠?」
> 「돌아 오다니? 너는 어째서 채 가지도 않아서 돌아올 생각을 하느냐?」
> 「하지만, 수생이 저의 집에 와서 놀자고 나와 약속을 한걸요---」
> 그애는 크고 새까만 눈을 똑바로 뜨고 무엇인지 이상 야릇하다는 듯이 생각하는 것이었다. 나와 어머니는 풀이 죽어서 어리둥절하였다.[15]

---

14) 申東旭(1981), p.Ⅲ-37
15) 魯迅(1993), p.484

현진건의 '그'와 노신의 '나'는 폐허가 된 고향을 떠나면서 깊이를 알 수 없는 비애에 빠져든다. 때문에 '그'는 술을 찾게 되고, '나'는 '풀이 죽어서' 아무 소리도 하지 못한다. 그것은 고향에 대한 환상의 붕괴에서 오는 것으로, 비극적 세계관에 기인한다.

그런데 궁극적으로 서사적 자아의 상처는 어디에 기인하는가? 그들은 자본주의의 세례를 받은 사람들이다. '그'는 조선, 중국, 일본의 곳곳에서 자본주의를 체험했다. 빚에 쪼들려 남부여대하고 고향을 떠났고, 돈을 벌기 위하여 중국과 일본을 전전했다. '그녀'의 아버지는 먹고 살기 위하여 물건을 팔아치우듯 딸을 유곽에 팔고, '그녀'는 살기 위해 몸을 팔았다.

'迅'은 신학문을 배웠고, 관리가 되었다. 그러나 돈이 필요해서 재산을 처분할 수밖에 없고, 이웃들은 돈을 주고 사기가 어려워 팔아야 할 물건들을 몰래 훔친다. 윤토 역시 빚에 쪼들려 마지막으로 '迅'을 만나 그의 도움을 받아볼 생각을 하게 된다. 그들에게서 과거의 모습은 더 이상 찾을 수 없고, 이제 인간적 진실이나 양심은 별로 중요하지 않다.

'그'와 '迅'의 눈에 비친 고향은 제국주의에 의해 완전히 파괴되었거나 과도기적인 농촌의 모습을 보여주고 있다. 따라서 그들의 눈에 비친 고향의 풍경과 거기에서 느낀 비애는 근대성과 뗄 수 없는 관련이 있다. 그러한 근대성에 의하여 두 작품의 주인공들도 상처를 받고 있다. 그리하여 그들은 참담한 심정이 되어 도시로 돌아간다.

3. 이원적 구조와 사건의 객관화

두 작품은 여로형 소설이다. 여로에서 서사적 자아가 현재의 상황을 서술하다가 현재와 대비되는 과거를 회상하고, 다시 현재로 되돌아 나오는 구조로 되어 있다. 그런데 과거와 현재는 단순한 시간적 개념에 그치지 않고 서사적 자아의 삶과 밀접한 관련을 맺고 있다.

현진건의 <고향>은 대구에서 서울로 올라오는 기차에서 '나'와 그 사이에서 생긴 현재의 사건을 서술하는 대목에서부터 시작된다. '나'는 기모노와 옥양목 저고리 그리고 중국식 바지를 입은 기묘한 옷차림의 그를 발견한다. 공교롭게도 세 나라 사람이 모였는데, 그는 조선어, 일본어, 중국어를 구사하면서 옆의 사람들에게 말을 걸지만 모두 쌀쌀하게 그의 시선을 피해버린다. 처음 불친절하게 대하던 나는 차츰 그에게 호기심과 동정심을 갖게 되고, 그와 이야기를 나누게 된다.16)

서술의 시점이 '나'에서 그로 바뀌고, 그는 자신의 과거를 이야기한다. 허구의 시간이 과거로 돌아간 것이다. 그의 이야기를 통하여 농촌의 황폐화와 당대 하층민들의 비참한 삶을 알게 되며, 서간도와 일본을 전전하던 유이민들의 삶도 확인하게 된다. 아울러 극한 상황속에서 붕괴되어 버린 인륜 도덕을 확인하게 된다.

서술의 시점은 다시 '나'로 바뀌고 그의 이야기를 듣고 있던 서술자는 너무도 참혹한 이야기를 듣고 가슴이 아파서 그와 술을 주거니 받거니 하다가 어릴 적에 멋모르고 부르던 노래를 읊조린다. 지식인인 '나'는 대체로 하층민들의 비참한 체험을 객관적인 위치에서 관찰하고 있고, 자신의 체험과 자신이 관찰한 그녀의 삶의 모습을 이야기해 주는 사람은 그이다. 그런데 마지막에서 '나'는 그의 이야기를 듣고 자신의 주관을 드러내고 있다.17)

노신의 <고향>은 서사적 자아가 배를 타고 고향에 돌아오면서 느낀 바를 서술하는 상황에서부터 시작하여, 배를 타고 고향을 떠나면서 느낀 바를 서술하는 상황에서 끝을 맺고 있다. 시작과 끝이 자연스럽게

---

16) 申東旭(1981), p.Ⅲ-34
17) 申東旭(1981), p.Ⅲ-37

연결되는 전형적인 여로형 소설의 구조를 지닌 작품이다. 그런데 소설의 중간 중간에 과거를 회상하는 내용들이 삽입되어 자연적인 구성을 깨트리고 있다.

고향집에 도착한 서사적 자아는 자신이 보고 느낀 바를 서술하기도 하고 이사 계획과 윤토의 생활고 등에 대하여 어머니와 이야기를 나누기도 한다. 이를 계기로 서사적 자아는 어린 시절의 추억을 떠올린다. 그것은 서사적 자아의 내면에 잠재된 것으로 한 폭의 그림을 연상시켜 준다. 그런데 서사적 자아는 그림 속의 장면으로 들어가서 윤토를 관찰하기도 하고 자신이 느낀 바를 서술하기도 한다. 윤토의 시점이 아니라 서사적 자아의 시점이 그대로 유지되고 있는 것이다.

회상을 멈추고 이야기는 다시 이사에 얽힌 일과 윤토와의 만남이라는 현재의 사건으로 돌아온다. 그리고 이웃에 사는 양씨 부인의 얄팍한 처세술과 윤토의 다소 비굴한 삶의 태도를 엿본다.[18] 이를 통하여 서사적 자아는 자신의 고향과 고향 사람들에 대한 환상이 붕괴되어가는 것을 느낀다. 이어서 배를 타고 이사를 떠나는 장면 즉 소설 초두에 이어지는 현재의 시점의 이야기로 되돌아온다. 그런데 지식인인 '나'는 직접 하층민인 '윤토'나 이웃 사람들과 부딪치면서 자신이 관찰한 그들의 삶을 직접 서술하기도 하고 자신의 느낌을 토로하기도 한다.

이처럼 두 작품은 시간의 흐름에 따라 사건을 구성하기보다는 의식의 흐름에 따라 사건을 논리적으로 구성하고 있다. 서사적 자아인 '그'와 '나(迅)'의 의식의 흐름과 '나'와 윤토 혹은 어머니와의 대화가 계기가 되어 현재의 사건과 과거의 사건 그리고 대과거의 사건이 자연스럽게 연결되고 있다. 이때 '나'와 '어머니' 혹은 '윤토'는 적절하게 개입하여 자연스러운 시간적 이동의 고리 역할을 하기도 하고, 지나치게 특정한 사건에 몰입하는 것을 차단하는 역할을 하기도 한다.

---

18) 魯迅(1993), pp.481-482

두 작품에서 등장 인물도 시간과 맞물려 이원적으로 설정되고 있다. 현진건의 <고향>에서 기차를 타고 가면서 두 사람이 이야기를 나누는 현재 시점의 중심 인물은 1인칭 시점인 '나'이고, 과거 시점의 중심 인물은 3인칭 그이다. 그런데 그들의 과거는 고향을 찾아왔다가 떠나기까지의 사건과 그 이전의 사건으로 양분할 수 있다. 그들을 중심으로 이루어진 과거와 대과거의 사건은 이원적으로 설정되어 있고, '나'는 철저히 객관적인 위치에서 사건을 관찰하고 있다.

과거의 사건은 타처에서 고생하면서 살던 그가 고향에 대한 미련 때문에 마지막으로 고향을 찾아가서 황폐한 고향을 확인하고 결혼 이야기가 있었던 이웃집의 그녀를 만나서 함께 술을 마시면서 신세를 한탄하는 내용이다. 대과거의 사건은 가난하나마 남부럽지 않게 행복하게 살면서 옆집에 사는 그녀와 결혼 이야기가 있었던 시절을 포함하여 동척이 들어서면서 고향을 상실하고 유이민이 되어 타처로 떠돌았던 그의 참담한 삶과 유곽에 팔려갔다가 풀려나 가정부가 되어 살고 있는 그녀의 비참했던 삶의 여정이다.

노신의 <고향>에서 귀향하여 이사를 하는 현재 시점의 중심 인물은 1인칭 시점인 '나(迅)'이고, 과거 시점의 중심 인물은 '나'와 '윤토'이다. '나'는 객관적 위치에서 사건을 관찰하기도 하고 자신의 생각을 토로하기도 한다. 현재의 사건과 과거의 사건은 비슷한 비중으로 설정되어 있지만, '나'와 윤토를 중심으로 하는 과거의 사건과 두 사람을 포함하여 수생과 굉이를 중심으로 하는 현재의 사건이 이원적으로 설정되어 있다.

현재의 사건은 인간적 진실을 찾으려고 했던 고향 사람들에게서 이기적인 모습을 확인하고 또한 어린 시절과 같은 진정한 의미의 우정을 기대했던 윤토에게서 신분적 차이를 확인하는 서사적 자아의 비가이다. 아울러 자신의 과거를 연상시켜주는 수생과 굉이의 우정이 미래에 어떻게 될 것인가를 자신들로부터 찾게 된다. 과거의 사건은 신분적 차이를 초월하여 진정한 의미의 우정을 나누었던 '나'와 윤토의 어린 시절에 있었던 아름다운 이야기이다. 그것은 마치 한폭의 그림처럼 서사적 자아의 내면에 각인되어 있다.

이상의 논의를 토대로 하여 두 작품의 플롯을 정리하면 그 유사성과 변별성이 확연하게 드러난다. 현진건의 <고향>은 기차에서의 '나'의 이야기(3-1) - 그의 고향 방문 이야기(2-1) - 그가 고향을 떠나기 이전의 이야기(1-1) - 고향에서 그녀와 만난 이야기(2-2) - 그녀가 고향을 떠나기 이전의 이야기(1-2) - 그녀와 만나고 작별한 이야기(2-3) - 기차에서의 '나'의 이야기(3-2)로 정리할 수 있다. 이를 도표로 나타내면 다음과 같다.

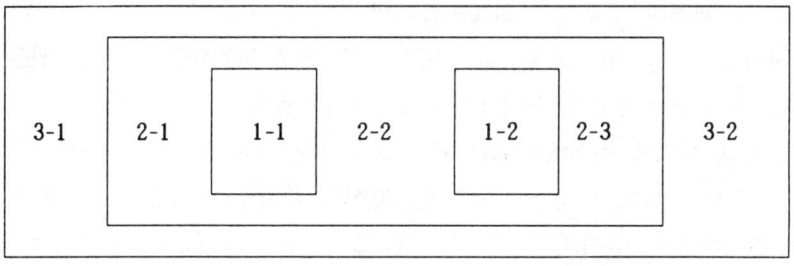

노신의 <고향>은 배를 타고 고향을 찾아가는 '나'의 이야기(2-1) - 어린 시절 고향에 대한 회상(1-1) - 고향에서 이사를 준비하고 윤토를 만난 이야기(2-2) - 어린 시절 '나'와 윤토의 이야기(1-2) - 이사를 떠나면서 윤토와 작별한 이야기(2-3) - 수생과 굉이의 미래 예측(3-1) - 배를 타고 떠나면서 느끼는 나의 이야기(2-4)로 정리할 수 있다. 이를 도표로 나타내면 다음과 같다.

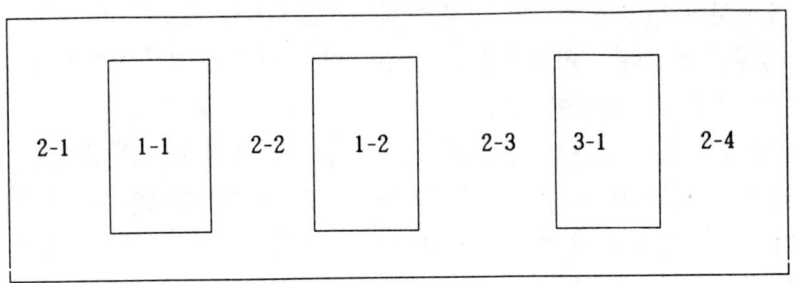

이처럼 두 작품은 액자형 플롯을 기본 구조로 하고 있는 소설이며, 인물의 전형성을 확보하고 있다. 1인칭 서술자가 '그'와 '윤토' 등을 관찰하고 있으며, 관찰의 대상이 되는 인물들의 이야기로 들어가서 사건이 진행되기도 한다. 관찰의 대상이 되는 인물들은 당대의 열악한 현실을 몸소 체험한 전형적인 하층민들이며, 1인칭 서술자는 지식인들이다. 지식인들은 객관적인 위치에서 하층민들의 삶을 관찰하고, 그러한 관찰을 통하여 당대 현실을 구체적으로 확인하게 된다.

그런데 빙허의 소설에서 화자가 완전히 객관적 위치로 물러나서 '그'를 관찰하고 있다면, 魯迅의 화자는 자신의 주관을 처음부터 공공연하게 드러내면서 관찰자의 역할도 해내고 있다. 현진건의 작품에서는 '나'의 비중이 약하고 주로 '그'가 이야기를 하고 있다. 반면 노신의 작품에서는 '나'의 비중이 크고 '그'의 비중은 약화되어 있다. 현진건의 작품이 노신의 작품보다 객관적인 시각을 확보할 수 있었던 것은 그 때문으로 보인다.

4. 결 론

본고는 우리의 근대문학이 서구문학의 이식에 의해 이루어졌다는 식민지사관을 극복하기 위하여 시도되었다. 우리의 근대문학이 서구문학의 영향을 받은 것은 누구도 부인할 수 없는 사실이지만, 서구의 근대문학을 우리의 근대문학과 상동적인 관계로 파악하는 일은 삼가야 한다. 문화란 복합생성을 원칙으로 한다. 서구의 충격을 수용하여 우리의 근대문학은 새로운 변화를 시도한 것이고, 그 중심은 어디까지나 우리의 것이었다. 그러한 시각에서 세계문학의 한 축을 형성하고 있는 한국문학 더 나아가 한중 근대문학의 보편성을 추출하기 위하여 1920년대 한국과 중국의 유명한 리얼리스트들인 현진건과 魯迅을 연구 대상으로 설정하여, 그들의 <고향>에 나타나는 주제 의식과 서사 구조의 특성을 밝히고, 이를 토대로 근대 소설의 전통 계승과 새로운 변모 양상에 대해서 살펴보았다.

현진건과 노신의 <고향>은 유사한 모티프를 다루고 있으면서 제목이 같은 여로형 소설이다. 그들에는 공간이 대립적으로 설정되어 있다. 그런데 대립성을 지닌 도시와 농촌, 혹은 타향과 고향을 이어주는 것은 길과 교통 수단이다. 두 작품의 서사적 자아는 기차나 배를 타고 가면서 고향을 떠올린다.

그들은 다소 낭만적으로 보일 수 있는 어린 시절의 추억과 고향에 대한 향수를 지니고 있다. 어린 시절의 추억과 낭만적 동경이 그들을 고향으로 이끈다. 그러나 그들이 고향을 찾게 된 이유나 고향을 떠날 때의 상황은 상당한 차이가 있다. 하지만 그들은 한결같이 당대의 현실을 잊고 어린 시절부터 소중하게 간직한 추억을 떠올리면서 고향을 찾는다.

그들의 추억속의 고향은 현재의 풍경과 묘한 대조를 이룬다. 그러한 대비적 서술은 원초적 고향을 찾으려는 서사적 자아의 내면 풍경을 더욱 생생하게 드러내고, 그들의 향수가 한낱 환상에 불과함을 보여준다. 고향의 어디에서도 그들이 동경하던 고향의 모습은 찾을 수가 없고, 도시에서나 볼 수 있는 몰인간적이고 자본주의적 성향까지 확인하게 된다.

그런데 그들의 눈에 비친 고향의 풍경과 거기에서 느낀 비애는 근대
성과 뗄 수 없는 관련이 있다. 근대는 인간적 진실이 통하지 않고, 모
든 것이 돈으로 평가되는 물신풍조가 세계를 지배한다. 근대성에 의하
여 두 작품의 주인공들은 상처를 받고, 참담한 심정이 되어 도시로 돌
아간다.

두 작품은 자아와 세계의 갈등을 이원적 시간 구조를 통하여 드러내
기도 한다. 소설의 중심 인물이 여로에서 발견한 현재의 상황을 서술하
다가 그와 대비되는 과거를 회상하고, 다시 현재로 되돌아 나오는 구조
로 되어 있다. 그런데 과거와 현재는 단순한 시간적 개념에 그치지 않
고 서사적 자아의 삶과 밀접한 관련을 맺고 있다.

등장 인물도 시간과 맞물려 이원적으로 설정되고 있다. 현진건의 <
고향>에서 현재 시점의 중심 인물은 '나'이고, 과거 시점의 중심 인물
은 그이다. '나'는 지식인이고, 그는 떠돌이 노동자이다. 노신의 <고향>
에서 현재 시점의 중심 인물은 '나(迅)'이고, 과거 시점의 중심 인물은
'나'와 '윤토'이다. '나'는 지식인 관료이고, 윤토는 궁핍한 농민이다.

두 작품은 액자형 플롯을 기본 구조로 하고 있는 소설이며, 인물의
전형성을 확보하고 있다. 그런데 현진건의 소설에서는 화자가 완전히
객관적 위치로 물러나서 '그'를 관찰하고 있다면, 魯迅의 소설에서는
화자가 자신의 주관을 처음부터 공공연하게 드러내면서 관찰자의 역할
까지 해내고 있다. 때문에 현진건의 작품이 노신의 작품보다 객관적인
시각을 확보할 수 있었던 것으로 보인다.

이처럼 두 작품은 자아와 세계의 갈등을 대립적 공간의 설정, 이원
적 시간과 인물의 설정을 통하여 드러냄으로써 인물의 전형성과 이야
기의 객관성을 확보하고 있다. 따라서 두 작품이 근대 리얼리즘 소설을
대표할 수 있게 된 데에는 주제 의식못지 않게 서사 구조의 탄탄함에
기인한 바 크다고 할 수 있다.

이상에서 살펴본 바와 같이 현진건과 노신의 소설에는 유사한 점이 많이 나타나는데, 이것은 두 작가에 국한되지 않는다. 그것은 두 나라가 한자문화권에 속한 나라들이면서 유사한 근대화의 과정을 겪었고, 근대화 과정에서 두 나라의 작가들이 유사한 체험을 한 데 기인한다. 때문에 그들을 지나치게 서구적인 잣대로만 평가하는 것은 본말이 전도된 것이라고 할 수 있다.

참고문헌

權英敏(1983), ≪한국근대문학과 시대정신≫, 문예출판사

金容稷 외(1982), ≪한국문학연구입문≫, 지식산업사

金允植 외(1979), ≪한국문학사≫, 민음사

金允植 외(1995), ≪한국소설사≫, 예하

金允植(1974), ≪한국문학의 논리≫, 일지사

金允植(1982), ≪한국현대문학비평사≫, 서울대출판부

宋賢鎬(1993), ≪한국현대문학론≫, 관동출판사

申東旭(1981), ≪현진건의 소설과 그 시대인식≫, 새문사

尹柄老(1982), ≪한국현대비평문학론≫, 청록출판사

李在銑(1984), ≪한국현대소설사≫, 홍성사

全光鏞(1986), ≪한국현대문학론고≫, 민음사

曺南鉉(1994), ≪한국지식인소설연구≫, 일지사

趙東一(1986), ≪한국문학통사≫, 지식산업사

趙東一(1991), ≪한국문학과 세계문학≫, 지식산업사

玄鎭健(1926), ≪조선의 얼굴≫, 글벗집

≪新靑年≫(1921), 제9권 제1호

魯迅(1923), ≪吶喊≫, 新潮社

魯迅(1993), ≪魯迅全集≫ 第一卷, 人民文學出版社

孟瑤(1980), ≪中國小說史≫, 傳記文學出版社

劉麗雅(1995), ≪韓國과 中國現代小說 比較硏究≫, 國學資料院

陳敬之(1980), ≪文學硏究會與創造社≫, 成文出版社有限公司

陳敬之(1981), ≪中國新文學運動的前驅≫, 成文出版社有限公司

夏志淸(1979), ≪新文學的傳統≫, 時報文化出版公司

夏志淸(1980), ≪中國現代小說史≫, 傳記文學出版社

Goldmann, Lucien(1975), *Towards a Sociology of the Novel*, OTavistock, trans. by
        Alan Sheridan

Scholes,R. & R.Kellogg(1979), *The Nature of Narrative*, Oxford Univ.Press

Watt,Ian(1974), *The Rise of the Novel*, Berkley & los Angels ; Univ. of California

Weisstein,Ulrich(1973), *Comparative Literature and Literary Theory*, Bloomington :
        Indiana Univ.Press

A Comparative Study on Hyun Jingun's and Lu Xun's 〈one's home town〉

Song Hyun Ho (Professor of Ajou Univ.)

The study purposes to compare the novels of Hyun Jingun and Lu Xun as an effort to illuminate the generalities of Oriental literature and the specificities of Korean and Chinese literature. This is hard to achieve from the traditional comparative approach which deals with the questions of literary influences. This study adopts the thematic approach to analyze the common motifs and narration stlyes which they have. It is certain that they reacted to the life of their times from questioning minds.

The common in the writers motif worth disscussing, are the miserable life of lower-claass prople and the spiritless life of the educated people. Hyun Jingun and Lu Xun gave a description with the nostalgia and the collapse of the illution of the lower - class people and the educated people. they are Hyun Jingun's and Lu Xun's <one's home town>.

By establishing opposing space and creation of dual time and character, two works reveal the complications between main character and universe. As such, they ensure typicality of character and objectivity of story. Thus the fact that two novels represent the modern idealism can be attributed to not only thematic awareness but solid descriptive structure. Much similarities can be observed in Hyun Jingun's and Lu Xun's novels. However, these similarities are found not any only in these two writers but in numerous works written by the Korean and Chinese novelists. This is attributed to the fact that has its origin in that the being belong to the cultural circle of Chinese characters, two countries had gone through similar modernization process authors in each country had shared similar experiences.

이상문학의 초현실주의와 탈식민주의

1. 문제의 제기

올바른 문학사를 서술하기 위해서 근대 문학을 어떤 시각에서 접근하는 것이 온당한가? 당대 문학의 지배적인 질서와 흐름에 주목하여 그에 접근할 것인가? 아니면 그러한 흐름과는 다른 차원에서 접근할 것인가? 이러한 물음은 한국근대문학사에 관심을 갖는 사람이라면 누구나 한 번쯤 느꼈음 직하다.

당시 우리의 문학이 중심부 문학은 아니었고, 중국 혹은 서구 문학의 아류 정도로 파악되었던 점에 비추어 볼 때 거기에서 탈피하려는 움직임이 적지 않았을 것이다. 그렇다면 이에 대해 관심을 가질 필요가 있으며, 이때 우리는 근대 문학에 접근하는 시각을 달리 할 필요가 있다. 최근 우리 학계에서 일고 있는 탈식민주의적 경향은 이와 밀접한 관련이 있다.

당대의 지배적인 질서와 흐름에 주목하여 작품을 해설하고 정리한 것이 오늘날 대부분의 근대 문학사이다. 물론 이러한 문학사 서술은 중심부 문학의 탐구라는 차원에서는 대단히 의의가 있다. 그러나 당시 우리나라와 같은 특수한 상황에서의 문학 활동과 성과를 평가하기에는 적절한 방법이 될 수 없다. 당대의 지배적인 언술에 충실한 이인직, 이광수, 최남선, 김동인, 염상섭 등은 항상 문학사의 중심을 장식할 것이고, 당대의 지배적인 언술을 거부한 신채호, 한용운, 채만식, 이상 등은 항상 문학사의 변두리를 맴돌거나 예외적인 인물로 처리되고 말 것이기 때문이다. 따라서 그러한 문학사 서술은 진정한 문학사일 수 없다.

새로 쓰는 문학사는 구 시대의 폐습을 청산해야 한다. 지금까지 이식사관의 잔재인 막연한 선입견에 의해 근대문학과 근대 이전의 문학이 단절되었다는 통념을 무비판적으로 수용해온 점도 청산해야 하고, 자국의 민족문학을 바탕으로 한 세계문학의 보편성도 찾아야 한다. 특히 어떤 작가가 당대의 지배적인 질서에 반기를 들고 탈식민화에[1] 성공했다면 그에게 관심을 갖지 않으면 안된다. 당대의 흐름에만 주목할 때 그에 속하지 않는 작품이나 경향은 논외가 될 수밖에 없고, 그러고서는 당대의 문학적 진실을 드러낼 수 없을 터이기 때문이다.

다행히 최근에 와서 신채호나 채만식의 탈식민적 경향에 대해서는 비교적 활발하게 논의가 이루어지고 있다.[2] 그런데 이상이 당대의 지배적인 질서를 극복하고 우리 나름의 새로운 질서를 수립하려 한 점에

---

1) 탈식민주의 post-colonialism라는 용어는 독립 전과 독립 후를 구별하기 위해 사용된 적도 있으나 식민지시대부터 시작하여 독립 후의 현재에 이르기까지 제국주의 과정의 피해를 본 모든 문화의 식민지적 상황으로부터의 극복을 의미한다. (Bill Ashcroft, 『The Empire Writes Back : Theory and Pratice in Post-Colonial Literatures』, London ; Routlege, 1989, pp.1-2)

2) 탈식민주의에 입각한 연구는 많은 논자들에 의해 이루어졌다. 그 가운데 조동일의 『한국문학과 세계문학』(지식산업사, 1991), 劉麗雅의 「老舍와 蔡萬植의 比較研究」(정신문화연구원박사학위논문, 1992) 등과 필자의 「한국근대소설론 연구」(서울대박사학위논문, 1989), 「<탁류>의 서사구조와 서술방식에 관한 연구」(현대문학연구 2, 현대문학연구회, 1991.12), 「 채만식 소설의 서사구조와 서술방식에 대하여」(아주대인문과학연구소 정기발표, 1992. 6), 「채만식의 탈식민적 경향에 대한 연구」(『관악어문연구』17집, 1992. 12) 등이 비교적 최근에 이루어진 작업이다.

관심을 가진 논자는 아직 없다. 대부분의 논자들은 그의 문학적 경향을 모더니즘의 아류 정도로만 지적하고 있다.

이상은 단순히 무의식이나 꿈의 세계만을 그리지 않고 현대문명에 의해 파괴된 인간의 내면 풍경을 있는 그대로 제시하여 우리 문학의 영역을 확장시키고 우리의 상상력을 심화시켜 준 바 있다. 이는 외부 세계의 묘사나 기존의 관념에서 탈피하여 새로운 내적 세계를 현실 속에 뿌리 내리려는 창조적인 노력이며 우리 문학의 현대성 추구에 일익을 담당한 것임에 틀림없다.

따라서 그는 한국현대문학사에서 상당한 정도의 비중을 지닌 작가이기에 모더니즘의 아류로 처리해 버리기에는 아쉬운 점이 적지 않다. 우리의 경우 모더니즘이 영미 이미지즘에 토대를 두고 있다고[3] 볼 때 마땅히 이상의 문학에 나타나는 초현실주의는 모더니즘과 분리되어 논의되어야 할 것으로 보인다. 그런데 논의 자체가 다양해서 그런 것인지는 알 수 없으나 그렇지 못한 경우도 상존하고 있다.

이상에 대한 논의는 당대로부터 오늘에 이르기까지 지속적으로 논의되어 왔다. 당대에는 김기림, 임화, 홍효민, 최재서, 김문집 등이 논의에 참여했다.[4] 그들은 초현실주의를 기교주의로 폄하하거나 현대문학이 극복해야 할 대상이라고 주장하면서 이상을 가장 뛰어난 쉬르리얼리스트의 이해자로 평가했다.

이상에 대한 논의는 60년대 이후 본격화된다. 정명환은 존재 탐구의

---

3) 넓은 의미에서의 모더니즘은 이미지즘, 주지주의, 초현실주의, 다다이즘을 포함하는 개념이나, 정지용과 김기림의 시에서 나타나는 특징을 우리가 모더니즘이라고 할 때 그것은 영미의 이미지즘이라는 좁은 의미의 모더니즘에 다름아니다. (졸저, 『문학사기술방법론』, 새문사, 1985 참조)

4) 김기림의 「현대시의 발전 - 초현실주의의 방법론」(『조선일보』, 1934. 7. 12 - 22), 임화의 「담천하의 시단 1년」(『조선일보』, 1935), 홍효민의 「행동주의 문학운동의 검토」(『조선문단』 24, 1935.7)와 「행동주의문학의 이론과 실제」(『신동아』 47, 1935.9), 최재서의 「천변풍경과 날개에 관하야」(『문학과 지성』, 인문사, 1938), 김문집의 「날개의 시학적 재비판」(『비평문학』, 청색지사, 1938)

측면에서 이상의 문학을 논의했고,5) 조지훈은 급진적 실험의 소산으로 논의했다.6) 백철은 파시즘의 대두와 문화 위기의 소산으로 예술파가 득세하면서 모더니즘, 주지파, 초현실주의를 수용한 것이라고 했다.7) 김용직은 이상의 시에 나타난 초현실주의적 측면을 심미성 결여, 균질성 파괴, 언어와 구조의 무절제 등으로 정리했다.8) 김종길은 초현실주의를 현대시가 요구하는 의미의 축약을 보여준 것으로 평가했다.9) 박철희는 이상이 감성이 아니라 지성을 가지고 시를 썼고 무의식의 매커니즘을 시세계에 도입하여 시영토를 확장한 것으로 평가했다.10) 서준섭은 이상의 시를 모더니즘으로 처리하면서 도시의 아들로서의 이상에 초점을 맞추고 자아 분열과 해체의 징후까지 지적해냈다.11) 김윤식은 이상문학은 방법론상 다다이즘적으로 보이지만 모더니즘의 한가닥일뿐이라고 지적했다.12) 그리고 소설과 수필까지 폭넓게 다루어 모더니즘 소설 논의의 발판을 마련했다.13) 박인기는 초현실주의 이론을 소개하고 그 수용양상을 비교문학적 시각에서 아주 구체적으로 밝혔다.14) 김영철은 한국문학이 현대성을 구유한 세계문학으로 나가기 위해서는 이상의 새로운 기법과 저항과 부정의 제스처가 필수적이라고 논의했다.15) 오세영은 1930년대 모더니즘의 전개에 있어서 초현실주의 계열에 서는 시인으로 이상과 삼사문학 동인을 들고, 이상의 시를 간략히 소개했

---

5) 「부정과 생성」, 『한국인과 문학사상』, 일조각, 1964
6) 「한국현대시사의 관점」, 『조지훈전집』, 일지사, 1973
7) 『국문학전사』, 신구문화사, 1973
8) 「30년대 후반기의 한국시」, 『한국현대시연구』, 일지사, 1974.
   「이상, 현대열과 작품의 실제」, 『이상』, 문학과지성사, 1977
9) 「무의미의 의미」, 『문학사상』 19, 1974.4
10) 『한국시사연구』, 일조각, 1984
11) 「모더니즘과 1930년대의 서울」, 『한국학보』 45, 1986 겨울
12) 『이상연구』, 문학사상사, 1987.
13) 「한국모더니즘 문학연구」, 『한국학보』, 1988 가을.
14) 「한국현대시의 모더니즘 수용 연구」, 서울대박사학위논문, 1987
15) 「이상시론」, 『한국현대시논고』, 형설출판사, 1988

다.16) 최혜실은 이상의 시에 나타나는 난해한 숫자 및 기호 등의 보조
관념에서 원관념을 찾으려 시도하고 있으며, '주관적 보편성'이라는 미
적 범주를 가지고 이상 문학을 새롭게 해석해내고 있다.17)

이들 논의에서 보면 이상을 기교적인 측면에 치중하여 모더니스트로
서 다루고 있는 경우가 많으며, 설사 초현실주의자로 다루고 있더라도
그러한 경우는 극히 드물다. 그러나 이상을 단순히 스타일리스트나 시
의 파괴자로 폄하하는 것은 대상을 너무 피상적으로 바라본 편의주의
적 발상에 다름아니다.

최근에 그를 초현실주의와 관련하여 논의하면서 단순한 기법이나 기
교주의적 평가에서 탈피하여 보다 근원적인 현대성이나 자아의 문제에
착안하여 재평가하는 작업이 활발히 이루어지고 있는 것은 대단히 다
행스러운 일이 아닐 수 없다. 특히 이상의 시에 나타나는 해체적 측면
에 대한 서준섭의 단편적 언급은 좀더 본격적이고 탈식민적 경향에 대
한 논의로까지 발전될 필요가 있다. 따라서 필자는 기존의 논의를 바탕
으로 이상의 문학이 지닌 초현실주의와 탈식민적 경향에 주목하여 그
가 한국현대문학사에서 차지하는 비중과 사적 위치를 재조명해 보고자
한다.

2. 문학의 내면화와 초현실주의의 수용

1930년대 초반 파시즘의 대두로 우리 문단은 말할 것도 없고
세계문단에 불안시대가 도래하여, 당대인들의 정신과 문화 그리고
시의 위기가 고조되기에 이른다. 자연히 문단은 침체되고 그 활로
를 모색하려는 일련의 시도들이 나타난다. 문단의 침체란 한마디

---

16) 『20세기한국시연구』, 새문사, 1989, pp.137-142
17) 『한국모더니즘소설연구』, 민지사, 1992.

로 리얼리즘적인 경향의 침체를 의미한다. 이에 따라 리얼리즘과는 다소 거리가 있는 모더니즘, 주지주의, 초현실주의가 역사의 전면에 대두된다.

이들은 당대의 문제를 직설적으로 표출하기 보다는 내면화하려는 어떤 징후를 보여준다. 이들은 신비평적 시각에서 볼 때 좋은 시라 할 수 있는 정상적 운율과 연구분, 정확한 논리와 문법, 압축과 다의성, 포에지의 일관성과 지적 규제 등과 같은 장치를 적절히 활용한 시들에 비판적 입장에 서서 그러한 형식성과 폐쇄성을 부정하고 개방적 형식을 요구한다.

데리다의 개념 가운데 중요한 위치를 점하고 있는 불확정성은 바로 개방성을 전제로 한다.18) 물론 그 기저에는 일체의 인습적 이데올로기와 미적 범주에서 탈피하고자 하는 욕망이 자리하고 있으며 철학적 지식체계의 확립과정을 비판하려는 의도가 도사리고 있는 것도 사실이다. 따라서 이들의 문학에서 해체적 경향을 엿볼 수 있다.

한마디로 초현실주의자들은 모든 지성에 반발한다. 모든 지성은 인간의 욕망을 억압하기 때문이다. 이 점에서 그들은 해체주의자들이다. 해체주의자들은 사물을 지각하고 인식함에 있어서 질서와 논리 혹은 일관성을 거부한다. 그들은 신비평가들이 신성시하던 규제와 억압과 혹은 형식에 회의를 느끼고 자신의 영혼에서 넘쳐 흐르는 실존적 숨결과 격정을 서술한다.

특히 이상의 문학에서는 그러한 경향이 대단히 선명하게 드러난다. 그는 기본적으로 인류의 역사가 지배와 착취, 조종과 박탈로 점철된 제국주의와 식민주의의 연속이라고 보았다. <지주회시>에는 그 점이 아주 분명히 드러나 있다. 거미인 아내는 손님들의 돈을 빨아 먹으며, 그 돈을 주인공인 그가 빨아 먹고 산다. 친구 오군도 마유미와 그에게서

---

18) M. Ryan, 『*Marxism and Deconstruction*』, The John Hopkins Univ. Press, 1982, pp.11-24

돈을 뜯어 먹고 산다. 그러나 그들은 모두가 당대의 착취당하는 계층들이다.

그런데 지배와 착취나 그에서 탈피하고자 하는 노력이 신채호나 한용운처럼 아주 구체적이고 직설적으노 나타나지 않고 주로 되받아 쓰기에 의존하고 있다.[19) 그 문학에 나타나는 해체적 경향에 대해서는 지적하면서도 탈식민적 경향으로까지 확대해서 살펴보지 못한 것은 이와 무관하지 않은 것으로 보인다.

경성고공 건축과 출신인 이상은 고공회람지 <난파선>에 발표한 시작품에서부터 기하학적 도형성과 입체감 그리고 20세기의 전위적인 사조들인 다다이즘, 초현실주의, 형태주의, 아이러니 등을 과감하게 실험한 위대한 돈키호테로서의 여러 반역적 모반을 시도했다.

그러나 그의 초현실주의는 다다이즘의 비판적 인식 위에서 실험되었다. 다다이스트들이 파괴를 위한 파괴에서 기존의 언어체계를 해체하고 전위적 경향에 침잠했다면, 그는 파괴를 위한 파괴에서라기보다는 예술의 새로운 내면 공간을 확보하기 위해 해체적인 작업에 착수한 것으로 보인다.

그의 시는 정상적인 리듬을 따르지 않고 있다. 이상은 시어와 통사 구조에 있어서 일정한 규범을 따르지 않고 자신의 욕망의 구조를 취하고 있다. 그는 모든 형식과 규범에서 탈피하고자 하는 미적 저항을 시도하여 개방성을 보여준다. 리듬을 해체하고 형식을 해체하고 있는 점

---

19) 탈식민주의적 전략에는 크게 세 가지가 있다. 탈식민화 Decolonization, 폐지 Abrogation 와 전유 Appropriation, 되받아 쓰기 Write Back 등이 그들이다. 탈식민화의 전략도 다시 두 가지로 나눌 수 있다. 그 하나는 식민지 이전의 문화와 언어를 회복해야 한다는 주장이고, 다른 하나는 그것이 불가능하기 때문에 문화적으로 합병해야 한다는 주장이다. 폐지는 지배적인 권력과 경전적 지배문화를 없애자는 주장이고, 전유는 중심 문화의 지배적 언술을 식민지의 언술로 바꾸어 써야 한다는 주장이다. 되받아 쓰기는 지배적인 언술에 의해 성전화된 이야기들이나 텍스트를 다시 읽고 새로운 시각에서 다시 씀으로 해서 지배적인 언술을 공격하는 방법이다.

에서 그의 시는 분명 해체시로 볼 수 있다.

해체시에서 중요한 것은 리듬과 시어 그리고 통사구조이다.[20] 해체
시의 리듬은 정상적인 리듬을 따르지 않고 시인의 호흡과 숨결에 따른
다. 시인의 호흡과 리듬이 시의 리듬으로 전이되는 셈이다. 해체시의
언어도 일정한 규범을 따르지 않기 때문에 매우 다양하고 찰나적인 속
성을 지닌다. 해체시의 통사구조는 기존의 통사구조를 거부하고 시인의
욕망의 구조를 취한다. 때문에 해체주의자들은 통사구조를 파괴한 자들
이라는 비판을 받기도 한다.

물론 이상 역시 그러한 비판을 받아온 것이 사실이다. 그러나 그의
시적 해체는 단순히 리듬과 시어 그리고 통사구조 자체에만 머물지 않
는다. 이상은 그러한 작업을 통해 기존의 관념의 해체까지를 노린 것으
로 보인다. 분명 그는 난해시로서의 초현실주의 시에 대한 지적 호기심
에서 그처럼 기교를 부린 것같지는 않다. 그보다는 상상력의 해방과 현
실변혁까지를 고려한 새로운 시대의 시를 쓰려고 한 것으로 보인다.

그러니까 그는 다다이즘이 절망하여 현실에 안주하는 자의 목소리가
아니라 비록 광적일지는 모르지만 새롭게 폭발하는 창조의 목소리이고
불길이라는 본 셈이다. 이 점에서 그를 단순히 다다이스트로만 치부해
버리기에는 석연치 않은 점이 있다. 왜냐하면 다다이스트들이 기존의
시의 해체를 위한 해체와 부정을 위한 부정을 부르짖었다면 분명 초현
실주의자들은 창조와 변혁을 위한 해체와 반역을 준비한 때문이다.[21]

이처럼 이상이 좀더 고차원적인 차원에서 시적 변혁을 추구하고 있
음에도 대부분의 논자들은 <오감도> 등에 나타나는 새로운 기법과 형
태의 변혁에만 초점을 맞추어 그를 기교주의자로, 그의 문학을 기교
우위의 문학으로 폄하해온 것이 사실이다. 이러한 발상은 다분히 도식

---

20) 「포스트 모더니즘과 한국의 현대시」, 『心象』 20-2, 1992.2, p.45
21) Norma Sandrow, 『*Surrealism-Theater, Arts,Ideas*』, New York:Harper & Row, 1972, pp.16-24.

적이고 편의주의적이며 부분을 가지고 전체를 호도한 것이라고 볼 수 있다.

물론 이러한 가설은 그의 문학을 구체적으로 분석한 뒤에나 주어질 수 있을 것이나, 그가 한계상황에서 근대적 자아의 확립을 위해 기울인 노력과 침체된 문단에 얼마간이라도 활력을 넣어준 점에서 전혀 근거 없는 낭설은 아닐 것으로 확신한다.

3. 반역의 정신과 해체적 시도

19세기는 될 수 있거든 봉쇄하여 버리오. 도스토예프스키 정신이 자칫하면 낭비인 것같소. 위고를 불란서의 빵 한조각이라고는 누가 그랬는지 지언인 듯싶소. 그러나 인생 혹은 그 모형에 있어서 디테일 때문에 속는다거나 해서야 되겠소?

인용문은 <날개>의 일부로 이상의 정신적 지향을 단적으로 보여주는 대목이다. 그는 19세기적 인습과 관념에 얽매여 부자연스럽게 20세기를 숨쉬며 살던 당대인들의 삶에 회의를 느끼고 기존의 인습과 관념으로 부터의 해방을 부르짖고 그에 입각하여 작품활동을 하다가 갔다. 물론 그것은 20세기를 살아가고 있던 모던 보이 이상 자신의 혈관에 흐르고 있던 19세기의 엄숙한 도덕성의 피에 대한 반항과 거역의 몸짓이었는 지도 모른다. 때문에 그는 철저히 자유인임을 자처하면서 지나치리만치 자유를 추구하다가 방종한 삶을 영위하는 어리석음을 범하기도 했다.

그가 당대의 문학을 비판하면서 꾸준히 새로운 시도를 했던 것도 어 떤 의미에서 보면 지극히 당연한 체질적인 현상으로까지 보인다. 그는 풍자 위트 야유 과장 패러독스 자조 등과 기법적인 변화를 통해 기존 의 모든 규범을 파괴하려 했다. 이러한 일련의 사태를 종합해보면 그는 분명 다다이즘과 무관하지 않은 사람임이 확실하다.

　이러한 파괴행위에 대해 비판적인 입장을 취하는 사람들이 적지 않다. 그런데 어떤 사람은 현대를 맞이할 소지가 없다는 자의식이 그로 하여금 누구보다도 현대적이며 새롭게 보이려는 역설적 시도로 나서게 했고 가령 숫자를 뒤집어 놓는다거나 혹은 띄어쓰기를 하지 않는다는 따위의 그 이지러짐과 괴팍스러움으로 발전한 것이라고 지적하기도 하고,22) 어떤 사람은 그것이 당대의 정치적 압력에 대한 저항의 몸짓이 아니라 서구적인 것으로의 도피일 뿐이라고 비판하기도 한다.23)

　물론 이러한 지적은 전혀 근거가 없는 것은 아니다. 그러나 그들은 너무 현상적인 것만을 가지고 논의한 것 같다. 이상의 정신적 지향이나 세계관과 관련지어서 살펴본다면 그것은 분명 당대의 지배적인 권위에 대한 저항의 몸짓으로 볼 수 있다. 노예적인 근성에 사로잡혀 일본인의 근대적 삶을 모방하기에 급급하면서도 여전히 봉건적 권위를 유지하려 한 당대 지배계층의 논리와 질서가 그의 생리에 맞았을 리 없다.

　따라서 그들의 세계를 합리화 해주는 언술을 이상이 긍정적으로 받아들일 수는 없었을 것이다. 소위 지배적 언술을 해체하거나 되받아 쓰기를 함으로 해서 그에 저항하고 반항하지 않을 수 없었을 것이다. 그것은 그가 기존의 시형태를 파괴하고 관념을 부정하는 과정에서 그 나름대로의 조화를 추구하고 있으며, 무의식이나 꿈을 자동적으로 기술하고 있다기 보다는 얼마간 냉철한 계산 위에서 시와 소설을 쓰고 있다는 점에서 어느 정도 확인이 가능하다. 이 점에서 볼 때 그는 분명 다다이스트는 아니며 다다이즘에 머물지 않고 새로운 모색을 한 문인임에 틀림없다.

　　말라깽이라고그런점잖은손님의농담에어찌외람히말대꾸를하였으며

---

22) 정명환, 「부정과 생성」, 『이 상』, 문학과 지성사, 1977, pp.72-73
23) 박철희, 「표현금지주의 = 이상」, 『한국시사연구』, 일조각, 1984,

말대꾸도유분수지양돼지라니-그래생각해보아라네가말라깽이가아니고
무엇이냐-암-내라도양돼지소리를듣고는-아니다아니다말라깽이소리를듣
고는-나도사실은말라깽이지만-그저있을수없다-양돼지라그래줄밖에-아
니그래양돼지라니그런괘심한소리를듣고내가손님이라면-아니내가여급
이라면-당치않는말-내가손님이라면그냥패주겠다.그렇지만안해야양돼지
소리한마디만은잘했다고그러니까걸어채였지-아니나는대체누구편이냐
누구편을들고있는세움이냐

— <지주회시>

　때묻은빨래조각이한뭉텡이空中으로날러떨어진다.　그것은흰비들기의
떼다.　이손바닥만한한조각하늘저편에전쟁이끝나고平和가왔다는宣傳이
다.　한무더기비들기의떼가깃에묻은때를씻는다.　이손바닥만한하늘이편
에방맹이로흰비들기의떼를때려죽이는不潔한戰爭이始作된다.　空中에숯
검정이가지저분하게묻으면흰비들기의떼는또한번이손바닥만한하늘저편
으로날아간다.

— <詩第十二號>

　인용문에서 보면 단어의 띄어쓰기나 행구분같은 것을 전혀 무시하고
있다. 물론 <지주회시>는 소설이기 때문에 형태적인 측면에서 별 문제
가 없을지 모르지만 <시제12호>는 시이기 때문에 문제의 소지가 다분
하다. 또한 전쟁의 끝과 전쟁의 시작이라는 극과 극의 관념에 대한 이
미지를 제시한 뒤에 그에 대해 아주 구체적으로 해설을 하고 있는 점
도 분명 기존의 시를 해체한 것임에 틀림없다.
　그렇다고 인용한 글들이 전혀 그 나름대로의 규칙을 지니고 않은 것
은 아니다. 특히 후자는 외형적으로 무질서해 보이지만 엄밀히 살펴보
면 띄어쓰기와 행구분을 일정하게 무시하고 있으며 3음절과 4음절의
반복이라는 우리의 전통적 자수율을 애용하고 있다. 내용상으로도 전쟁
과 비들기를 대비시키고 있고 '때묻은빨래조각'과 '흰비들기의떼'와
'平和'를 등가적으로 처리하고 있는 점이 눈에 띈다.

따라서 이는 다다적 경향이라기 보다는 분명 초현실주의적인 해체적 경향이다. 이러한 경향은 그의 공식적인 처녀작으로 평가되고 있는 <오감도>에 집중적으로 나타난다.

<시제1호>에서는 공포와 절망의 감정을 13인의 아이를 통해 드러내고 있는데 동일한 문장을 숫자만 바꾸어가면서 13번이나 반복해서 서술하고 있다. <시제2호>에서는 띄어쓰기와 행구별을 무시하고 '아버지'라는 동일한 단어를 18번 반복해서 사용하고 있으며 <시제3호>에서는 '싸움'이라는 단어를 13번 반복하고 '하는'과 '하지않는' 혹은 '싸움하던'과 '싸움하지 아니하던'을 교체해서 사용하고 있다. <시제4호>에서는 문학의 매체가 언어라는 사실을 무시하고 일종의 숫자만을 뒤집어 제시하고 있는 일종의 기호놀이를 하고 있다. <시제5호>에서는 글자크기의 변화와 한자의 사용 그리고 도표의 제시 등을 볼 수 있다. <시제6호>에서는 대화를 <시제7호>에서는 한문투를 구사하고 있다. 이 것은 <시제15호>에까지 계속되고 있다.

심지어 <선에관한각서>에서는 유클리트기하학을 원용하여 숫자나 기호 또는 수식을 도입하고 있다. 특히 <선에관한각서2>는 그야말로 기호놀이로 시종하고 있는 5연으로 된 시이다. 1연과 5연은 각기 8행씩 똑같은 모양으로 숫자 '1 + 3'과 '3 + 1'를 반복해서 제시하고 있으며 2연과 3연 그리고 4연은 아래의 인용문과 같다. 그리고 마지막에 괄호을 부기하고 거기에서 기호놀이에 대한 일종의 해설을 하고 있다.

線上의一點 A
線上의一點 B
線上의一點 C

A + B + C = A
A + B + C = B
A + B + C = C

二線의 交點 A
三線의 交點 B
數線의 交點 C

　인용시에서는 말할 것도 없고 대부분의 시에서 이상은 단어들이 지시하는 의미나 문맥을 거의 무시하고 순수기호들 사이의 임의적이고 기계적인 나열에 만족하고 있는 듯한 인상이다. 그의 시에 나타나는 모티프들은 의외로 단순하고 우발적이다. 그리고 그들은 아주 단조롭게 배열되어 그 의미가 추상적이기보다는 구체적이라고 할 수 있다.

　이러한 특성은 고도의 의장이라고 할 수밖에 없다. 그의 시는 정신분열이나 내적 갈등에서 자연적으로 유로 된 것이 아니라 절대적 기준과 기존의 권위에 대한 도전에서 의도적으로 생산된 시들임에 틀림없다. 그러니까 그는 이러한 시들에서 내면 공간의 확보를 통해 시적 영역을 꾸준히 확대해 나간 것으로 보인다.

　이러한 사실은 <시제3호>에서 볼 수 있듯이 나의 시각이 아닌 사물의 시각 혹은 타인의 시각에서 작품이 서술되고 있는 점과 <시제15호>나 <거울>에서 볼 수 있듯이 거울의 이미지를 구사하고 있는 점에서 확인이 가능하다. 특히 후자에서는 그가 일상적 삶에서 초월하여 자신과 우주의 존재에 대해 심오하게 회의하고 갈등했던 것을 확연히 엿볼 수 있다.

　　거울속에는소리가 없오
　　저렇게까지조용한세상은참없을것이오

　　……중　　략……

　　거울속의나는참나와는반대요마는
　　또꽤닮았오

나는거울속의나를근심하고진찰할수없으니퍽섭섭하오

거울은 자신을 비추어 볼 수 있는 도구로 인간이 지니고 있는 존재 탐구의 측면에서 볼 때 일종의 혁명적인 문명의 이기이다.24) '나'는 거울을 보면서 거울의 사물성을 의식하고 거울 속의 세계를 상상한다. 그리고 거울 속에 비친 자신의 모습을 통해 자신의 순수자아를 찾으려 고 한다. 그러나 인식의 주체라고 할 수 있는 '나'는 인식의 객체라고 할 수 있는 '거울 속의 나'를 보고 그것이 자신과는 전혀 다른 타인임 을 의식하기에 이른다.

'나'를 발견하기 위해 거울 앞에 선 자아가 자신이 꿈꾸어 온 '나' 가 아닌 다른 '나'를 발견했을 때 그에게 일어날 수 있는 사건은 자기 모멸이나 자기 학대가 될 수 밖에 없다. 따라서 타인에 대한 인식은 결 국 거울밖의 '나'와 거울속의 '나'의 싸움으로 비화될 수밖에 없다. <시제15호>에서는 그 점이 아주 분명하게 드러난다. 분열된 자아끼리 의 음모와 싸움이 시작되며 자아분열을 통한 자아 해체가 일어난다. 이 러한 자기 해체를 통해 이상은 일상성과는 거리가 먼 새로운 세계를 추구하고 있는 셈이다.

4. 무의식의 표출과 말의 남발

이상은 외형적으로 볼 때 두서없이 떠오른 생각이나 사고의 파편들 을 마구 서술하고 있는 듯하다. 따라서 그의 시는 얼핏보기에 논리적이 기 보다는 비논리적이며 다분히 무의식적인 상태를 기술한 것같은 인 상을 준다. 물론 이러한 현상은 앞에서도 지적한 바와 같이 고도의 의

---

24) 정효구, 『존재의 전환을 위하여』, 청하, 1987, p.188

장이기는 하지만 분명히 그는 무의식의 매카니즘을 시세계에 도입하여 시의 영토를 크게 확장하려고 한 것이다.

다분히 언어유희를 하고 있는 듯한 느낌이 강하게 드는 일련의 시들에서 그는 무의식의 세계를 유로하고 말을 남발함으로 해서 기존의 시에서와는 전혀 이질적인 또 다른 세계를 보여준다. 어쩌면 그것은 19세기의 인습에 억압된 외적 자아에 대해 비판적 입장에 서있던 내적 자아의 내밀한 사고와 심상을 보여준 것이고 이를 통해 자신이 생각하고 있는 또 다른 세계를 표출한 것인지도 모른다.

> 싸움하는사람은즉싸움하지아니하던사람이고또싸움하는사람은싸움
> 하지아니하는사람이었기도하니까싸움하는사람이싸움하는구경을하고싶
> 거든싸움하지아니하던사람이싸움하는것을구경하든지싸움하지아니하던
> 사람이싸움하지아니하는사람이싸움하는구경을하든지싸움하지아니하던
> 사람이나싸움하지아니하는사람이싸움하지아니하는것을구경하든지하였
> 으면그만이다.
>
> — <시제3호>

싸움하는 사람과 싸움하지 않은 사람의 관계를 시제상의 변화를 주어가면서 반복해서 서술하고 있다. 그 의미는 싸움하는 사람을 구경하건 싸움하지 않은 사람을 보건 마찬가지라는 비교적 단순한 것이다. 단순한 내용을 시인은 다소 복잡하게 서술하고 유사한 말을 반복해서 사용함으로 해서 독자의 의식을 혼란스럽게 해주고 있을 뿐만아니라 발음과 리듬상에 그 나름대로의 특이한 효과를 노리고 있다. 이러한 특성은 <정식 Ⅳ>에서도 엿볼 수 있다.

> 시계가뻐꾸기처럼뻐꾹거리길래처다보니목조뻐꾸기가하나와서모으
> 로앉았다그럼저게울었을리도없고제법울까싶지도못하고그럼아까운뻐꾸
> 기는날아갔나

인용한 시는 시계에서 들리는 시간을 알리는 뻐꾸기소리를 듣고 떠오른 단상을 시로써 형상화한 작품이다. 그것이 분명 목조 뻐꾸기에 장치된 녹음기에서 나는 소리임에도 시인은 그러한 사실을 아예 무시해버리고 목조 뻐꾸기가 울었을리 만무하다고 하면서 조금전에 울었던 뻐꾸기는 날아가고 없는 모양이라는 생각을 피력한다.

이상은 현실 자체를 부인하고 존재에 대한 회의에 가득찬 내적 자아의 숨결을 무의식적으로 유로시키고 있는 셈이다. 이것은 시인이 자신도 모르는 사이에 나르시시즘에 빠져들어 언어를 무절제하게 남발한 것으로 보인다. 이와 유사한 경우를 <꽃나무>에서도 볼 수 있다.

> 벌판한복판에 꽃나무하나가있오. 근처에는 꽃나무가하나도없오. 꽃나무는제가생각하는꽃나무를 열심으로생각하는것처럼 열심으로꽃을피워가지고섰오. 꽃나무는제가생각하는꽃나무에게갈수없오. 나는막달아났오. 한꽃나무를위하여 그러는것처럼 나는참그런이상스런흉내를내었오.

'꽃나무'와 '꽃나무가 생각하는 꽃나무'와 '나'라는 대상을 통해 시인은 자신의 무의식을 시로 서술해내고 있다. 벌판 한복판에 외롭게 서 있는 꽃나무를 보고 자신의 내면에 떠오르는 생각들은 시인은 무절제하게 토로한다.

자신의 동반자가 되어줄 꽃나무를 갈구하듯이 꽃이 만개해 있다고 하기도 하고 그 꽃나무에게로 가고 싶어하지만 갈 수 없다고도 한다. 그리고는 꽃나무와 이심전심으로 안타까운 심정을 가진 나는 이상스런 흉내를 내며 마구 달아난다. '꽃나무'에 대한 생각에 빠진 시적 자아가 자신도 모르는 사이에 나르시시즘에 빠져든 형국이다.

5. 불안의식과 공포의 시

이상의 시에는 절망과 공포의 그림자가 짙게 깔려 있다. 긴박한 상황과 공포에 질린 시적 자아 역시 그의 시 대부분에서 찾을 수 있다. 이러한 공포의 근원을 어떤 사람은 이상을 억압하고 든 육친에 대한 공포 특히 백부 콤플렉스와[25] 죽음에 대한 공포에서 찾기도 하고 어떤 사람은 더 이상 놀이를 하지 못하는 데서 오는 절박함에서 오는 것으로 보기도 한다.[26]

공포를 기록하고 있는 시 가운데서 가장 문제가 되고 있는 시는 <오감도 - 시제1호>이다. 이 작품은 아직까지 그 의미가 궁극적으로 설명된 적이 없고 해석이 논자에 따라 구구한 시이다. 거의 언의의 일상적 의미가 사상되고 기호화된 시인의 공포의 감정이 서술된 시이다. 그러니까 이 시 역시 다른 시들과 크게 다를 바 없는 해체시임에 틀림없다.

十三人의兒孩가道路를疾走하오.
(길은막달은골목이適當하오.)

第一의兒孩가무섭다고그리오.
第二의兒孩가무섭다고그리오.
第三의兒孩가무섭다고그리오.
第四의兒孩가무섭다고그리오.
第五의兒孩가무섭다고그리오.
第六의兒孩가무섭다고그리오.
第七의兒孩가무섭다고그리오.
第八의兒孩가무섭다고그리오.

25) 김윤식, 『이상연구』, 문학사상사, 1987, P.66
26) 김진경, 「이상시에 나타난 거울이미지 연구」, 서울대석사논문, 1983, p.51

第九의兒孩가무섭다고그리오.
第十의兒孩가무섭다고그리오.

第十一의兒孩가무섭다고그리오.
第十二의兒孩가무섭다고그리오.
第十三의兒孩가무섭다고그리오.
第十三人의兒孩는무서운兒孩와무서워하는아해와그렇게뿐이모
였오.(다른事情은없는것이차라리나았오.)

그中에一人의兒孩가무서운兒孩라도좋소.
그中에二人의兒孩가무서운兒孩라도좋소.
그中에二人의兒孩가무서워하는兒孩라도좋소.
그中에一人의兒孩가무서워하는兒孩라도좋소.

(길은뚫린골목이라도適當하오.)
第十三人의兒孩가道路로疾走하지아니하여도좋소.

여기에서 숫자 '13'의 정체가 사실은 문제가 된다. 시의 전체적 의
미가 암시하는 추상성과 공포의 분위기 때문에 그 해석은 아주 구구하
다. 13일의 금요일이라는 서구의 불길한 숫자로 해석하기도 하고, 한반
도의 13도를 의미하는 것으로 보기도 한다. 혹은 예수와 13인의 제자를
의미하는 것으로 설명하기도 하고, 시간의 12진법에서 13을 도출했다는
주장도 있다. 이외에도 위기에 당면한 인류, 무수한 사람, 해체된 자아,
시간의 불가사의, 성적 상징, 이상 자신의 기호 등 다양한 견해가 있다.
    13이라는 숫자가 무엇을 의미하건 여기에서 중요한 사실은 13인의
아해가 무서운 아해든 무서워하는 아해든 모두 절망적 상황에 빠져 막
힌 골목을 무서워하고 있다는 사실이다. 시인은 그러한 아주 단순한 내
용을 장황하게 늘어놓고 있다. 그런 연후에 마지막에 가서는 아해들의
의식속에 잠재화된 막다른 골목이라는 공포의 대상을 드러내어 뚫린

골목이라도 이제 아해들에게는 공포의 대상이 될 수 있음을 암시한다. 그러니까 13인의 아해들이 질주 할 길이 뚫렸든 그렇지 않든 그들은 모두가 겁에 질려 있는 것이다.

6. 결 론

필자는 초현실주의자들이 단순히 무의식이나 꿈의 세계만을 그리지 않고 현대문명에 의해 파괴된 인간의 내면 풍경을 제시하여 시의 영역을 확장시키고 우리의 상상력을 심화시켜 준 것으로 보고 그들의 시에 나타나는 특성을 단순한 기법이나 기교주의적 시각에서 보다는 현대성이나 자아의 문제에 착안하여 살펴보았다. 본고에서 논의된 내용을 간략히 제시하면 다음과 같다.

1930년대 초반 파시즘의 대두로 우리 문단에 불안시대가 도래한다. 당대인들의 정신과 문화 그리고 시의 위기가 고조되면서 자연히 문단은 침체되고 그 활로를 모색하려는 일련의 시도들이 나타난다. 그들은 당대의 위기에 대응하기 위해 현실 문제를 직설적으로 표출하기 보다는 내면화하려는 어떤 징후를 보여준다.

이상은 고공회람지 <난파선>에 발표한 시작품에서부터 기하학적 도형성과 입체감 그리고 20세기의 전위적인 사조들인 다다이즘, 초현실주의, 형태주의, 아이러니 등을 과감하게 실험한 위대한 돈키호테로서의 여러 반역적 모반을 시도했다. 그러나 그의 초현실주의는 다다이즘의 비판적 인식 위에서 실험되었다. 그는 파괴를 위한 파괴에서라기 보다는 예술의 새로운 내면 공간을 확보하기 위해 해체적인 작업에 착수한다.

물론 그의 시적 해체는 단순히 리듬과 시어 그리고 통사구조 자체에만 머물지 않는다. 그는 그러한 작업을 통해 기존의 관념의 해체까지를 노린 것으로 보인다. 분명 그는 난해시로서의 초현실주의 시에 대한 지적 호기심에서 그처럼 기교를 부린 것같지는 않다. 그보다는 상상력의 해방과 현실변혁까지를 고려한 새로운 시대의 시를 쓰려고 한 것으로 보인다.

그는 외형적으로 볼 때 두서없이 떠오른 생각이나 사고의 파편들을 마구 서술하고 있는 듯하다. 따라서 그의 시는 얼핏보기에 논리적이기보다는 비논리적이며 다분히 무의식적인 상태를 기술한 것같은 인상을 준다. 물론 이러한 현상은 앞에서도 지적한 바와 같이 고도의 의장이기는 하지만 분명히 그는 무의식의 매카니즘을 시세계에 도입하여 시의 영토를 크게 확장하려고 한 것이다.

그의 시에는 절망과 공포의 그림자가 짙게 깔려 있다. 긴박한 상황과 공포에 질린 시적 자아 역시 그의 시 대부분에서 찾을 수 있다. 이러한 공포의 근원을 어떤 사람은 이상을 억압하고 든 육친에 대한 공포 특히 백부 콤플렉스와 죽음에 대한 공포에서 찾기도 하고 어떤 사람은 더 이상 놀이를 하지 못하는 데서 오는 절박함에서 오는 것으로 보기도 한다.

그러나 그의 시에는 초현실주의적 경향에도 불구하고 종래의 낭만적 경향이나 감상성이 다분히 노출되고 있음을 발견할 수 있다. 이는 다분히 전위적이고 시각적인 경향을 보여준 것으로 보인다. 때문에 혹자는 초현실주의의 본질이나 고민이나 내적 분열을 이해하지 못한, 20세기적이거나 초현실적인 것이 아닌 가짜 초현실주의시라고 비판을 가하기도 한다.

결국 그의 시는 감추어진 미지의 세계에 눈을 뜨게 해준 점, 논리적이고 합리적인 사고방식에서 인간을 해방해준 점, 경이로운 이미지와 메타포로서 인간의 내면탐구를 해준 점 등에서 그 나름대로의 역사적 의의가 있는 것으로 보인다. 분명 이상의 시는 당대의 정신사적 맥락에서 이해해야지 현란한 기법이나 신기함의 차원에서 논의되어서는 안될 것으로 보인다.

참고문헌

구인환,『한국근대소설연구』, 심영사, 1977.

권영민,『한국근대문학과 시대정신』, 문예출판사, 1983.

김영철,『한국근대시논고』, 형설출판사, 1988

김용직,『이상』, 문학사상사, 1977

──,『한국현대시연구』, 일지사, 1974

── 외,『한국문학연구입문』, 지식산업사, 1982.

김윤식,『이상연구』, 문학과사상사, 1987

──,『한국근대문학양식연구』, 아세아문화사, 1980.

── 외,『한국문학사』, 민음사, 1979.

김주연,『현대한국문학의 이론』, 민음사, 1978

김진경,「이상시에 나타난 거울이미지 연구」, 서울대석사논문, 1983

김화영 편역,『소설이란 무엇인가』, 문학사상사, 1986.

문흥술,「이상문학에 나타난 주체분열과 반담론에 관한 연구」, 서울대석사논문,
       1991

박동규,『현대한국소설의 성격연구』, 문학세계사, 1981.

박인기,「한국현대시의 모더니즘 수용연구」,서울대박사논문, 1987

박철희,『한국시사연구』, 일조각, 1984

백 철,『국문학전사』, 신구문화사, 1973

서준섭,『한국모더니즘문학연구』, 일지사, 1991

송현호,『문학사기술방법론』, 새문사, 1985.

──,『한국현대소설론』, 민지사, 1986.

오세영,『20세기 한국시 연구』, 새문사, 1990

우한용,『한국현대소설구조연구』, 삼지원, 1990.

이승훈,『이상시연구』, 고려원, 1987

이재선,『한국현대소설사』, 홍성사, 1984.

임형택, 『한국문학사의 시각』, 창작과비평사, 1984.

───── 외, 『한국근대문학사론』, 한길사, 1981.

전형대 외, 『동편제판소리창본』, 한샘, 1991.

정한숙, 『한국현대작가론』, 고려대출판부, 1976.

조남현, 『한국현대소설연구』, 민음사, 1987.

조동일, 『한국문학과 세계문학』, 지식산업사, 1991.

───── 외, 『판소리의 이해』, 창작과 비평사, 1984.

최원식 외, 『한국고전산문연구』, 동화출판사, 1981.

한상규, 「1930년대 모더니즘문학에 나타난 미적 자의식에 관한 연구」, 서울대
      석사논문,
            1989

Ashcroft,Bill, 『The Empire Writes Back : Theory and Pratice in PostColonial
      Literatures』, London ; Routlege, 1989.

Ryan, M., 『Marxism and Deconstruction』, The John Hopkins Univ. Press,
      1982,

Sandrow, Norma, 『Surrealism - Theater,Arts,Ideas』, New York:Harper & Row,
      1972,

Tzara, Tristan & Andre Breton, 송재영 역, 『다다 / 쉬르레알리슴선언』, 문학과지
      성사, 1987

〈邊城〉과 〈黑山島〉

1. 서 론

　沈從文과 全光鏞은 서로 아무런 관련이 없으며, 서로 왕래한 적도 없는 생면부지의 사람들이다. 게다가 두 작가의 작품은 그 창작 연대나 배경도 다르다. 그런데 심종문의 〈邊城〉과 전광용의 〈黑山島〉는 성장 소설이며, 특히 주제, 제재, 내용, 서술 형식, 그리고 주인공의 성격의 발전 등을 살펴보면 유사한 점이 대단히 많다.

　성장 소설은 서양의 산물이다. 중국문학사나 한국문학사에서 그와 비슷한 소설 분류나 명칭은 두 작품이 생산되기 이전에는 거의 존재하지 않았다. 그렇다고 청소년의 심리 발전이나 성격 형성 등을 다룬 작품이 없다는 것은 아니다. 曹雪芹의 〈홍루몽〉이나 巴金의 〈家〉 등은 다소나마 그런 성격을 지닌 작품들이다. 그런데 심종문의 〈변성〉과 전광용의 〈흑산도〉는 성장 소설의 특성을 더욱 적나라하게 드러내고 있다. 때문에 두 작품을 비교해 볼만한 가치가 있다.

　〈변성〉은 1934년에 발표된 작품이다. 중국의 2, 30년대 소설가인 심종문의 대표작이다. 그는 중국 문체의 대가로 칭송을 받아왔다. 그의 작품은 풍성하고 질 또한 대단히 높다. 그는 500여편의 작품을 썼고, 백여권의 단행본을 출간했다. 20년대 말에서 시작하여 약 20여 년 동안에 많은 독자를 확보하였다. 그의 작품은 대체로 세 가지 종류로 나눌 수 있다. 그 하나는 도시 생활에 대하여 묘사한 것이다. 그 둘째는 湘西(호남 서부) 사람들의 삶을 그린 것이다. 마지막으로는 불경에 관하여 서술한 것이다.

그는 어린 시절에 호서에서 농민, 군인, 뱃사공, 장사꾼들과 어울려 지내왔기 때문에 호서인들의 삶을 그린 작품을 많이 썼다. 또한 그러한 작품들이 가장 특색이 있다. 그는 스스로 자신을 '시골 사람'이라고 지칭해왔다. 이것은 곧 그의 창작 주체를 명시한 것이다. <변성>은 바로 호서의 세계를 그린 걸작이요, 그의 대표작이다.

<변성>에 대한 연구 논문은 상당히 많은 편이다. 어떤 논자는 '이것은 호서 산촌 삶의 목가요, 사랑의 찬송가요, 소설 형식으로 씌인 운을 달지 않은 시'라고 했고[1], 어떤 논자는 '호서인의 인성애요 인정이다. 향토 문학의 새로운 수확이며, 五四이래 사랑과 미적 문학의 새로운 발전'이라고 했다.[2] 어떤 논자는 '호서의 역사적 변천 과정에서 두 가지 애정 개념과 혼인 방식이 서로 얽히고 함께 존재하는 사회 문화 형태'라고 했다.[3]

그러나 어떤 논자는 '호서 세계 모습은 진정한 의미에서 하나의 상아탑에 불과하며 민족의 이상적인 낙원의 환상'이라고 했다.[4] 성장 소설이라는 시각에서 쓴 유일한 논문은 葉少嫻의 논문이다. 그는 <변성>

---

1) 潘旭瀾, <重讀"邊城">, ≪中國現代.當代文學硏究≫, 中國人民大學書報刊資料中心, 1981.15, p.49

2) 何益明, <論沈從文的"邊城">, ≪中國現代.當代文學硏究≫, 中國人民大學書報刊資料中心, 1981. 3, pp.71-78

3) 凌 宇, <從苗漢文化和中西文化的撞擊看沈從文>, ≪中國現代.當代文學硏究≫, 中國人民大學書報刊資料中心, 1986.6, pp.241-249

4) 萬同林, <從創作主體的文化構成看沈從文>, ≪中國現代.當代文學硏究≫, 中國人民大學書報刊資料中心, 1988.6, pp.208-212

이 주제, 내용, 서술 형식, 주인공의 성격 발전적 측면에서 볼 때 한 젊은이의 성장 과정을 성공적으로 그려낸 작품으로, 같은 시기에 중국 소설에서 개인의 발전을 그린 매우 드문 소설이라고 했다.5)

<흑산도>는 1955년 발표된 작품으로, 한국 5, 60년대 소설가인 전광용의 대표작이다. 그는 서울대학교 국어국문학과 교수 겸 소설가이다. 작품을 많이 쓴 작가는 아니지만 그의 작품은 학자가 쓴 작품답게 꼼꼼하고 세련된 맛이 있다. 이 <흑산도>는 그가 몸소 흑산도에 답사한 뒤에 쓴 작품으로, 하나의 비극적 서사시이다.

<흑산도>에 관한 연구 논문은 많은 편이 아니다. 그 가운데 정창범, 김용직, 권영민, 조남현의 논문이 주목할만하다. 정창범은 <黑山島>가 여주인공의 비극적 이야기를 서술하면서 동양적인 애정의 밑바닥을 파헤친 작품이라고 평가하였다.6) 김용직은 줄기차게 인간과 그 立像의 彫塑에 힘쓰고 있는 작가가 전광용이라고 평가했다.7) 권영민은 전광용 소설에 나타나는 비판 정신과 구성의 치밀성에 대하여 높이 평가했다.8) 조남현은 한국인의 삶의 리얼리티를 정확하게 잡아내기 위하여 어부를 관찰하고 분석한 작품이 <흑산도>라고 했다.9)

필자는 본고에서 <邊城>과 <흑산도>를 통하여 두 작품의 성장소설로서의 특성과 유사점을 살펴보고 그 차이점에 대해서도 살펴보고자 한다. 이를 토대로 동양문학의 보편성을 규명하고 동양의 근대문학이 서양문학의 이식에 의해 성장하였다는 종래의 이식사관을 극복해보자 한다.

---

5) 葉少嫻, <沈從文的"邊城">, 《中國現代文學新貌》, pp.193-205
6) 鄭昌範, <全光鏞的世界>, 《韓國短篇文學大系 9》, 三星出版社, 1977, p.434
7) 金容稷, <人間探求和證言內容>, 《轉形期韓國文藝批評》, 悅話堂, 1979, p.166
8) 權寧敏, <批判精神和構成的緻密性 - 全光鏞論>, 《小說文學》, 1984.12
9) 曺南鉉, <全光鏞論>, 《文學思想》 191, 1988.9, p.100

2. 〈변성〉과 〈흑산도〉의 성장 소설적 특성

성장 소설은 대체로 주인공의 초기적 삶을 그리는 데 중점을 둔 소설이다. 주인공이 겪었던 일들은 곧 그의 성장 과정에서 직면해야 하는 시련들이다. 게다가 스승의 바른 지도를 받고서, 주인공이 마침내 스승의 복제품(replica)이 된 것이다. 자립할 수 있는 청년이 되며, 세간에 뛰어 들어서도 사회에 먹히지 않는다. 인생의 여러 도전에 맞서는 용기가 있으며, 인간 관계 속에 얽혀 있는 애환을 경험한다. 성장 소설에서 주인공이 받은 '교육'은 결코 서적을 통하여 얻은 지식이 아니라, 직접 삶의 과정에서 배우고 경험한 것들이다. 그러한 체험을 하면서 성장하여 자립적인 성격과 삶의 목표를 세우게 된다.

성장 소설은 주인공의 초기 삶과 성장 과정에서의 결정적인 사건들을 집중적으로 서술한다. 그런 사건들은 주인공의 일생을 좌우하게 된다. 젊은 주인공이 당면한 어려움을 이겨내고 자립적 인생을 시작하고 삶의 전사가 됨으로써 비로소 이야기의 끝을 맺는다. 바꿔 말하면 소설이 끝날 때에야 젊은 주인공의 자립적 삶이 시작되는 것이다. 또한 무지하고 천진난만한 소년에서 철들고 성숙하고 능력이 있으며, 꿋꿋한 태도로 인생을 맞이하는 성인이 된다. 따라서 성장 소설은 '개인의 발전 소설'이라고 부를 수 있다.10)

심종문이 그린 翠翠의 삶의 배경은 상서 변두리에 위치하고 있는 경치가 아름다운 작은 산성이다. 그녀는 자연 속에서 잉태한 소녀이다. 주위를 둘러싼 산과 물은 곧 그녀의 세계이다.

> 翠翠는 바람과 태양에 길들여져 있다. ---- 이런 고로 눈동자가 수정처럼 맑다. 자연은 그녀를 기르고 교육한다. 천진난만하고 쾌활하여

---

10) 葉少嫻, Op. cit., pp. 194-195

어린 짐승같다. 너무나 착해서 노랑 사슴같이 잔인한 일을 생각해 보
지 못하며 고민하거나 화내는 일이 없었다. 11)

　그녀는 놀 친구가 없었고, 황소 한 마리만 따라 다닌다. 어릴 적부터
할아버지와 서로 의지하며 가난하게 살아왔다. 비록 평범한 삶이지만
서로 관심을 갖고 사랑하기 때문에 많은 즐거움을 더했다. 할아버지는
곧 그녀의 전부이다.

　그녀의 초기의 천진난만하고 근심 걱정없는 성격은 그녀의 행위를
통하여 엿볼 수 있다. 예를 들어 신부를 건네주고 나서 자기도 신부 놀
이를 한다. 그녀는 학교에 다닌 적이 없으나 제법 철이 든다. 그녀가
무엇을 하든 순리대로 하여 마음의 기준을 삼는다. 그리고 할아버지는
지친이요 스승이다. 수시로 그녀에게 처세 방법을 가르쳐 준다. 예를
들어 단오절에 翠翠가 마음이 변하여 순순이라는 그 지역 배주인의 집
에 가서 뱃놀이 구경을 하고 싶지 않다고 하자, 할아버지가 그녀에게
다음과 같이 훈계한다.

　　翠翠야, 너 왜 그러니? 약속하고도 또 마음이 변하다니. 우리 다산
　동 지역 사람들의 평소 품행과 어울리지 않는다. 약속을 잘 지켜야지.
　이랬다 저랬다 하면 못써.12)

　翠翠는 커가면서 심적 변화도 적지 않았다. 항상 자신도 모르게 소
녀 특유의 정서를 드러내곤 하였다. 翠翠는 하루하루 자랐다. 문득 무
슨 이야기를 꺼내면 얼굴이 붉어진다. 시간이 그녀를 자라게 한다. 그
녀더러 다른 어떤 일에 대하여 책임을 지라고 독촉을 한 듯하다. 그녀
는 분장한 신부를 구경하기 좋아하며, 신부에 관해 이야기하는 것을 즐
긴다. 들꽃을 머리 위에 꽂기 좋아하고 노래를 불러주기 좋아한다. 때

11) 彭小妍 編, ≪沈從文小說選(二)≫, 臺北 : 洪範書店, 1995, p.700
12) Ibid., p.725

로는 외로운 듯하며 암석 위에 올라 앉아 하늘을 향해 한 점의 구름, 한 개의 별을 쳐다본다. 할아버지가 '翠翠야 무엇 생각하니?' 물으면, 그녀는 약간 수줍은 듯, 가볍게 말하기를 '翠翠 아무 것도 생각 안해요' 그러면서도 마음 속에는 '너 무엇 생각하니' 자문자답하여 '내가 멀리 생각 많이 한다. 그런데 무엇을 생각하는지 모른다.

<흑산도>에서 여주인공 북슬이는 전라도 당산의 외진 섬에서 자란 소녀이다. 그녀는 바다가 잉태한 소녀. 바다는 곧 그녀의 삶의 전부이다. 그녀도 어릴 적부터 할아버지의 슬하에서 가난하게 살아왔다. 그녀는 천진난만한 성격 대신 섬사람처럼 변덕스러운 기분으로 살아가야만 한다.

> 까마개 사람들은 바다와 싸우면서 바다를 의지하고 살아왔다. 폭풍우를 만나면 바다가 적이었고 고요하게 잠자는 날이면 바다보다 다사로운 벗은 없었다....그들은 바다에서 나서 바다에서 죽었다. 용바우아버지도 그랬고 북슬이 아버지도 그러했다. 원수인 바다에 끝없는 저주를 보내면서 바다에 대한 치성은 그들의 신앙이었다.[13]

놀이를 즐겨하는 복술이는 마을 사람들과 어울려 지냈다가도 금방 시름에 잠겨 있거나 마음이 서러워지기도 하는 소녀다. 이것은 바다에 죽은 아버지와 불쌍한 어머니에 대한 기억 때문이다. 이렇게 울적하게 살아온 복술이는 다행이도 사랑하는 용바우라는 청년으로부터 많은 위안을 받았다. 섬마을에서 함께 자랐지만 사춘기에 들어선 그녀도 어느덧 소녀의 특유한 정서를 지니고 있다.

복술이의 할아버지는 젊고 근면하여 늠름한 용바우를 아들보다 더 소중히 여긴다. 그러나 혼사를 이루기 전까지 푼수를 엄격히 지키라고 복술이를 가르쳤다. 그러면서 자신이 세상에 살 날이 얼마남지 않은 것

---

13) 全光鏞, <黑山島>, ≪韓國短篇文學大系 9≫, 三星出版社, 1977, pp.145-146

을 짐작하면서 복술이의 미래를 많이 생각하고 있다. 이번에 용바우가 탄 어선이 풍수하여 돌아오면 가을에 혼례를 치뤄줄 생각이라고 한다. 물론 섬사람의 삶은 하늘에 달린 것이라 하늘이 모든 것을 조정한 줄 알고 있다. 이것은 어이없는 것이다.

> 바다가 유헨덕이라면 하늘이사 제갈량이제 참 조해야 암만가구 싶
> 어도 하누님이 말면 못가이께.14)

난송과 翠翠의 해후는 그녀 인생의 전환점이 되었다. 그녀를 사랑과 미움, 슬픔과 기쁨이 얽혀져 있는 삶에 끌여 들였다. 난송의 나타남은 할아버지를 대신하여 그녀의 마음 속에 중요한 위치를 차지했다. 그녀의 정서 세계를 매우 복잡하게 만들었다. 그녀의 변화는 할아버지의 시선에 비할 순 없다. 자연속에 한 평생을 보낸 늙은 뱃사공에게는 모든 것을 헤아릴 수 있다. 자연의 규칙을 묵묵히 받아 들여 생로병사는 자연 현상이니 누구나 겪어야 할 길을 알고 있다. 그는 자신이 늙어감에 대해 걱정하지 않지만 손녀의 미래를 위해 이것 저것 준비하기 시작한다.

> 그는 翠翠 때문에 걱정한다. 가끔 문밖의 암석위에 드러누어 별을 보고 시름에 잠긴다. 그는 자기의 죽을 날이 다가왔음을 느낀다. 翠翠가 어른이 되었으니 자신이 확실히 늙었음을 안다. 그러나 어쨌든 翠翠가 확실한 소식이 있어야 한다. 기왕 그녀의 불쌍한 엄마가 자신에게 맡겼으니, 翠翠를 누군가에게 넘겨주어야만 비로소 자신의 일을 끝마칠 수 있다.15)

翠翠는 자기 인생에서 첫 번째로 중요한 선택의 기로에 선다. 형인

---

14) Ibid., p.150
15) 彭小姸 編, Op. cit., PP.727-728

天保인가 아니면 둘째 아우인 난송인가를 두고 어찌 할 줄을 모른다. 그녀의 속마음엔 난송을 좋아하지만 본격적으로 청혼한 자는 天保였다. 그녀는 또한 효녀라서 할아버지 곁을 떠나고 싶지도 않다.

翠翠의 마음이 어수선하여 갈피를 잡지 못하고 있다. 그녀의 행동은 이전의 쾌활하고 명랑했던 성격 그리고 茶山同 지역 사람들의 호방한 성격과 어울리지 않는다. 하지만 그녀의 성숙해짐을 뜻한 것이다. 난송과의 해후는 자연스럽게 이루어진 것이며 인위적인 것이 아니다. 그러나 천보의 청혼은 너무나 부자연스러워서 매우 난처했다. 게다가 난송과의 애정도 종잡을 수 없다.

> 翠翠는 붉은 구름을 쳐다보고 나루터에 타향살이 장사꾼들의 떠드는 소리를 들으면서 약간의 처량함을 느낀다. 저녁노을이 여전히 부드럽고 아름답고 고요하다. 그러나 똑같은 저녁노을인데도 약간의 처량함을 느낀다. 삶은 고통스러워진다. 翠翠는 무엇이 모자른 듯하다. 이런 시간이 곧 지나갈 듯하다. 새로운 일에 매달리고 싶어하지만 안 된다. 삶은 너무나 평범해서 참을 수가 없다.[16]

翠翠와 천보, 난송 두 형제와 얽힌 복잡한 사랑은 바로 그녀의 인생의 전환점이 된다. 자연속에서 자란 翠翠의 개인적인 사상, 정서는 할아버지나 순순(두형제의 아버지) 등을 뜻한 사회 문화 개념과의 오해와 충돌이다. 그녀의 침묵은 여러 사람의 오해를 사게 되어 할아버지도 난처하게 만들었다. 그는 스스로 결정하려 하지 않는다. 그녀에게 혼사를 스스로 결정하도록 한다. 천보가 이 일로 인해 간접적으로 뜻밖에 죽었다. 이런 돌변사고로 난송까지도 오해하게 된다. 천보의 죽음은 翠翠와 난송 사이의 애정에 어두운 그림자를 드리웠다. 사실상 난송이 그녀를 진심으로 사랑한다. 그녀와 함께 한평생 나룻배를 지킬지언정 아버지의

---

16) Ibid., P.758

뜻에 따라 부자집 딸과 혼인할 생각은 없다. 그렇지만 형의 죽음도 잊을 수 없다. 翠翠와 간접적인 관계가 있다. 사상과 미움의 기로에 타향살이를 택했다. 당연한 문제를 잠시나마 피하려는 것이었다.

> 정월부터 삼사월까지 부모자반과 우무를 뜯고 오뉴월이면 잠질해서 생복이나 섬게를 땄다. 칠팔월에는 미역이 한창이었고 구시월 접어들어 동지 섣달까지는 김을 주웠다. 갯밭을 파는 조개잡이는 사철 가리지 않아 이렇게 까막개 아낙들은 여름은 여름대로 겨울은 겨울대로 바다와 더불어 손끝이 닳아 갔다.17)

복술이는 바다를 바라보고 사는 전형적인 섬여인의 삶을 영위하고 있다. 이런 변함없고 개선되지 않은 삶을 그녀도 섬여인들처럼 아주 지겨워하고 있다. 육지에 가서 살아보는 것이 모든 섬여인들의 소원이었다. 지금 이렇게 살게 된 것은 사랑하는 용바우가 있었기 때문이다.

그런데 용바우가 탄 어선이 날짜를 한참 지났는데도 돌아올 기미가 보이지 않고 있다. 언제나 불길한 예감 때문에 그녀를 괴롭히고 있다. 게다가 곱슬머리 청년이 틈타 뇌물을 바쳐 사랑을 표시한다. 또한 육지에 가서 살림을 차린 것으로 유혹한다. 작년에 할아버지께서 당연히 거절하라는 눈치였다. 용바우는 돌아오지 않고 섬사람의 삶은 더욱 위태로워졌다. 게다가 이웃과 친하게 지낸 인실이는 영양실조로 아이를 낳았는데 모자가 같이 죽었다는 큰 충격을 받았다.

가난에 시달리는 것은 사람의 정서나 의지가 극히 연약해지도록 좌절하게 만들었다. 더욱 충격적인 소문은 자기의 생모에 대한 이야기다. 복술이는 어머니같이 예쁜 여자다. 어머니는 아버지가 배사고가 난 뒤에 어려운 섬생활을 포기하고 육지로 도망쳐 산다는 이야기다. 자신도 모르게 늘 어머니와 같은 운명에 매달린 듯한 느낌이었다.

---

17) 全光鏞, Op. cit., p.150

요즈음 곱슬머리 청년이 뇌물 공세를 가하면서 육지에 가서 안정되면 할아버지도 모시겠다는 약속을 했다. 물론 양심의 가책도 느껴지고 용바우도 그리워하지만 현실적인 급한 상황도 무시할 수 없다. 할아버지까지도 거절못하고 묵묵히 복술이가 알아서 결정하라는 눈치였다.

복술이는 용바우가 돌아오지 않는 바다라면 정말 싫증이 났다. 바다가 미워졌다. 아예 바다를 떠나야만 살 것 같았다. 복술이의 머리에는 건착선의 곱슬머리가 떠올랐다. 육지에 같이 가 살자고 그렇게 조르는 곱슬머리에게 오늘은 대답하리라고 마음먹었다.

> 복술이는 용바우가 돌아오지 않는 바다라면 정말 싫증이 났다. 바다가 미워졌다. 아예 바다를 떠나야만 살 것 같았다.[18]

> 자기를 아껴주는 사람이면 다 고마왔다. 복술이의 머리에는 언제인가 한 번 보았던 육지의 화려한 모습이 그물코처럼 연달아 떠올랐다. 기차를 타고 자꾸자꾸 가고만 싶었다. 곱게 생겼다는 어머니의 얼굴도 그려보았다. 그럴수록 복술이의 머릿속은 엉클어져 뜬눈으로 밤을 새웠다.[19]

翠翠의 할아버지는 어머니 생전의 이야기를 많이 해 주었다. 그녀를 임신한 뒤에 삼각관계를 일으켰다. 양심의 가책으로 그녀를 낳자마자 자살했다. 翠翠가 어머니의 이야기를 통해 삶의 기쁨과 슬픔, 이별과 만남 그리고 무상함을 희미하게나마 이해한다. 그런데 늙은 뱃사공의 노력은 그다지 큰 효과를 거두지 못했다. 성숙하고 자립적인 인간이 될지 안될지는 외부의 힘에 의해 이루어진 것이 아니라 개인적인 능동성과 통찰력에 달린 것이다. 세상물정을 잘 헤아려 행동에 옮긴 것이다.

---

18) Ibid., p.154
19) Ibid., p.155

"울지마, 어른이 되거든 어떤 일에도 울지마. 악착같이 든든해야 이 땅에 살 자격이 있단다."

翠翠가 손을 눈가에서 거두며 할아버지 곁에 가까이 가서 '이제부터는 안 울거야'라고 말했다.[20]

할아버지의 갑작스런 죽음은 그녀로 하여금 더 빨리 성장하게 한다. 문득 하루 사이에 어른이 된 것 같다. 단오절 날에 난송과의 해후는 조손 두사람의 세계를 깨뜨렸다고 본다면 천보의 청혼 그리고 훗날 발생한 일들은 그녀에게 세간의 애증과 애환을 더욱더 깊이 이해하게 된다. 할아버지의 죽음은 인생에서 생로병사가 자연스럽고도 잔인한 사실이란 것을 깨우쳐 주었다. 할아버지의 친구인 노군인이 줄곧 그녀를 도와주고 있다. 그는 翠翠가 전에 몰랐던 일들을 자세히 설명해 주었다. 그녀가 문득 사정을 이해하게 된다. 자신의 주변 세계를 보다더 깊이 인식하게 된다. 소설이 끝마칠 때에 바로 그녀가 독립적인 삶의 시작을 하고 있음을 뜻한 것이다.

그녀가 육친에 대한 정이나 애정이나 자신의 삶을 뜻한 것이 아니란 것을 깨달았다. 할아버지는 돌아오지 않을 것이요 난송도 돌아올 지 안 올 지 알 수가 없다. 하지만 살아가야 할 것이다. 사람마다 제각기 갈 길이 있으며 책임을 질 일이 있을 것이다. 이렇게 슬퍼한 듯하나 긍정적이면서도 낙관적인 결말은 또한 성장소설의 특색이다. 그녀는 여전히 나룻배를 지키면서 할아버지가 살아계실 때처럼 살아갈 것이다.

'복술이'는 차마 섬을 떠날 수가 없다. 한 평생 살아온 정든 고향이요, 부모와 스승같은 할아버지요, 사랑하는 용바우와 헤어진 이 곳을 그녀는 차마 떠날 수가 없다. 이런 親情과 애정은 곧 그녀의 양심을 뜻하는 것이다. 양심을 저버리고는 살 수 없다. 하물며 미래의 세계는 현재보다 아름답다는 보장도 없다. 그녀는 비록 육지 생활을 흠모해왔으

---

20) 彭小姸 編, Op. cit., p.760

나 안정감이 없다. 이것은 아마 하늘의 뜻인 것 같고 자연의 순리와 운명에 따라 살아가라는 뜻인 것이다. 그녀의 운명은 곧 섬사람들의 운명을 상징하고 있다. 흑산도라는 섬이름은 더욱더 섬사람들의 운명을 암시해 주고 있다.

> 까마개의 아낙네들은 그리다가 목마르고 기다리다 지쳐서 쓰러지면서도 바다와 더불어 살았다......흑산도(黑山島)! 숙명처럼 발목을 매어 잡는 이름이었다.21)

3. 〈변성〉과 〈흑산도〉의 작품 비교

앞에서 분석한 바와 같이 주제, 내용, 서술 형식과 주인공의 성격 발전에서 볼 때 두 작품은 주인공의 성장 과정을 성공적으로 그려낸 공통성을 지니고 있다. 다른 나라의 작품이며 성장소설 형식을 내세우지 않았는데도 두 작품은 공통적인 특징을 지니고 있다. 이것은 성장소설이 세계적인 공통점을 지니고 있음을 뜻한다. 특히 두 작품은 동양 작가의 문화적 전통과 사회적 배경에서 생성된 유사한 사상 체계를 보여주고 있다.

그런데 두 작가는 그들의 성장 배경이 된 역사, 문화, 풍속 등의 차이로 인하여 상당히 이질적인 요인을 작품속에 드러내고 있다. 우리는 성장소설이라는 공통성을 지닌 두 작품을 살펴보면서 그러한 유사성과 변별성을 함께 살펴볼 필요가 있다.

---

21) 全光鏞, Op. cit., p.156

1) 두 작품의 유사성

(1) 지방색의 구현

<흑산도>는 제목처럼 섬사람의 삶을 그린 작품이다. 인물의 대화는 전라도 사투리다. 그리고 이야기의 시작과 끝부분에서 섬사람들이 민속 춤과 노래를 즐겨하는 풍습도 특유한 지방민속임을 알 수 있다. 섬사람들의 가장 중요한 행사인 용왕제는 한편으로 바다 어선의 무사함과 풍수를 기원하는 것이고, 한편으로는 사고난 희생자들에 대한 망령제 올리는 것을 의미하는 것이다. 따라서 용왕제는 그들 삶에 대한 애환을 나타낸 것이고, 섬사람들의 순박함과 자연스러운 지방색을 지니고 있음을 의미한다.

<변성>은 호서 변두리 작은 산성의 대자연을 그린 작품이다. 인물의 대화는 물론 호서사투리의 특색을 지닌다. 이것은 전형적인 중국 서남지방의 생활방식이다. 마치 "사람은 가난하고, 땅은 빈약하고, 기후는 악하다"는 속담처럼 가난과 극심한 교통난 그리고 악천후의 지방색을 전형화하고 있다.

그러나 변성 사람들은 비록 가난하지만 낙천적이고 만족할 줄 아는 성품을 지니고 있다. 노래를 즐겨부르고 인정을 중요시하며 물질적인 욕망이 적은 미풍양속이 그 좋은 사례이다. 강 위에 집을 짓고 나룻배를 주요 교통수단으로 삼은 것도 그러한 삶의 반영이다. 그들의 민속에 대해서는 "변성에서 일년 중에 가장 번화로운 날은 단오절, 추석, 설날이다. 다산동 사람들은 점심을 먹고 …… 시내에 거주하는 사람들은 모두 문을 닫고 강가로 가서 뱃놀이 구경을 하였다."고 했다. 배젓기 경기는 그 지방에서 가장 중요한 민속놀이다. 따라서 강은 그들의 삶의 중심이다.

(2) 여주인공의 삶

翠翠와 복슬이는 한결같이 일찍 부모를 여의고, 할아버지에 의해 성
장한 여자아이다. 할아버지와 의지하여 살아가지만, 생활이 어렵다. 학
교를 다닌 적이 없고, 주변의 생활 환경이 곧 그들의 학교다. 부모이자
스승인 할아버지에 의지하여 교육을 받는다. 천성은 천진난만하여 노래
를 즐겨 부르며 곱게 생겨서 효도도 잘한다. 어릴적에 대자연 속의 삶
에 만족한다. 점차 커가면서 사춘기에 들어서면서 심리변화가 커지고
소녀 특유의 정서를 지니게 된다. 마음에 든 대상을 만나고 나서부터
마음 속의 할아버지의 위치를 대체하게 된다. 이것은 그녀의 인생에 있
어서 전환점이 되었다. 사랑과 미움, 슬픔과 기쁨이 얽혀져 있는 삶의
시작이 된다. 삼각연애 관계를 맺음으로 해서 그녀의 정서세계가 고조
되며 운명의 기로에 서게 된다. 끝내 그녀들이 양심을 기준으로 삼고
자연의 순리대로 살아가게 된다. 이런 결말은 동양작가로서 중국 노장
은 좁은 공리주의를 반대하며 사람과 자연이 하나가 되어 無爲하고도
無不爲의 사상이다. 또한 작가로서 인도주의 사상도 담겨져 있다.

(3) 할아버지의 역할 배치

할아버지는 한편으로 손녀의 양육을 책임져야 하며, 다른 한편으로
는 손녀의 인생의 스승이 되어야 한다. 한평생을 보내는데 자연법칙인
생로 병사를 받아들일 줄 안다. 자신이 곧 죽어가고 서둘러 손녀의 미
래를 준비한다. 하지만 손녀의 혼인에 있어 자유를 존중하며 간섭하지
않는다. 그러면서도 늘 손녀가 자기 엄마의 길을 되풀이하지 않을까 은
근히 걱정한다. 비록 어렵게 살아도 청렴한 성품을 갖춰야 한다고 당부
한다. 예를 들어 할아버지가 손님을 강건네 주면 요금 이상의 가격을

일절 사양한다. 복술이 할아버지는 아무리 어려워도 곱슬머리의 뇌물을 싫어한다. 이외에도 항상 솔선수범하고 근면하며 절약하는 성품을 지니고 있는 삶의 도전에 두렵지 않는 태도는 손녀에게 매우 바람직한 교육이다.

(4) 소설 결말의 유사성

할아버지가 죽고 난송이 떠난 뒤에 翠翠는 스스로 몸부림치다가 갑자기 많이 성숙해진 것 같다. 그녀는 가장 바람직한 삶을 선택했다. 즉 변치 않는 삶, 자연의 순리대로 강물이 흘러가듯 말이다. 복술이도 주위 환경의 끊임없는 유혹과 스스로의 몸부림 끝에 본래의 삶의 질서를 유지하기로 마음먹은 뒤에야 비로소 폭풍우 뒤의 바다처럼 고요하고 평안하다. "하느님에게 순종하는 자는 잘 되고, 하느님에게 거역하는 자는 망한다"는 옛 성인의 말씀처럼 자연법칙에 따른 동양 도가사상 그리고 숙명론은 동양적인 작품에서 가장 짙은 색체를 띠고 있다. 이외에도 물질적인 생활보다는 정신적인 생활을 중요시한다. 이것은 애정은 결코 금전과 바꿀 수 없다는 증명인 것이다. 두 여자가 성품이 고상하고 사고방식 또한 성숙한 상태다. 이것으로써 소설의 결말이 되며 주인공의 삶의 출발점이 되기도 한다. 더욱더 큰 깨달음은 용바우와 난송이 돌아오든 말든 살아가야 할 것이고 인간은 남을 위해 사는 것이 아니다. 개인적인 삶의 의미는 자기의 힘으로 개척하고 개발하여 체득해야 한다. 어떤 생명도 서로 대체할 수 없는 것이다. 두 작가의 유사한 사고 방식은 곧 동양인 인생관과 세계관에 다름아니다.

2. 두 작품의 차이점

(1) 작품의 전체적 분위기

<흑산도>의 제목은 마치 작가가 말한 것같이 숙명처럼 발목을 매어 잡는 이름이었다. 섬사람의 희노애락을 하늘에 의해 조정되고 있다. "바다는 그들에게서 눈물을 핥아 갔고 한숨마저 뿌리째 빼앗아 갔다". 따라서 섬사람은 바다에 대해 어찌할 도리가 없다. 숙명론자가 된 셈이다. 흑산도는 온갖 우울하고 어두캄캄한 분위기고 저기압에 휩싸여 살고 있는 듯하다.

같은 어려운 삶을 지닌 <변성>의 주민은 열정적이고 즐거워하며 노래를 즐겨부른다. 서로 도와가며 인정미가 넘친다. 바다생활 만큼의 큰 위험이 없고 굶주림 정도의 가난함이 아니다. 온 마을 사람들의 화목하고도 낙천적 성품이 호서 다산동 지역의 분위기를 느낀다. 작품 전체는 지나치게 아름다워서 작가가 자기 고향을 너무 과장되게 그렸다는 비평도 받았다. 심지어 다산동같은 지방은 사실상 존재하지 않는다. 이것은 단지 작가의 도화원같은 꿈일지도 모른다. <변성>이 얼마나 밝고 낙천적인가는 <흑산도>와 너무도 대조적이다.

(2) 남녀 애정 묘사의 수법

<변성>에서 남녀의 애정을 그리는에 주로 翠翠의 정서를 통하여 간접적으로 나타낸다. 그 지역의 풍속에 따라 남자가 산에 올라가 애정어린 노래를 불러줌으로써 여자의 주의력을 끈다. 이런 사랑의 표시 방식은 매우 분위기 있고 보수적이고 순박하고도 흥미롭다. 호서 지역 남녀의 순수한 사랑을 나타내는데 보다 더 매력적이고 큰 효과를 거둘 수

있다.

<흑산도>에서 그리는 남녀의 애정은 너무나 통속적으로 남녀가 데이트하는 방식이다. 단조롭고 지루하고도 세속적이다. 그러나 두 작품에서 할아버지의 정신세계를 통해 남주인공에 대한 사랑, 그리고 손녀와 결합하는 소원을 간직함을 나타낸다. 이런 측면에서 간접적인 남녀애정의 표현방법은 일치된다. 남녀의 애정표현을 하는 것은 보다 더 효과적인 수법이다.

(3) 작품의 현실성 문제

<변성>은 목가식 문체이다. 소설 전체가 인정미와 자연미로 가득차있다. 독자로 하여금 도화원에 들어가 있는 착각을 일으킬 만하다. 심종문이 <변성 題記>에서도 작품의 사상 경향에 대해 설명한 바 있다. "이 민족 과거의 위대함과 현재의 타락함을 인식하자". 이 작품은 독자에게 회고의 정서, 하나의 용기와 신심을 주는 데 있다. 사실상 다산동같은 성지는 존재하지 않음을 증명할 수 있다. 이 작품의 창작 경향은 자연미에 대한 추구와 표현에 있다.

반대로 <흑산도>는 매우 리얼하게 현실적인 작품이라는 강한 느낌을 준다. 이 지구촌에 어느 어려운 섬사람의 삶도 이와 비슷할 것 같다. 이 소설속에 한 민족의 풍속도와 사상특성을 지니고 있을 따름이다.

4. 결 론

본고는 성장소설이라는 공통점을 지닌 <邊城>과 <흑산도>를 대상으로 선정하여 두 작품에 나타나는 유사점과 변별성을 구명하고자 했다. 아울러 이를 토대로 동양문학의 보편성을 규명하고 동양의 근대문학이 서양문학의 이식에 의해 성장하였다는 종래의 이식사관을 극복해보자 했다. 그러한 의도하에서 이루어진 본고의 내용을 간략히 요약하면 다음과 같다.

심종문과 전광용은 시간적으로든 공간적으로든 서로 만난 적이 전혀 없었던 생면부지의 작가들이다. 그럼에도 그들의 작품에는 성장소설적 특성이 아주 잘 나타나고 있다. 성장소설은 동양의 여러 나라들에서는 거의 중요시하지 않았거나 인식을 하지 못한 하위 장르이다. 그런데 두 작가의 작품은 성장소설의 전형성을 두루 갖추고 있다.

두 작품에 나타나는 유사성은 작품의 지방성, 여주인공의 삶, 할아버지 역할의 안배 등을 통해 드러나고 있으며, 대체로 두 작가는 공통적인 사고 방식에 입각하여 유사한 인생관과 세계관을 구현하고 있다.

그러나 그들의 작품은 작가의 성장 배경이 된 중국과 한국의 사회적 문화적 차이로 말미암아 상당한 정도의 이질성도 보여주고 있다. 두 작품에 나타나는 변별성은 작품의 전체적 분위기, 남녀 애정의 묘사 수법, 작품의 현실성 문제 등을 통해 드러난다.

지금까지의 논의를 통하여 우리는 다음과 같은 제안을 해볼 수 있을 것이다. 두 작가는 생면부지의 사람들임에도 대단히 유사한 문학적 경향을 보여주고 있는데, 이것은 동양적 인생관과 세계관에 바탕을 둔 동양문학의 보편성으로 볼 수 있지 않겠는가 하는 점이다. 아울러 성장소설이라는 인식이 거의 없었음에도 불구하고 두 작가의 작품에 그런 특성이 드러나고 있는 것은 성장소설이 서구적 장르라기보다는 세계적인 것이지만 서양에서 그러한 인식이 먼저 이루어진 것이 아닌가 하는 점이다.

參考文獻

≪中國現代·當代文學硏究≫, 中國人民大學書報刊資料中心, 1981-1988
≪中國新文學大師名作賞析≫, 海風出版, 1993
≪文學思想≫ 191, 1988,9
≪小說文學≫, 1984,12
≪韓國短篇文學大系 9≫, 三省出版社, 1977
金容稷, ≪轉形期의 韓國文藝批評≫, 悅話堂, 1979
凌宇, ≪沈從文傳≫, 臺北 : 東大圖書公司, 1991
蘇雪林, ≪中國二三十年代作家≫, 純文學出版, 1983
沈從文, ≪沈從文自傳≫, 輔新書局, 1990
李輝, ≪恩怨滄桑≫, 業强出版, 1992
彭小姸 編, ≪沈從文小說選,(一 二)≫, 臺北 : 洪範書店, 1995
夏志淸, ≪中國現代小說史≫, 傳記文學出版, 1979

한중 분단소설

1. 서 론

　지난 수 십년 동안 우리의 비교 문학 연구가들은 한국 문학이 중국의 영향권에 있었는가, 서구의 영향권에 있었는가를 밝히는 데 치중해 왔다. 물론 우리의 문학이 중국 문학이나 서구 문학의 영향을 받은 점은 부인할 수 없다. 그러나 우리는 우리 나름의 문화적 전통을 지니고 있으며, 그러한 전통이 은연 중에 우리의 문학 작품 속에 구현되고 있다.

　근대 문학의 경우 애국, 계몽운동가들은 梁啓超의 영향을 받았고, 이광수는 魯迅의 영향을 받은 것이 사실이다. 그러나 梁啓超와 魯迅의 영향만으로 애국, 계몽운동가들과 이광수의 문학을 설명하기에는 부족함이 많다. 또한 당대의 작가들이 모두 외국 작가들이나 외국 문학을 모범으로 삼아 그 영향을 받기 위하여 노력한 것은 아니다.

　근대 초기 작가들의 문화적 배경에 주목하지 않고 그들의 작품에 주목하면, 그들의 수학 과정과 그들 작품의 주제 의식에 지나치게 집착할 가능성이 있다. 그때 우리는 필연적으로 제국주의적 언술을 반복할 수밖에 없다. 당대는 서구의 사상이 수용되던 시기이므로 그러한 시각에서 문학사를 서술하는 일이 불가피하다. 그때 가장 한국적인 소설을 쓴 작가들은 한국문학사에서 제 자리를 찾지 못할 가능성이 크다.

근대 초기의 작가들은 성장기의 문학적 체험과 외국 문화의 수용에 의한 복합 문화의 생산자들이다. 우리는 그들의 탈식민적 언술과 근대 소설의 자생적 성장 과정에 관심을 갖지 않으면 안된다. 특히 채만식과 老舍의 경우에도 그러하지만, 이범선과 白先勇은 서로 영향을 주고 받은 증거가 없음에도 아주 유사한 문학 작품을 생산하고 있다.

때문에 종전의 연구 방법으로는 그들을 서로 연결시켜 설명하기 곤란하다. 따라서 주제 연구의 방법과1) 탈식민주의 방법을2) 채택하는 것이 좋을 것으로 생각된다. 이러한 작업은 동양 문학의 연구를 출발점으로 해서 세계 문학의 보편성을 찾아내고 이를 토대로 지금까지의 동양 문학 연구의 그릇된 시각인 서양 문학 추수주의를 극복하는 데 일익을 담당할 것으로 사료된다.

본고는 그 일환으로 이루어졌다. 이범선과 白先勇은 모두 공산화된 고향을 떠나 낯선 땅에서 작품 활동을 한 작가들이다. 물론 그들은 한국과 대만 혹은 미국이라는 서로 다른 문학적 토대 위에서 작품 활동을 했고, 출생 배경도 상당히 이질적이다. 그럼에도 그들이 유사한 작품을 생산할 수 있었던 배경은 무엇인가. 그리고 그들의 작품에 나타나는 유사성이란 구체적으로 어떤 것들일까? 필자는 이에 대하여 구체적으로 살펴보고자 한다.

---

1) Ulrich Weisstein, 「Thematology」, *Comparative Literature and Literary Theory : Survey and Introduction*, Bloomington : Indiana Univ. Press, 1973 참조
2) 탈식민주의에 입각한 연구는 많은 논자들에 의해 이루어졌다. 그 가운데 조동일의 『한국문학과 세계문학』(지식산업사, 1991), 劉麗雅의 『한국과 중국 현대소설의 비교연구』(국학자료원, 1995), 송현호의 『한국현대문학론』(관동출판사, 1993)과 『한국현대소설의 비평적 연구』(국학자료원, 1996) 등이 비교적 최근에 이루어진 연구서들이다.

2. 전쟁과 가부장제의 붕괴

이범선과 白先勇은 모두 전쟁의 피해자들이다. 그들은 공산당 정부에 반대했거나 그에 대립되는 위치에 서 사회 활동을 한 가족 때문에 더 이상 고향에 머물 수 없어서 고향을 떠난 사람들이다. 이범선은 공산당 정권의 중산층 기독교 집안에 대한 무자비한 숙청으로 더 이상 고향에서 활동할 수 없었고, 白先勇은 중국 본토의 공산화로 국민당 고위 장군 출신인 아버지를 따라 대만으로 월남해야 했다. 전쟁은 그들에게서 모든 것을 빼앗아 갔다.

전쟁으로 새로운 세력이 등장하면 기존의 기득권층은 역사의 전면에서 퇴각할 수밖에 없다. 20세기 중반 공산주의자들의 침략으로 인해 한국과 중국에서는 수많은 사람들이 하루 아침에 기득권층에서 물러났다. 기득권층에서 물러난 사람들의 삶은 고통스러울 수밖에 없다. 고통의 심도가 같은 것일 때, 그것을 견디어내는 힘은 하층민보다 자산층이 약하다. 따라서 대부분의 비극의 주인공은 하층민보다는 자산층이고, 그때 독자들의 카타르시스도 훨씬 커진다.[3]

이범선과 白先勇은 전쟁이라는 예기치 않은 사건으로 고향에서 내쫓김을 당한 체험을 바탕으로 많은 작품을 썼다. 특히 전쟁으로 몰락한 자산층을 대상으로 그들이 전쟁으로 입은 내적 외적 상흔을 즐겨 다루었다. 그 가운데 가장 주목할 만한 작품으로는 <오발탄>, <思舊賦> 등을 들 수 있다.

<오발탄>은 이범선이 1959년 10월 『현대문학』에 발표한 단편 소설로, 작가의 체험에 토대를 두고 있다. 그는 해방 후 단신으로 월남하여

---

3) 아리스토텔레스는 비극의 주인공의 자격으로 고귀한 신분의 사람이어야 한다는 주장을 했다. 행복에서 불행으로 전이될 때 보통 사람보다는 고귀한 사람의 고통이 더 크고 극적이라는 것이 그 이유다.(『시학』, 제13장)

군정청 통위부에 근무하다가 육이오를 만났다. 전쟁 초기에는 피난을
하지 못하고 숨어 지내다가 1.4 후퇴 때에야 부산으로 피난을 가서 창
고에서 지내며 부두 노동을 하였고, 질병에 시달렸다. 부유한 집안의
자식이었던 그로써는 감당하기 어려운 고통의 세월이었다. 여기에서 그
는 전쟁의 참상과 인간의 비인간화를 체험하고 실존의 문제에 눈떴
다.[4]

그의 작품은 대부분 자신의 체험을 바탕으로 어두운 사회의 단면과
현실에 적응을 하지 못하는 무기력한 인간들의 모습을 집중적으로 구
현하고 있다. 그것은 험한 세상을 살아오면서 자신의 내면에 형성된 자
성의 소리를 형상화한 것이다.[5] 이를 통해 작가는 당대에 팽배했던 허
무주의와 실존의 화두를 문제삼은 것으로 보인다.

<오발탄>의 주인공은 철호이다. 그는 산비탈의 해방촌 고개의 다 쓰
러져가는 판자집에서 어머니, 아내, 동생 영호, 여동생 명숙, 아들 등과
함께 어렵게 살고 있다. 그런데 어머니는 정신 이상자가 되어 고향에만
가자고 하고, 아내는 여대생 시절 꿈많고 아름다운 미모를 지닌 음악도
였지만 생활에 찌들어 고통을 당하다가 죽어간다. 어린 아이는 영양 실
조에 걸려 있고, 동생은 군대에서 나온지 2년이 되도록 일자리를 구하

---

4) 육이오 동란의 영향, 그것이 내 자신을 완전히 변형시켜 왔어요. 인생을 보는
눈이 달라졌고, 혈연이 얼마나 애매한가를 알았고, 우정의 한계를 알아버린
겁니다. 부모가 자식을 버리고 자식이 부모를 버리고, 친구간의 의리라는 것
은 생각할 필요조차 없는 - 극단에 처했을 때의 인간의 추악한 면을 적나라
하게 보아버리고 말았다는 거죠. 그건 불행의 씨죠. 국민을 져버린 정부나 신
의를 외면한 이웃이 나쁘다고 하기 전에 인간 본래가 그런 거다 하는 걸 알
고 나니까 작품의 주인공마저가 사는 것을 억울하게 생각하는 사람이 되더군
요.(「오발탄 그리고 피해자」)
5) 누가 구태여 나의 창작 작업을 말하라고 한다면 나는 ---- 중략 ---- 자신을 가
르칠 것이다. ---- 중략 ---- 자기 소리. 자기의 안경을 통해 비친 세상. 그런
것들 가운데서 때로는 미소지으며, 또는 때로는 서글퍼져서 또한 때로는 분
이 터져서, 그래서 나는 만년필을 쥐는 것이다.(「내면의 소리를 듣는다」, 『한
국현대문학전집』)

지 못하고 방황하다가 권총 강도가 된다. 여동생은 양공주이다. 더구나 그는 입에 풀칠하기에도 부족한 박봉을 받고 계리사 사무실에서 일하고 있다.

작가가 그를 소설의 전면에 내세운 것은 가부장제적 사고 방식에 길들여진 주인공을 통하여 절대적 존재로서의 부의 상실이 가져다 준 충격과 그 속에서의 우리 민족의 수난사를 보여주려고 한 것 같다. 가부장제의 붕괴로 그와 그의 가족이 필연적으로 몰락할 수 밖에 없는 현실을 들어 당대를 풍미한 허무주의와 실존의 문제을 제시한 것으로 보인다. 아울러 작가 자신의 휴머니즘을 강조하려는 의도로도 볼 수 있다.

어머니는 전형적인 한국의 여성이다. 한을 안으로 삭이다가 그것이 병이 되어 정신 이상자가 된 전쟁의 피해자이다. 그녀는 북쪽에 살 때 알아주는 집에서 넉넉한 생활을 한 자산층의 후예이다. 그러나 전쟁으로 고향을 떠나와서 다시는 고향에 돌아가지 못하는 처지가 되었다. 전쟁의 충격과 고향에 대한 그리움이 병이 되어 정신 이상자가 된 그녀는 쨍쨍 울리는 목소리로 '가자! 가자!' 라는 말을 밥먹듯이 되뇌인다. 그녀의 외침은 절규에 가까우며, 그녀의 절규는 분단의 현실을 절감하는 자식들의 가슴에 납덩어리를 얹어놓은 것같은 중압감을 안겨준다. 아들 철호는 38선 때문에 고향에 돌아갈 수 없는 사실을 이야기하지만, 아들의 말을 알아듣지 못하는 어머니는 아들만 야속하게 생각한다. 그녀의 절규는 고착화된 남북 분단의 현실과 인정을 몰각한 이데올로기에 대한 반항으로도 볼 수 있다.

영호는 여동생 명숙과 함께 가장 문제적인 인물이다. 전쟁으로 모든 것을 잃어버리고 정신 이상자가 된 어머니의 원수를 갚기 위해 자원 입대했다. 그러나 외상을 입고 상이 군인이 되어 전역한 그는 현실에 적응하지 못한다. 그는 대상없는 분노를 터뜨리며 눈물을 흘린다. 자기 형처럼 전차값도 안되는 월급을 받고 남의 살림을 보태줄 수는 없다는 것이 그의 현실 인식이다. 그러나 현실은 자기 방식대로 세상을 살아가려는 그의 삶의 방식을 수용해 주지 않는다. 그는 불의와 모순을 극복하기 위하여 권총 강도를 하지만, 인정에 끌려 사람을 살려둔 것이 문제가 되어 구속된다. 그의 허무주의와 실존적 화두는 궁극적으로 어머니로부터 전이된 것이다. 문제아인 그는 현대인이 훼손된 세계에서 진실을 획득할 수 있는 방법을 작가 나름대로 제시해 준 것으로 보인다.

명숙은 작가가 당대를 가장 현실적으로 적응하면서 살아가는 여성의 삶의 양태를 보여준 인물 가운데 하나이다. 그녀는 어머니처럼 한을 안으로 삭이다가 정신 이상자가 되거나, 철호처럼 현실성없이 살다가 몰락의 길을 걷거나, 영호처럼 현실을 거부하고 세계와 투쟁하다가 패배하지 않는다. 비록 가장 타락한 방법일지라도 그 사회가 용인해 주는 방법을 통해 현실의 질곡을 탈피하려는 적극적인 여성이다. 그녀는 몰락한 자산층의 향수를 과감히 떨쳐버리고 양공주가 된다. 남의 수모를 당하면서도 밤이면 호객 행위를 한다. 그러나 밤 늦게 집으로 돌아와서는 오빠들의 차가운 시선에 냉담한 체하지만 남몰래 어머니의 손을 붙잡고 울기도 하고, 몸을 판 돈을 기꺼이 올케의 병원비로 내놓기도 한다.

이 작품은 전쟁으로 기반을 상실한 최악의 상황 속에서 살아 남기 위해 자기 나름대로의 삶의 방식을 선택하고 있는 철호, 철호의 어머니, 영호, 명숙 등을 통해서 전후의 가부장제적 권위의 상실과 자산층의 몰락 그리고 한국의 비극적 현실을 보여주고 있다. 여기에서 우리는 짙은 허무주의를 느낄 수 있다. 그러나 철호 일가의 끈질긴 생명력과 삶에의 치열한 인식을 통하여 인간 구원의 문제를 제기한 것으로 보인다.

<思舊賦>도 작가의 체험이 바탕이 되었다. 중학교 시절 본토의 공산화로 대만으로 옮긴 白先勇은 전쟁이 남긴 비극적 현실과 권력의 무상함을 뼈저리게 느낀다. 그러나 그는 정치와 사회 문제에 지나치게 민감

한 반응을 보이지는 않는다. 그보다는 인간 구원의 문제에 천착하여, 문학의 궁극적 목표를 영구한 인생 문제의 표현에 두었다. 위대한 작품, 좋은 작품은 반드시 시대성을 지니고 있으면서 동시에 시대성을 초월해야 가능하다는 확신을 가졌다. 그는 <紅樓夢>, <戰爭과 平和>, <詩經>, <唐詩> 등의 생명력도 거기에서 찾았다.

따라서, <思舊賦>에서 중국의 공산화 이후 몰락의 길을 걷는 李將軍 가문을 통해 전쟁의 상처에 그치지 않고, 인생의 허무함을 역설하고 있는 것은 道家의 出世思想과 佛家의 無와 空의 思想의 영향으로 <紅樓夢>의 영향이 적지 않음을 엿볼 수 있는 대목이다. 그는 <紅樓夢>이 인생의 무상을 묘사한 불교와 도교의 사상의 구현을 통해 시대성과 초월성을 구유하여 옛부터 지금까지 사람들의 공감을 얻고 있는 것으로 평가했다.

<思舊賦>는 위진 남북조 시대에 친구 稽康의 집을 지나면서 向秀가 지은 시의 제목을 따서 그 제목으로 삼은 소설이다. 稽康은 당시 집권자의 노여움을 사서 감옥에 갇히고 집까지 헐렸다. 마침 해가 서산에 지는 때인지라 이웃에서 들려온 피리소리가 竹林七賢의 한 사람인 向秀의 심금을 울려 시를 지어 친구를 애도하게 만들었다. 소설은 시의 내용에서 빌어서 시작된다. 일종의 典故修辭다. 그런데 당대 현실의 비극성은 아래의 글에서 어느 정도 확인이 가능하다.

> 李氏 댁의 두 개의 붉은 칠이 떨어져 곰팡이가 피기 시작한 檜나무 대문ㅡㅡ 골목에서 유일한 낡은 집이다. 매우 낡아 지붕 위의 기와가 깨져 있는 처마 틈에 잡초가 무성하다. 대문 기둥에 한쌍의 유리등은 오른쪽 것이 깨어져 그 위에 녹쓴 검은 철받이만 남아 있다. 대문 위쪽에 박혀 있는 그 오동나무 문패는 너무 오래되어 반질반질하게 갈라졌다.[6]

---

6) 李宅那兩扇朱漆剝落, 已經沁出點點霉斑的檜木大門 …. 李宅這條巷子中唯一的舊屋, 前後左右都起了新式的灰色公寓水泥高樓, 把李宅這棟木板平房團團夾在當

順恩嫂라는 늙은 여인의 모습은 등이 완전히 굽었고 이마 위에 머리카락이 거의 다 빠지고 뒷통수에 흰색 낭자만 남아 있다. ---- 몸은 말라서 뼈만 남아 있다.[7]

앞의 인용문은 李將軍집의 옛날의 늙은 여종 順恩嫂가 어느 겨울 황혼에 장군의 집을 찾아와서 본 풍경이고, 뒤의 것은 그녀에 대한 직접 묘사이다. 인용문이 예시하고 있듯이 이 소설의 내용은 애처롭고 음산하기까지 하다. 처음에 직접 작품에 뛰어 들어 李將軍의 집과 順恩嫂를 서술하던 작가는 차츰 작품의 이면으로 잠적하면서 현재의 여종인 羅伯娘과 順恩嫂의 대화에 의해 사건이 서술됨으로 해서 객관성을 획득한다.

그들의 대화를 통해 전쟁의 영웅이던 李將軍이 대만으로 월남한 이후 몰락해가는 과정이 여실히 드러난다. 將軍은 아들과 딸을 하나씩 두었다. 그런데 부인이 죽자 집안은 풍지박산이 되었다. 딸은 유부남을 따라 가출하여 임신한 몸으로 장바구니를 들고 다닐 정도로 하층민으로 전락했고[8], 將軍은 위병으로 고생하다가 설상가상으로 딸이 가출하자 출가하여 중이 되겠노라고 난동을 부리기도 했다.[9] 한때 풍운아였던 李將軍이 이런 처지가 될 줄은 자신도 몰랐을 것이다. 게다가 미국에서 돌아온 장군의 유일한 아들은 順恩嫂의 가슴을 찢어지게 했다.

갈대가 가득 자란 뜰에 ---- 뚱보 남자의 몸이 뚱뚱하고 낡은 코트

中. 房子已經十分破爛, 屋頂上瓦片殘缺, 參差的屋　, 縫中長出了一推推的野草來. 大門柱上, 那對聯璃門燈, 右邊一支碎掉了, 上面空留着一個銹黑的鐵座子. 大門上端釘着那塊烏銅門牌, 日字久了, 磨出了亮光來. (白善勇, 『臺北人』, 臺北 : 爾雅出版社, 1990, pp.111 - 112)

7) 背脊完全佝僂了 ... 前額上的毛髮差不多脫落殆盡, 只剩下腦後掛着一撮半白的髮 ... 身軀已經乾得只剩乘下一襲骨架. (Ibid., p.111)

8) Ibid.,p.119

9) Ibid.,p.119

를 둘러싸고 단추가 떨어져 하나만 남아 있다. 順恩嫂를 보고 입을
크게 벌리고, 히히덕거리며 멍청하게 웃고 입가에 침이 흘러내려 옷
깃을 적셨다.[10]

그러한 슬픔은 順恩嫂만의 것이 아닌 李將軍의 슬픔이기도 했다. 李
將軍이 작품에 직접 등장하거나 그의 슬픔이 표출된 것은 아니지만, 그
의 슬픔과 애끓는 심정은 작품 곳곳에서 느껴진다. 전쟁이 끝나자 고향
도 잃고 자신이 설 자리마저 잃어버린 李將軍은 가부장제적 권위를 상
실한 허수아비에 불과하다. 이것은 중국의 유교적 전통 문화와 전통적
질서의 근본적인 붕괴로 볼 수 있다.[11] 그러나 역사의 변천과 세월의
무정함을 들어 인생의 허무함을 역설한 道家의 出世思想과 佛家의 無
와 空의 思想도 짙게 배여 있는 것으로 보아야 한다.

3. 귀향과 동양적 윤리의 회복

전쟁은 기존의 질서를 파괴하고 새로운 질서를 창출한다. 새로운 질
서의 창출로 새로운 세력이 등장하면 기존의 평화로운 삶은 파괴된다.
서로가 적이 되어 불신하고 싸우다가 죽어간다. 때문에 신흥 세력들은
기존의 질서를 파괴하고 자신들의 이상을 추구하고자 하는 집단이 될
수밖에 없고, 전쟁 이전에 기득권을 지녔다가 전쟁의 발발과 신흥 세력
의 등장으로 영락한 삶을 살고 있는 세력들은 과거의 평화와 안락에
대한 향수, 과거로의 회귀 의지 등을 강하게 지닌 집단이 될 수밖에 없
다.

---

10) 男人的身上, 裹纏着一件擁腫灰舊的大衣, 大衣的紐扣脫得只剩下了一粒 …. 開了
    大嘴, 嘻嘻的傻笑起來, 口水從他嘴角流了下來, 一掛掛的到了他的衣襟上. (Ibid.,
    p.121)
11) 歐陽子, 『王謝堂前的燕子』, 爾雅出版社, 1980, p.123

이범선과 白先勇은 모두 과거에 기득권을 지닌 집단에 속하는 사람들이다. 이범선은 월남하기 전 적어도 5백석 정도의 농토를 지닌 기독교계 지주 집안에서[12) 성장했으나 전쟁으로 공산당의 세상이 되자 하루 아침에 모든 재산을 빼앗기고 월남하여 밑바닥 사람들의 삶을 체험한 사람이고, 白先勇은 국민당의 명장군의 아들로 태어났지만 본토의 공산화로 대만으로 옮겨와서 몰락한 군벌의 후예로 성장했다.

그들의 토대는 엄연히 기득권층이다. 때문에 그들은 어떤 작품에서도 전쟁과 신흥 세력을 긍정적으로 그리고 있지 않다. 그들은 전쟁으로 모든 것을 잃어버린 사람들이 고향을 찾아가거나 잃어버린 과거에 대한 향수로 고통 받고 있는 모습을 즐겨 그렸다. 그 대표적인 작품이 이범선의 <학마을 사람들>과 백선용의 <那片血一般紅的杜鵑花>, <冬夜>, <梁父吟> 등이다.

<학마을 사람들>은 1957년 1월 『현대문학』에 발표한 단편 소설로, 6.25남침으로 시작된 공산치하의 강원도 두메의 학마을을 배경으로 평화로운 삶을 살아가는 산골 사람들의 수난과 그들의 횡포를 피해 피난지를 찾아가는 학마을 사람들의 수난사를 그린 소설이다. 이야기는 현재의 상황에서 시작되어 아주 오래 전부터 계속되어온 학마을의 평화롭지만 한이 서린 삶을 전쟁의 공포와 대비하고, 또 학마을 사람들의 자기 방어의 본능을 생동감있게 서술하고 있다.

작가가 학마을 사람들을 등장 인물로 설정한 것은 상징적 의미가 다분하다. 원래 한민족은 한을 지니면서 살아왔을지언정 남을 해치지 않고 고고하게 선비처럼 살아온 민족이다. 그래서 한민족은 곧잘 학에 비유되곤 한다. 학은 원래 선한 동물이다. 또한 우리 민족은 흰옷을 좋아하여 학의 색상과 일맥상통한다. 때문에 신화 시대 이래로 오랫동안 학은 선한 심성을 지닌 한민족을 상징하는 동물로 자리잡아 왔다.

---

12) 「대담 채취」, 『문학사상』, 1974.2, p.218

옛날 학마을에는 해마다 봄이 되면 한 쌍의 학이 찾아오곤 하였다. 언제부터 학이 이 마을을 찾아오기 시작하였던지는 아무도 모른다. 어쨌든 올해 여든인 이장 영감이 아직 나기 전부터라 했다. 또 그의 아버지가 나기도 전부터라 했다.[13)]

작가는 학으로 표상되는 한민족, 착한 심성을 잃지 않고 꿋꿋하게 살아가는 두메 산골 사람들의 삶과 그들의 꺾이지 않는 희망을 일제와 공산당의 침략과 대비하면서 서사시적으로 형상화하고 있다. 이 작품에는 학마을을 지키려는 자기 방어의 본능에 충실한 세력과 학마을의 질서를 파괴하려는 세력간의 대립 구조가 분명하게 드러나 있다.

온갖 어려움 속에서도 학마을의 질서를 지키기 위해 꿋꿋함을 보여주는 인물로는 덕이가, 기존의 질서를 파괴하고 새로운 질서를 구축하려는 인물로는 바우가 중심 인물로 설정되었다. 그들간의 대립은 봉네라는 한 여인을 사이에 두고 시작되어 남북의 이데올로기적 대립으로 확대되어 간다.

사랑하는 여인을 사이에 두고 일어난 갈등은 덕이의 할아버지인 이장 영감 때에도 있었던 일이다. 이장 영감인 억쇠는 젊은 시절 탄실이를 사랑했으나 이웃 마을에 시집을 보낼 수밖에 없었다. 두 사람이 지극히 사랑하는 사이라고 하더라도 탄실이의 부모가 이미 그녀를 이웃 마을의 청년과 정혼해두었기 때문이다. 비록 두 사람이 함께 도망을 치다가 붙잡혀서 사랑을 성취하지 못한 한을 지니고 살아왔을지언정 그는 사회적 규범을 파괴하기 위한 어떠한 노력도 하지 않았다. 학과 학마을에 깊은 애정을 가지고 살아가는 정신적 지도자로 끝까지 희망을 버리지 않았다.

그러나 바우는 이장 영감과는 시간적으로나 성격적으로 다른 인물이

---

13) <학마을 사람들>, 『소설마당 7』, 관동출판사, 1993, p.91.

다. 그는 한을 품고 살아가는 사람들, 특히 무산자들의 심리를 이용한 공산당 정권의 등장으로 자신의 한을 해소하기 위하여 공산주의자가 된다. 그에게 기존의 질서는 자신의 열등감과 한을 심어준 것일 뿐이다. 때문에 그는 기존의 질서를 파괴하고 새로운 질서를 수립하려고 한다. 북괴군이 학마을까지 들어오자 그는 인민위원장이 되어 마을의 질서를 파괴하기 시작한다.

> 사업을 방해하는 자는 다 반동이라며 큰 소리를 질렀다. 그리고 반동은 사정없이 숙청해야 한다고 했다. 그런 의미에서 우선 저 학부터 처치해야 한다고 하며 학나무 꼭대기를 가리켰다. 그는 천천히 돌아섰다. 학나무 그루에 세워 놓 총을 집어들었다. 철커덕 총을 재었다. 총부리를 들어올렸다. ----- 중략 ----- 타다앙! 총소리가 쩽 사면의 산을 흔들었다.14)

학마을 사람들에게 학은 합리적 사고에 바탕을 둔 동물이라기 보다는 다분히 샤머니즘적이고 애니미즘적인 사고에 바탕을 둔 신적 존재이다. 그들은 거의 맹목적으로 학을 신성시한다. 학이 오지 않으면 그들에게 불행과 재앙이 닥치고 학이 오면 행복과 풍요가 보장되는 것으로 믿는다.

따라서 학의 총살은 분명 그러한 권위에 대한 도전이며, 기존의 질서를 파괴하려는 심리의 발로로 볼 수 있다. 자신의 한을 해소하기 위하여 학을 살해함으로써 바우와 덕이의 갈등은 남북의 이데올로기적 대립으로 확대된 셈이다. 그러한 대립은 결국 두 사람간의 대립에 그치지 않고 학마을 사람들과 공산주의자들의 대립이라는 갈등 구조가 된다.

학의 죽음으로 학마을 사람들은 결국 고향을 떠난다. 일제의 식민지 수탈 정책하에서도 굳게 마을을 지키면서 살아온 그들에게 골육상잔은

---

14) Ibid., pp.102- 103.

더없이 큰 상처로 각인되었다.[15] 특히 바위의 할아버지 박 훈장은 마을 사람들이 떠나자 며느리와 같이 남아서 마을의 수호신이나 다름없는 학나무를 지키기 위해 노력하지만 허사로 돌아간다. 박 훈장은 이장 영감과 더불어 학마을의 정신적 지도자이다. 박 훈장의 죽음은 이데올로기를 초월한 동족간의 화해의 실패를 의미한다.

그러나 박 훈장의 화해 정신은 덕이와 봉네에 의해 계승된다. 덕이와 봉네도 마을 사람들과 함께 80리를 걷고 화물차를 얻어 타 부산으로 피난을 갔지만, 그들은 강한 귀향 의지를 보인다. 그리고 그들은 어느 봄날 다시 고향으로 돌아온다. 그들에게 고향은 정신적 지주이며, 가부장제적 권위가 존재하는 공간이다.

그러나 그들의 눈에 비친 고향의 모습은 예전의 모습이 아니었다. 다시 학이 찾아 올지도 모를 학나무는 이미 불에 타 앙상한 뼈대만 남아 있고, 박 훈장도 자취를 감추었다. 박 훈장의 죽음은 자식이 이데올로기 때문에 부모와 조부모를 살해했던 6.25 전쟁의 비극성을 극명히 보여주는 것이며, 가부장적제 권위의 상실을 가장 단적으로 보여준다.

그럼에도 덕이와 봉네를 중심으로 한 학마을 사람들은 희망을 잃지 않는다. 무너진 집을 다시 짓기 위해 일을 시작한다. 그러다가 박 훈장의 시체를 발견하고 장례를 치러준다. 돌아오는 길에 그들은 조그만 애송나무를 가져오는데, 이는 학이 찾아올 날을 기다리며 사랑을 키워 가려는 행위로 볼 수 있다. 이처럼 그들이 학나무에 애착을 갖는 것은 귀향과 마찬 가지로 그들의 영원한 고향을 찾으려는 염원의 표출로 볼 수 있다.

이 소설은 미학적으로 완벽하지는 않다. 단편 소설로서는 드물게 보

---

15) 일제 36년 동안 학이 오지 않았다는 박 훈장과 이장 영감의 회고담(Ibid., p.91)은 일종의 상징적 의미로 파악하는 것이 좋을 듯하다. 만약 두 사람의 대화가 개연성이 있느냐 없느냐를 따지게 된다면 그 점은 분명 이 소설의 흠이 되고도 남을 것이다.

는 긴 시간의 설정은 흠이라면 흠이다. 단편 소설은 생의 단면을 그린 것이 특징이다. 때문에 긴 시간의 설정을 하더라도 서술의 시간은 짧게 하는 것이 상례이다. 그런데 이 소설의 서술의 시간은 손자를 징병을 보내고 돌아오는 시기부터 1.4후퇴 이후까지 적어도 8년 정도나 된다. 허구의 시간은 합방 전부터 1.4후퇴까지의 40여년의 기간이다.

이러한 문제점에도 불구하고, 민족의 비극을 서사시적으로 형상화하고 있는 점은 <학마을 사람들>이 50년대 문학을 대표하는 작품이라는 평가를 가능하게 한다. 또한 서술의 시간이 긴 소설을 읽으면서도 지루함을 느낄 수 없는 것은 그가 즐겨 쓴 회고 형식의 서술 방식에 기인한 바 크다. 회고 형식은 종합적 구성 방식으로 허구의 시간을 서술의 시간과 이완시키는 현대 소설에 많이 나타나는 방식인데, 그의 작품에도 아주 많이 나타난다.16)

<那片血一般紅的杜鵑花>는 이데올로기와는 무관하게 살아가는 하층민들에게 전쟁이 가져다 준 비극을 王雄의 삶을 통해 보여주고 있다. 王雄은 시골에서 농사를 지으면서 평범하게 살던 사람이다. 그런데 전쟁이 일어나자 장정으로 끌려나가 전쟁에 참여했다. 그런데 공산당의 대륙 강점으로 그는 어쩔 수 없이 대만으로 왔다. 대만에서 그는 서술자의 외숙모집 하인이 되어, 외숙모의 외동 딸인 麗兒를 보호하는 일을 맡게 된다. 그는 그녀와의 만남을 통해 고향에 대한 향수와 고향에 두고 온 여인에 대한 그리움을 어느 정도 해소한다. 그녀는 바로 그가 고향에 두고 온 여인과 너무 흡사하다.

---

16) '훈의 머리 속에는 비 오고 개인 언덕처럼 추억이 빤히 밟아 오곤 하였다. 난이는 이북에 있는 훈의 약혼자였다. ---- 중략 ---- 실눈썹이 유난히 길고 까만 두 눈이 흡사 갓난 송아지 눈같아 여학교때 배구 선수였다.'(<환상>) '사변전의 그는 지금의 그 같지는 않았다. 그때라고 어울려 다니며 술잔도 했었고 취하여 말단 사원 - 그때는 주임이 아니었다 - 의 신세 한탄과 불평도 늘어놓을 줄 알았고 사무실에서도 제법 상냥한 웃음과 재치 있는 익살로 되어 사람을 웃기곤 하던 그였다.'(<냉혈동물>) '철호의 감은 눈 앞에 십여년 전 아내가 흰 저고리 까망 카마를 입고 선히 나타났다.'(<오발탄>)

그런데 그녀가 중학생이 되면서 문제가 발생한다. 그녀가 더 이상 그를 따르지 않은 것이다. 그녀와의 멀어짐은 그에게는 견디기 어려운 시련이며, 고향에 두고 온 여인과 고향에 대한 그리움을 키워주는 촉매제 역할을 한다. 명랑하고 근면하던 그는 점점 과묵해지고 얼굴 표정마저 굳어져 간다. 그러던 어느날 그는 고향에 대한 그리움을 속신에 의존해서 해결하고자 자살을 하게 된다.

> '사촌 도련님, 金門島에서 대륙이 보인가요?' 한번은 王雄이 무슨 생각에 잠긴 듯 내게 물었다. 내가 망원경으로 건너편에 사람들이 다니는 것이 보인다고 했다.
> '그렇게 가까운가?' 그는 놀라면서 나를 쳐다보고 믿지 못하는 것 같았다.
> '왜 안 그래?' 나는 대답했다.
> '저쪽에 늘 굶어 죽은 시체가 떠오르는데'
> '그들은 친지를 찾으러 오는 것이지' 그는 말했다.
> '그 사람들이 굶어 죽은 거야?' 내가 말했다.
> '사촌 도련님은 모르실거예요' 王雄이 손을 흔들면서 나를 막으며 '우리 호남의 시골에 시체 운반자가 있지요. 사람이 밖에서 죽고, 집에서 가까운 곳에 친지가 있으면, 그 죽은 자들이 얼마나 빨리 달려 가는데요'17)

그는 밖에서 죽은 사람에게 가까운 친지가 있으면 시체를 수습해다가 고향에 묻어주는 풍습과 죽은 사람은 고향으로 돌아가기 마련이라

---

17) '表少爺, 你在金門島上看得到大陸嗎?' 有一次王雄若有所思的問我道. 我告訴他, 從望遠鏡裡可以看得到那邊的人在走動.
'隔得那麻近嗎?' 他吃驚的望着我, 不肯置信的樣子.
'怎嗎不呢?' 我答道, '那邊時常有餓死的屍首漂過來呢.'
'他們是過來? 親人的.' 他說道.
'那些人是餓死的.' 我說.
'表少爺, 你不知道' 王雄搖了搖手止住我道, '我們湖南鄉下有趕屍的, 人死在外頭, 要是家裡有掛得緊的親人, 那些死人回去跑得才快呢.' (白善勇, Op.cit., p.98)

는 속신을 믿었다. 그래서 죽어서나마 고향으로 돌아가기를 기대하고 자살했다. 그러나 그의 믿음은 허사가 된다. 그의 시체가 돌 틈에 끼여 떠내려 가지 않아서 고향의 친지들이 그를 발견할 수가 없었던 것이다.

이 작품은 추억 속에 살면서 현실을 깨닫지 못하고 살다가 현실의 벽에 부딪쳐 파멸해 가는 하층민의 비극을 다루고 있다. 그런데 작가는 은연 중에 지배 계층의 횡포와 피지배 계층의 궁핍한 현실을 대비시켜 노출시키고 있다. 앞의 예문에도 나타나 있듯이 고향의 사람들은 굶어 죽어가고 있다. 그럼에도 王雄은 죽어서라도 고향에 돌아가고자 한다. 샤머니즘적 색체가 다분하다. 그런데 그러한 색체는 이 작품의 여러 곳에서 발견된다. 외숙모 댁의 화원에는 죽기 전에 그가 늘 하던 물 주는 소리가 그가 죽은 뒤에도 여전히 들리고, 온 화원의 두견화는 마치 그의 한이 표출된 것처럼 붉게 피었다. 물론 후자는 일종의 典故이다.[18]

<冬夜>는 두 사람의 지식인이 어느 추운 겨울날 밤에 만나서 자신들의 이상과 좌절을 밝히고 있는, 이른바 지식인 소설이다. 그들 두 사람은 모두 학생 시절에 五四運動에 참여한 애국자들이다. 그러나 五四運動 후 20년이 지난 현재의 그들의 모습은 너무나 대조적이다. 臺灣 大學 영문과에 재직하고 있는 余 교수는 두껍고도 무거운 헌 외투를 입고, 다리를 쩔뚝거리면서 대머리에 슬리퍼를 신고 구멍 뚫린 종이 우산을 들고 나타난다. 반면에 미국에서 사학을 가르치는 吳 교수는 검은 라사 코트를 입고, 은테를 두른 안경을 쓰고, 손에 파이프를 들고 나타난다.

余교수는 현재의 생활을 지옥으로 인식하고 전처와의 행복했던 시절을 그리워 한다. 현재의 처는 두번째 처로 麻將을 즐긴다. 부인의 낭비

---

18) 한국과 중국에서 두견은 그냥 빨갛게 핀 꽃이 아니라 한을 안고 죽은 사람이 토한 피가 묻고 그 사람의 한이 서려서 그렇게 붉게 핀 꽃이다. 동양의 설화에서 끌어온 모티프이기에 典據修辭 혹은 用事가 되기에 부족함이 없는 것이다.

벽과 자식의 교육비로 인하여 빚을 진 그는 그토록 애지중지하던 '바이런 교재'까지도 팔아치웠다. 때문에 그는 인생의 목표로 삼고 착수한 '바이런 시'의 번역 작업마저 포기하고 말았다. 심지어 20년만에 만난 친구를 식사에 초대하는 것까지도 꺼려하는 처지가 되었다.

吳교수는 국제적으로 명성을 얻고 있지만, 자신의 처지를 비관적으로 생각하면서 도리혀 余 교수를 부러워 한다. 그는 자신을 부러워 하면서 빚을 갚고 새로운 생활을 시작하기 위하여 어떻게 해서든 미국으로 가려고 하는 余 교수에게 다음과 같은 충격적인 이야기를 해준다.

> '자네는 몰라. 欽磊, 내가 외국에서 자네와 賈宜生을 생각하면 미안할 뿐이야. 생활이 그렇게 고결한대도 --- 자네들은 아직도 국내에서 교육자의 자리를 지키고 우리의 젊은이들을 가르치고 있는데 ----. 欽磊, 자네가 정말 대견스러워.' ----- 중략 -----
> '欽磊, 조금 있으면, 아마 나도 귀국할 거야.'
> '돌아온다고?'
> '일년만 더 있으면 정년 퇴임이거든'
> '그래?'
> '나는 지금 혼자 거기에 있어. 처가 없으니 식사도 불편해. 위병이 자주 발병해. 그리고 -- 자식도 없거든' [19]

작가는 五四運動에 참여한 지식인들의 이상과 꿈이 시대와 환경의 제약으로 어떻게 좌절되고 있는가를 국내외의 대표적인 인물들을 통해

---

19) '你不知道, 欽磊, 我在國外, 一想到你和賈宜生, 就不禁覺得內愧. 生活那麼清苦, 你們還能在國內守在敎育的崗位上, 敎導我們的靑年....'
'欽磊, 再過一陣子, 也許我也要回國來了.'
'你要回來?'
'還有一年我便退休了.'
'是嗎?'
'我現在一個人在那邊, 穎芬不在了, 飮食假不方便, 胃病常常番翻, 而且--- 我沒有兒女.' (白先勇, Op.cit., pp.225 - 261)

보여준다. 余 교수는 청빈하고 아부할 줄을 모르는 전형적인 내국의 지식인이다. 반면에 吳 교수는 스스로 반성할 줄 아는 해외파 지식인이다. 五四運動의 역사적 의의가 철저히 부정될 때 그는 외국에 도망쳐서 살고 있는 자신이 무엇을 말할 수 있느냐고 반문한다. 그는 근대사 과목이 아닌 조상들의 영광스러운 업적만을 가르치고 있다고 실토한다. 吳柱國과 無祖國은 동음이어이다. 그를 통해 뿌리 잃은 자들의 고통과 집 떠난 나그네가 갈 곳은 결국 집밖에 없다는 평범한 진리를 말하고 있는 것이다.

<梁父吟>은 諸葛亮이 劉備를 만나 官界에 진출하기 전에 몸소 밭일을 하면서 즐겨 부른 시에서 제목을 빌려온 소설이다. 諸葛亮의 <梁父吟>은 晏子의 지혜를 칭송하는 내용인데[20], 白先勇의 <梁父吟>의 내용도 시의 내용과 아주 유사하다. 일종의 典故修辭로 볼 수 있다.

주인공 翁僕園은 王孟養의 장례식을 마치고 집으로 돌아가면서 王孟養의 제자 雷委員과의 대화를 통해 젊은 시절의 일들을 회상한다. 翁僕園은 王孟養, 俊猷과 더불어 桃園의 三結義를 모방하여 의형제를 맺었다. 세 사람은 모두 中華民國 개국 원로로, 辛亥革命과 武昌 義擧에 참여했으며, 늠름하고 용감한 사람들이다. 그들이 인연을 맺은 사연은 翁僕園과 雷委員의 대화를 통해 드러난다.

모두 몇 잔의 소주를 마셔 흥겨워져서 국가흥망을 떠들어 대다가 감정이 복받쳐 올랐다. 당신의 스승이 가장 흥분했지. 내가 기억하건대 얼굴이 붉도록 마시며 칼을 탁자 위에 내려 놓고 나와 俊猷을 붙들고 劉, 關, 張 桃園 三結義를 모방하여 뜰에서 피를 입에 바르고 하늘을 향해 '만주 오랑캐를 죽이지 않은 한 살아서 돌아오지 않겠다고

---

20) 齊 성문을 걸어나와 멀리 蕩陰里를 내다 보니 / 里中에 세 개 무덤이 있는데 모두 유사하게 생겼네. / 어느 집의 무덤인가 물었더니 전강 고야 씨 것이네. / 힘은 南山을 밀어낼 수 있고 문장은 지리를 안다네. / 하루 아침 두 개의 복숭아로 세 용사를 죽였네. / 누가 이 모략을 할 수 있을 것인가 ? / 齊 나라 재상인 晏子뿐이네.

굳게 맹세했지. 나이를 알아보니 내가 맏이고, 俊默이 둘째고, 당신의
스승이 가장 어린 막내였어----' 21)

  세 사람의 직위는 王孟養이 가장 높다. 그는 총사령관으로 작품에
직접 등장하지는 않지만, 이 작품의 핵심적인 인물로 자리잡고 있다.
재주와 재치로도 첫째였고, 언행도 일치하는 사람이었다. 翁僕園은 그
를 諸葛亮과 같은 능력을 지닌 사람으로 인식하여, 杜甫가 諸葛亮을 애
도하는 <登樓>의 詩句를 書齋에 걸어두고22) <蜀相>의 詩句를 葬禮 주
령에 썼다.23)

  翁僕園은 점잖고 학식이 풍부한 사람이다. 그는 王孟養의 과거를 회
고하고 인간성을 술회하는 과정에서 보수적 경향을 보여준다. 중국의
전통 문화를 고집하고 과거에 대한 미련을 버리지 못하고 살아가는 사
람이다. 그는 시대의 조류와 새로운 풍조를 인정하지 않는다. 미국에
있는 王孟養의 아들이 장례식에 참석했을 때, 그가 보여준 불만은 그
단적인 예가 될 수 있다.

    오늘의 장례식은 그저 그렇게 치루었다. ---- 비록 죽은 다음의 哀
  榮이라도 너무 격식을 지키지 않으면 안된다. 孟養의 아들은 내가 보
  기에 너무 철이 없다. 아마 미국에 오래 살아서 중국의 인정과 예절
  을 너무 모르는 모양이다.24)

  아버지인 王孟養은 중국의 정신적 유산을 송두리째 부인하는 아들을

<hr>
21) 大家幾杯燒酒一下, 高談國家興亡, 都禁不住萬分慷慨起來. 你老師最是激昂, 我
   還記得, 他喝得一臉紅, 把馬刀往卓上一拍, 拉起我和仲默兩個人, 便效那劉關張
   桃園三結義, 在院子裡血爲盟, 對天起誓: '不殺滿奴, 誓不生還.'... 算起來, 我是
   老大, 仲默居二, 你老師年紀最小. 是老麽.(Ibid., p.130)
22) 錦江春色來天地 玉壘浮雲變古今(Ibid., pp.125~126)
23) 出師未捷身先死 中原父老望旌 旗(Ibid., p.133)
24) 今天的公祭倒也罷了, 雖說身後哀榮, 也不能太離了格. 我看孟養的那男孩子, 竟
   不大懂事. 大概在外國住久了, 我們中國人的人情禮俗, 他不甚了解. (Ibid., p.133)

아주 한심한 인간으로 생각하고 있는 것이다. 반면에 보공은 자신의 손자인 效先에 대해서는 기대가 아주 크다. 아울러 손자가 어른을 존경하고 唐詩를 암송할 수 있는 데 크게 만족을 한다. 그것은 그의 기대와 동경이 무엇인지를 가늠할 수 있게 해준다.

이 작품의 주인공은 王孟養일 수도 있고, 翁僕園일 수도 있다. 누가 주인공이든 그들은 모두 중국의 정신을 대표한다. 그러나 이미 그들의 시대는 지났다. 대륙의 공산화로 그들은 고향을 잃었고, 고향을 떠나 대만과 미국을 전전하는 사이에 자손들에게 정신적 유산마저도 계승시키지 못한 것이다. 僕公의 고집, 현실 이탈, 자기 기만 등은 결국 이 소설을 비극으로 몰고 가지만, 그들의 과거에 대한 동경과 고향에 대한 그리움의 크기를 짐작케 한다.

4. 결 론

필자는 동양 문학의 보편성을 찾고, 이를 토대로 이식사관을 극복해 보고자 분단의 비극이라는 보편성을 지닌 이범선과 白先勇의 소설을 전쟁과 가부장제의 붕괴, 귀향과 동양적 윤리의 회복이라는 두 개의 모티프를 중심으로 비교 분석해 보았다. 본고에서 살펴본 내용을 간략히 요약하면 다음과 같다.

이범선과 白先勇은 전쟁의 피해자들이다. 이범선은 자산층이라는 이유로, 白先勇은 국민당 고위 장군 집안이라는 이유로 모든 것을 잃었다. 그리하여 그들의 삶은 고통스러울 수밖에 없었다. 그들은 그러한 체험을 바탕으로 작품을 썼다. 특히 <오발탄>과 <思舊賦>에서 전쟁으로 몰락한 자산층을 작중 인물로 설정하여 그들이 전쟁으로 겪는 내적, 외적 상흔을 깊이 있게 다루었다.

<오발탄>은 해방촌을 배경으로 전후의 최악의 상황 속에서도 살아

남기 위해 발버둥 치며 자기 나름대로의 삶의 방식을 선택한 철호, 철
호의 어머니, 영호, 명숙 등의 비극적 삶을 통해서 자산층의 몰락을 그
리고 있다. <思舊賦>는 옛날의 여종인 順恩嫂와 현재의 여종인 羅伯娘
의 대화를 통해 전쟁의 영웅이던 李將軍이 대만으로 월남하여 몰락해
간 과정을 보여주고 있다.

　이범선과 白先勇은 모두 과거에 기득권을 지닌 집단의 속하는 사람
들이다. 그들은 전쟁의 발발로 하루 아침에 기득권을 잃었다. 때문에
그들은 <학마을 사람들>, <那片血一般紅的杜鵑花>, <冬夜>, <梁父吟>
등에서 전쟁과 신흥 세력을 긍정적으로 그리고 있지 않으며, 전쟁으로
모든 것을 잃어버린 사람들의 과거에 대한 향수와 귀향 의지를 즐겨
그리고 있다.

　<학마을 사람들>은 6.25남침으로 시작된 공산치하의 강원도 두메의
학마을을 배경으로 평화로운 삶을 살아가는 산골 사람들의 수난과 그
들의 횡포를 피해 피난지를 찾아갔다가 귀향하는 학마을 사람들의 애
환을 그리고 있다. <那片血一般紅的杜鵑花>는 이데올로기와는 무관하
게 살아가는 하층민들에게 전쟁이 가져다 준 비극과 그들의 귀향 의지
를 王雄의 삶을 통해 보여주고 있다. <冬夜>는 두 사람의 지식인이 어
느 추운 겨울날 밤에 만나서 자신들의 이상과 좌절을 밝히고 있는 지
식인 소설이다. 이 작품에서 작가는 뿌리 잃은 자들의 고통과 집 떠난
나그네가 갈 곳은 결국 집밖에 없다는 평범한 진리를 말하고 있다. <
梁父吟>은 대륙의 공산화로 고향을 잃고 대만과 미국을 전전하는 사이
에 자손들에게 정신적 유산마저도 계승시키지 못한 중화 민국 개국 원
로들의 과거에 대한 동경과 고향에 대한 그리움을 그린 소설이다.

　이범선과 白先勇이 전쟁의 비극을 고발하면서 가부장제의 붕괴와 그
비극성 그리고 귀향과 동양적 윤리의 회복이라는 내용을 담은 작품을
많이 쓰고 있는 점은 아주 유사하다. 그러나 이범선이 유교 사상의 토
대 위에서 시작하여 한국의 토속적인 신앙에 충실하여 전후의 암담한

상황 속에서도 실존과 인간 구원의 문제에 집착을 보이고 있는 반면에, 白先勇은 유교 사상의 토대 위에서 시작하여 중국의 전통적 사상인 도교의 무와 공의 사상, 불교의 출세 사상에도 집착을 보여주고 있다.

참고 문헌

『소설마당 6』, 관동출판사, 1993
『소설마당 7』, 관동출판사, 1993
『한국단편문학대계 9』, 삼성출판사, 1982
김윤식, 『한국현대문학비평사』, 서울대출판부, 1982
윤병로, 『한국현대비평문학론』, 청록출판사, 1982
전광용, 『한국현대문학논고』, 민음사, 1986
조동일, 『한국문학과 세계문학』, 지식산업사, 1991
『文藝』, 『中外文學』, 『現代文學』, 『文學季刊』
『幼獅文藝』, 『中國時報』, 『中央日報』
白先勇, 『臺北人』, 爾雅出版社, 1990
白少凡 等, 『現代臺灣文學史』, 遼寧大學出版社, 1987
古繼堂, 『臺灣小說發展史』, 文史哲出版社, 1988
袁良駿, 『白先勇論』, 爾雅出版社, 1991
歐陽子, 『王謝堂前的燕子』, 爾雅出版社, 1980
劉麗雅, 『韓國과 中國現代小說 比較研究』, 國學資料院, 1995

Abstract

A Comparative Study of Lee Bemsen and Bai Xianyong′ novels

SONG HYUN HO

The study purposes to compare the novels of Lee Bemsen and Bai Xianyong as an effort to illuminate the generalities of Oriental literature and the specificities of Korean and Chinese literature. This is hard to achieve from the traditional comparative approach which deals with the questions of literary influences. This study adopts the thematic approach to analyze the common motifs which they have. The novels by the two writers have various motifs, most of which has close relationship with the life of those days. It is certain that they reacted to the life of their times from questioning minds.

The common in the writers motifs worth disscussing are the following: the miserable life of the middle - class people after the Korean War and the Chinese War, the spiritless life and homesickness(intention of returning to their native place) of the people.

the novels which disscussed with the miserable life of human after the Korean War and the Chinese War are Lee Bemsen's <accidental firing shot (오발탄)> and Bai Xianyong's <si jiu fu(思舊賦)>.

The following deal with the spiritless life and homesickness of the people are Lee Bemsen's <the crane villiage people(학마을 사람들)> and Bai Xianyong's <na pian xue yi ban hong de du juan hua(那片血一般紅的杜鵑花)>, <dong ye(冬夜)>, <liang fu yin(梁父吟)>.

They wrote novels in traditional thought and ideas, so which is a good example of reviving Oriental classic literature in modern times. This also demonstrates their novels are plaining different from Western novel. As a result it has been proved that not only epic poetry but narrative also has played an important part in the formation of the novels.

유치진의 초기 희곡

1. 문제의 제기

유치진이 한국연극사에서 차지하는 위치와 비중에 대한 논의는 그가 극예술연구회에 가입하여 연극 활동을 시작한 1933년 이후 지금까지 계속되어왔다. 그런데 초기의 논의는 대부분 희곡을 본격적으로 창작한 극작가로서의 성공 여부보다는 극예술연구회에서 담당한 연극 공연의 성공 여부에 관련되어 있다.[1]

이러한 연극사 서술은 우리 문학연구자들 사이에 널리 퍼져 있는 문학사 서술과 어느 정도 관련이 있다. 1930년대 초기는 번역극의 시대였고, 우리의 희곡은 그 수준이 형편없는 것이라는 생각이 희곡을 문학사

---

1) 현민, <제3회 극연공연을 보고>, ≪조선일보≫ 1933.2.13-16
   백철, <현실적이면서 현실성을 잃은 작품>, ≪조선중앙일보≫ 1933.11.19-20
   나웅, <극예술연구회 제5회 공연을 보고>, ≪조선일보≫ 1933.12.6-10
   함대훈, <조선극문화 수립도정>, ≪조선일보≫, 1935.1.1-5
   서항석, <유치진군>, ≪조선문단≫ 24호, 1935.7
   김환태, <극연 제11회 공연을 보고>, ≪동아일보≫ 1936.6.4-5
   이광래, <유치진론>, ≪풍림≫4호, 1937.4
   임화, <극작가 유치진론>, ≪동아일보≫, 1938.3.1-2
   김재철, ≪조선연극사≫, 학예사, 1939

에서 사상시키는 결과를 가져왔다. 그것은 ≪조선신문학사조사≫의 집
필 당시를 회고한 백철의 글에 잘 나타나 있다. 그는 '한국문학사를 정
리하는데 통일된 인상을 주기 위하여 작품을 개별적으로 고찰하기보다
는 어떤 덩어리로 저술하였'는데, 그것은 '하기가 쉬울뿐더러 독자들에
게 통일된 인상을 주기 쉽다'고 했다.2) 백철의 문학사 서술은 후대에도
거의 예외없이 받아들여졌다. 그리하여 우리 문학사에서 희곡 장르에
대한 논의는 거의 배제되고, 변변한 극작가론이나 희곡론을 찾아보기
어려운 결과를 가져왔다.

그렇다고 유치진의 희곡에 대한 평가가 전혀 없었던 것은 아니다.
이광래, 임화 등에 의하여 유치진의 희곡은 단편적으로나마 논의된 바
있다. 이광래는 <유치진론>에서 유치진이 '어느 작품이나 사건의 단서
에 있어서 폭풍우와 같은 공포와 위험을 아니 느낄 때가 없다'고 하면
서, 그것은 '마치 로서아 체홉 시대 인텔리의 고민을 보는 듯이 현하정
세의 조선 인텔리인 유치진의 환멸적인 고민을 엿볼 수 있다'고3) 함으
로써 당대 상황하에서의 식민지 지식인 유치진과 그의 작품을 적절히
관련짓고 있다. 그러나 논의가 단편적이고 작품에 대한 구체적 분석이
소홀한 점은 아쉬움을 남긴다. 임화는 <유치진론>에서 유치진의 낭만
주의 선언과 관련지어 유치진의 희곡을 평가하고 있다. 그는 유치진의
희곡이 평가받을 수 있는 것은 리얼리즘에 충실하고 있으면서도 '그
작품들이 희곡'이기 때문이라고 했다. 만약 그것이 '소설로 씌어졌다면
조선문학의 최고 도달점에 미치지 못하'였을 것인데, 그 근거로 주제와
인물이 독창적이지 못함을 지적하였다.4) 그런데 당대 하층민의 전형성
을 창조하고 있는 점과 일제의 우민화 정책하에서의 지식인의 삶의 자
세 등을 감안한다면 임화의 비판은 다분히 체질적인 것임을 알 수 있

2) 백철, <한국비평문학의 반성>, ≪광장≫ 113호, 1983.1, pp.156-157
3) 이광래, Op. cit., p.35
4) 임화, Op. cit., pp.546-547

다.

60년대에 이르러 이두현, 유민영의 등장과 함께 유치진에 대한 논의
는 어느 정도 본격적인 궤도에 오르며[5], 1970년대의 정형상, 여석기,
신정옥과[6] 1980년대의 서연호, 김명호, 우한용, 김옥이, 양승국, 김방옥,
김만수[7]에 의하여 성실한 자료 조사와 작품 분석을 토대로 유치진의
연극과 희곡에 대한 객관적인 평가가 이루어진다.

그럼에도 몇 가지 문제점이 눈에 띈다. 먼저 유치진의 연극관을 고
려하지 않고 희곡 작품을 당대의 상황과 관련짓고 있는 점이다. 식민지
지식인의 울분을 직설적으로 표출할 수 없었던 것이 당대의 현실이다.
때문에 그는 애란극에서 그 출구를 찾고 있는데, 그러한 지적 경향을
고려하지 않은 논의가 유치진과 그의 작품을 얼마나 객관적일지는 미
지수이다. 다음으로는 유치진이 당대의 신극 운동과 거리가 먼 희곡을
창조하여 리얼리즘 극과 근대극의 면모를 보여주지 못했다고 한 점이
다. 유치진이 누차에 걸쳐 당대의 상황에서는 이상극보다는 현실극을,
도시극보다는 농촌극을 공연할 수밖에 없으며, 따라서 그에 합당한 희
곡을 창작해야 한다고 역설했음에도 그러한 주장을 작품과 연결시켜지
못한 것이다.

5) 이두현, ≪한국신극사연구≫, 서울대출판부, 1966
　유민영, <유치진연구>, 서울대석사논문, 1966
6) 정형상, <유치진 연구>, 전남대석사학위논문, 1970
　여석기, <유치진과 애란연극>, ≪연극평론≫, 1974년 봄
　신정옥, <유치진에 미친 애란극의 영향>, ≪한국연극≫, 1977.12-1978.1
7) 서연호, <사실주의와 유치진>, ≪한국연극론≫, 삼일각, 1983
　김명호, <유치진의 희곡 '토막' 연구>, 동국대석사학위논문, 1983
　우한용, <희곡의 사실주의 반영고>, ≪의민이두현박사회갑기념논문집≫, 학연
사, 1984
　김옥이, <유치진연구>, 이화여대석사학위논문, 1984
　양승국, <1930년대 희곡에 나타난 등장인물의 기능>, 서울대석사학위논문,
1988
　김방옥, <한국사실주의희곡연구>, 이화여대박사학위논문, 1988
　김만수, <1930년대 연극운동연구>, 서울대석사학위논문, 1989

물론 지금까지의 자료 고증을 토대로 하는 한 유치진이 본격적이고 체계적인 희곡론이나 연극관을 발표한 적은 없다. 자신이 연극을 하고 희곡을 창작하는 과정에서 느낀 바를 단편적으로 정리한 글이 고작이다. 그러나 여기에는 분명히 식민지라는 현실적 질곡을 극복하기 위한 지식인의 정신적 고뇌가 잘 드러나 있어서 고려의 대상이 되기에 충분하다.

따라서 필자는 기존의 연구를 토대로 유치진 희곡의 정당한 자리매김을 해보기 위하여 문제가 되고 있는 부분을 보완하고자 한다. 우선 유치진은 왜 현실극과 농촌극을 썼는가, 그의 작품의 무대가 한결같이 음습하고 주인공들이 세계와의 대결에서 처절하게 패배하는 이유는 무엇인가? 그 점을 분명히 밝히기 위해서 유치진의 연극관을 살펴보고자 한다. 다음으로는 그것을 그의 작품과 연계시켜 살펴보고자 한다. 그런데 당대의 사회 구조와 그의 연극관을 충실히 반영한 것은 초기의 창작 희곡이기에 여기에서는 연구의 범위를 초기 창작 희곡으로 한정하고자 한다.

2. 유치진의 연극관

유치진이 자신의 연극관을 밝히고 있는 글은 <최근 십년간의 일본의 신극운동>(≪조선일보≫ 1931.11.12), <세계여류극장인순례>(≪조선일보≫ 1932.3.13), <희곡계전망-창작극과 번역극>(≪동아일보≫ 1933.9.27-9.29), <신극 수립의 전망>(≪동아일보≫ 1934.1.6-1.12), <창작의 태도와 실제-철저한 현실 파악>(≪조선일보≫ 1934.1.21), <농민극 제창의 본질적 의미>(≪조선문단≫ 21호, 1935.2), <동경에 있는 조선인 연극 단체의 동향>(≪동아일보≫ 1935.1.18), <조선 극단의 현세와 금후 활동의 다양성>(≪조선일보≫ 1935.7.7), <손 오케이시와 나>(≪동아일보≫

1935.7.7-10), <창작 희곡 진흥을 위하여>(≪조선일보≫ 1935.8.3-8.6), <
예술가로서의 하고 싶은 말>(≪신동아≫ 47호, 1935.9), <극작가 수업
30년>(≪현대문학≫ 통권5호, 1955), <나의 극예술연구회>(≪연극평론
≫, 1971년 가을), <못다 부른 노래의 아쉬움>(≪문학사상≫ 통권 8호,
1973.5), ≪동랑자서전≫(서문당, 1975) 등이 있다.

그는 이들 글에서 일관되게 연극의 민중 계몽성과 조선에서의 신극
운동의 필요성을 역설하고 있다. <최근 십년간의 일본의 신극운동>에
서는 일본의 신극 운동의 과정에서 축지소극장(築地小劇場)의 신극 운
동이 일본 문화계에 끼친 영향과 침체된 일본 연극의 근대화에 기여한
점 등을 밝히고 있다. 특히 극예술연구회의 창립 목적에 부응하여 ‘극
에 대한 일반의 이해’를 넓히고 ‘기성 극단의 사도에 흐름을 구제’하려
고 했다.8)

이러한 일련의 노력은 그의 삶의 방식과도 일맥상통한다. 그는 동경
에서 유학하던 시기에 극단 ‘근대극장’에 가입하여 ‘현실을 극화하는
운동에 흥미’를 느낀 바 있으며9), 극단 ‘조선예술좌’에 가입하여 ‘연극
을 선양하여 조선 민족의 문화적 유산의 섭취와 빈약하였던 예술성의
배양 등을 꾀하려’ 한 바 있다.10) 또한 농촌을 무대로 한 민중극을 써
서 사회 구조의 모순과 당대의 현실의 질곡을 민중들로 하여금 인식케
하려고 부단히 노력한 바 있다.11) 그것은 연극 장르의 사회성을 최대
한 활용해 보려는 데 기인한다. 연극은 관객과 직접적 대면함으로써 상
호 작용을 하여 교화적인 기능을 수행하기에 가장 적절한 그릇이며, 그
시대상을 반영하기에 가장 적합한 장르인 때문이다.

유치진이 <세계여류극장인순례>에서 ‘결코 참된 의미의 연극이란 어

---

8) ≪매일신보≫ 1931.7.19
9) 유치진, <나의 극예술연구회>, ≪연극평론≫ 통권 5호, 1972, p.62
10) ≪동아일보≫ 1935.1.18
11) <토막>, <버드나무 선 동리 풍경>, <빈민가>, <소> 등은 그러한 시각에서 씌
   어진 작품들이다.

떤 도락적 기력으로서 되는 것이 아니'라고12) 밝혀 연극의 사회성을 강조한 것, <신극 수립의 전망>에서 '우리의 생활을 표현하는 다른 예술 즉 소설, 시, 음악 등'이 '민중속으로 침윤치 못'하고 있는 데 반해서 연극은 '민중 속으로 침윤할' 수 있기에 그렇게 해야 한다면서, 연극은 '생활 표현이 일반으로 결핍되'어13) 있는 조선 민중에게 환영을 받을 수 있다고 말한 것은 그러한 연극관에 기인한다.

때문에 그는 극작가의 수준을 높이고 희곡의 질을 높일 필요가 있다고 했다. 그것은 민중 계몽에 앞서서 관중 동원이 무엇보다도 중요하며, 관중 동원에 실패한다면 그가 의도하는 바 민중 계몽의 목적을 달성할 수 없기 때문이다. 그리하여 그는 일본에서 번역극의 역할을 지적하고, 우리에게도 번역극이 필요하다고 했다.

축지소극장은 극장을 일종의 연극 예술의 실험실로 자처하고 ---- 순수한 연구적 태도에서 번역극을 상장하야 외국의 우수한 극작술과 연출법을 섭취하려는 것은 신극 발생 당시에 표방한 태도와 다름이 없었다. ---- 그들은 장사극(壯士劇) 내지 신파극 이후로 난조에 빠진 극술을 바로잡기에는 구미 선진국의 희곡이 가장 적당한 제재가 되리라고 확신하였던 것이다.14)

우리는 대개 우리의 습작 시대를 가지기 전에 출세하야 바라지 않는가? 조혼이 우리의 육체적 발육에 유해하다는 것이 입증된다면 우리의 무질서한 출세는 더구나 문화적 유산이 없는 우리의 문학 발육에 적지 않은 폐해가 되어 있다는 것을 입증할 수 있을 것이다. 이런 의미에서 새삼스러우나마 이번에 번역물이 보다 많이 발표된 것은 우리에게 좋은 영향을 주었으면 주었지 결코 나쁜 징조는 될 수 없는 것이다.15)

---

12) ≪조선일보≫ 1932.3.13
13) ≪동아일보≫ 1934.1.6
14) ≪연극평론≫ 통권 5호, 1972, p.62

그가 번역극을 주장한 것은 우리의 실정에 대한 냉정한 판단과 번역극이 일본의 신극 운동에 미친 영향에 대한 객관적 인식에 토대를 두고 있다. 그는 우리의 연극 수준을 어린아이의 결혼에 비교하고 있다. 조혼이 신체적 발육을 저해하듯이 신속히 유명해지고자 한 나머지 우리의 실정을 생각치도 않고 현재의 수준에서 창작극을 공연하는 것은 대단히 해롭기 때문에 번역극의 상연이 불가피하다는 것이다. 또한 당시 일본에서는 번역극이 아주 커다란 방향을 불러 일으키면서 일본 신극이 일정한 수준에 이르는 데 결정적인 기여를 하였다. 여기에서 우리는 유치진이 번역극을 역극 발전의 디딤돌로 이용하려고 했음이 드러난다. 이 점은 그의 또 다른 주장에서 확인이 가능하다.

> 그렇다고 나는 결코 번역극의 절대론자는 아니며 되고 싶지도 않다. 적어도 그렇게 원하는 자도 존재치 않을 것이다. 번역극이란 어디까지든지 우리 극 창작의 한 도화적(導火的) 역할을 가지는데 그치니까.16)

이렇듯 번역극이 우리 극 창작의 도화적 수단 이상일 수 없다고 본 것은 '근본적으로 외국인이 자기 나라의 생활 감정을 토대로 하여 그린 그 작품이 조선인의 그것에 맞을 리는 없고 충분히 잘 이해될 수 없'다는17) 점에서였다. 이것은 당대 조선의 특수한 사정과 우리 나름의 감정을 고려한 데 기인한다.

그러한 관점은 희곡 창작에 아주 중요한 요소로 작용한다. <창작의 태도와 실제-철저한 현실 파악>을 보면 초두에 'H'라는 사람의 말을 인용하고 나서 자신의 입장을 밝히는데, 'H'에 의하면 우리의 '실제 생활

---

15) 《동아일보》 1933.9.27
16) 《동아일보》 1933.9.28
17) Ibid.,

이 퍽도 소극적이요 인제 겨우 봉건적 껍질을 벗은 데 불과'한 반면, 우리의 머리는 '외국의 가장 예화된 선진 사상이 들어 있기' 때문에 '실생활 감정'과 '머리속에 그리는 지성'의 괴리로 인하여 창작을 할 수 없다는 것이다. 이에 대하여 유치진은 물론 '사상과 생활 또는 이론 과 실제 사이에는 큰 거리가 있는 것'이 사실이지만 '실감에 입각치 않 은 사상 이론이란 삼분의 가치가 없'다고[18] 하면서 현실에 철저할 것 을 주장한다.

> 너는 생활을 환원하라! 그리하여 철저한 현실 파악에서 출발하라! 여태 책에서 얻어 둔 이론의 기성품을 완전히 불살러라! 이론으로부 터 생활을 해방하고 도리혀 생활속에서 이론을 (또는 이데올로기를) 추출하라! 이론은 생활의 구상화에서 발현되는 까닭이다.[19]

여기에서 우리는 아주 중요한 사실을 발견할 수 있다. 유치진이 생 각하는 근대극은 일반인들이 생각하는 바와 같와 상당한 정도의 차이 가 있다는 사실이다. 따라서 조선에 있어서 근대극이란 무엇이며, 신극 운동이란 무엇인가에 대하여 진지하게 생각해 볼 필요가 있다. 당대에 근대극이란 일반적으로 서구극을 의미하며, 도시극을 의미한다. 그런데 유치진은 근대극에 대하여 다음과 같이 정의하고 있다.

> 연극이란 가장 대중적으로 전국민의 또는 전민족을 반영하면서 발 육하여야 할 예술이 도회에 질거되어 도회인의 매우 불건전한 말초적 오락물의 하나로서 봉사하고 있다는 사실은 아무리 생각하여도 연극 본질의 근본적 탈선이라고 아니 볼 수 없는 일이다.[20]

---

18) 《조선일보》 1934.1.21
19) Ibid.,
20) 《조선문단》 21호, 1935.2, p.18

이러한 발상은 근본적으로 로망 롤랑으로부터 영향받은 바 크며[21],
우리의 것을 찾으려는 노력의 소산이다. 그러한 사실은 그가 '우리 조
선에 있어서도 연극이란 것은 그 근본적 발달을 따져보면 그것은 결코
도회적으로 발생한 것이 아니오. 도리혀 그 반대로 가장 토속적인 농민
의 요구와 농민의 풍속에서 자란 것은 다시 부언을 요치 않은'다고[22]
말하고 있는 데서 확인이 가능하다. 또한 다음과 같은 그의 자서전의
내용도 우리에게 시사하는 바 크다.

> 나의 분석과 지표 설정에 커다란 영향을 준 것은 로망 롤랑의 <민
> 중예술론>이었다. 그리고 이를 부채질한 것은 일본과 일본인에 대한
> 내지 적개심이었다. 나는 행장극장을 꿈꾸었다. 제정 러시아의 지식인
> 들이 헌신적으로 농촌 계몽을 위해 벌였던 브나로드 운동에 나는 많
> 은 감명을 받았고, 일본인과 대항하는 방법으로는 가장 적합한 방법
> 같이 생각되었다.[23]

때문에 유치진은 번역극을 경유하여 창작극으로 돌아올 수 있었고,
이상극을 경유하여 현실극으로 돌아올 수 있었다. 또한 그가 농민극을
제창했던 것도 바로 그러한 이유에서였다. 이것은 그가 연극 장르를
'민중 계몽을 위한 수단'으로 채택하였음을 의미한다.[24]

---

21) 유치진, ≪동랑자서전≫, 서문당, 1975
22) ≪조선문단≫ 21호, 1935.2, p.18
23) 유치진, ≪동랑자서전≫, 서문당, 1975, p.101
24) '산 신문극을 써서 브나로드 운동의 일환으로 행장극장활동(行裝劇場活
    動)을 추진함으로써 연극으로 민중 계몽에 여생을 바쳐 보려던 내꿈 -
    이 꿈이야말로 우리 청년에게 시급하고도 긴요한 과제라고 생각하고 있
    었는데 ------- 연극에 뜻을 둔 이래로 연극의 예술성보다 연극을 이용한
    계몽만을 추구해 오던 내게는 -----' (유치진, <나의 극예술연구회>, ≪연극
    평론≫ 통권 5호, 1972, p.62)

3. 작품에서의 전개 양상

일제의 식민지 정책의 특징은 민족 말살 정책과 식민지 수탈 정책으로 요약될 수 있다. 그런데 식민지 수탈 정책은 한국을 일본 공업화를 위한 식량 공급지와 일본의 공업 발전에 소요되는 원료 공급지로 만들며, 일본의 공업 제품 판매를 위한 독점적 판매 시장으로 만드는 것이었다. 그 일환으로 일제는 1910에서 1918년에 걸쳐 <조선토지조사사업>을 실시하여 소유권이 확실한 토지만 인정해 주고 소유가 불확실한 토지나 신고가 되지 않은 토지 그리고 전 국유지를 총독부의 소유로 만들었다. 그후 그 땅을 동양척식주식회사와 한국으로 이주한 일본인들에게 헐값으로 분배하여 반봉건적 지주 계층을 엄호하면서 그들의 식민지 수탈 정책을 착실히 진행시켜 나갔다. 뿐만 아니라 조선인들로부터 최대한의 식량을 착출하여 일본으로 가져가기 위해서 가혹한 반봉건적 고율 소작제도를 법인으로 재정립하고 엄호했다. 그리고 일제 식민지 통치의 재정 자금을 확보하기 위하여 가혹한 지세를 부과하였다.[25)]

그로 말미암아 식민지하의 우리 농촌은 황폐화되고 빈곤은 극에 달하였다. 농민들의 삶은 비참하기 그지 없었고, 그러한 비극적 상황을 극복하기 위하여 농민들의 이농이 급격히 증가하고 모랄의 붕괴가 심각한 사회 문제로 대두되기에 이르렀다. 양식을 지닌 지식인 작가들은 그러한 식민지 정책에 반발하면서 당대의 현실을 고발하는 작품을 쓰게 되었다. 당대의 사회 구조를 소설의 구조로 수용한 것이다. 김동인, 현진건, 채만식 등이 그 대표적인 작가들이다. 그런데 식민지하의 참혹상과 농민들의 비극적인 삶의 구조는 희곡의 구조로도 수용되었다. 유

---

25) 신용하, ≪한국근대사와 사회변동≫, 문학과지성사, 1980, pp.174-203

치진의 <토막>(1931.12 - 1932), <버드나무 선 동리 풍경>(1933 -), <빈민가>(1934.5), <소>(1935.6) 등이 그 대표적인 작품이다.

<토막>은 유치진의 처녀작이다. 명서의 집안과 경선의 집안의 비참한 삶을 통하여 당대의 사회상과 농촌의 황폐화 그리고 하층민의 고뇌 등의 사회 구조가 첨예한 문제로 제기되고 있다. 두 가정의 비극은 당대의 보편적인 현상으로, 본질적으로는 돈 때문에 빚어진다. 명서 집안은 '죽어라 농사를 지어서 입에는 거미줄이 치이는 세상'인지라 돈을 벌어야만 했고, 그래서 아들을 일본에 보낼 수밖에 없었다. 경선의 집안은 '갚을 것은 갚고 살아야' 하는데, 세금까지도 낼 수 없는 상황에 처하여 자기 집이며 가구 등을 모두 차압당하고 거지 신세가 된다.

때문에 명서와 경선은 기회 있을 때마다 돈에 대한 욕망을 표출한다. '나올 때에는 돈 좀 가지고 나오고, 돈이 있어야 우리가 좀 허리를 펴죠'라고 하기도 하고, '옳지! 소중한 돈말을 잊을뻔했네! 돈만 있으면 이러니 저러니 걱정 없다'고 하기도 한다.26) 그것은 아주 현실화된 욕망이다. 그런데 돈에 대한 갈구가 보다 더 근본적인 의미에서 자신들의 생활을 개조하기 위한 수단으로가 아니라 현실의 질곡을 벗어나려는 몸부림으로 이루어지고 있다.

그런데 그들은 돈이 없는 이유를 알고 있지만27), 돈이 생긴다고 해서 문제가 해결될 수 있는지에 대하여 관심조차 보이지 않고 있다. 돈만으로 세계의 질서가 개조될 수 없음에도 그들은 모든 것이 돈으로 해결될 수 있는 것처럼 생각하고 있는 것이다. 때문에 그들은 돈이 없

---

26) ≪문예월간≫ 1권 2호, 1931.12, pp.35-40

27) 금녀의 '우리가 가젓든 모든 것을 다 빼아서서 우리를 이 모양으로 해두고 그나마 하나뿐인 우리 옵바까지'(≪문예월간≫ 2권 1호, 1932.1, p.50)라는 대사와 경선의 '미상불 뼈가 빠지도록 농사지어 노흐면 앗다 일홈 조흔 수리 조합이니 소작료니 해서 요리조리 다 빼앗기고 멍충이 가치 굶고 인것는 소작인 노릇하기 보다야 멋갑절 나신지 모르네'(Ibid., pp.41-42)라는 대사에서 그러한 사실을 확인할 수 있다.

는 자신들의 현실을 산지옥과 감옥으로 인식하고 있다.

> 여기에는 사람같은 사람은 아무도 없다. 그애 어미는 늙어 이렇지 저 금녀는 금녀 제대로 병신이지. 그 우에 나까지 신병으로 이 몇 해를 두고 그들의 숨가픈 집이 되어 있지. 대체 이걸 집이라겠나 무덤이라겠나. …… 말마세요. 산지옥이에요.28)

> 어딜 간들 감옥 아닌 데가 있다구. 우리는 누구나 그림자같이 감옥을 지고 다닌다우.29)

또한 그들은 자기 집이 차압을 당해도 '제-기 망할 것! 될대로 되레라. 무어가 무언지 찌적빠적이다!'라고30) 넉두리를 해대면서 도망칠 수밖에 없고, 자기 아들의 유골이 돌아와도 '나는 내 일평생을 개돼지처럼 살아왔다. 그러나 한 마디 불평도 입밖에 내지 않고 꾸벅꾸벅 일만 해준 사람이다. 뭣 따위 내 자식을 ---- 내 자식을 잡아갔단 말이냐'는31) 말만을 무기력하게 되풀이할 뿐이다.

따라서 명서와 경선은 모두 당대에 세계의 횡포 앞에 무기력하게 패배해 가는 인물들에 불과하다. 삼조 역시 마찬가지이다. 그는 세계의 실상을 냉철히 인식하지 못하고, 돈을 벌기 위하여 일제의 우민화 정책에 순응하면서 살아간다. 그는 '일본간다고 집까지 팔아가지고 가도오도 못하는 사람이 부산 뱃머리에 장꾼같'다는32) 명서의 말에도 아랑곳하지 않는다.

그들과 다르게 명수는 세계의 횡포에 능동적으로 대처해 나가는 인물이다. 그는 '노가다 판에서 몇몇 동무들하고 남몰래 해방운동'을33)

---

28) 《문예월간》 1권 2호, 1931.12, p.37
29) 《문예월간》 2권 1호, 1932.1, p.41
30) 《문예월간》 1권 2호, 1931.12, p.39
31) 《문예월간》 2권 1호, 1932.1, p.50
32) 《문예월간》 1권 2호, 1931.12, p.36

한다. 그는 돈으로 세계의 질서를 개조할 수 없음을 인식하고, 일제에
대항한 것이다. 그런데 그가 대결하기에 세계는 너무 거대한 존재였다.
따라서 그가 세계와의 대결에서 패배하는 것은 당연한 귀결이다.

당대의 열악한 사회 현실을 고발하는 내용은 <버드나무 선 동리 풍
경>에서도 나타난다. 이 작품은 굶어죽지 않으려는 하층민들의 삶의
방식을 통하여 당대인들의 삶의 모습을 그린 희곡이다. 죽도록 일을 해
도 '입에 풀칠을 할 수밖에' 없고, 자칫 잘못하면 '굶어 죽을 수밖에 없
는' 현실 속에서 '열 여섯 해 동안이나 키운' 딸을 송아지 값도 안 되
는 25원에 팔아야 하는 어머니의 심정이나 그것을 말리지 못하는 할머
니의 딱한 처지에서 당대 하층민들의 삶의 모습을 엿볼 수 있다.

> 십원짜리가 두 장하고, 오원짜리가 한 장이라나 …… 어느 미친 년
> 이 열여섯 해 동안이나 키운 송아지를 이십오 원에 판담? 건너 마을
> 봉선이네 집에서도 작년 정월에 난 송아지를 삼십 원에 팔았다는
> 데……34)

또한 사랑하는 여자가 팔려가는 것이 돈 때문이라는 사실을 안 덕조
는 그 원수의 돈을 벌기 위하여 '가파른 앞산 허리'에 약초를 캐러갔다
가 죽음을 당한다. 죽도록 일을 해도 굶어야 하는 것이 사회 구조의 모
순에 기인함을 안 그들은 열악한 현실의 질곡을 영구히 벗어날 수 없
으리라고 확신한다. 때문에 자식을 팔게 되며, 팔려가는 당사자도 그것
을 싫어하기보다는 당연한 일로 받아들이고 팔려가지 못하는 '두리'는
팔려가는 계순을 시샘하기까지 한다. 흙이 그들을 배신했기에 그들도
흙을 불신한 것이다. 죽도록 일을 해도 돌아오는 것은 굶주림뿐이었기
에, 그들은 먹고 살기 위하여 어떠한 짓이라도 하게 되며, 세계의 횡포
에 자신들을 내맡겨버린 것이다.

---

33) ≪문예월간≫ 2권 1호, 1932.1, p.41
34) ≪전집≫ 상, 성문각, 1971, p.392

명선 : (두리더러 여전히 달래며) 이 못난 것아! 남의 손에 팔려가
는 계순이년이 그렇게 부러우냐? 남의 손에서 남의 손으로 이리저리
팔려 다니다가 급기야는 어디서 어떻게 미끄러졌는지 저도 모르게 **흉**
악한 개구렁텅이에 거꾸로 처박혀버리고 말걸.
　　두리 : 그러면 여기서 어떻게 산담? 기나긴 올 겨울을 또 우리는
어떻게 넘긴담? 우, 우리는 - (말을 맺지 못하고 흑흑 느낀다.)35)

여기에서 식민지 황폐화의 일면을 엿볼 수 있다. 그것은 구체적으로
일제의 수탈정책에 기인한다. 그들이 죽도록 일을 해도 입에 풀칠을 하
지 못하고, 다가올 겨울을 걱정해야 하는 것은 그 때문이다. 유치진은
그러한 식민지 수탈 정책을 예리하게 포착하고 있는 것이다. 농촌의
황폐화와 모랄의 붕괴 그리고 하층민들의 비극적 삶이 극적으로 제시
되고 있는 것이다.

<빈민가>는 당대의 비극적 현실을 고발하는 데에 머물지 않고 현실
극복의 방안으로 쟁의를 도입한 희곡으로, 경향극의 영향을 받아 사회
주의 사상을 수용하고 있는 작품이다. 주인공 따순의 집을 무대로 설정
하여 극이 진전되며, 당대 사회의 경제 구조의 모순, 서민들의 반항 의
지, 뿌리를 잃은 자들의 비극적 삶 등이 비교적 생동감있게 제시되고
있다.

경제 구조의 모순은 조부와 홍매부의 대화를 통하여 잘 드러난다.
조부는 온 식구가 죽어라고 성냥 딱지를 붙여도 '풀값이며 그밖에 제
잡비를 제하고 나면 하루벌이가 십전 꼴이 될락말락'36) 해서 도무지
생활을 꾸려나갈 수 없다고 불평을 한다. 홍매부는 '일금 천원을 쥐기
위해서는 일백 마흔 다섯 살까지'37) 일을 해야 가능하다고 이야기하고

35) Ibid., p.391
36) Ibid., p.86
37) Ibid., p.90

있는데, 이를 통하여 당대 사회의 경제 구조가 지닌 모순이 드러난다.

열악한 현실 상황에서 굶어 죽지않고 살아남기 위하여 그들은 나이 어린 작은 아들 쇼우슨을 석회 공장에, 어린 딸 홍매를 성냥 공장에 보낸다. 그런데 벌어온 그 '한 푼 두 푼의 돈이' 바로 그들의 '명줄을 한 자 두 자 끊어주고 바꾸어온' 돈이라는 사실을 깨닫고 하염없이 울고 있는 어머니를 향해 조부는 '울지 말아라. 울지 말아라. 울지 말고 누가 이 어린 걸 잡아갔는지, 누가 죽였는지 그걸 생각해봐'라고[38] 뇌까린다.

큰 아들 따슨은 그러한 질곡에서 벗어나기 위하여 공장을 상대로 노임투쟁을 하며, 외숙은 그에 동조한다. 그는 뿌리를 잃고 이 빈민가에 이주해 온 사람으로 늘 흙에 대한 애착을 버리지 못한다. 그래서 그는 '제기랄 것 파먹을 땅이나 있으면 지금이라도 당장 똥장군을 지겠소! 뭐래도 농사군은 농사를 지어야지'라고[39] 넉두리를 늘어놓는다. 그러나 그가 그토록 못잊어하는 고향은 철저히 황폐화되어 있다.[40]

때문에 외숙은 홍매부가 '왜 쟤들이 지런 짓'을 하느냐고 물었을 때 '개짐승같이 살기 싫으니까 그러는 거겠지'라고[41] 말하는 것이다. 외숙은 당대의 절박한 상황이 어디에 기인하는지, 애 따슨이 임금투쟁을 하는지에 대하여 명백히 인식하고 있다. 물론 '어머니'도 그것을 모르는 바는 아니다. 그러나 어머니가 따슨의 행위에 반대하는 것은 '밤낮 싸워야' '회사에서 항복한 적이 한 번'도 없었다는 점과 '그 일자리마저' 없어지면 '속절없이 굶어 죽'을[42] 것이라는 사실을 인식한 데 기인한다.

---

38) Ibid., p.95
39) Ibid., p.82
40) '나는 시골서 토비들 때문에 못 살게 됐을 적에 이런 도회지에 나오면 낫을 줄 알았다. 여기도 마찬가지다.'(Ibid., p.94)
41) Ibid., p.89
42) Ibid., p.80, p.85

<빈민가>의 경향극적 요소는 <소>에서도 나타나고 있다. 이 작품은 '농가의 명줄'인 소를 중심으로 국서, 말뚱이, 개뚱이의 갈등이 전개되다가 마지막에 가서 사음과의 갈등으로 발전하고 있다. 전자가 빈곤의 문제에 초점이 맞추어진 것이라면 후자는 계급적 갈등의 문제로까지 발전한 것이다.

이 작품에서 작가가 비중있게 다루고 있는 내용은 농촌의 수탈상, 이농 의지, 모랄의 붕괴 등이다. 농민의 수탈상은 국서의 집안의 삶을 통하여 잘 드러난다. 국서는 우직한 농부로 열심히 일을 하지만 항상 빚에 쪼들린다. 풍년이 들었어도 도지를 청산할 길이 없어서 괴로워하며, 사음으로부터 부당한 대우를 받는다.

> 말뚱이 : 아니 뼈가 빠지게 농사지어 놓은 것 당신네들이 막 다 가져갔죠. 그리구 그게 무슨 말유? 올해가 풍년이래도 우리 집에 쌀 한 톨 남았나봐요! 막 뒤져봐요!
> ----중략 -----
> 사음 : 두고 봐! 기둥이래두 빼어가구 솥이라두 떼어갈 테니까. 홍, 저 놈의 소는 못 몰고 갈 줄 알고?43)

사음은 세계의 횡포를 집약하는 인물이다. 그런데 서항석에 의하면 원작에서는 소작농 국서와 대립하는 인물이 사음이 아니라 지주였다고 한다. 이것이 일제의 검열에 의하여 사음으로 바뀌었는데44), 그들이 지주를 사음으로 바꾸게 한 데에는 그들 나름대로 충분한 이유가 있었다. 그것은 농촌의 황폐화와 농민들의 비극적 삶이 지주의 농간에 의해서가 아니라 사음의 농간에 의해서 파생된 것임을 주장하기 위한 식민지 수탈 및 우민화 정책과 밀접한 관련이 있다. 그들은 반봉건적 지주 계층을 엄호하면서 식민지 수탈 정책을 착실히 진행시켜 나갔는데45), 그

---

43) Ibid., pp.478-479
44) 서항석, <연극사적 자서전-극연활동의 제2기>, ≪한국연극≫, 1977.7, p.76

것을 위장할 필요가 있었던 것이다. 농사를 잘 지어 풍년이 되어도 도지를 다 갚을 수 없었던 것은 바로 그러한 이유에서였다.

개똥이가 농촌을 떠나고자 그토록 발버둥치는 것은 당대 사회의 구조적 모순을 냉철히 인식한 데 기인한다. 개똥이가 유자나무집 딸을 동정하는 것도 그에 연유한다. 유자나무집 딸은 가난을 극복하기 위하여 도회지로 나갔다가 정신 이상자가 되어서 돌아온 여성이다. 당대의 타락한 현실의 희생양으로 말똥이와 결혼할 귀찬이의 미래상이다.

> 귀찬이 : (나타나며) 말똥아, 어떻하면 좋아? 우리 아버지가 나더러 자꾸 짐을 싸래. 내일 첫새벽에 읍내 홍서방인가 하는 거간군하고 서울로 올라가야 한다구. 맨 처음 우리 아버지가 나더러 서울 가랠 때 어느부잣집에 드난살이 간대서 난 멋두 모르구 좋아 했었는데, 글쎄 알고보니 홍서방이란 숭악한 거간군한테 팔려간대. 유자나무집 딸도 그 자한테 속아서 그 모양이 됐다는 게 아냐? (흑흑거리며) ---- 우리 아버지가 야속해. 자식이 밉거든 그냥 때려 죽일 일이지, 어찌----46)

인용문을 통하여 가난을 극복하기 위한 수단으로 딸을 유곽에 팔아 먹는 비정한 아버지의 모습과 그녀의 비극적 운명이 감지된다. 때문에 말똥이는 그녀가 팔려가는 것을 막을 수 있는 돈을 마련하려고 국서에게 소를 팔자고 조른다.

소를 농가의 명줄로 인식하는 국서, 장사 밑천을 마련할 수 있는 유일한 재산으로 인식하는 개똥이, 귀찬이의 빚 청산을 해주고 그녀와 결혼을 할 수 있는 유일한 재화로 인식하는 말똥이, 도지를 환수할 수 있는 유일한 담보물로 생각하는 사음의 갈등은 힘있는 사음의 승리로 귀결된다. 그들의 꿈이요 농가의 명줄인 소를 사음이 몰래 가져가 버린 것이다. 그러한 세계의 횡포는 그대로 두면 저절로 없어지는 것이 아니

---

45) 신용하, Op. cit., p.178
46) 《전집》 상, 성문각, 1971, p.493

유치진의 초기 희곡 279

다. 끊임없이 투쟁하지 않고는 결코 새로운 세계가 열릴 리 만무하다. 때문에 말뚱이는 지주의 곳간에 불을 지른다.

이상에서 살펴본 바와 같이 <토막>, <버드나무 선 동리 풍경>, <빈민가>, <소>는 황폐화된 농촌과 존재의 근원을 잃어버린 식민지 하층민들의 절망적인 삶을 그리는데 주안점을 두고 있다. 그러한 삶의 현실성을 제시하는데 빈곤은 필연적으로 제시되고, 빈곤은 당대의 보편적 현상으로 나타난다. 그리고 주인공들이 세계와의 대결에서 처절하게 패배해간다.

그런데 <토막>과 <버드나무 선 동리 풍경>에서는 현실의 질곡을 고발하는 데 초점을 맞추고 있다면, <빈민가>, <소>에서는 그 극복의 방안으로 쟁의와 방화의 모티프가 도입되고 있다. 이 점은 경향극의 영향을 받은 것으로 가진 자와 갖지 못한 자의 대립 구조와 계급적 해방에 초점을 맞춘 것에 다름 아니다.

그러나 어느 작품에서건 극적 주인공은 세계와의 투쟁에서 패배하고 있다. 그것은 세계의 획일성에 의하여 이루어지고 있다. 가혹한 식민지 수탈 정책이 그들을 패배의 나락으로 끌어내린 것이다. 사실 유치진이 이들 작품에서 당대의 핵심적인 문제를 제기하고 있음에도 새로운 전망에 이르지 못하고 허무주의로 전락하고마는 것은 압박받은 계층에 대한 감상적 이해에 기인한 것이라기보다는 당대 사회의 매카니즘에 기인한다. 세계는 닫혀 있고, 전망은 어디에서도 찾아볼 수 없었던 것이다.

4. 결 론

지금까지의 일련의 작업은 유치진 희곡의 본질을 규명하기 위하여 시도되었다. 특히 필자는 유치진이 당대의 현실을 어떻게 인식하였으며, 희곡과 연극을 통하여 당대의 현실을 어떻게 대응하고 있는가에 초점을 맞추었다. 때문에 그의 연극관을 먼저 살펴본 다음, 그의 세계관이 당대 사회와 어떤 관계를 형성하고 있으며, 그것이 작품에서 어떻게 전개되고 있는가를 살펴보았다. 그러한 의도하에서 이루어진 본고에서 논의된 내용을 요약하면 다음과 같다.

유치진은 연극을 민족 계몽을 위한 하나의 수단으로 채택한 사람이다. 그는 무지한 독자들에게 글을 통하여 메시지를 전달하기 보다는 행동을 통하여 메시지를 전달하고자 했다. 연극은 관객과의 직접적인 관계속에서 그들을 계도하기에 가장 절절한 장르이다. 사회와 대중의 실체를 파악하여 그 시대상을 반영하기에 가장 적합한 장르이며, 민중을 계도하기에 가장 적절한 장르이다. 그러한 연극관은 그의 연극평과 회고담 등에 잘 나타나 있다.

그의 연극관은 작품에서도 충실히 반영되고 있다. <토막>에서는 명서 집안과 경선 집안의 비참한 삶을 통하여 당대의 사회상과 농촌의 황폐화 그리고 하층민의 고뇌 등이 잘 드러나고 있다. <버드나무 선 동리 풍경>에서는 굶어죽지 않으려는 하층민들의 삶의 방식을 통하여 당대 농촌의 황폐화와 모랄의 붕괴 그리고 하층민들의 비극적 삶이 잘 드러나고 있다. <빈민가>에서는 따슨의 집을 무대로 하여 당대 사회의 경제 구조의 모순, 서민들의 반항 의지, 뿌리 잃은 자들의 비극적 삶이 잘 드러나 있다. <소>에서는 농가의 명줄인 소에 얽힌 아버지와 아들 그리고 사음 사에 얽힌 사연을 통하여 농민들의 수난과 이농 의지 그리고 모랄 의식의 붕괴 등이 잘 드러나고 있다.

결국 유치진은 현실극과 농촌극을 쓰고 음습한 무대를 설정하고, 세계와의 대결에서 처절하게 패배해 가는 주인공들을 설정한 것은 그의 연극관에 충실한 것이며, 그것은 당대 현실에 대한 냉철한 인식을 토대로 민족 계몽을 목적에 둔 결과였다.

참고문헌

『유치진전집』 하, 성문각, 1971

『의민이두현박사화갑기념논문집』, 학연사, 1984

김재철, 『조선연극사』, 학예사, 1939

서연호, 『한국근대희곡사연구』, 고려대출판부, 1982

서연호, 『한국연극론』, 삼일각, 1983

신용하, 『한국근대사와 사회변동』, 문학과지성사, 1980

양승국, 『한국근대연극비평사연구』, 태학사, 1996

유민영, 『한국현대희곡사』, 홍성사, 1982

유치진, 『동랑자서전』, 서문당, 1975

이두현, 『한국신극사연구』, 서울대출판부, 1966

沈從文 小說

1. 序 論

沈從文是中國二三十年代的名小說家，　同時也享有中國文體大家的美譽. 他除了創作小說以外，散文，舊體詩，劇本，評論，傳記等，各種日記體，書信體，對話體，遊記體等的著作也極爲可觀．作品量豐質高，共寫過五百多篇作品，　出版過一百多種單行本，　在二十年代末以後的二十年左右時間裏，擁有大量讀者. 他的小說作品裏，對底層人民生活的逼眞描寫，對上流社會的暴露和批判，是構成他創作的基本傾向．由於他從小在內地長大，對故鄉湘西地區極爲熟悉，　並且從小與農夫，　士兵，　船夫和小生意人生活在一起，因此對該地方底層民的生活瞭如指掌，寫來栩栩如生. 於是，對湘西人生的描繪作品佔的分量最重，也最有特色. 他自稱爲<鄉下人>，就明示了他的創作主體所在. 一九三四年發表的<邊城>是描寫湘西世界的傑作和精華，也是他的代表作品.

有關研究沈從文小說的論文爲數極多，大致上可分爲美學，描寫技巧，傳統繼承等方面來分析. 有關美學方面的研究有飛舟，何益明，凌宇，王繼志，魏超，吳進，趙學勇等1)；認爲<人性>是沈從文全部美學理想的基石，是他

---

1) 飛舟，<"反差不多"看沈從文的文藝觀>，『中國現代.當代文學研究』，　人民大學，

作品反映人生的核心和精髓, 在以生命學說爲核心的人生觀基礎上, 確立起沈從文的美學觀. 魏超卻批評他把重造民族品德看作解決社會現實問題的最有力方式. 只能是一種空想. 有關描寫技巧方面的研究有侯達航, 白屋, 詹鵬万等人.[2] 認爲他開篇與結尾的配合好, 前呼後應, 渾然一體, 描寫方式要求含蓄簡潔, 以間接描寫和側面交待, 提高效果; 善于利用中國國畫的藝術空白技巧. 在傳統繼承方面的研究有夏志清, 凌宇, 吳進, 詹鵬万等人.[3] 認爲他的作品秉承了中國佛家的普遍同情心, 孔子儒家學說的人生進取精神, 以及老莊的人與自然契合的無爲而無不爲的思想, 同時也受楚地巫鬼文化的影響.

　如上所述, 有關沈從文的研究論文相當多, 正表示他在中國現代文學界所佔地位的重要性. 他的作品雖然數量龐大, 並且包羅萬象, 但是描寫他的故鄉湘西世界的點點滴滴, 才眞正顯現出他不同於其他作家的特色和重要性. 湘西世界是他創作的核心, 因此筆者選擇其中最具特色和代表性的中篇<邊城>和短篇<丈夫>做研究, 從這兩篇作品裏分析並闡明沈從文小說裏湘西世界的獨特思想藝術風格和作品精神的永生.

　1981.7
　　何益明, <論沈從文的"邊城">, 同上, 1981.3
　　凌宇, <從苗漢文化和中西文化的撞擊看沈從文>, 同上, 1986.6
　　王繼志, <論沈從文創作中的人道主義>, 同上, 1988
　　魏超, <談沈從文的追求>, 同上, 1988.6
　　吳進, <論沈從文與艾蕪的邊地作品>, 同上, 1988.6
　　趙學勇, <"在歷史的反思中探索"---近年來沈從文研究述評>, 同上, 1986.12
2) 侯達航, <略談沈從文短篇小說的開頭和結尾>, 同上, 1982.7
　　白屋, <論沈從文小說的性描寫>, 同上, 1988.9
　　詹鵬萬, <沈從文小說的藝術空白>, 同上, 1987.11
3) 夏志清, 『中國現代小說史』, 臺北; 傳記文學出版社, 1979

2. 沈從文的創作和藝術觀

湘西是沈從文土生土長的地方. 也是漢族和苗族土家族聚居地區. 人民深受統治者壓迫和屠殺. 湘西又因地方偏僻, 受外來影響較少, 民風較爲淳朴. 沈從文就是在這樣特定的自然歷史環境下, 出身於一個家道中落的軍人世家. 雖然很早入學, 但是經常逃學成習, "逃避那些書本枯燥文句去同一切自然相親近",[4] 一面在泅水, 爬山, 釣魚, 打獵中間觀察自然, 多識草木蟲魚, 一面在逛街趕集時, 注視人世百態. 他九歲那年發生辛亥革命, 家鄉鳳凰城鄉人起事失敗, 他目擊到這一場官府的大屠殺, 影響到他一生對於濫用權力特別厭惡. 1922년任地方軍統領官書記, 有機會學習歷史和文物, 後又兼報館校對, 閱讀新文學書刊, 從此搹起追求知識, 追求光明的勇氣. 於是該年夏天來到五四發源地-北京. 一面在北大旁聽, 一面練習創作, 他早期作品所寫內容大體有兩方面, 一方面是湘西生活的片斷如<夜漁><福生><占領>, 另一方面是反映城市小知識分子窮的苦悶和性的苦悶如<公寓中>, 這些作品大部分發表在北京<晨報>, 於是認識了郁達夫, 並與編者徐志摩交往密切. 1927年沈從文來到上海, 與胡也頻, 丁玲合辦出版社, 編刊物, 當時文壇正熱烈展開革命文學論爭, 而他採取的是自由主義的中間立場和觀點. 他的觀點是, 文學運動的發展, 主要靠作品, 不在爭位子, 亮旗幟. 他說, "我不輕視左傾, 卻也不鄙視右翼, 我只信仰眞實"(<記丁玲續集>) 由於他十分厭惡政治對文學的干涉, 只想超然物外, 埋首創作, 所以這時創作之豐, 冠蓋文壇. 他在上海六七年間, 出版的作品超過三十本, 作品觸及的生活面極開闊, 他的筆下農民, 水手, 士兵, 軍官, 工人, 貧民, 商人, 醫師, 作家, 學生, 教授, 軍閥, 政客, 紳士, 盜匪, 巫師, 妓女, 牧師, 三敎九流, 應有盡有. 除了大城市的知識分子以外, 大多是以湘西沅水流域爲背景, 苗族人民生活又

---

4) <我讀一本小書又讀一本大書>, 『沈從文自傳』, 輔新出版社, 1980

佔了一定比重. 藝術表現上的抒情氣氛, 鄉土色彩更加濃郁, 心理描寫日趨細膩, 語言風格越見鮮明. <柏子><丈夫><牛>等名篇, 均在此時相繼問世.

1933年, 他從青島回北京, 編輯<大公報>文藝副刊, 又先後發表論文<反差不多>, 表明他的文藝觀; 他提唱文藝既不要做政治的奴婢, 也不做商品的從, 既不跟幾個政治家奔跑, 也不應讓文藝召上流行習氣, 套上金錢的外衣. 主張文藝創作必須眞正是"自然地從心中流露出來的東西". 這時期他的創作數量上, 雖不及前時期, 但從質量上看, 確實已達到他的頂峰. 主要標誌就是中篇小說<邊城>和散文集<湘西散記>的問世. 1938年, 全面抗戰開始, 他到昆明, 任西南聯大教授, 在寫作上擺脫傳統束縛, 探向某些象徵主義, 意識流手法的跡象, 寫了<綠魘><水雲>以及<燭虛>. 抗戰勝利後第二年, 他從昆明到北京擔任北大教授, 這時寫得最勤的是評論, 積極反對內戰. 後來受到左翼的攻擊, 自1948年後, 他的工作重心轉移到文物研究方面.

如果說沈從文那麼多不同文體的創作是磨磐, 而人性則是他的軸心. 他把自己的習作比作是建築一座"精緻, 結實, 勻稱的希臘小廟, 這種廟供奉的是人性."[5] 他的代表作中篇小說<邊城>所欲表現的就是一種"優美, 健康, 自然, 而又不悖乎人性的人生形式" 沈從文理想的人性神廟, 同他對藝術獨創性的追求分不開. 他表白過"我願意在章法外接受失敗, 不想在章法內得到成功"(<石子船, 後記>) 他對獨立風格的建樹特別重視.他說"藝術品之眞正價值, 都差不多全在乎那個作品的風格化性格的獨自上" (<短篇小說>), 他深知有無獨特品格對一個作家的失敗得失至關重要, 他又認爲"應當力求避去文字表面的熱情, 神聖偉大的悲哀, 不一定有一灘血一把淚, 一個聰明作家寫人類痛苦是用微笑表現的."(<廢郵存底. 給一個寫詩的>)

他也重視文學的社會意義和教育作用, 他認爲文學應表現"人情, 人性的眞善美, 要以這種眞善美去点燃人們求眞, 向善的智光, 去照透人們昏暗乃至醜惡的心區, 引起'怕'與'羞'的情感, 從而培養'智', 開發'慧', 悟徹'愛和

---

5) <代序>,『沈從文小說習作選』, 良友圖書公司, 1935

怨'(<燭虛>)   沈從文在以生命學說爲核心的人生觀的基礎上, 確立起自己
的美學觀; 他曾聲稱"我是個對一切無信仰的人, 却只信仰'生命'"(<水雲>)
他以爲文學創作的目的, 就在於'生命'永生, "能用文字, 在一切有生陸續失
去意義. 本身亦因死亡毫無意義時, 使生命之火, 煜煜照人, 如燭如金"(<燭
虛>)

3. 沈從文與湘西世界

　　沈從文在湘西土生土長, 他在那兒讀了一本社會的大書, 經歷了許多動亂
和人士, 接觸過三教九流, 使他對湘西懷有一分特殊濃厚的感情, 並且他對
湘西這地區苗族和漢族人混居的特殊文化, 有深切的了解. 尤其是他在二十
歲那年離開家鄉, 前往北京後, 體驗到大都會人的世俗和勾心鬪角的生活對
照下, 使他精神回歸鄉土, 追求美好人性的願望更有强烈渴求. 於是他成爲
湘西代言人. 作品中眞正地反映了生活在黑暗時代湘西底層民, 遭受歷史與
現實種種惡勢力迫害和摧殘, 造成不幸痛苦的命運, 以及他們想求得自己合
理做人的願望, 同時也栩栩如生地描繪了湘西的自然迷人景色, 以及純樸的
人性美, 人情美. 作品的田園氣習濃厚, 是極富鄉土性的抒情作品, 他使用
各種筆法來表現對湘西底層民的關愛. 讚揚他們那合乎大自然的純樸美, 同
時也指摘他們的無知, 愚痴和精神麻木. 他自稱是<鄉下人>, 因爲他能把湘
西人民的悲歡人生赤裸裸地表現出來, 也正因此, 他是中國現代文學界裏唯
一獨特的湘西世界代言作家. 他的湘西作品相當多, 筆者僅選出其中兩篇有
代表性的作品做分析, 從此找出沈從文做爲湘西代言人的特徵所在, 以及他
的文學精神和人生觀

1. 邊城

1934年1月1日起中篇小說<邊城>開始在<國文周報>連載, 至4月23日結束, 他緊接着在4月25日發表了<邊城題記>, 表明了創作<邊城>的意旨所在.

> "我的讀者應是有理性, 而這點理性便基於對中國社會變動有所關心, 認識這個民族的過去偉大處與目前墮落處, 各在那裏很寂寞的從事於民族復興大業的人. 這作品或者只能給他們一點懷古的幽情, 或者只能給他們一次苦笑, 或者又將給他們一個惡夢, 但同時說不定, 也許能給他們一種勇氣同信心."[6]

小說主人公是擺渡船的老船夫及其孫女翠翠. 故事圍繞翠翠的愛情糾葛展開. 茶峒掌水碼頭的船總順順的兩個兒子, 天保大老和儺送二老同時愛上翠翠, 翠翠只鍾情於二老, 祖父只知大老曾來求親, 不知孫女心事. 兄弟兩相約以唱歌爭得翠翠的心. 哥哥自知非弟弟的敵手而自動退出, 後被水淹死順順和二老由此對翠翠祖父產生誤會, 順順硬要二老另結一門親事, 二老的心卻仍在翠翠, 遂賭氣沿河下行. 祖父已覺察此事, 心中鬱悶, 旋於某夜雷雨中去世了. 翠翠一直等着二老, "這個人也許永遠不回來了, 也許明天回來!" 全部故事到此結束

<邊城>給讀者強烈的美感是"人情美", 卽湘西人民的人性愛和人情美. 在沈從文心目中, 故鄉的農民. 水手和士兵, "認爲他們是正直的, 誠實的", 所以他說, "我動手寫他們時, 爲了使其更有人性, 更近人情, 自然便老老實實的寫下去"(<邊城。題記>)小說一開始, 是個七十歲的老船夫, 撑船擺渡, 他不管白天黑夜颱風下雨, 五十年如一日, 熱誠負責, 忠於職守.

> "渡船屬公家所有, 過渡人本不必出錢, 有人心中不安, 抓了一把錢擲到

---

6) <邊城>,『沈從文小說選 2』,臺北; 洪範書店, 1995.7, p.697

船板上時, 管渡船的必爲——拾起, 依然塞到那人手心裏去"[7]

有時實在卻情不過, 便把這錢買了草煙茶葉放船上免費供應. 這樣的人和生活, 平凡極了. 而在平凡中, 老船夫那見義就上見利就讓的心, 與他與客人交往中, 可窺見邊城淳厚的風情. 而作者透過對唯一與老船夫相依爲命的孫女翠翠的生動描繪, 更可窺見作者表現出湘西少女的自然美和人性美的功力.

> "翠翠在風日裏長養着, 把皮膚變得黑黑的, 觸目爲青山綠水, 一對眸子清明如水晶, 自然旣長養着她且教育她, 爲人天眞活潑, 處處儼然如一隻小獸物, 人又那麼乖, 和山頭黃鹿一樣, 從不想到殘忍事情, 從不發愁, 從不動氣. 平時在渡船上遇陌生人對她有所注意時, 便把光光的眼睛 着那陌生人, 作成隨時都可擧步逃入深山的神氣. 但明白了面前的人無心機後, 就又從從容容的來完成任務了."[8]

正直又誠實, 與鄉人和睦相處的老船夫, 對這個尙未受世俗汚染的孫女, 卻總隱含着一絲憂鬱, 從日漸長大的翠翠, 很自然相到他母親當年的悲劇, 老人雖然不怨天不尤人, 但對她母親的經歷記憶猶新, 他不願孫女重蹈母親的覆轍, 力圖以自己的努力掙脫命運的擺佈.

> "得讓翠翠有個着落, 翠翠旣是她那可憐的母親交把他的, 翠翠大了, 他也得把翠翠交給一個可靠的人, 手續淸楚, 他的事才算完結!"[9]

老船夫在生與死之間, 面臨的矛盾和痛苦, 也是在安靜淸淡生活背後潛伏的一絲憂鬱. 有人說這是老人在命運面前那種旣認命苦, 又想掙扎, 擺脫的

---

7) 同上, p.698
8) 同上, p.700
9) 同上, p.728

矛盾心情, 反映出底層人民在長期封建桎枯下形成的天命觀和依附心理.10)

翠翠在短短幾天內, 祖父和難送遽然離她而去, 使這個天眞無邪的少女, 一夜之間成熟了不少, 體會到人生的悲歡離合, 好似領悟到人無法對抗天意的安排, 應當讓一切的人事像江河的水順流下去似地, 於是她默默地承擔這一切.

> "過渡人一看老船夫不見了, 翠翠辮子上紮了白線, 就明白那老的已作完了自己分上的工作, 必一面用同情的眼色瞧着翠翠, 翠翠心裏酸酸的, 忙把身子背過去拉船....那個在月下唱歌, 使翠翠在睡夢裏爲歌聲把靈魂輕輕浮起的年青人, 還不曾回到茶峒來....這個人, 也許永遠不回來了, 也許<明天>會來."11)

除了描寫邊城地區的人情外, 邊城的另一特色是作者創造了一個情景交融的詩的意境. 景做爲審美客體與人作爲審美主體密切相合, 描繪出一幅動中有靜, 靜中有動的詩情畫意山水人物畫一般, 這種優美意境, 渲染了全篇的故事. 就像沈從文自己說的, 他要建立'美和愛'的新宗教, 把共通的'人性'作爲'常', 作爲'道', 作爲'至美', 作爲雖變而不變的永 的東西在文學中表現出來.(<愛與美>)

2) 丈夫

1930年在小說月報上發表的短篇小說<丈夫>, 是寫一個青年農民進城看望當船妓妻子的一兩天內的心理變化. 作者主要是通過細膩刻畫主人公在新的環境裏對周圍人事種種反應和神態, 如剝筍一般, 層層地揭開他的麻木的, 矛盾的, 而終於清醒的心理發展過程

---

10) <沈從文"邊城"賞析>, 『中國新文學大師名作賞析』, 臺北; 海風出版社, p.141
11) <邊城>, 『沈從文小說選 2』, 臺北; 洪範書店, p.794

在生活貧困的鄉下，女人爲了貼補家用，有當船妓的風氣。她們不懂道德倫理爲何物，只知道要滿足獲得金錢的慾望.

> "她們都是做生意而來的，在名分上，那名稱與別的工作同樣，旣不和道德相衝突，也並不違反健康.她們從鄉下來,..離了鄉村...離了那年靑而强壯的丈夫的懷抱...做了生意，慢慢的學會了一些只有城市裏才需要的惡德，於是婦人就壞了."12)

> 在鄉下的丈夫，來探望想念的妻子，先是驚訝於妻子的城市氣派．接着看到一個船主或商人"一上船就大聲的嚷要親嘴要睡覺...那勢派，使作丈夫的想起了村長同鄉紳那些大人物的威風"

> "於是他畏縮地躱起來，想起家裏的鷄同小猪，彷彿那些東西才是自己的朋友，彷彿那些小小東西才是親人；如今和妻子接近，與家庭卻離得很遠，淡淡的寂寞襲上了身，他願意轉去了."13)

丈夫心中油然而生的一點苦惱，一點悲哀和一點埋怨情緒. 但是媳婦懂得丈夫的感覺，趕緊拿一片丈夫愛吃的糖塞在他口裏，於是他仍然很和平的睡着了. 因爲那地方這樣的丈夫太多了.

> "地方實在太窮了，一點點收成照例被上面的人拿去了一半，手貼地的鄉下人，任你如何勤省耐勞的幹，總還是不容易對付下."14)

丈夫進城的第一個夜晚，從麻木，膽怯，矛盾到朦朧覺醒，心靈歷程的第一個反覆. 第二天，見到了管理所有船隻的水保，從他的猪靴子鹿皮包兜，滿是靑筋的毛手，手上的黃金成指，直至那一張四方臉，他完全被來人的威

---

12) 同上, p.672
13) 同上, p.673
14) 同上, p.675

勢鎭慴住了，這就是鄉下丈夫在權勢者面前一種幾乎是無意識的卑微心理的表現．在與水保一番談話後，對他留下的好印象，一直到水保走前囑他轉告妻子"今晚上不要接客，我要來"使得"新的憤怒使年青人感到羞辱，他想不必等待回船就走路"15)

不過丈夫長期所居之屈辱地位，已使日漸形穢的卑微心理在身上深深扎下了根，只要環境稍有改變，立刻就能將他的不平和憤怒的內心波瀾熨平．

第三次的反應，那是年青丈夫內心衝動最激烈的階段，也是這篇着重刻劃心理的小說高潮所在．丈夫嫉妬和憤怒的情緒剛剛被妻子熨平，卻被緊接而來的兩個酗酒士兵打破了．丈夫又一次親眼見到和親耳聽到妻子怎樣在兩個醉鬼面前陪盡小心，受盡侮辱和蹂躪；當妻子把士兵和巡官給的兩筆賣身錢塞在男人手裏時

"男子搖搖頭，把票子撒到地下去，兩只大而粗的手掌捂着臉，像小孩子那樣莫明其妙的哭了起來．五多同大娘看情形不好，一齊逃到後艙去了．五多心想這眞是怪事，那麼大的人會哭，好笑！可是她並不笑，她站在船後梢看見掛在梢艙樑上的胡琴，很願意唱一個歌，可是不知爲甚麼也總唱不出聲音來．水保來船上請遠客吃酒時，只有大娘同五多在船上，問及時，才明白兩夫婦一早都回轉鄉下去了．"16)

他終於意識到自己存在的價值，他的堅決回鄉行動，實際是一種無言的憤怒和反抗，是人性在與非人性的環境衝突中取得的勝利．道出了中國農民千百年被壓抑在內心深處一種難以訴說的悲哀．

4. 結 論

我們從沈從文的文藝觀裏得知'人性'是他的創作準則，他按這種思想準則，

---

15) 同上，p.683
16) 同上，pp.692-693

成爲中國現代文學的一朶奇葩. 他針對湘西地區的人性作爲軸心, 使用襯托出這些人物的特殊地理環境和自然風景, 描繪出一幅湘西世界圖. 筆者選出堪稱湘西特色濃厚的<邊城>和<丈夫>作爲分析對象, 並且歸納出作品特色和沈從文思想特徵.

第一, 描寫了由少數民族苗族人和漢人混居的湘西地區典型的鄉村底層民人物類型. 他們長期受外來欺侮和壓迫, 於是無意識中養成卑微, 膽怯的心態和難言的悲哀.

第二, 湘西世界人情和民風極爲淳厚, 重義輕利, 樂天知命, 在大自然的孕育下, 人與自然幾乎達到了相互契合, 混然一體的境界, 使讀者深深感受到那地區的人性美, 人情美和品性美.

第三, 他善長於對人物的心理描寫, 並且善于利用景物描寫來襯托出人物的特點, 同時也會使用側描, 空白等中國傳統藝術手法, 得到特殊的效果.

第四, 他寫湘西世界, 是在表現他忠於自己家鄉, 護衛家鄉人民的心態, 並且利用與大都市人的虛僞, 人工化, 扭曲人性的强烈對照, 來表現同情下層民長期被壓迫的無奈.

第五, 作品的地方美, 鄉土美愈是濃厚, 愈能表現出中國的民族美. 作品富有少數民族的特色, 於是就更顯現出他的世界意義來.

第六, 沈從文的小說, 尤其是<邊城>, 是典型的牧歌式文體, 在中國作家中是極爲特殊而富有他個人獨特的小說風格.

第七, 沈從文創作的終極目標, 是在表現他的人生觀. 卽, 恢復人性, 恢復人的天良, 尊守中華民族傳統聖賢的教導, 恢復道家的天人合一主張, 老莊的無爲而無不爲思想和儒家的人道主義思想, 以及佛家的'人性'戰勝'魔性'的慈悲同情心.

參考文獻

『中國新文學大師名作賞析 - 沈從文』, 海風出版, 1993

『中國現. 當代文學研究』, 人民大學報刊資料, 1981-1988

彭小姸編, 『沈從文小說選 1』, 臺北; 洪範書店, 1995

彭小姸編, 『沈從文小說選 2』, 臺北; 洪範書店, 1995

凌宇, 『沈從文傳』, 臺北; 東大圖書公司, 1991

沈從文, 『沈從文自傳』, 輔新書局, 1990

李輝, 『恩怨滄桑』, 業强出版, 1992

夏志淸, 『中國現代小說史』, 傳記文學出版, 1979

蘇雪林, 『中國二三十年代作家』, 純文學出版, 1983

비교문학론

인쇄일 초판 1쇄   1999년 04월 02일
        2쇄   2015년 02월 20일
발행일 초판 1쇄   1999년 05월 15일
        2쇄   2015년 02월 27일

지은이 송현호, 유려아
옮긴이 조 주 관
발행인 김 성 달
발행처 국학자료원
등록일 1994.03.10, 제17-271호

서울시 강동구 성내동 447-11 현영빌딩 2층
Tel : 442-4623~4 Fax : p442-4625
www. kookhak.co.kr
E- mail : kookhak2001@hanmail.net

가 격 12,000원